利益；第二是李自成的占领北京是他的光辉胜利，而不能理解为他的极大失策。

在极不平常的、所谓江山改色的甲申年，决定中国历史进程的人物不是李自成，而是多尔衮。这时代的英雄人物是谁？是满洲皇族中的青年领袖爱新觉罗·多尔衮！

第二节 满洲的青年领袖多尔衮

进入甲申年，多尔衮每天都在注视着关内的局势变化。清朝方面获得关内的各种消息，主要依靠派许多细作在北京打探，对探到特别重要消息的细作，不惜重赏。关于北京朝廷上的忙乱举措和纷争，以及“陕西流贼”的重要活动，几乎是每天或每隔三两天都由潜伏在北京的清朝细作报到盛京，先报到清朝的兵部

姚雪垠《崇祯皇帝·多尔衮时代开始》手稿节选

刘宗敏笑嘻嘻说道：

"皇上，今天下午我一到阜成门外军营，就听将领们禀报，广宁门的守城军民前两天已经同我们的细作接头，有意等大军围城之后开门迎降。"

李自成问："何时开门迎降？"

"只说十八日开门迎降，时间未定。昨天城门已闭，内外不通，没有接头。"

自成沉吟说："献策原来占了一卦，十八日如有微雨，外城可破；破了外城之后，十九日黎明可破内城。要设法催促守城军民早点开门迎降才好。献策，有办法么？"

宋献策回答："数月以来我军进入北京的各色各样细作，均由刘体纯亲自派遣，有的就住在广宁门左，早已同居民混在一起，那回回

姚雪垠《崇祯皇帝·北京！北京！》手稿节选

崇禎皇帝

〈下〉崇祯皇帝之死

姚雪垠 著

華文出版社
SINO-CULTURE PRESS

十四

陈新甲泄密被诛

第 42 章

崇祯所过的岁月好像是在很深的泥泞道路上，一年一年，艰难地向前走，两只脚愈走愈困难，愈陷愈深。不断有新的苦恼、新的不幸、新的震惊在等待着他。往往一个苦恼还没有过去，第二个苦恼又来了，有时甚至几个苦恼同时来到。为什么会有这种情况呢？他有时似乎明白，有时又不明白，根本上是不明白。直到现在他还没有断绝要当大明“中兴之主”的一点心愿。近来他不对臣下公然说出他要做“中兴之主”，但是他不肯死心，依然默默地怀着希望。

今年年节之后，虽然开封幸而解围，但跟着来的却是不断的败报，使他的“中兴”希望大受挫折。中原的失败和关外的失败，几乎同时发生。他原指望左良玉能与李自成在开封城下决战，使李自成腹背受敌，没想到李自成从开封全师撤离，左良玉也跟着离开杞县，与李自成几乎是同时到了郾城，隔河相持。之后，他又催促汪乔年赶快从洛阳赶到郾城附近，与左良玉一同夹击李自成。对于这个曾经掘了李自成祖坟的汪乔年，崇祯抱有很大的希望。然而事出他的意料之外，李自成不但没有被消灭，反而将汪乔年在襄城杀死了。这是继傅宗龙之后，一年之中死掉的第二个总督。差不多在这同时，松山失守了，洪承畴被俘，邱民仰和曹变蛟等文武大臣被杀，锦州的祖大寿和许多将领都向满洲投降了。这样，崇祯在关内关外两条战线所怀的不可捉摸的希望，一时都破灭了。另外，他还得到奏报，说张献忠在江北连破名城，十分猖狂，听说还要过长江扰乱南京，目前正在巢湖中操练水师。

到了夏季，新的打击又来了。在洪承畴被俘后，他曾一心希望洪能够为国尽节，为文武百官作出表率，鼓励大家忠于国事，没想到洪承畴竟然在沈阳投降了。他又曾希望归德府能够坚守。只要归德府能坚守，李自成进攻开封就会受到阻滞和牵制。他没有料到归德那样一座十万人口的城市，粮食充足，城高池深，竟然在两三天内就失守了。

就在各种不幸军情败报接连着传到乾清宫时，田妃的病越发重了。国事，家事，同样使他忧愁和害怕。随后他希望对满洲议和能够顺利成功，使他可以腾出一只手来专门对付“流贼”；希望官军救援开封能够一战成功，挽回中原败局；还希望田妃的病情会能好转。为着这三件心事，他每日黎明在乾清宫丹墀上拜天祈祷，还经常到奉先殿跪在祖宗的神主前流泪祈祷，希望上天和二祖列宗的“在天之灵”能给他保佑。住在南宫中的僧、道们不停地做着法事；整个北京城内有名的寺院、有名的道观和宣武门内的天主堂，也都奉旨祈祷，已经许多天了。但是国运并无转机，田妃的病情毫无起色，反而一天比一天沉重了。几年来，每逢他为国事万分苦恼的时候，只有田妃可以使他暂时减轻一些忧愁。他的心情也只有田妃最能体贴入微。虽然他从来不许后妃们过问国事，但是在他为国事愁苦万分时，田妃会用各种办法为他解闷，逗引他一展愁眉。所以尽管深宫里妃嫔众多，却只有田妃这样一个深具慧心的美人儿被他称为解语花。如今这一朵解语花眼巴巴地看着枯萎了，一点挽救的办法也没有。因为医药无效，他只好把一线希望继续寄托在那些僧、道们的诵经祈禳，以及天主堂外国传教士和中国信徒们每日两次的祈祷上。

六月初旬的一天，崇祯的因过分疲劳而显得苍白的脸孔忽然露出了难得看见的喜色。近侍太监和宫女们看见了都觉得心中宽慰，至少可以避免皇上对他们动不动大发脾气。但没有人知道这是什么原因，对崇祯这样严厉、多疑而又容易暴怒的皇上，他们什么也不敢随便打听。乾清宫的管家婆魏清慧那天恰好有事去坤宁宫，便将这一好消息启奏皇后。周后听了也十分高兴。她多么希望皇上能趁着心情愉快来坤宁宫走走！

崇祯今天的高兴有两个原因。首先是陈新甲进宫来向他密奏，说马绍愉在沈阳同满洲议和的事已经成功，不久就可以将议定的条款密奏到京。虽然他明白条款对满洲有利，他必须让出一些土地，在金钱上每年要损失不少，但是可以求得短期间关外安宁。只要关外不再用兵，他就可以把防守关外的兵力调到关内使用。想到将来能够专力"剿贼",他暗中称赞马绍愉不辱使命。而陈新甲虽然在某些事上叫他不满,毕竟是他的心腹大臣,在这件秘密议和的事情上立了大功。

另一件使他略觉宽慰的事是:他接到了河南巡按御史高名衡五月十七日来的一封飞奏,说接到了杨文岳的塘报,丁启睿、杨文岳和左良玉的部队共二十万人马已经到了朱仙镇,把流贼包围起来,不日就可歼灭。虽然根据多年的经验,他不敢相信能这样轻易地把李自成歼灭,但又在心中怀着希望:即使不能把流贼歼灭,只要能打个胜仗,使开封暂时转危为安,让他稍稍喘口气,也就好了。近日来他总是吃不下饭,睡不着觉,今天感到略微轻松了。

他决定到承乾宫去看看田妃,但又想到应该先去皇后那里走走,让皇后也高兴高兴。于是他从御案前站了起来,也不乘辇,也不要许多宫女、太监跟随,就走出乾清宫院子的后门,向坤宁宫走去。

看见崇祯今天的心情比往日好得多,周后十分高兴,赶快吩咐宫女泡了一杯皇上最喜欢的阳羡茶。崇祯喝了一口,就向皇后问起田妃的病情。皇后叹了口气,说:

"好像比几天前更觉沉重了。我今日上午去看她,她有一件事已经向我当面启奏了。我正要向陛下启奏,请皇上……"

崇祯赶快问:"什么事儿?"

"田妃多年不曾与家里人见面。我朝宫中礼法森严,自来没有后妃省亲的制度。现在她病重了,很想能同家里人见上一面。她父亲自然不许进宫来。她弟弟既是男子,纵然只有十几岁,自然也不许进宫。她有个亲妹妹,今年十六岁。她恳求准她将妹妹召进宫来,让她见上一面。我已经对她说了,这事可以向皇上奏明,请皇上恩准。皇上肯俯允田妃所请么?"

崇祯早就知道田妃有个妹妹长得很美。倘在平时,他也不一定想见这个妹妹,但今天因为心情好,倒也巴不得能看看她长得到底怎样,便说道:

"既然她要见见她妹妹,我看可以准她妹妹进宫。你定个时间,早点告诉田妃。"

周后听了,马上派太监到承乾宫传旨,说皇上已答应让田娘娘的妹妹明天上午进宫。因为田妃平时的人缘很好，所以旁边侍立的太监、宫女听了都很高兴，特别是大家都知道，田妃恐怕不会活很久了。崇祯又坐了一阵，本想往承乾宫去，忽又想起还有一些文书未曾省阅，便决定次日上午等田妃的妹妹进宫后再去。他在坤宁宫稍坐一阵，忽又满怀愁闷，又回到乾清宫去。

第二天上午，崇祯正在乾清宫省阅文书，一个太监进来启奏：首辅周延儒在文华殿等候召对。崇祯点点头，正待起身，又一个太监进来奏道：田妃的妹妹已经进宫，皇后派人来问他是否要往承乾宫去一趟。崇祯又点点头，想了一想，便命太监去文华殿告诉周延儒，要他稍候片刻。他随即走出乾清宫，赶快乘辇往承乾宫去。

田妃这时正躺在床上。她这次把妹妹叫进宫来，一则是晓得自己不会再活多久，很想同家里人见一面；二则还有一件心事需要了结。现在趁着皇上驾到之前，她示意宫女们退了出去，叫她的妹妹坐到床边。

妹妹名叫田淑英，刚进宫来的时候，对田妃行了跪拜大礼。她不但很受礼仪拘束，而且战战兢兢，唯恐失礼。这时她见皇贵妃命宫女们都退了出去，亲切地向她招手，拉她坐到床边，又成了姐妹关系，单这一点，就使她十分感动，不觉热泪涌满眼眶。

田妃用苍白枯瘦的纤手拉着妹妹，轻声叹了一口气，哽咽说道："淑英，我是在世不久的人了。宫中礼法森严，我没法见到家中别的人，所以才奏明皇上和皇后，把你叫进宫来。今天我们姐妹幸而得见一面，以后能不能再见很难说，恐怕见不到了。"

说到这里，田妃就抽咽起来。淑英也忍不住抽咽起来，热泪像清泉一般地在脸上奔流。哭了一阵，淑英勉强止住泪水，小声安慰姐姐说：

"请皇贵妃不必难过，如今全京城的僧、道都在为皇贵妃祈祷，连宣武门内的洋人们也在为皇贵妃祈祷。皇贵妃福大命大，决不会有三长两短；过一些日子，玉体自然会好起来的。"

田妃说："我自己的病自己清楚，如今已是病入膏肓了。你也不要难过。我要对你说的话，你务必记在心上。"

淑英点点头，说："皇贵妃有什么吩咐，请说出来，我一定牢记心上。"

田妃说道："皇上在宫中为国事废寝忘餐，却没人能给他一点安慰。虽然三宫六院中各种各色的美人不少，都不能中他的意，所以他很少到别的宫中去。我死以后，他一定更加孤单，更加愁闷。我死，别无牵挂，就是对皇上放心不下。如果他再选妃子，当然会选到貌美心慧的人，但是那样又会生出许多事情。另外，我们家中因我被选到宫里，受到皇上另眼看待，才能够富贵荣华。我死之后，情况就不同了。大概你也知道，父亲做的许多事使朝廷很不满意。几年来常有言官上表弹劾，皇上为此也很生气，只是因为我的缘故，他格外施恩，没有将父亲处分。倘若我死之后，再有言官弹劾，我们家就会祸生不测。每想到这些事，我就十分害怕。如果日后父亲获罪，家中遭到不幸，我死在九泉也不能瞑目。我今天把你叫进宫来，你可明白我的心意？"

淑英似乎有点明白，但又不十分明白，两只泪眼一直望着姐姐，等待她再说下去。田妃接着说道：

"妹妹的容貌长得很美，比我在你这个岁数时还要美。我有意让皇上见见你，如果皇上对你有意，我死之后，把你选进宫来，一则可以上慰皇上，二则可以使我们家里长享富贵。妹妹可明白了么？"

淑英的脸孔通红，低下头去，不敢做声。她明白姐姐的用心很深，十分感动，但皇上是否会看中她，实在难说。正在这时，忽听外边太监传呼：

"皇上驾到！"

田妃赶紧对妹妹说："你去洗洗脸，不要露出泪容，等候皇上召见。"淑英刚走，她又马上吩咐宫女："把帐子放下来。"随即听见窗外鎏金亮架上的鹦鹉叫声：

"圣上驾到！……接驾！"

崇祯没有看一眼跪在地上接驾的太监和宫女，下了辇，匆匆地走进来。

几天来虽然天天都想来看田妃，可是每当他要来承乾宫时就有别的事来打扰他，使他来不成，所以现在他巴不得马上就见到田妃。往日他每次来承乾宫，田妃总是匆匆忙忙地赶到院中跪迎，而这几次来，田妃已经卧床不起，院中只有一批太监和宫女跪在那里，看不见田妃了。以前他们常常于花前月下站在一起谈话，今后将永远不可能了。以前田妃常常为他弹奏琵琶，几个月来他再也不曾听见那优美的琵琶声了。今天他一进承乾宫的院子，心中就觉得十分难过，连鲜花也呈现凄凉颜色。

当他来到田妃的床前时，看见帐子又放下了。他十分不明白的是，最近以来，他每到承乾宫，为什么田妃总是命宫女把帐子放下。他要揭开，田妃总是不肯；即使勉强揭开，也是马上就又放下。今天他本来很想看看田妃到底病得怎样，可是帐子又放下了。只听她隔着帐子悲咽地低声说道：

"皇爷驾到，臣妾有病在身，不能跪迎，请皇爷恕罪！"

崇祯说："我只要听到你的声音，就如同你亲自迎接了我。你现在只管养病，别的礼节都不用多讲。今日身体如何？那药吃了可管用么？"

田妃不愿崇祯伤心，便说："自从昨天吃了这药，好像病轻了一些。"

崇祯明知这话不真，心中更加凄然，说道："卿只管安心治病，不要担心。因卿久病不愈，朕已对太医院迭次严旨切责。倘不早日见效，定当对他们严加治罪。朕另外又传下敕谕，凡京师和京畿各地有能医好皇贵妃病症的医生、士人，一律重赏。如是草泽医生或布衣之士，除重赏银钱外，量才授职，在朝为官。我想纵然太医院不行，但朝野之中必有高手，京畿各处不乏异人。朕一定要遍寻神医，使卿除病延年，与朕同享富贵，白首偕老。"

田妃听了这话，心如刀割，不敢痛哭，勉强在枕上哽咽说："皇爷对臣妾如此恩重如山，情深似海，叫臣妾实在不敢担当。恳请皇爷宽心，太医们配的药，臣妾一定慢慢服用，挣扎着把病养好，服侍皇爷到老。"

崇祯便吩咐宫女把帐子揭开，说他要看看娘娘的面上气色。宫女正要上前揭帐，忽然听见田妃在帐中说：

"不要揭开帐子。我因为大病在身，床上不干净，如今天又热，万一染着皇上，臣妾如何能够对得起皇上和天下百姓。"

"我不怕染着病，只管把帐子揭开。"

"这帐子决不能揭。隔着帐子，我也可以看见皇爷，皇爷也可以听见我说话。"

"还是把帐子揭开吧，这一个月来，每次我来看你，你都把帐子放下，不让我看见你，这是为何？”

“并不为别的，我确实怕皇爷被我的病染了，也不愿皇爷看见我的病容心中难过。”

“你为何怕朕心中难过？卿的病情我不是不知道。从你患病起，一天天沉重，直到卧床不起，我都清楚。朕久不见卿面容，着实想再看一眼。你平日深能体贴朕的心情，快让我看一看吧，哪怕是只让我看一眼也好！”

“今日请皇爷不必看了。下次皇爷驾临，妾一定命宫女不要放下帐子。”

崇祯听她这么一说，虽然心里十分怅惘，也不好再勉强，只得叹了口气，走到平时为他摆设的一把御椅上坐下，说道：

“你妹妹不是已经进宫了么？快命她来见我。”

不一会儿，田淑英就由四名宫女带领来到崇祯跟前。她不敢抬头，在崇祯的面前跪下，行了君臣大礼。崇祯轻声说：

“赐座！”

田淑英叩头谢恩，然后起身，坐在宫女们替她准备的一把雕花檀木椅上，仍然低着头。崇祯微微一笑，说：

“你把头抬起来嘛。”

田妃也在帐中说：“妹妹，你只管抬起头来，不要害怕。”

田淑英又羞又怯，略微抬起头来，但不敢看皇帝一眼。她刚才在宫女们的服侍下已经洗过脸，淡扫蛾眉，薄施脂粉。虽然眼睛里还略带着不曾消失的泪痕，但是容光焕发，使崇祯不觉吃惊，感到她美艳动人，像刚刚半开的鲜花一般。崇祯继续打量着她的美貌，忽然想到十几年前田妃刚选进宫的时候：这不正是田妃十几岁时候的模样么？他又打量了田淑英片刻，心旌摇晃，同时感到往事怅惘。他默然起身，走到摆在红木架上的花盆前边，亲手摘下一朵鲜花，转身来插在淑英的头上，笑着说：

“你日后也是我们家里的人。”

田淑英突然一惊，心头狂跳，又好像不曾听真，低着头不知所措。田妃在帐中提醒她说：

“妹妹，还不赶快谢恩！”

田淑英赶快在崇祯面前跪下，叩头谢恩，起来后仍然满脸通红，一直红到耳朵根后。崇祯正想多看她一会儿，可是田妃又在帐中说道：

“妹妹，你下去，我同皇上还有话说。”

田淑英又跪下去叩了头，然后在宫女们的簇拥中退了下去。

崇祯目送着她的背影，十分不舍，可是田妃已经这么说了，而且左右有那么多宫女，他自己毕竟是皇帝，又不同于生活放荡的皇帝，也就不好意思再留她。他重又走到田妃床前的御椅上坐下，说道：

“卿有何话要同朕说？”

“启禀皇爷：臣妾有一句心腹话要说出来，请皇爷记在心里。”

崇祯听出这话口气不同寻常，忙答道：“你说吧，只要我能够办到的，一定替你办。”

田妃悲声说：“我家里没有多的亲人。母亲在几年前病故，只有一个父亲，一个弟弟，还有这个妹妹。万一妾不能够服侍皇上到老，妾死之后，请皇上看顾臣妾家里，特别是这个弱妹。”

崇祯隔着帐子听见了田妃的哽咽，忙安慰道：“卿只管放心，我明白你的心思。”

崇祯确实明白田妃的意思，他也感到田妃大约活不了多久了，心想如果田妃死了，一定要赶快把她的妹妹选进宫来。他又隔着帐子朝里望望，想着田妃的病情，心里一阵难过，便离开御椅，走到田妃平时读书、画画的案前，揭开了蒙在一本画册上的黄缎罩子，随便翻阅。这画册中还有许多页没有画，当然以后再也画不成了。他看见有一页画的是水仙，素花黄蕊，绿叶如带，生意盎然，下有清水白石，更显得这水仙一尘不染，淡雅中含着妩媚。他想起这幅画在一年前他曾看过，当时田妃正躺在榻上休息，头上没有戴花，满身淡妆，也不施脂粉，天生的天姿国色。当时他笑着对田妃说：“卿也是水中仙子。”万不料如今她快要死了！他翻到另一页，上面画的是生意盎然的大片荷叶，中间擎着一朵刚开的莲花，还有一个花蕾没开，下面是绿水起着微波，一对鸳鸯并栖水边，紧紧相偎。这幅画他也看过，那时田妃立在他的身旁，容光焕发，眉目含笑，温柔沉静，等待他的评论。他看看画，又看看田妃，不禁赞道：“卿真是出水芙蓉！”如今画图依然，而人事变化多快！他看了一阵，满怀怅惘，合上册页，蒙上黄缎罩子。他回到床前，正想同田妃说话，恰好这时太监进来启奏：

“周延儒已在文华殿等了很久，请皇爷起驾到文华殿去。”

崇祯忽然想到周延儒进宫求见，定有重要的军国大事，就对田妃说道：

“朕国事繁忙，不能在此久留，马上要到文华殿去，召见首辅。你妹妹可以留在宫中，吃了午饭再走。朕午饭之后再来看你。”说罢，他就往文华殿去了。

田妃吩咐宫女把帐门揭开，把她妹妹叫来。过了片刻，田淑英又来到田妃面前。田妃望了她一眼，说：

“你坐下。”

淑英为刚才的事仍在害羞，不敢看她的姐姐。田妃微微一笑，说道：

“妹妹，你不用害羞，我也是像你这样年纪时选进宫来的，要感谢皇恩才是。”

淑英说：“皇贵妃，刚才皇上来的时候，你把帐子放下了，听说后来皇上要揭开，你都不肯，这不太负了圣上的一片心意么？”

田妃叹了口气，见近边并无宫女，方才说道：“妹妹哪里想到，皇上对我如此恩情，说来说去，还不是我天生的有一副美貌，再加上小心谨慎，能够体贴皇上的心，我家才有今天的荣华富贵。我不愿皇上在我死之前看到我面黄肌瘦，花萎叶枯，我死后他再也不会想我。如果皇上在我死后仍旧时常想到我，每次想到我仍旧像出水芙蓉一般，纵然有言官参劾父亲，皇上也会不忍严罚。只要皇上的恩情在，我们田家就可以平安无事。自古以来，皇上对妃子的恩情都为着妃子一有美色，二能先意承旨，处处小心体贴，博得圣心喜悦。你也很美，不亚于我。我死之后，你被选进宫来，小心谨慎侍候皇上，我们田家的荣华富贵就能长保。”

说完这一段她埋藏在心中很久的话，忽觉心中酸痛，眼泪扑簌簌地滚落下来。淑英的心中也很悲伤，勉强对姐姐说：

“皇贵妃虽然想得很深，但也不要完全辜负了皇恩。下次皇上驾临，请皇贵妃不要放下帐子。”

“现在妹妹已被皇上看中，我的一件心事已经完了。如果今天午后皇上再来，我就不必落下帐门了。”

周延儒正在文华殿外面等候，看见崇祯来到，赶紧跪在路旁迎接，然后随驾进殿，重新磕头。

崇祯对于周延儒是比较重视的，因为周在二十岁就中了状元，这在明朝是很少有的。三十多岁时，也就是崇祯五六年间，他做过两年首辅，后来被罢免了。去年又被召进京来，再任首辅。他为人机警能干，声望很高，所以他第二次任首辅，崇祯对他十分倚重，曾对他说：

“朕以国事付先生，一切都惟先生是赖。”

周延儒见皇上对自己这么倚重，心里确实感动，但时局已经千疮百孔，他实在无能为力。明朝末年的贪污之风盛行，而周延儒和别的大官不同，他的贪污受贿也有些独特的作风。别人给他钱，不论多少他都要；即使本来答应给的数字很大，而最后给得不多，欠下不少，他也不再去要。他对东林和复社[①]的人特别照顾，所以东林和复社的人对他也很包涵，在舆论上支持他在朝廷的首辅地位。

这时崇祯叫他坐下。他谢座后，在太监准备的一把椅子上侧身就座，然后向崇祯面奏了几位封疆大吏的任免事项，顺便奏称，据山东、河南等省疆吏题奏，业已遵旨严厉禁毁《水浒传》，不许私自保存、翻刻、传抄，违旨的从严治罪。崇祯说道：

“这《水浒传》是一部妖书，煽惑百姓作乱，本来早该严禁，竟然疏忽不管，致使山东一带年年土寇猖獗。幸好今年把土寇李青山一部剿灭，破了梁山，这才有臣工上奏，请求禁毁这部妖书，永远不许擅自刻板与传抄。可是疆吏们做事往往虎头蛇尾，现在虽有山东、河南一带疆吏的题奏，说是已经遵旨销毁，究竟能不能禁绝，尚未可知。此事关乎国家大局，卿要再次檄令他们

①复社——崇祯年间继东林之后出现的一个最重要的结社。

务须禁绝此书，不许有丝毫疏忽。”

周延儒回奏说：“此书确实流毒甚广，煽惑百姓造反。臣一定给该地方的督抚们再下檄文，使他们务必禁绝。请陛下放心。”

崇祯沉吟片刻，总觉放心不下，又说：“像《水浒传》这样诲盗的稗官小说，败坏人心，以后不仅这妖书不许流传，其故事亦不许民间演唱。倘有违禁，擅自演唱，定将从严惩处，不许宽容。梁山泊的山寨房屋务要彻底拆毁，不留痕迹。倘有痕迹，以后再被乱民据守，后患无穷。”

周延儒恭敬地回答：“臣已檄令地方官吏，限期拆除山寨寨墙与房屋，请陛下宽心。”

崇祯心里最关心的是朱仙镇之战，可是到今天还没有捷奏到京，不觉叹了口气，向周延儒问道：

“卿以为朱仙镇之役能否一举将闯贼歼灭？如不能歼灭，只是将其战败，也会使开封暂时无虑，也是一大好事，以先生看来，官军能否取胜？”

周延儒心中明白官军很难取胜，但是实际战况他并不清楚，只是因为左良玉与东林人物素有关系，便赶快回答说：

“以微臣看来，此次援兵齐集朱仙镇，人马不能算少，应该能获大胜。只怕文武不和耳。”

崇祯一惊，问：“他们那里也是文武不和么？”

“臣只是就一般而言。因为我朝从来都是重文轻武，文武之间多有隔阂，所以常常在督师、总督与总兵官、将领之间不能一心一德，共同对敌。这是常事，并非单指朱仙镇而言。如果文武齐心，共同对敌，胜利就可以到手。”

“丁启睿、杨文岳都不能同杨嗣昌相比，这一点，朕心中甚为明白。如今只看左良玉是否用命。倘若左良玉肯死心作战，纵然丁启睿、杨文岳都不如杨嗣昌，想来也不会受大的挫折。”

周延儒附和说：“左良玉确是一员难得的大将，过去在战场上屡建功勋，陛下亦所深知。现在以微臣看来，朱仙镇这一仗也是靠的左将军效忠出力。”

崇祯又说道：“那个虎大威，原是被革职的将领，朕赦他无罪，重新命他带兵，因知他是有用之将。想来这次他定会深感皇恩，不惜以死报国，不会辜负朕望。”

“要紧的是左良玉。自从皇上封左良玉为平贼将军，他手下人马更多了。这朱仙镇战况如何，多半要靠左良玉。”

崇祯点点头，没有再说别的。对于左良玉的骄横跋扈，不听调度，他自然十分明白，但这话他不愿说出来。他在心中总是怀着一些渺茫的希望，等待着朱仙镇的捷音。

周延儒见崇祯沉默不语，就想乘这个时候谈谈对满洲和议的事。他早就知道，陈新甲秘密地奉皇上圣旨，派马绍愉于四月间暗中出关，如今和议的事已快成了。可是他身为首辅，这样重大的国事，竟被瞒得纹丝不露，心中甚为不平。而且他也知道，朝中百官，对陈新甲有的不满，有的妒忌，有的则瞧不起他仅仅是举人出身。最近流言蜚语比以前更多起来。他今天进宫，虽是向皇上禀奏几个封疆大吏的任免事项和禁毁《水浒传》的情况，但也有意找机会探探关外和谈的消息。他见崇祯仍然无意谈及关外之事，便忍不住用试探口气说道：

“如今关外，松锦已失，势如累卵，比中原尤为可虑。”

崇祯又沉默一阵，答道：“关内关外同样重要。”

周延儒仍是摸不着头脑，又说道：“倘若东虏乘锦州、松山沦陷，祖大寿、洪承畴相继投降，派兵入关，深入畿辅，进逼京师，局势就十分危险了。所以以微臣之见，中原固然吃紧，关外也需要注意。”

崇祯不明白周延儒为什么突然对关外事这么关心，十分狐疑。停了片刻，他才说了一句：

“慢慢想办法吧。”

周延儒是个十分聪明的人，知道自己刚才对局势的分析并没有错，十分合理，可是崇祯好像并不在意，完全没有往日那种忧虑的神情。他顿时明白：议和的事已经成了定局！于是他不再停留，向崇祯叩头辞出。

回到内阁，他想着这么一件大事，自己竟被蒙在鼓里，不免十分生气，也越发想要探明议和的真实情况。岂能身为首辅，而对这等大事毫无所知！他更换了衣服，走出内阁，来到朝房里，同一个最亲信的幕僚一起商议。他们的声音极小，几乎没人听到……

几天以后，官军在朱仙镇全军溃败的消息报到了北京。崇祯震惊之余，束手无策，只得召集阁臣们到文华殿议事。大家都想不出有效的救汴之策，只是陈新甲尚有主见。他建议命山东总兵刘泽清援救开封，在黄河南岸扎营，控制接济开封的粮道。因开封离黄河南岸只有八里路，粮食可以用船运到南岸接济城内，开封就可长期坚守。他又恐怕刘泽清兵力不够，建议命太监刘元斌率领防守凤阳的京营人马速赴商丘以西，为刘泽清声援，再命山西总兵许定国火速东出太行，由孟津过河，直趋郑州，以拊李自成之背。崇祯对这些建议都点头采纳，觉得虽然朱仙镇大军溃败，只要陈新甲这些想法能够奏效，开封仍可继续坚守。

阁臣们退出以后，陈新甲独被留下。周延儒因为没有被留下，想着必是皇上同陈新甲谈论同满洲议和之事。他回到内阁，想了半天，从嘴角露出一丝冷笑。

在文华殿内，崇祯挥退了太监，小声向陈新甲问道："那件事情到底如何？马绍愉的人怎么还未到京？"

陈新甲赶快躬身说："请陛下放心。马绍愉已经派人给微臣送来了一封密书，和款已经拟好，大约一二日内就可将和议各款命人送到京城。微臣收到之后，当立即面呈陛下。是否妥当，由圣衷钧裁。如无大碍，可以立刻决定下来，臣即飞檄马绍愉在沈阳画押。不过到时恐怕还得有陛下一道手诏，谕知马绍愉或谕知微臣，只云'诸款尚无大碍，可相机酌处'。"

崇祯问："不是已有密诏了么？"

陈新甲说："微臣所言陛下手诏是给虏酋看的。虏酋不见陛下手诏，不会同意画押。"

崇祯点头说："只要各议款大体过得去，就可以早日使马绍愉在沈阳画押。为使虏酋感恩怀德，不要中途变卦，朕可以下一道手诏给卿。"

陈新甲说："皇上英明，微臣敢不竭尽忠心，遵旨将款事[①]办妥，以纾陛下东顾之忧！"

崇祯稍觉宽慰，点头说："如此甚好。卿下去吧。"

陈新甲辞出后，崇祯并没有回乾清宫，而是立即乘辇来承乾宫看望田妃。

田妃事先知道皇上要来，趁着今日精神略好，便命宫女替自己梳妆起来。她尽管病重，十分消瘦，但头发还是像往常一样黑，一样多。云鬓上插了朵鲜花，脸上薄施脂粉。脸上虽然病容憔悴，一双大眼睛仍然光彩照人。崇祯来到时，她勉强由宫女搀扶着，伫立门外，窗外鎏金亮架上的鹦鹉又像往日一样叫道：

"圣上驾到！圣上驾到！"

同时有一太监传呼："接驾！"太监们和宫女们都已跪到院中地上。田妃在两个宫女的搀扶下也跪了下去。崇祯见田妃带病接驾，十分感动，亲自扶她起来。坐下以后，他打量田妃今天特意命宫女替她梳妆打扮一番，可是毕竟掩盖不住长年的病容。田妃不断地强打精神，还竭力露出微笑，希望使崇祯快乐。过了片刻，田妃看出崇祯的忧虑未减，不禁心中沉重，明白皇上看出来她的病已经没有指望。她想着十几年来皇上对她的种种宠爱，而今天这一切都快完了，心中一阵难过，脸上的本来就出于勉强的微笑立时枯萎了，僵死了。她眼睛里浮出了泪花，只是她忍耐着不使泪珠滚落。崇祯回避了她的眼睛，轻声问道：

"你今天感到精神好了一点没有？"

田妃轻轻点头，不敢说话，怕的是一开口说话，就会流泪和泣不成声。崇祯告诉她，已经命张真人暂不要回龙虎山，仍在长春观为她建醮祈禳。田妃赶快谢恩，但心里明知无效。她安慰崇祯说：

"皇爷这样为臣妾操心，臣妾的贱体定可以支撑下去。只要太医们尽心配药，再加上满京城的寺、观都在祈祷，病总会有起色的。"

崇祯勉强装出一丝笑容说："只要爱卿心宽，朕的心也就宽了。"

---

①款事——明代的政治术语，指对蒙古和满洲的议和事。"款"字含有使"夷狄"归附的意思。

崇祯因为国事太多，在承乾宫稍坐一阵，就回到乾清宫省阅文书。晚膳以后，他心中很闷，坐立不安。他想去坤宁宫，又想一想不愿去了；想召一个什么妃嫔来养德斋吧，又觉得没有意思。这到处是雕栏玉砌的紫禁城中，如今竟没有一个可以使他散心解闷的地方！想来想去，还是决定去翊坤宫袁妃那里。他想起两三年以前，也是这样的夏季，他有一天晚上到了袁妃宫中，在月光下袁妃穿着碧色的轻纱衣裙，身材是那么苗条，脸颊和胸部又是那么丰满，他让袁妃坐在对面，一阵微风吹过，他闻到一股香气，是那么温馨。袁妃的一颦一笑，又显得那么敦厚。想起当时的情景，他站了起来，准备带着宫女们立即往翊坤宫去。可是刚刚走出暖阁，他又矛盾起来：国事如此艰难，哪有闲心到翊坤宫去！但是他实在六神无主，百无聊赖，继续向前走，走出了乾清宫正殿，到了丹墀上，才决定哪儿都不去了。他在丹墀上走来走去，走来走去，不许别人惊动他。快到二更时候，忽然有一个太监来到面前，跪下禀奏：

“陈新甲有紧急密奏，请求召见。”

崇祯一惊，但马上想道：既是进宫密奏，大概不会是河南的坏消息，一定是马绍愉的密奏来了。他立即吩咐说：

“命陈新甲速到武英殿等候召见。”

夜已经深了，从神武门上传来鼓声两响，接着又传来云板三声。在武英殿西暖阁内，只有崇祯和陈新甲在低声密谈。太监们都退出去了，连窗外也不许有人逗留。

崇祯坐在镶着金饰的御椅上，借着头边一盏明角宫灯的白光，细看手中的一个折子，那上面是陈新甲亲手誊抄的马绍愉所禀奏的和议条款。原件没有带到宫内，留在陈新甲家中。崇祯把这个文件看了两遍，脸色十分严肃、沉重。

陈新甲跪在地上，偷看皇上的脸色，心中七上八下。他不知道皇上是否同意，倘不同意，军事上将毫无办法，他这做兵部尚书的大臣就很难应付。

崇祯心中一阵难过，想着满洲原是“属夷”，今日竟成“敌体”，正式写在纸上。这是冷酷的现实，他不承认不行，但是由他来承认这一现实，全国臣民将如何说？后世又将如何说？嗨！堂堂天朝大明皇帝竟然与“东虏”订立和议之约！……

他又对和议的具体条款推敲一番，觉得“东虏”的条件还不算太苛刻。拿第一款来说，“吉凶大事，交相庆吊”，实在比宋金议和的条款要好得多了。他又推敲另外一款：“每年明朝赠黄金万两、白银百万两于清朝；清朝赠人参千斤、貂皮千张于明朝。”他最初感到“东虏”要的金银太多了，目前连年饥荒，“流贼”猖獗，国库空虚，哪里负担得起？但转念一想，如不同意，清兵再来侵犯，局面将更难收拾。随即他又推敲第三款、第四款、第五款……觉得有的条款尚属平等互利，并不苛刻，唯独在疆界的划分上却把宁远以北许多尚未失守的地方都割给清方，不觉从鼻孔哼了一声。

崇祯想到祖宗留下的土地，将在自己手上送掉，感到十分痛苦，难以同意。他放下折子，沉默半晌，长叹一声。

陈新甲从地上轻声问道：“圣衷以为如何？”

崇祯说：“看此诸款，允之难，不允亦难。卿以为如何？”

“圣上忧国苦心，臣岂不知？然时势如此，更无善策，不安内何力攘外？”

“卿言甚是。朝臣们至今仍有人无术救国，徒尚高论。他们不明白目前国家内外交困，处境十分艰危，非空言攘夷能补实际。朕何尝不想效法汉武帝、唐太宗征服四夷？何尝不想效法周宣王、汉光武，做大明中兴之主，功垂史册？然而……”

陈新甲赶紧说：“对东虏暂缓挞伐，先事安内，俟剿贼奏功，再回师平定辽东，陛下仍是中兴圣君，万世景慕。”

崇祯摇摇头，又长叹了一声。自从松、锦失守，洪承畴投降满洲和朱仙镇溃败以来，他已经不敢再希望做中兴之主，但愿拖过他的一生不做亡国之君就是万幸。只是这心思，他不好向任何人吐露一字。现在听了陈新甲的话，他感到心中刺痛，低声说道：

“卿知朕心。倘非万不得已，朕岂肯对东虏议抚！四年前那次，由杨嗣昌与高起潜暗主议抚，尚无眉目，不意被卢象升等人妄加反对，致抚事中途而废，国事因循蹉跎至今，愈加险恶。近来幸得卿主持中枢，任劳任怨，悉心筹划，对东虏议抚事已有眉目。倘能暂解东顾之忧，使朝廷能在两三年内专力剿贼，则天下事庶几尚有可为，只恐朝臣们虚夸积习不改，阻挠抚议，使朕与卿之苦心又付东流，则今后大局必将不可收拾！”

陈新甲说：“马绍愉大约十天后可回京城。东虏是否诚心议和，候绍愉回京便知。倘若东虏感陛下恩德，议和出自诚心，则请陛下不妨俯允已成之议，命马绍愉恭捧陛下诏书，再去沈阳一行，和议就算定了。”

“马绍愉回京，务要机密，来去不使人知。事成之后，再由朕向朝臣宣谕不迟。”

“微臣不敢疏忽。”

陈新甲从武英殿叩辞出来，由于深知皇上对他十分倚信，他也满心感激皇恩，同时也觉得从此可以摆脱内外同时用兵的局面，国运会有转机了。

崇祯随即乘辇回乾清宫。因为他感到十分疲倦，未去正殿暖阁，直接回到养德斋。魏清慧回禀说刚才田娘娘差都人前来向皇上启奏，她今日吃了太医们的药，感觉比往日舒服，请皇爷圣心放宽。崇祯“啊”了一声，不相信医药会有效。但是他没有说话，只在心中骂道：“太医院里尽是庸医！”在宫女们的服侍下他脱衣上床，打算睡觉。当宫女们退出后，他忽然想起来开封被围的事，又没有瞌睡了，向在外间值夜的太监吩咐：

“快去将御案上的军情文书全部拿来！”

第 43 章

朱仙镇溃败之后，丁启睿、杨文岳、左良玉都有密奏到京，说明溃败的原因和经过情形，虽然都有请罪的话，却尽量将罪责推给别人，并且大大夸大了李自成人马的数目。丁启睿和杨文岳在仓皇逃窜数日后，又在汝宁会合。他们虽然也有矛盾，但在谈到溃败原因时又互相有些包庇，都将主要罪责推给左良玉。

崇祯看了他们的密奏，愤怒谩骂，继而痛哭，叹息自杨嗣昌死后剩下的全是庸才。他下旨将丁启睿“褫职候代”，杨文岳“褫职候勘[①]”，而对左良玉只下旨切责，希望他固守襄阳，整兵再战，以补前愆。

他在灰心失望之中，想着幸而周延儒被他起用，回到内阁任首辅。尽管崇祯六年六月他将周延儒罢黜归里，但他知道延儒原是个做事敏捷的人，只因朝廷上门户之争，使他一怒之下将延儒斥逐，经过他换过几个首辅，看起来都不如延儒练达有为，不愧是“状元宰相”。所以他不久前听了朝臣们的意见，重新起用延儒，对他期望甚殷。对丁启睿、杨文岳、左良玉三个人的不同处分，崇祯也是采纳了他的意见，由他“票拟”。现在崇祯为急于救援开封，在整个朝廷大臣中选不出一个可以受命督师的人物。他不想将全体辅臣召进宫来，只要首辅周延儒在文华殿单独召对。

周延儒一听太监传谕他单独去文华殿召对，便猜到八九分是密商选派督师救汴的事。他这次能够“东山再起”，回朝重任首辅，也借助东林和复社人物张溥的吹嘘活动。朱仙镇溃败后，他向皇上建议对左良玉从轻处分，虽然是因为左良玉手中掌有重兵，又希望他继续打仗，另外也因为左良玉是商丘侯恂提拔起来的，而侯氏弟兄都是东林人物。现在当他随着一位御前太监往文华殿走时，他的主意已经打定了。

崇祯等周延儒行了礼，赐座以后，跟着问道：“如今开封被困，望救甚急。卿看何人可以前去督师，为开封解围？”

周延儒站立回答：“左良玉曾受侯恂提拔之恩，耿耿不忘，陛下可曾听人说过？”

崇祯轻轻点头：“朕也有所闻。”

周延儒接着说：“如今虽然有朱仙镇之败，然左良玉已至襄阳，立住脚跟，看来不难很快恢复元气，整军再战。前次之败，败于督师、总督与平贼将军不能和衷共济。故必须选派一位他素所爱戴的大臣出任督师，庶几……”

崇祯截住问：“你是指的侯恂？”

延儒躬身说：“是，陛下。恐怕只有侯恂可以指挥得动。”

---

①候勘——等候问罪。

崇祯沉吟片刻，狠狠地说："左良玉骄横跋扈，朕已百般隐忍，仍然不知悛改！"

延儒小心地说："左良玉虽然辜负圣恩，然目前中原寇氛猖獗，尚无宁日，像良玉这样有阅历、韬略之将才亦不易得。望陛下从大处着眼，待其以功覆过。有良玉在，不惟献贼胆慑，即闯贼亦有所顾忌，不能肆志中原。看闯贼不敢乘朱仙镇战胜余威，分兵穷追，直下襄阳，就可知闯贼仍不敢轻视良玉。"

崇祯又沉吟片刻，问道："左良玉能够很快恢复元气么？"

"左良玉威望素著，善于驾驭，远非一般大将能望其项背。看他密奏，说他到襄阳之后，卧薪尝胆，招集旧部……"

崇祯心中急躁，不等首辅说完，问道："卿看良玉能否再次救援开封？"

延儒说："这要看对他如何驾驭指挥。"

"他果然能听从侯恂指挥？"

"臣不敢说他必会听从侯恂指挥，但知他至今仍然把侯恂当恩人看待。"

崇祯仍不能决定，沉吟说："姑且试试？"

延儒说："是否可以将侯恂释放出狱，畀以援汴督师重任，请皇上圣衷裁决。"

崇祯实在别无善策，觉得这是一个可行的办法。如今对别人很难指靠，只有对左良玉尚可寄托一线希望。他也明白，别的人确实无法指挥左良玉，只有侯恂也许可以指挥得动。然而此事也有难处。他想了一下，说：

"朕也不惜将侯恂释放出狱，命其戴罪督师，将功赎罪。但是他下狱多年，怕一时朝臣不服，如之奈何？"

周延儒回答道："这事不难。陛下不妨第一步先将侯恂释放出狱，给以适当官职，使大家都知道陛下将要重用侯恂，将来言官也不会攻击。稍过一些日子，再命侯恂出京督师，也就很自然了。"

崇祯点点头，觉得周延儒毕竟是个有办法的人，想的这个主意好，十分妥当。他说：

“此事朕再考虑一下，倘确无更合适的人出京督师，言官又不妄议，就将侯恂释放。”

可是周延儒叩辞走了以后，崇祯心急如焚，哪里能够等待？他立刻把司礼监王德化叫来，命他代为拟稿，下旨将侯恂释放出狱。王德化跪在地上还没有起来，崇祯忽然觉得：“这事要办得越快越好。”随即挥手让王德化退出，自己坐在御椅上考虑了一阵，便提起笔来，在一张四边有龙纹图案的黄纸上写道：

> 前户部尚书侯恂，因罪蒙谴，久系诏狱。近闻该臣颇知感恩悔悟，忠忱未泯，愿图再试，以功补愆。目今国家多事，更需旧臣宣力，共维时艰。着将侯恂即日特赦出狱，命为兵部右侍郎兼右佥都御史，总督平蓟等镇援剿兵饷。
>
> 钦此！

他命御前答应马上将手诏送司礼监发出，然后靠在御椅上，略微松了口气。正要去看田妃的病，一个太监进来，将陈新甲的一封密奏呈上。他看后心中一喜，不去承乾宫了。

据陈新甲的密奏，马绍愉已经回到北京，对满洲议和的事已经办成。崇祯马上命太监前去密谕陈新甲：马绍愉不宜在京城多见人，以免泄露机密。

太监走后，崇祯想着两件事总算都有了着落，心中暂时平静下来。午饭以后，他回到养德斋午睡一阵。醒来时，宫女魏清慧进来侍候他穿衣。崇祯的心情比午睡前更好，不再像平时那样愁眉苦脸。他打量了魏清慧一眼，觉得她虽然不像费珍娥那样美丽，但是凤眼蛾眉，肌肤细嫩，身材苗条，也有动人之处。特别是魏清慧已经二十一二岁，显然比费珍娥懂事得多。所以他一面让魏清慧给自己穿衣，一面不住地拿眼睛看她，脸上带着微笑。魏清慧正在替崇祯扣扣子，发现皇上目不转睛地望着自己，眼中有一种不平常的神情，不觉脸红，胸口突突乱跳。崇祯见她脸红，更觉有趣，一瞬间他很想把她搂在怀里，但又觉得自己毕竟是皇帝，又不是贪色误国的皇帝，不能那么轻狂，于是他笑着问道：

“管家婆，费珍娥现在还好么？”

魏清慧嫣然一笑，说：“皇上怎么也叫奴婢管家婆啦？”

“你是我的管家婆，乾清宫的许多事都要靠你照料。”

“只要皇上不生气，奴婢就是万幸了。”说着，她的眼波向皇上一转，那动人的神态使崇祯几乎不能自持。他听到魏清慧的心在狂跳，呼吸急促。然而他还是克制着自己，没有去搂抱她，又问道：

“魏清慧，我刚才问你，费珍娥可还好？”

“她还好。她一直都很感激皇上厚恩。”

“她是去陪公主读书的。你等一会儿去向公主传旨，叫她把仿书带来，让我看看她有没有长进。”

“遵旨。奴婢马上就去传旨。”

侍候崇祯梳洗之后，魏清慧就往长平公主的宫中走去。一路上她都在想着刚才发生的事情，奇怪崇祯今天第一次用那样的眼神看她，现在回想起来还有点不好意思。她平时常觉一生无出头之日，强装笑容，心中却藏着无限苦闷，如今却好像有一缕日光忽然照上了阶下幽草，使她感到惊奇、甜蜜、狐疑，觉得希望在前，又觉得世事渺茫难测。年轻的皇上毕竟没有对她做出异乎寻常的动作，或说出特别明显爱她的话，倒是念念不忘费珍娥。如今派她去向公主传旨，还不是想看看费珍娥？当然，费珍娥也是够可怜的，要真能蒙皇上喜爱，倒是一件好事。她一路胡思乱想，带着不平静的矛盾心情，匆匆地到了公主那里。

长平公主不敢怠慢，禀明母后，在一群宫女的簇拥下来到了乾清宫。她向父皇叩头问安之后，从费珍娥手里接过一叠仿书，亲手跪捧到父皇面前。崇祯说：

“你起来。我看看你的字有没有长进。”

公主又叩一个头，站了起来。崇祯把她的仿书放在御案上，认真地看了十几张，同时用朱笔将写得好的字打了圈。随即他放下朱笔，转过头来，含着微笑对公主说道：

“你的字有长进。今后还要好好地练。”

说毕，他扫了那些宫女一眼，好像是对她们的嘉许。其实他只是想看看费珍娥。当他的目光扫到费珍娥时，发现费珍娥也正在默默地偷眼望他。他的心中一动，觉得费珍娥真是美貌，好像比在乾清宫的时候更加出色。他连着望了几眼，望得费珍娥低下头去，双颊泛起红潮。

魏清慧站在一旁，将这一切都看在眼里。看到皇上果然仍是那么喜欢费珍娥，她既有点替费珍娥高兴，又不禁为自己感到怅惘，崇祯又向公主问道：

“你近来读些什么书？”

“正在读《列女传》和《诗经》。”

“那《列女传》可都会讲？”

“有些会，有些不会。不会讲的都由别的奴婢帮我讲，内书房的老太监也替我讲。一般的道理女儿都能明白。”

崇祯终于忍不住，转向费珍娥问道：“费珍娥，你是陪伴公主读书的，那书上的道理你能够懂得么？”

“奴婢能够懂得。”费珍娥跪下答道。

“你们在我面前说话，可以不必跪着。”

“奴婢原先伺候皇上，有时说话可以不跪。如今奴婢伺候公主，已经不在乾清宫了，因此皇爷问话，奴婢不敢不跪。”

崇祯笑了起来，说：“你倒是很懂皇家礼数。我问你，公主能背的书，你也能够背么？”

“奴婢还能背一些。”

公主接着说：“她比我背得还熟。”

崇祯又笑起来，问公主道：“你《诗经》读到哪里了？”

“《国风》还没有读完，待读完以后才能接着读《小雅》。”

崇祯又问费珍娥：“你也读《诗经》么？”

“奴婢陪侍公主读书，凡是公主读的，奴婢也读。”

公主又插话说：“她不但也读，她比我还读得好，《国风》已经读完，开始读《小雅》了。”

崇祯笑着问费珍娥：“你最喜欢读哪几首？可能背几句给我听听？”

“奴婢遵旨。”费珍娥说罢，马上朗声背道：“呦呦鹿鸣，食野之苹。我有嘉宾，鼓瑟吹笙。吹笙鼓簧，承筐是将。人之好我，示我周行。呦呦鹿鸣，食野之蒿……”

当费珍娥开始背书的时候，崇祯看见她两片红唇中露出的牙齿异常洁白、整齐，声音又是那么娇嫩，那么清脆悦耳，心里越发感到喜爱。他怕在女儿和别的宫女面前泄露自己的真实感情，失去他做父亲和做皇帝的尊严，便做了一个手势，让费珍娥停下来，淡淡地说道：

“费珍娥，你背得不错。你是个聪明人，今后要好好读书。”说罢，他又转过脸来，望着公主说：“《诗经》中有些是讽刺诗，有些是称颂后妃之德的，我怕有许多诗句你们不懂，可以过一年再读。现在先把《列女传》读熟，《女四书》也要读熟。”

然后他命魏清慧取出四匹绸缎和文房四宝，赐给公主，对服侍公主的宫女们另有赏赐，特别对费珍娥多赏了四两银子，以奖励她陪伴公主读书有功。先是公主，随后宫女们都向他跪下磕头谢恩，然后辞出。这时崇祯最后又望了费珍娥一眼，心里想：等公主明年下嫁的时候，不妨把费珍娥留下，仍让她回乾清宫来。

公主走后，崇祯也没有在乾清宫多留，就乘辇往承乾宫看田妃去。

田妃今天的情况又很不好，痰中带着血丝，吐在一个银壶里。崇祯坐在田妃的床前，亲自拿过银壶来看了看，不觉眉头紧皱，心中凄然。昨天他已命太监去太医院询问：田妃到底还能活多久。据太医们回奏，恐怕只在一月左右。但这些话他不好对田妃说出来，仍然安慰她道：

“你的病不要紧，慢慢会有起色。你一定要宽心，好好养病。”

田妃并不相信崇祯的话，但也不愿使崇祯伤心，勉强苦笑一下。崇祯忽然想起从前每次来承乾宫时多么快活，而如今竟然成此模样，心中又一阵难过。他站了起来，走到平时田妃喜欢的一座盆景前边，看见盆中的水已经干了，花草已经萎谢。他不忍再看，回到田妃的床边，又说了几句安慰的话，就乘辇返回乾清宫。

就在他去承乾宫看望田妃的时候，他的御案上又新到了一些奏疏。他随手拆开一封一看，不禁大吃一惊：原来是一个言官弹劾陈新甲与东虏议和，疏中提到款议的内容和他所见的密件竟然相同，还说目前不仅举朝哗然，而且京师臣民人人都在痛恨陈新甲的丧权辱国之罪。崇祯又惊又气：如此机密大事，如何会泄露出去，而且泄露得如此之快？难道是马绍愉泄露的？但他随即又想：马绍愉决无这样的胆量。那么，究竟是怎么泄露的呢？他站起来，绕着柱子转来转去，彷徨很久，连连说道：

"怪！怪！如何泄露出去？如何京师臣民都知道了？真是咄咄怪事！"

尽管乾清宫并不很热，但是崇祯看了言官方士亮的奏疏却急出了一身热汗。他既担心由于言官的反对，使得之不易的"款事"败于一旦，又害怕同"东虏"秘密议和的真相全部张扬出去，有损于他的"英主"之名，而这后一点使他最为害怕。他从水晶盘中抓起一块窖冰①向两边太阳穴擦一擦，竭力使自己略微镇静，随即站起来在暖阁里走来走去，边走边狠狠地小声骂道：

"什么言官，都是臭嘴乌鸦，成事不足，败事有余！哼！你们遇事就哇啦哇啦，自诩敢言，借以沽名钓誉，全不顾国家困难。朝廷上许多事都败在你们这班乌鸦手中！"

他踱了一阵，心情稍微平静，重新坐下，在方士亮的疏上批了"留中"二字。过了片刻，他觉得不妥。倘若方士亮还要纠缠怎么好？倘若明日有许多言官跟着方士亮起哄，纷纷上疏攻讦陈新甲，反对议和，岂不败了和议大计又张扬了种种内情？他的双脚在地上乱踏，急了一阵，重新提起朱笔，在一张黄色笺纸上写下了严厉手谕：给事中方士亮平日专讲门户，党同伐异。朕已多次容忍，以示朝廷广开言路之意。不意值此松锦新败、中原危急之时，方士亮不恤国步艰难，专事捕风捉影，轻信流言蜚语，对大臣肆口攻讦，混淆视听，干扰朝政，殊堪痛恨！本应拿问，以振纲纪；姑从宽处，以冀悔悟。着罚俸三月，并交吏部酌调往边远行省效力。钦此！他忽然一想，担心如此处置言官，会引起朝议大哗，纷纷讦奏陈新甲暗中主持和议之非，反而会将秘密内情和盘托出。

①窖冰——冬天将大冰块藏于窖中，夏日取用的自然冰。

于是他的怒气消了，只好将刚写好的手谕揉成纸团，投入痰盂，决定等一等朝臣们有什么动静。尽管他的心情十分烦乱，但是御案上堆的重要文书很多，他不能不勉强苦恼地继续省阅。方士亮讦奏陈新甲的事缠绕在他的心上，使他十分苦恼，不时地停住朱笔，望着窗户凝神，深深地嘘出闷气。

御案上的香已经烧得差不多了。今天本来轮到一个姓陈的年纪较大的宫女负责乾清宫中添香和送茶的事，可是魏清慧对她说："皇爷今日心绪不佳，容易生气，我替你去吧。"姓陈的宫女也知道自己本来长得不十分俊，年纪又已经二十四岁，早就断了被皇上看中的念头，现在听了魏清慧的话，感激她对自己的好意，便悄悄笑着说："清慧妹，不怪你是乾清宫的管家婆，真会体谅别人。"

魏清慧知道崇祯从承乾宫看过田娘娘的病后，心情就不十分好，但没有料到刚才又有一封言官的奏疏惹动了他生气。她一方面确实怕姓陈的宫女无意中受皇上责备，另一方面也怀着一点缥缈的希望。她特意换上一套用龙涎香熏过的平时皇上比较喜欢的衣裙，薄施脂粉，云鬓上插了两朵鲜花，又对着新磨的铜镜照了照，觉得自己虽然不像费珍娥那样玉貌花颜，但也自有一种青春美色。

于是她离开了乾清宫后面的宫女住房，脚步轻盈地来到崇祯正在省阅文书的暖阁外边，听一听，然后轻轻地掀帘而入，那帘子几乎连一点声音都没有发出。当她一路走来时，心里早已做好打算：今日来到皇上面前添香，她当然要像往日一样庄重、小心、温柔、大方，决不能使皇上觉得她有一点轻浮，但同时她要大胆地露一丝若有若无的微笑，还要设法在皇上面前多逗留一些时候。甚至她还想着，如果皇上看她添香，她不妨故意地将眼波向皇上一转，像前天在养德斋侍候皇上穿衣时那样胆大，看皇上对她如何。对于这些想法，她自己也觉得害臊，不由地脸颊泛红，呼吸急促。但这时她已经到了皇上面前，没有时间继续想了。皇上并没有觉察她的来到。魏清慧看见崇祯的神情，不禁心中一寒，那一切在心中悄悄燃烧的希望的火苗突然熄灭。她不敢多看皇上，赶快添了香，屏息退出，心中暗问：

"天呀！出了什么事儿？"

崇祯知道有人进来添香，但他没有抬起头来，不知道是魏清慧。后来他听见身后帘子一响，知道添香的宫女已经走了。他放下文书，又长嘘一口闷气，靠在椅背上，重新想着泄露机密的事，仰视空中，连说：

“怪事！怪事！真是奇怪！”

崇祯想叫陈新甲立刻进宫，当面问他如何泄露机密，便命一名太监出宫传旨，但马上又把这个太监叫回。他想，如果现在把陈新甲叫进宫来，追问他如何泄露机密，这事就很可能传出去，至少陈新甲自己会泄露给他的左右亲信，朝臣中会说他先命陈新甲秘密议和，现在又来商量如何掩盖。重新考虑的结果，他决心从现在起就不单独召见陈新甲了，以便到不得已时只说自己毫不知情，将新甲下入诏狱，等半年、一年或两年之后，事过境迁，还可以将新甲放出，重新使用。

从下午直到晚上，他在宫中六神无主，各种事情都无心过问，也不愿召见任何大臣。首辅周延儒曾经要求进宫奏事，他命太监回绝，只说：“今日圣上御体略有不适。”陈新甲也曾要求入宫单独面奏，他同样拒不召见。往日他也有种种烦恼、愁闷，但今日似乎特别地精神颓丧，萎靡不振，连各处飞来的紧急文书也都无心省阅。无聊之中，他就往袁妃住的翊坤宫去散心。

皇上的突然驾临，完全出袁妃的意料之外。虽然袁于一年前晋封为贵妃，但是很少能盼望到皇上来翊坤宫一次。接驾之后，趁着崇祯欣赏金鱼，她赶紧重新打扮。虽然她妩媚不如田妃，但是丰满、稳重，则田妃不如。崇祯一时高兴，要同她下棋。她不再像三年前在瀛台澄渊亭上那样，故意使用心计，把皇上逼得走投无路，然后卖出破绽，让皇上转败为胜，而是一见皇上有点困难，马上就暗中让步。崇祯比较容易地连胜两局，十分满意，晚上就宿在翊坤宫中。就在他聚精会神地同袁贵妃下棋时候，陈新甲与满洲秘密议和、丧权辱国的消息已经传遍了朝野，言官们纷纷地将弹劾陈新甲的奏本递进宫来。

年轻的崇祯皇帝由于田妃久病，不到承乾宫过夜，也极少召别的妃嫔或宫女到养德斋陪宿，每日都在为国事苦恼，今晚偶然宿在翊坤宫，一时间十分愉快。袁妃虽然不如田妃美艳，也不像田妃那样多才多艺，又善揣摸他的心意，但袁妃也毕竟是他和皇后一起于崇祯初年从许多美女中挑选的人尖子，今年不满三十岁，仍是青春焕发年龄。她在晚膳后经过精心晚妆，淡雅中含着妩媚，加之天生的肌肤细嫩，面如桃花，蛾眉凤眼，睛如点漆，光彩照人，顾盼有情，这一切都很使崇祯动心。袁妃很少能盼望到皇上"临幸"，平日冷落深宫，放鸽养花，消磨苦闷时光，今晚竟像是久旱忽逢甘雨。近来她明白田妃不久将要死去，深望从今后将得到皇上眷顾，不再在闲愁幽怨中虚掷青春。她已经为皇上生了一儿一女，暗想着一旦田妃亡故，只要她能够得到皇上一半宠爱，晋封为皇贵妃不难。这一晚上，她对崇祯百般温柔体贴，使他高兴。袁妃平日待人宽厚，对下有恩。宫女们和太监们都希望她从今后能受到皇上的宠爱，他们就会有许多好处，也能在后宫中稍稍"扬眉吐气"，所以今夜整个翊坤宫都是在幸福之中。他们觉得，今晚翊坤宫的花儿特别芳香，连红纱宫灯和明角宫灯也显得特别明亮，带着喜气。

可是玄武门刚刚打过四更，崇祯一乍醒来，想起来与满洲议和的事已经泄露，不禁出了一身热汗，将袁妃一推，突然说道：

"我要起来，回乾清宫去！"

袁妃惊醒，知道皇上要走，温柔地悄声劝道："皇爷，你年年忧心国事，日理万机，难道连一夜安生觉就不能睡到五更？"

崇祯又一次推开她，焦急地小声说："唉，你不懂，你不懂朕有多么困难。卿莫留我，不要误我的大事！"

袁妃的心中惘然若失，不敢再留，随即唤值夜的宫女们进来。她在宫女们的服侍下赶快梳洗穿戴，然后她和宫女们又侍候崇祯起床。吃过燕窝汤和几样可口的点心，崇祯立即吩咐"起驾"。袁妃率领宫女和太监们到翊坤门跪下送驾。当皇帝上辇时候，她轻轻叫了一声："皇爷……"她本来想说她希望皇上今晚再来，但是她当着一大群跪着的宫女和太监的面不好出口，磕了头，怅然望着皇上乘的辇在几盏摇晃的宫灯中顺着长巷远去。她的许多梦想顿然落空。从地上起身之后，她暗想着国事不好，心头不禁变得沉重，又想到她自己的不幸，陡然心中一酸，几乎滚出热泪。

崇祯回到乾清宫，果然不出所料，御案上堆着昨晚送来的许多文书，其中有三封反对朝廷与满洲秘密议和。这三封奏疏中，有一封是几个言官联名，措词激烈。所有这些奏疏，并不是徒说空话，而是连马绍愉同满洲方面议定的条款都一股脑儿端了出来。尽管这些奏章都是攻讦陈新甲的，但崇祯知道每一件事都是出自他的主张或曾经得到他的点头，所以他的脸孔一阵一阵地发热，前胸和脊背不住冒汗。

玄武门楼上传来了五更的钟声以后，崇祯在宫女们的服侍下换上了常朝冠服，到乾清宫丹墀上虔敬拜天，默默祝祷，然后乘辇去左顺门上朝。关于言官们讦奏陈新甲与满洲暗中议和的事，他决定在上朝时一字不提，下朝以后再作理会。但是他已经断定是由陈新甲那里泄露了机密，所以对陈新甲非常恼恨。他一则为着忍不住一股怒火，二则希望使言官们不要认为他知道陈新甲与满洲议和的事，在常朝进行了一半时候，他忽然脸色一变，严词责备陈新甲身为兵部尚书而对开封解围不力，朱仙镇丧师惨重；又责备他不能迅速调兵防备山海关和长城各口，特别是在洪承畴投降之后，对辽东恢复事束手无策，一味因循敷衍，不能解朝廷东顾之忧。

陈新甲俯伏在地，不敢抬头。起初他不知道皇上为什么拿开封的事突然这样对他严加责备，接着又责备他不能调兵防守山海关和长城各口，不能为皇上解除东顾之忧。随即他忽然明白：一定是皇上变卦，要把与东虏议和的事归罪到他的头上。于是他浑身冒汗，颤抖得很厉害。当崇祯向他问话的时候，他简直不知道如何回答。虽然他平日口齿伶俐，但现在竟讷讷地说不出话来，只是在心中对自己说：

“我天天担心的大祸果然来了！”

但是陈新甲虽很恐怖，却不完全绝望。他想他是奉密旨行事，目前东事方急，皇上会想出转圜办法。

崇祯将陈新甲痛责一顿之后，忽然又问刑部尚书：“那个在松山临阵脱逃的总兵王朴，为什么要判处秋决？”刑部尚书赶紧跪下说明：王朴虽然从松山逃回，人马损失惨重，可是溃逃的不光是他一个总兵官，而是整个援锦大军崩溃，他也是身不由己，所以根据国法，判为死罪，秋后处决。

崇祯听了大怒，将御案一拍，喝道：“胡说！像他这样的总兵，贪生怕死，临敌不能为国效命，竟然惊慌逃窜，致使全军瓦解，为什么不立时处决？”

刑部尚书也被这突然严责弄得莫名其妙，惊慌失措，赶紧叩头回奏：“臣部量刑偏轻，死罪死罪。今当遵旨将王朴改判为‘立决’，随时可以处决。”

崇祯余怒未息，本来不打算理会言官，可是一时激动起来，忍耐不住，将严厉的目光转向几个御史和给事中，指着他们说：

“你们这班人，专门听信谣言，然后写出奏本，危言耸听，哗众沽名。朝中大事，都败在你们这些言官身上。如果再像这样徒事攻讦，朝廷还有什么威望？还能办什么事情？”

他声色俱厉，不断地用拳头捶着御案。那些御史和给事中一个个吓得跪在地上，面如土色，不敢抬头。这么发了一阵脾气之后，他不再等待朝臣们向他继续奏事，起身退朝。

崇祯回到乾清宫，自认为今天上朝发了一顿脾气，对东虏议和的事大概没人再敢提了，这一阵风浪从此可以压下去了。只要朝臣中没有人再攻讦陈新甲，朝议缓和下去，对满洲议和事以后再说。但是他害怕这一次风波并没有完，叹一口气，精神混乱，仰望藻井，自言自语：

“中原糜烂。辽东糜烂。处处糜烂。糜烂！糜烂！倘若款事不成，虏兵重新入塞，这风雨飘摇的江山叫我如何支撑啊！”

过了一天，朝中果然仍有几个不怕死的言官，又上疏痛讦陈新甲暗中与东虏议和、丧权辱国之罪。其中有一封奏疏竟然半明半暗地涉及崇祯本人，说外面纷纷议论，谣传陈新甲暗中与东虏议和是奉皇上密旨，但上疏者本人并不相信，盖深知皇上是千古英明之主，非宋主可比云云。崇祯阅罢，明白这话是挖苦他，但没有借口将上疏的言官下狱。他的心中很焦急，眼看着事情已经闹大，想暗中平息已不可能。可是这事情到底是怎么泄露的呢？他不好差太监去问陈新甲，便把东厂提督太监曹化淳和锦衣卫使吴孟明叫进宫来。曹化淳先到了乾清宫，崇祯先用责备的口气问曹化淳：

“陈新甲辜负朕意，暗中派马绍愉同东虏议和。事情经过，朕实不知。他们暗中议和之事，言官们如何全都知道？你的东厂和吴孟明的锦衣卫两个衙门，职司侦伺臣民，养了许多打事件的番子。像这样大事，你们竟然如聋如瞽，白当了朕的心腹耳目！陈新甲等做的事，何等机密，朝中的乌鸦们是怎样知道的？”

曹化淳跪在地上，一边连说“奴婢有罪，恳皇爷息怒”，一边在转着心思。从秘密议和开始，主意出自皇上，中间如何进行，曲曲折折，他完全心中清楚。但听了皇上的这几句话，他明白皇上要将这事儿全推到陈新甲的身上。他在地上回奏说：

“对东虏议抚的事，原来很是机密，奴婢不大清楚。如今泄露出来，奴婢才叫番子们多方侦查……”

“侦查的结果如何？”

“启禀皇爷，事情是这样的：马绍愉将一封密件的副本夜里呈给陈新甲。陈新甲因为困倦，一时疏忽，看过之后，忘在书案上便去睡了。他的一个亲信仆人，看见上边并未批‘绝密’二字，以为是发抄的公事，就赶快送下去作为邸报传抄。这也是因为陈新甲治事敏捷，案无留牍，成了习惯，他的仆人们也常怕耽误了公事受责。方士亮是兵科给事中，所以先落到他的手中。第二天五更上朝时候，陈新甲想起来这个抄件，知道被仆人误发下去，赶快追回，不料已经被方士亮抄了一份留下。这个方士亮像一只苍蝇一样，正愁没有扁蔭蝋蛆，得了这密件后自然要大做文章。”

“京师臣民们如何议论？”

“京师臣民闻知此事，自然舆论大哗。大家说皇上是千古英明之主，断不会知道与东虏议和之事，所以大家都归咎于兵部尚书不该背着皇上做此丧权辱国之事。”

崇祯沉吟片刻，叹息说：“朕之苦衷，臣民未必尽知！”

曹化淳赶快说：“臣民尽知皇上是尧、舜之君，忧国忧民，朝乾夕惕。纵然知道此事，也只是一时受了臣下欺哄，不是陛下本心。”

崇祯说：“你下去吧。”

略停片刻，在乾清门等候召见的锦衣卫使吴孟明被叫了进来，跪在崇祯面前。他同曹化淳已经在进宫时交换了意见，所以回答皇帝的话差不多一样。

崇祯露出心事很重的神色，想了一阵，忽然小声问道：

“马绍愉住在什么地方，你可知道？”

“微臣知道。陛下要密召马绍愉进宫询问？”

“去他家看他的人多不多？”

“他原是秘密回京，去看他的人不多。自从谣言起来之后，微臣派了锦衣旗校在他的住处周围巡逻，又派人装成小贩和市井细民暗中监视。他一家人知道这种情形，闭户不敢出来。”

崇祯又小声说：“今日夜晚，街上人静以后，你派人将马绍愉逮捕。他家中的钱财什物不许骚扰，嘱咐他的家人，倘有别人问起，只说马绍愉因有急事出京，不知何往。如敢胡说一句，全家主仆祸将不测。”

吴孟明问道：“将他下入镇抚司狱中？”

崇祯摇摇头，接着吩咐：“将他送往西山远处，僻静地方，孤庙中看管起来。叫他改名换姓，改为道装，如同挂褡隐居的有学问的道士模样，对任何人不许说出他是马绍愉。庙中道士都要尊敬他，不许乱问，不许张扬。你们要好生照料他的饮食，不可亏待了他。”

“要看管到什么时候？”

“等待新旨。”

吴孟明恍然明白皇上的苦心，赶快叩头说：“遵旨！”

崇祯召见过曹化淳和吴孟明以后，断定这件事已经没法儿强压下去，只好把全部罪责推到陈新甲身上。于是他下了一道手谕，责备陈新甲瞒着他派马绍愉出关与东虏议款，并要陈新甲“好生回话”。实际上他希望陈新甲在回话时引罪自责，将全部责任揽到自己身上，等事过境迁，他再救他。

陈新甲接到皇上的手谕后，十分害怕。尽管他的家中保存着崇祯关于与满洲议和的几次手谕，但是实际上他不敢拿出来“彰君之恶”。他很清楚，本朝从洪武以来，历朝皇帝都对大臣寡恩，用着时倚为股肱，一旦翻脸，抄家灭门，而崇祯也是动不动就诛戮大臣。他只以为皇上将要借他的人头以推卸责任，却没有想到皇上是希望他先将罪责揽在自己身上，将来还要救他。陈新甲实在感到冤枉，而性格又比较倔强，于是在绝望之下头脑发昏，写了一封很不得体的“奉旨回话”的奏疏，将一场大祸弄得不可挽回了。在将奏疏拜发时，他竟会糊涂地愤然想道：

“既然你要杀我，我就干脆把什么事情都说出来。也许我一说出来，你就不敢杀我了。”

在“奉旨回话”的奏疏中，他丝毫不引罪自责，反而为他与满洲议和的事进行辩解。他先把两年来国家内外交困的种种情形陈述出来，然后说他完全是奉旨派马绍愉出关议和。他说皇上是英明之主，与满洲议和完全是为着祖宗江山，这事情本来做得很对，但因恐朝臣中有人大肆张扬，所以命他秘密进行，原打算事成之后，即向举朝宣布。如今既然已经张扬出去，也不妨就此向朝臣说明原委：今日救国之计，不议和不能对外，也不能安内，舍此别无良策。

崇祯看了此疏，猛然将一只茶杯摔得粉碎，骂道：“该杀！真是该杀！”尽管他也知道陈新甲所说的事实和道理都是对的，但陈新甲竟把这一切在奏疏中公然说出，而且用了“奉旨议和”四个字，使他感到万万不能饶恕。于是他又下了一道手谕，责备陈新甲“违旨议和”，用意是要让陈新甲领悟过来，引罪自责。

陈新甲看了圣旨后，更加相信崇祯是要杀他，于是索性横下一条心，又上了一封奏疏，不惟不引罪，而且具体地指出了某月某日皇上如何密谕、某月某日皇上又如何密谕，将崇祯给他的各次密诏披露无遗。他误以为这封奏疏会使崇祯无言自解，从而将他减罪。

崇祯看了奏疏后，从御椅上跳起来，虽然十分愤怒，却一时不能决定个妥当办法。他在乾清宫内走来走去，遇到一个花盆，猛地一脚踢翻。走了几圈后，他回到御案前坐下，下诏将陈新甲立即逮捕下狱，交刑部立即从严议罪。

当天晚上，崇祯知道陈新甲已经下到狱中，刑部正在对他审问，议罪。他忽然想到自己的多次手诏，分明陈新甲并没有在看过后遵旨烧毁，如今仍藏在陈新甲的家中。于是他将吴孟明叫进宫来，命他亲自率领锦衣旗校和兵丁立即将陈家包围，严密搜查。他想着那些秘密手诏可能传到朝野，留存后世，成为他的“盛德之累”，情绪十分激动，一时没有将搜查的事说得清楚。吴孟明跪在地上问道：

“将陈新甲的财产全数抄没？”

“财产不要动，一切都不要动，只查抄他家中的重要文书。尤其是宫中去的，片纸不留，一概抄出。抄到以后，马上密封，连夜送进宫来。倘有片纸留传在外，或有人胆敢偷看，定要从严治罪！”

吴孟明害怕查抄不全，皇上对他生疑，将有后祸，还怕曹化淳对他嫉妒，他恳求皇上命曹化淳同他一起前去。崇祯也有点对他不放心，登时答应命曹化淳一同前去。

当夜二更时候，陈新甲的宅子被东厂和锦衣卫的人包围起来。曹化淳和吴孟明带领一群人进入宅中，将陈新甲的妻、妾、儿子等和重要奴仆们全数拘留，口传圣旨，逼他们指出收藏重要文书的地方。果然在一口雕花樟木箱子里找到了全部密诏。曹化淳和吴孟明放了心，登时严密封好，共同送往宫中，呈给皇帝。

崇祯问道：“可是全在这里？”

曹化淳说：“奴婢与吴孟明找到的就这么多，全部跪呈皇爷，片纸不敢漏掉。”

崇祯点头说：“你们做的事绝不许对外声张！”

曹化淳和吴孟明走后，崇祯将这一包密诏包起来带到养德斋中，命宫女和太监都离开，然后他打开包封，将所有的密诏匆匆忙忙地看了一遍，不禁又愧又恨，愧的是这确实是他的手迹，是他做的事；恨的是陈新甲并没有听他的话，将每一道密诏看过后立即烧毁，而是全部私藏了起来。他在心中骂道：“用心险恶的东西！”随即向外间叫了一声：

“魏清慧！”

魏清慧应声而至。崇祯吩咐她快去拿一个铜香炉来。魏清慧心中不明白，迟疑地说：

“皇爷，这香炉里还有香，是我刚才添的。”

“你再拿一个来，朕有用处。”

魏清慧打量了崇祯一眼，看到他手里拿的东西，心里似乎有点明白，赶快跑出去，捧了一个香炉进来。崇祯命魏清慧把香炉放到地上，然后把那些密诏递给她，说：

"你把这些没用的东西全部烧掉，不许留下片纸。"

魏清慧将香炉和蜡烛放在地上，然后将全部密诏放进香炉，点了起来，小心不让纸灰飞出。不一会儿，就有一股青烟从香炉中冒出，在屋中缭绕几圈，又飞出窗外。崇祯的目光先是注视着香炉，然后也随着这股青烟转向窗外。他忽然觉得，如果窗外有宫女和太监看见这股青烟，知道他在屋内烧东西，也很不好。但侧耳听去，窗外很安静，连一点脚步声也没有，放下心来。魏清慧一直等到香炉中不再有火光，也不再冒烟，只剩下一些黑色灰烬，然后她请皇上看了一下，便把香炉送出。她随即重回到崇祯面前，问道：

"皇爷还有没有别的吩咐？"

崇祯将魏清慧从上到下打量了一番，不禁感到，宫里虽有众多妃嫔，像这样机密的事却只有让魏清慧来办才能放心。魏清慧心里却很奇怪：皇上身为天下之主，还有什么秘密怕人知道？为什么要烧这些手诏？为什么这样鬼鬼祟祟，害怕窗外有人？但是她连一句话也不敢问，甚至眼中都没有流露出丝毫疑问。崇祯心头上的一块石头放下了，想着魏清慧常常能够体谅他的苦心，今夜遵照他的旨意，不声不响地把事情做得又快又干净，使他十分满意。他用眼睛示意魏清慧走上前来，然后他双手拉住了她的手。魏清慧顿时脸颊通红，低头不语，心头狂跳。崇祯轻轻地说：

"你是我的知心人。"

魏清慧不晓得如何回答，脸颊更红。突然，崇祯搂住她的腰，往怀中一拉，使她坐在自己的腿上。魏清慧只觉得心快从口中跳出，不知是激动还是感激，一丝泪光在眼中闪耀。这时外边响起了脚步声，而且不止一个人的脚步声。魏清慧赶紧挣开，站了起来，低着头不知如何是好。这时帘外有声音向崇祯奏道：

"承乾宫掌事奴婢吴忠有事跪奏皇爷。"

崇祯望了魏清慧一眼，轻声说："叫他进来。"魏清慧便向帘外叫道：

“吴忠进来面奏！”

崇祯一下子变得神态非常严肃，端端正正地坐着，望着跪在面前的吴忠问道：

“有何事面奏？”

吴忠奏道：“启奏皇爷，田娘娘今日病情不佳，奴婢不敢隐瞒，特来奏明。”

“如何不好啊？”

“今日病情十分沉重，看来有点不妙。”

崇祯一听，顿时脸色灰白，说：“朕知道了。朕马上去承乾宫看她。”

在太监为他备辇的时候，崇祯已经回到乾清宫西暖阁。发现在他平时省阅文书的御案上，有一封陈新甲新从狱中递进的奏疏。他拿起来匆匆看了一遍。这封奏疏与上两次口气大不一样。陈新甲痛自认罪，说自己不该瞒着皇帝与东虏暗主和议，请皇上体谅他为国的苦心，留下他的微命，再效犬马之劳，至于崇祯如何如何密谕他议抚的话，完全不提了。崇祯心中动摇起来：究竟杀他还是不杀？杀他，的确于心不忍，毕竟这事完全是自己密谕他去干的。可是不杀，则以后必然会泄露和议真情。正想着，他又看见案上还有周延儒的一个奏本。拿起一看，是救陈新甲的。周延儒在疏中说，陈新甲对东虏暗主和议，虽然罪不容诛，但请皇上念他为国之心，赦他不死。又说如今正是国家用人之时，杀了陈新甲殊为可惜。崇祯阅罢，觉得周延儒说的话也有道理，陈新甲确实是个有用的人才。“留下他？还是不留？”崇祯一面在心中自问，一面上辇。

在往承乾宫去的路上，他的心又回到田妃身上。知道田妃死期已近，他禁不住热泪盈眶，心中悲叹：

“难道你就这么要同我永别了么？”

他的辇还没有到承乾宫，秉笔太监王承恩从后面追上来，向他呈上两本十万火急的文书。他停下辇来拆看，原来一本是周王的告急文书，一本是高名衡等封疆大吏联名的告急文书，都是为着开封被围的事，说城内粮食已经断绝，百万生灵即将饿死，请求皇上速发救兵。

崇祯的心中十分焦急，感到开封的事确实要紧。万一开封失守，局势将不堪设想。他也明白开封的存亡，比田妃的病和陈新甲的事，要紧得多。他的思想混乱，在心中断断续续地说：

"开封被围，真是要命……啊，开封！开封！……侯恂已到了黄河北岸，难道……竟然一筹莫展？"

田妃的病情到了立秋以后，更加不好，很明显地一天比一天接近死亡。据太医们说，看来拖不到八月了。在三个月前，崇祯接受太医院使的暗中建议和皇后的敦促，命工部立即在钦天监所择定的地方和山向[①]为田妃修建坟墓，由京营兵拨一千人帮助工部衙门所募的工匠役夫。如今因田妃病情垂危，工部营缮司郎中亲自住在工地，日夜督工修筑。田妃所需寿衣，正在由宫内针工局[②]赶办。直到这时，崇祯对救活田妃仍抱着一线希望。他继续申斥太医们没有尽心，继续向能医治田皇贵妃沉疴的江湖异人和草野医生悬出重赏，继续传旨僧道录司督促全京城僧、道们日夜为田妃诵经，继续命宣武门内天主堂西人传教士和中国的信教男女为田妃虔诚祈祷，而他自己也经常去南宫或去大高玄殿或英华殿拈香许愿……

崇祯皇帝在这样笼罩着愁云惨雾的日子里，陈新甲的问题又必须赶快解决。近半个多月来，有不少朝臣，包括首辅周延儒在内，都上疏救陈新甲。许多人开始从大局着眼：目前对满洲无任何良策，而中原又正在糜烂，中枢易人，已经很为失计，倘再杀掉陈新甲，将会使"知兵"的大臣们从此寒心，视兵部为危途。朝臣中许多人都明白对满洲和议是出自"上意"，陈新甲只是秉承密旨办事。他们还认为和议虽是下策，但毕竟胜于无策。倘若崇祯在这时候将陈新甲从轻发落，虽然仍会有几个言官上疏争论，但也可以不了了之。无奈他想到陈新甲在"奉旨回话"的疏中说出和议是奉密旨行事，使他十分痛恨。陈新甲的奏疏他已经"留中"，还可以销毁，可是如果让陈新甲活下去，就会使别人相信陈新甲果是遵照密旨行事，而且陈新甲还会说出来事情的曲折经过。所以当朝议多数要救陈新甲时，崇祯反而决心杀陈新甲，而且要快

①山向——坟墓的方向。

②针工局——太监所属的一个机构。

杀，越快越好。

到了七月中旬，刑部已经三次将定谳呈给崇祯，都没有定为死罪，按照《大明律》，不管如何加重处罪，都没有可死之款。崇祯将首辅周延儒、刑部尚书和左右侍郎、大理寺卿、都察院左右都御史召进乾清宫正殿，地上跪了一片。他厉声问道：

“朕原叫刑部议陈新甲之罪，因见议罪过轻，才叫三法司会审。不料你们仍旧量刑过轻，显然是互为朋比，共谋包庇陈新甲，置祖宗大法于不顾。三法司大臣如此姑息养奸，难道以为朕不能治尔等之罪？”

刑部尚书声音颤栗地说：“请陛下息怒！臣等谨按《大明律》，本兵亲自丢失重要城寨者可斩，而陈新甲无此罪。故臣等……”

崇祯怒喝道：“胡说！陈新甲他罪姑且不论，他连失洛阳、襄阳，福王与襄王等亲藩七人被贼杀害，难道不更甚于失陷城寨么？难道不该斩么？”

左都御史颤栗说：“虽然……”

崇祯将御案一拍，说：“不许你们再为陈新甲乞饶，速下去按两次失陷藩封议罪！下去！”

首辅周延儒跪下说：“请陛下息怒。按律，敌兵不薄城……”

崇祯截断说：“连陷七亲藩，不甚于敌兵薄城？先生勿言！”

三法司大臣们叩头退出，重新会议。虽然他们知皇上决心要杀陈新甲，但是他们仍希望皇上有回心转意时候，于是定为“斩监候”，呈报皇上钦批。崇祯提起朱笔，批了“立决”二字。京师臣民闻知此事，又一次舆论哗然，但没有人敢将真正的舆论传进宫中。

七月十六日，天气阴沉。因为田妃病危，一清早就从英华殿传出来为田妃诵经祈禳时敲的木鱼和钟、磬声，传入乾清宫。崇祯心重如铅，照例五更拜天，然后上朝，下朝。这天上午，他接到从全国各地来的许多紧急文书，其中有侯恂从封丘来的一封密奏。他昨夜睡眠很少，实在困倦，颓然靠在龙椅上，命王承恩跪在面前，先将侯恂的密疏读给他听。

新任督师侯恂在疏中先写了十五年来“剿贼”常常挫败的原因，接着分析了河南的目前形势。他认为全河南省十分已失陷七八，河南已不可救，开封也不可救。他说，目前的中原已经不再是天下腹心，而是一片“糜破之区”；救周王固然要紧，但是救皇上的整个社稷尤其要紧。他大胆建议舍弃河南和开封，命保定巡抚杨进和山东巡抚王永吉防守黄河，使“贼”不得过河往北；命凤阳巡抚马士英和淮徐巡抚史可法挡住贼不能往南；命陕西、三边总督孙传庭守住潼关，使“贼”不得往西；他本人驰赴襄阳，率领左良玉固守荆襄，以断“流贼”奔窜之路。中原赤地千里，人烟断绝，莫说“贼”声称有百万之众，就拿有五十万人和十万骡马说，将没法活下去。“曹操”一支看出李自成有兼并之心，暗中猜疑，有了二心。袁时中的人马，已经离开李自成，变为敌人。我方当利用机会从中离间，“贼”必内里生变，不攻自溃。为今之计，只能如此。……

崇祯听到这里，不由地骂道：“屁话！全是屁话！下边还说些什么？”

王承恩看着奏疏回答：“他请求皇爷准他不驻在封丘，驰赴左良玉军中，就近指挥左良玉。”

崇祯冷笑说：“在封丘他是督师，住在左良玉军中就成了左良玉的一位高等食客，全无作用！”就摆手不让再读下去，问道：“今日斩陈新甲么？”

“是，今日午时出斩。”

“何人监斩？”

“三法司堂官共同监斩。”

“京师臣民对斩陈新甲有何议论？”

王承恩事先受王德化嘱咐，不许使皇上生气，赶快回答说：“听说京师臣民都称颂皇爷是千古英主，可以为万世帝王楷模。”

崇祯挥退王承恩，赶快乘辇去南宫为田妃祈禳。快到中午时候，他已经在佛坛前烧过香，正准备往道坛烧香，抬头望望日影，心里说：“陈新甲到行刑的时候了。”回想着几年来他将陈新甲倚为心腹，密谋“款议”，今后将不会再有第二个陈新甲了，心中不免有点惋惜。但是一转念想到陈新甲泄露了密诏，成为他的“盛德之累”，那一点惋惜的心情顿然消失。

当他正往道坛走去时候，忽然坤宁宫一名年轻太监奉皇后之命急急忙忙地奔来，在他的脚前跪下，喘着气说：

“启奏皇爷，奴婢奉皇后懿旨……”

崇祯的脸色一变，赶快问：“是承乾宫……”

“是，皇爷，恕奴婢死罪，承乾宫田娘娘不好了，请皇爷立刻回宫。”

崇祯满心悲痛，几乎忍不住大哭起来。他扶住一个太监的肩膀，使自己不要倒下去，自言自语地喃喃说：

“我早知道会有这一天……”

崇祯立刻流着泪乘辇回宫，一进东华门就开始抽咽。来到承乾宫，遇见该宫正要奔往南宫去的太监。知道田妃已死，他不禁以袖掩面，悲痛呜咽。

田妃的尸体已经被移到寝宫正间，用较素净的锦被覆盖，脸上盖着纯素白绸。田妃所生的皇子、皇女，阖宫太监和宫女，来不及穿孝，临时用白绸条缠在发上，跪在地上痛哭。承乾宫掌事太监吴忠率领一部分太监在承乾门内跪着接驾。崇祯哭着下辇，由太监搀扶着，一边哭一边踉跄地向里走去。檐前鎏金亮架的鹦鹉发出凄然叫声：“圣驾到！”但声音很低，被哭声掩盖，几乎没人听见。崇祯到了停尸的地方，嚎啕大哭。

为着皇贵妃之丧，崇祯辍朝五日。从此以后，他照旧上朝，省阅文书，早起晚睡，辛辛勤勤，在明朝永乐以后的历代皇帝中十分少有。但是他常常不思饮食，精神恍惚，在宫中对空自语，或者默默垂泪。到了七月将尽，连日阴云惨雾，秋雨淅沥。每到静夜，他坐在御案前省阅文书，实在困倦，不免打盹，迷迷糊糊，仿佛看见田妃就在面前，走动时仍然像平日体态轻盈，似乎还听见她环佩丁冬。他猛然睁开眼睛，伤心四顾，只看见御案上烛影摇晃，盘龙柱子边宫灯昏黄，香炉中青烟袅袅，却不见田妃的影子消失何处。他似乎听见环佩声消失在窗外，但仔细一听，只有乾清宫高檐下的铁马不住地响动，还有不紧不慢的风声雨声不断。

一连三夜，他在养德斋中都做了噩梦。第一夜他梦见了杨嗣昌跪在他的面前，胡须和双鬓斑白。他的心中难过，问道：

“卿离京时，胡须是黑的，鬓边无白发。今日见卿，何以老得如此？”

杨嗣昌神情愁惨，回答说：“臣两年的军中日月，皇上何能尽悉。将骄兵惰，人各为己，全不以国家安危为重。臣以督师辅臣之尊，指挥不灵，欲战不能，欲守不可。身在军中，心驰朝廷，日日忧谗畏忌……”

崇祯说：“朕全知道，卿不用说了。朕要问卿，目前局势更加猖獗，如火燎原，卿有何善策，速速说出！”

“襄阳要紧，不可丢失。”

“襄阳有左良玉驻守，可以无忧。目前河南糜烂，开封被围日久，城中已经绝粮。卿有何善策？”

“襄阳要紧，要紧。”

“卿不必再提襄阳的事。去年襄阳失守，罪不在卿。卿在四川，几次驰檄襄阳道张克俭与知府王述曾，一再嘱咐襄阳要紧，不可疏忽。无奈他们……”

突然在乾清宫的屋脊上响个炸雷，然后隆隆的雷声滚向午门。崇祯被雷声惊醒，梦中的情形犹能记忆。他想了一阵，叹口气说：

“近来仍有一二朝臣攻击嗣昌失守襄阳之罪，他是来向朕辩冤！”

第二天夜里他梦见田妃，仍像两年前那样美艳，在他的面前轻盈地走动，不知在忙着什么。他叫她，她回眸一笑，似有淡淡哀愁，不来他的身边，也不停止忙碌。他看左右无人，扑上去要将她搂在怀里。但是她身子轻飘地一闪，使他扑了个空。他连扑三次，都被她躲闪开了。他忽然想起来她已死去，不禁失声痛哭，从梦中哭醒。

遵照皇后“懿旨”，魏清慧每夜带一个宫女在养德斋的外间值夜。她于睡意蒙眬中被崇祯的哭声惊醒，赶快进来，跪在御榻前边劝道：

“皇爷，请不要这样悲苦。陛下这样悲苦，伤了御体，田娘娘在九泉下也难安眠。”

崇祯又哽咽片刻，问道：“眼下什么时候？”

“还没有交四更，皇爷。”

“夜间有没有新到的紧急军情文书？”

“皇爷三更时刚刚睡下，有从河南来的一封十万火急的军情文书，司礼监王公公为着皇爷御体要紧，不要奴婢叫醒皇爷，放在乾清宫西暖阁的御案上。”

“去，给我取来！”

"皇爷，请不必急着看那种军情文书，休息御体要紧。皇后一再面谕奴婢……"

崇祯截住她说："算啦，你休息去吧。"

他不敢看河南的军情文书，明知看了也没有办法。等魏清慧退出以后，他闭起眼睛，强迫自己入睡，却再也不能入睡，听着窗外的风声、雨声、养德斋檐角铃声，一忽儿想着河南和开封，一忽儿想到关外……

第三天夜间，他先梦见薛国观，对他只是冷笑，不知是什么意思。他吓得出了一身冷汗醒了。第二次入睡以后，他梦见陈新甲跪在他的面前，不住流泪。他也心中难过，说道：

"卿死得冤枉，朕何尝不知，此是不得已啊！朕之苦衷，卿亦应知。"

陈新甲说："臣今夜请求秘密召对，并非为诉冤而来。臣因和议事败，东虏不久将大举进犯，特来向陛下面奏，请陛下预作迎敌准备。"

崇祯一惊，惨然说："如今兵没兵，将没将，饷没饷，如何准备迎敌？"

"请陛下不要问臣。臣已离开朝廷，死于西市了。"

陈新甲说罢，叩头起身，向外走去。崇祯目送他的背影，忽然看见他只有身子，并没有头。他在恐怖中醒来，睁开眼睛，屋中灯光昏暗，似有鬼影徘徊，看不分明，而窗外雨声正稠，檐溜像瀑布一般倾泻在地。在雨声、风声、水声中似有人在窗外叹息。他大声惊呼：

"魏清慧！魏清慧！……"

十五

多尔衮时代开始

第 44 章

进入甲申年，多尔衮每天都在注视着关内的局势变化。他获得关内的各种消息，主要依靠派许多细作在北京打探。对探到特别重要消息的细作，不惜重赏。关于北京朝廷上的忙乱举措和纷争，以及“陕西流贼”的重要活动，几乎是每天或每隔三两天就有潜伏在北京的细作报到盛京，先密报到兵部衙门，随即火速禀报到睿亲王府。住在沈阳城内的多尔衮，天天都在考虑如何率大军进入中原，而明朝当局却因自顾不暇，没有时间考虑满洲敌人的动静。至于李自成，一则被一年多来军事上的不断胜利冲昏了头脑，二则目光短浅，不懂得他东征幽燕进入北京以后的强敌，并不是一筹莫展的崇祯皇帝和好比日落西山的大明朝廷，而是崛起于辽东的、对关内虎视眈眈的所谓“东虏”，所以对关外的情况知之甚少甚或全然不知。

大约在正月下旬，多尔衮连得探报，说那个名叫李自成的“流贼”首领已经在西安建立了大顺朝，改元永昌，并且从去年十二月底到今年正月初，派遣了五十万人马分批从韩城附近渡过黄河，进入山西境内，所向无敌，正在向太原进兵，声言要进犯北京，夺取明朝江山。这一消息不仅来自朝野惊慌的北京，也来自吴三桂驻守的宁远城中。当时宁远已经是明朝留在山海关外的一座孤城，但是由于吴三桂的父母和一家三十余口都住在北京城中，而吴三桂与驻节永平的蓟辽总督王永吉也常有密使往来，所以从宁远城中也可以知道北京的重大消息。从北京、永平和宁远城中探听到的“流贼”正在向北京进犯的消息大致相同，使多尔衮不能不焦急了。

在爱新觉罗皇族中，最有雄才大略的年轻领袖莫过于多尔衮这位亲王。他从十八岁就带兵打仗，不仅勇敢，而且富于智谋，后来成了皇太极政权圈子中的重要亲王。去年八月间，皇太极突然去世之后，皇族中有人愿意拥戴他继承皇位，他自己也有一部分可靠的兵力，然而为着安定清国大局，避免皇室诸王为皇位继承问题发生纷争，削弱国力，他坚决不继承皇位，也打退了别人觊觎皇位的野心，严厉惩罚了几个人，同时他紧紧拉着比他年长的，且有一部分兵力的郑亲王济尔哈朗，同心拥戴皇太极的六岁幼子福临登极，由他和郑亲王共同辅政，被称为辅政亲王。

他自幼就以他的聪明和勇敢，在诸王贝勒中表现非凡，受到父亲努尔哈赤的宠爱，也受到同父异母的哥哥皇太极的特别看重。他自己虽然口中不说，然而环顾同辈，不能不自认为是爱新觉罗皇族中的不世英雄。由于他在二十岁左右的时候就有进兵中原，灭亡明朝，迁都北京，以“大清”国号统治中国的抱负，所以在皇太极突然病逝之后，在举朝震惊失措、陷于皇位纷争，满洲的兴衰决于一旦之际，他能够以其出众的智谋和应变才能，使不懂事的小福临登上皇位，为他以后实现统兵进入中原的大计准备了条件。然而，像多尔衮这样有心术又有野心的人物，对与济尔哈朗共同辅政这件事并不甘心，他必须在统兵南下之前实现两件大事：一是将大清国的朝政大权和军权牢牢地拿到他一个人手中；二是再对心怀不满的肃亲王豪格搞一次惩罚，除掉日后的祸患。

多尔衮在与济尔哈朗共同辅政之初，利用济尔哈朗思想上的弱点，不失时机地建立他的专政体制。济尔哈朗的父亲名叫舒尔哈赤，是努尔哈赤的同母兄弟，协助努尔哈赤起兵，反抗明朝，吞并建州各部，战功卓著，声名不下于努尔哈赤。大概是由于疑忌心理，努尔哈赤忽然摘去了舒尔哈赤的兵权，将他禁锢起来，随后又秘密杀掉，又杀了舒尔哈赤的两个儿子。这一件努尔哈赤杀弟的惨案并没有冠冕堂皇的理由，所以在努尔哈赤生前不允许随便谈论，他死后在皇室和群臣中也不许谈论。当父兄们被杀害的时候，济尔哈朗尚在幼年，由伯父努尔哈赤养大，也受皇太极的恩眷，初封为贝勒，后封为亲王。这一件家庭悲剧在他长大后从来不敢打听，更不敢对伯父努尔哈赤有怀恨之心，从小养成了一种谨慎畏祸的性格，只希望保住亲王的禄位，在功业上并无多的奢望。多尔衮平日看透了济尔哈朗性格上这些弱点，所以拉住他共同辅政，为自己实现独专国政的野心做一块垫脚石，以后不需要的时候就一脚踢开。

大清国的武装力量分为满洲八旗、汉军八旗、蒙古八旗。基本武装是满洲八旗。满洲八旗分为上三旗和下五旗。原来上三旗是正黄旗、镶黄旗和正蓝旗。两黄旗的旗主是皇太极，而正蓝旗的旗主是努尔哈赤的第五子爱新觉罗·莽古尔泰，天命元年时被封为和硕贝勒，是满族开国时的核心人物之一。这上三旗等于皇帝的亲军，平时也由上三旗拱卫盛京。天聪五年（1631年），莽古尔泰参加围攻大凌河城的战役，他因本旗人员伤亡较重，要求调回沈阳休息，同皇太极发生争吵。莽古尔泰一时激动，不由地紧握刀柄，但刚刚将腰刀拔出一点，被皇太极身边的戈什哈扑上前去，夺下腰刀。莽古尔泰因此犯了“御前露刃”的罪，革掉大贝勒封号，夺去五牛录，人员拨归两黄旗，又罚了一万两银子。又过了一年多，莽古尔泰暴病而亡，他这一旗的力量便大大衰弱，内部也分化了。多尔衮担任辅政之后，就同济尔哈朗一商量，将正蓝旗降入下五旗，而将他的同母弟多铎所率领的正白旗升入上三旗。原来属于皇帝亲自率领的两黄旗，如今就归幼主福临继承。但福临尚在幼年，两旗的重大问题都由多尔衮代为决定。有时多尔衮也通过两宫皇太后加以控制。这样，上三旗的指挥权就完全落在他的手中。

满洲政权的多年传统是各部中央衙门分别由亲王、贝勒管理，称之为“十王议政”。多尔衮与济尔哈朗一商量，于崇德八年十二月十五日召集诸王、贝勒、贝子、公、大臣会议，当众宣布停止这一传统制度。大家听了以后，小声议论一阵，慑于多尔衮的威势，不得不表示同意。自从努尔哈赤于明万历四十四年（1616年）建立后金政权，定年号为天命元年开始，由爱新觉罗皇族的贵族共同听政，改为各职官分管朝政，听命于皇帝。这一次的政治体制改革，是满洲政权的一大改革，也是多尔衮走向个人独裁的重要一步。

多尔衮在个人独裁的道路上步步前进，而济尔哈朗却步步退让。凡有重大决定，都是多尔衮自己决定之后，告诉郑亲王济尔哈朗，由郑亲王向朝中大臣们宣布，命大家遵行不误。郑亲王虽然对多尔衮的步步进逼很不甘心，但是事实上多尔衮在朝臣中的威望日隆，又掌握着拱卫盛京的上三旗兵力，许多朝中趋炎附势的大臣都向睿亲王靠拢，他在不很甘心的情况下被迫做着多尔衮手中一个工具。他已经通过他自己的一些亲信知道多尔衮与肃亲王豪格势不两立，其间必将有一次严重的斗争。虽然豪格是先皇帝的长子，又是一旗之主，但是一则他的智谋和威望不如多尔衮，二则多尔衮身居辅政亲王的崇高地位，又有顺治皇帝的母亲在宫中给他支持，济尔哈朗看出来豪格必然会大祸临头。他是皇室斗争中的惊弓之鸟，密嘱他手下的亲信官员们千万不要同肃王府的人员有任何来往，只可暗中探听消息，不可在人前露出风声。同时他知道睿亲王身有暗疾，经常服药，而且在朝臣中招来不少人的暗中忌恨。他预料到将来迟早会有一天，睿亲王也会有倒运的时候，所以他在表面上忍气吞声，而在心中恨恨地说：

“有些话，到那时再说！”

甲申正月的一天，济尔哈朗按照多尔衮的意思，召集内三院、六部、都察院、理藩院全部堂官，用下命令的口气说道：

“我今日召见各位大臣，不为别事，只是要面谕各位记住，嗣后各衙门办理事务，或有需要禀白我们两位辅政亲王的，都要先启禀睿亲王；档子书名，也应该先书睿亲王的名字，将本王的名字写在后边。坐立朝班和行礼的时候，都是睿亲王在我的上边，不可乱了。你们都听清了么？”

众大臣都明白这不是一件平常的事，而是预示今后的朝政会有大的变化。大家在心中凛凛畏惧，互相交换了一个眼色，一齐躬身回答：

“喳！”

经过这件事情以后，多尔衮在大清国独裁专政的体制上又向前跨进一步，原来议定的他与郑亲王共同辅政的体制变了，郑亲王的地位突然下降，成了他的助手。多尔衮瞒着济尔哈朗，从一开始就将实现他的专政野心同亲自率清兵南下占领北京这一扩张野心联系在一起考虑。如今他向独专朝政的目标日益接近，只有两件事等待实现：一是给肃亲王豪格一次致命的打击，拔掉他在爱新觉罗皇族中的心腹之患；二是在出兵之前将他的称号改称摄政王，而不是辅政王。其时，在大清国的文武大臣中，有汉文化修养的人较少，所以有时不能将摄政与辅政的真正性质分清，在称谓上常常混乱。多尔衮遇事留心，勤于思考，又常同像范文程这样较有学问的汉大臣谈论，长了知识，所以他明白摄政虽然也是辅政，但真正含义绝不同于辅政。他也知道当皇帝尚在幼小年纪，不能治理国家时，有一位亲族大臣代皇帝全权处理朝政，没有皇帝之名，而有皇帝之实，这就叫做摄政，如周公辅成王的故事。在拥立福临登极之初，他已经有此野心，但当时他如果提出来这一想法，必会招致激烈反对。他考虑再三，不敢提出这个意见，而是暗中授意他的一派人物拥护他与郑亲王共同辅政。经过几个月的酝酿，条件愈来愈对他有利，郑亲王对他步步退让，甘居下风。到了这时，他要做摄政王，独揽朝纲的各种条件差不多都接近成熟。一旦他亲自率领大军向中原进兵，将大清国的满、蒙、汉三股人马和征伐之权掌握到手中，就理所当然地高居摄政王之位了。

满洲君臣经过清太宗皇太极的国丧，内部一度为继承皇位的斗争发生较大风波，但因多尔衮处置得当，没有使国家损伤元气。事平之后，这割据中国东北一隅的新兴王国依然是朝气蓬勃，对长城内虎视眈眈，准备着随时趁明朝危亡之机进入中原，占领北京，恢复四百年前金朝的盛世局面。由于出重赏收买探报，有关李自成向北京进军以至明朝束手无策的各种消息，纷纷而来。到了甲申年的正月下旬，多尔衮口谕盛京的文武大臣讨论向中原进兵之策。许多人平素知道多尔衮的开国雄心，纷纷建议趁“流贼”尚在北来途中，先去攻破北京，以逸待劳，迎击“流贼”。

多尔衮虽然遇到这开国机运，感到心情振奋，然而他平日考虑事情比别人冷静，不肯匆忙就决定南下进兵大计。到了正月下旬，李自成率领的大军已经破了平阳，一路无阻，直奔太原，并且知道李自成另有一支人马也准备渡过黄河，作为一支偏师，走上党，破怀庆，再破卫辉，北上彰德，横扫豫北三府，然后北进，占领保定，从南路逼近北京。眼看明朝亡在旦夕，多尔衮连日亲自主持在睿王府召开秘密会议，讨论决策。

却说洪承畴投降以后，生活上备受优待，但没正式官职，直到此时，多尔衮才以顺治皇帝的名义任用他为内院学士，使他与范文程同样为他的帷幄之臣，时时参与对南朝的用兵密议。

今天在睿王府举行的是一次高层次重要密议，除多尔衮本人外，只有郑亲王济尔哈朗、范文程和洪承畴。他们讨论的最重要问题是要判断李自成的实际兵力。从北京来的探报是说李自成率领五十万大军从韩城渡河[1]入晋，尚有百万大军在后。如果李自成确有这么多的人马北上，清国满、蒙、汉全部人马不会超过二十万，就决不能贸然南下，以免败于人数众多而士气方盛的“流贼”。考虑着李自成兵力的强大，多尔衮不能不心中踌躇。

在多尔衮亲自主持的前两次密议中，洪承畴的看法都是与众不同，使多尔衮不能不刮目相看。洪承畴认为李自成入晋东犯的全部人马绝不会有五十万人。他认为，自古“兵不厌诈”，兵强可以示弱，借以欺骗和麻痹敌人，孙膑对庞涓进行的马陵道之战是“以多示寡”的用兵范例。至于曹操的赤壁之战，苻坚的淝水之战，则是以弱示强，大大夸大了自己人马的数量。洪承畴用十分自信的口气说道：

“以臣愚见，李贼自称有五十万人马渡河入晋，东犯幽燕，也是虚夸之词，实际兵力决无此数。兵将人数大概在二十万至三十万之间，不会更多。姑且以三十万计，到北京城下能够作战的兵力将不会超过二十万。”

多尔衮问道：“你为何估计得这样少？”

范文程插言说：“洪大人，我估计李自成来到北京的人马大概在三十万以上。”

郑亲王接着说：“我们的八旗兵还没有同流贼交过手，千万不能轻敌。宁可将敌人的兵力估计强一点，不可失之大意。”

洪承畴思索片刻，含笑说道：“两位辅政王爷和范学士从用兵方面慎重考虑，愿意将东犯的流贼兵力看得强大一些，以便事先调集更多人马，一战全歼流贼，这自然不错。但是兵法云‘知己知彼，百战百胜’，此古今不易之理。臣在南朝，与流贼作战多年，对贼中实情，略有所知。贼惯用虚声恫吓，且利用朝廷与各省官军弱点，才能迅速壮大，不断胜利而有今日。近几年贼势最盛，号称有百万之众，然而以臣看来，最盛时不超过五十万人。郧阳、均州均为

①渡河——指渡过黄河，这是古人的习惯说法。

王光恩兄弟所据，为襄阳肘腋之患，李自成竟不能攻破郧、均。汝南府多么重要，李自成竟无重兵驻守，任地方绅士与土匪窃据。所以臣说李自成虽有大约五十万人，还得分兵驻守各处，有许多重要之处竟无力驻守。这样看来，流贼渡河入晋，东犯幽燕的兵员实数绝不会超过三十万人。何况此次流贼东犯，与往日行军大不相同。李自成本是流贼，长于流动。如今在西安建立伪号，又渡河东犯，妄图在北京正位称帝，所以他必将文武百官等许多重要的人物带在身边，每一官僚必有一群奴仆相从，还得有兵马保护。试想这三十万众，数千里远征，谈何容易！单说粮秣辎重的运送，也得一两万人。如此看来，李贼如以三十万众渡河东来，沿途留兵驻守，到北京城下时不会有二十万人。”

范文程认为洪承畴说出的这个见解有道理，但仍然不敢完全相信，怕犯了轻敌的错误。他望望睿亲王脸上疑惑不定的神色，随即向洪承畴问道：

“洪大人熟于南朝情况，果然见解不凡。但是文程尚不解者是，你说李贼的兵力不多，多依恃虚声恫吓，但是他近三年驰骋中原，所向无敌，席卷湖广，长驱入陕，轻易占领西安，横扫西北各地，使明朝穷于应付，已临亡国危局。这情况你如何解释？”

济尔哈朗先向范文程笑着点头，然后向洪承畴逼问一句：

“对，近三年来李自成所向无敌，难道都是假的？”

多尔衮不等洪承畴说话，已经猜到洪承畴如何回答，在铁火盆的边上磕去烟灰，哈哈大笑，说道：

“有趣！有趣！现在不必谈了。我已经命王府厨房预备了午膳，走吧，我们去午膳桌上，边吃边谈！”刚从火盆边站起来，多尔衮又说道：“还有一件事，我也要同你们商量一下，看是否可行。如果可行，当然是越快越好，要在李自成尚在半路上就见到他，得到他的回书才好。”

“王爷有何妙棋？”范文程站着问道。

多尔衮胸有成竹地含笑回答：“我想派人带着我大清国的一封书子，在山西境内的路上迎见李自成，一则探听他对我大清国是敌是友，二则亲去看看流贼的实力如何。你们觉得此计如何？”

范文程平日细心，接着问道：“用何人名义给流贼头目写信？用辅政王您的名义？”

多尔衮颇有深意地一笑，随即轻轻地将右手一挥，说道：

“走，边用膳边商量大事！”

睿王府正殿的建筑规模不大，虽然也是明三暗五，五脊六兽，五层台阶，但如果放在关内，不过像富家地主的厅堂。午膳的红漆描金八仙桌摆在正殿的东暖阁，房间中温暖如春，陈设简单。多尔衮同济尔哈朗并坐在八仙桌北边的铺有红毡的两把太师椅上，面向正南，多尔衮在左，济尔哈朗在右。八仙桌的左边是洪承畴的座位，右边是范文程的座位。这是睿亲王指定的位置，不允许洪承畴谦让。范文程知道睿亲王在进兵灭亡明朝的大事上要重用洪承畴，对洪拱拱手，欣然在八仙桌右边坐下。

济尔哈朗对多尔衮指示洪承畴坐在左边，虽不说话，但心中暗觉奇怪。他认为范文程在太祖艰难创业时就来投效，忠心不贰。到了太宗朝，更是倚为心腹，大小事由范章京一言而决。他根本不理解睿亲王的用心。虽然洪承畴与范文程同样是内院学士，但是在多尔衮眼中，洪承畴不仅是朝中大臣，而且在今后不久进兵中原的时候更要依靠洪承畴出谋献策。另一方面，洪承畴在投降前是明朝的蓟辽总督，挂兵部尚书衔，二品大员，这一点优于在满洲土生土长的范文程。多尔衮既然要锐意进取中原，不能不尊重汉族的这一习惯。然而他没有将这种思想同济尔哈朗谈过，也不曾同范文程谈过。倒是范文程心中明白，也知道洪承畴曾经决意不做引着清兵夺取崇祯皇帝江山的千古罪人。此时范文程在心中含笑想道：

“你洪九老已入睿王爷的彀中，很快就会引着八旗大军前去攻破北京，想不做大清兵的带路人，不可得矣！”

因为有睿王府的两个包衣在暖阁中伺候午膳，所以多尔衮根本不提军事问题，也不谈清国朝政。郑亲王和范文程等都明白睿王府的规矩，所以都不提军情消息。不过他们都急于想知道李自成的实际兵力，好决定大清兵的南下方略。洪承畴虽然已经投降满洲两年，但是南朝毕竟是他的父母之邦，崇祯是他的故君，所以他也忘不下山西军情，神色忧郁地低头不语。

自从济尔哈朗退后一步，拥护多尔衮主持朝政以来，多尔衮就吩咐在西偏院中腾出来五间房屋，警卫严密，由内三院的学士们加上满汉笔帖式数人，日夜轮流值班，以免误了公事。多尔衮在王位上坐下以后，忽然想到给李自成下书子的事颇为紧急，立即命一包衣去西偏院叫一位值班的内秘书院学士前来。满族包衣答了声“喳！”转身退出。多尔衮向右边的郑亲王拿起筷子略微示意，于是两位辅政王与两位内院学士开始用膳。过了片刻，在西偏院值班的内秘书院学士来到面前，向两位辅政屈膝请安。多尔衮将向李自成下书的事告诉了他，命他在午膳后赶快起个稿子送来，并把要写的内容也告诉了他。值班的学士问道：

“请问王爷，听说李自成已经在西安僭了伪号，国号大顺，年号永昌，这封书子是写给李自成么？”

“当然要给他。不给他给谁？”

“用什么人的名义写这封信？就用两位辅政王爷的名义？”

郑亲王刚从暖锅中夹起来一大块白肉，还没有夹稳，听了这句话，筷子一动，那一块肥厚的白肉落进暖锅。他害怕日后万一朝局有变，有谁追究他伙同多尔衮与流贼暗通声气，而足智多谋的多尔衮将罪责推到他一人身上。他暂停再动筷子，眼睛转向左边，望了多尔衮一眼，在心中称赞恭候桌边的值班学士：

“问得好，是要请示清楚！”

多尔衮对这个问题从一开始就胸有成竹，此时不假思索，满可以随口回答，但是他故意向范文程问道：

“从前，太宗爷主持朝政，有事就问范章京，听范章京一言而定。范学士，你说，我大清国应该由谁具名为妥？”

范文程回答说：“此事在我国并无先例，恐怕只得用两位辅政王爷的名义了。”

多尔衮摇摇头，向济尔哈朗问道：“郑亲王，你有什么主张？”

济尔哈朗说：“我朝已有定制，虽然设有两位辅政，但朝政以睿亲王为主。睿亲王虽无摄政之名，却有摄政之实。这一封给李自成的书信十分重要，当然应该用我朝辅政睿亲王的名义发出，收信的是大顺国王。”

多尔衮面带微笑，在肚里骂道：“狡猾！愚而诈！”随即他不动声色，向肃立恭候的值班学士说道：“李自成已经占有数省土地，在西安建立伪号，非一般土贼、流寇可比。为着使他对这封书信重视，对前去下书的使者以礼相待，以便查看李自成的实际兵力如何，也弄清楚他对我国有何看法，这封书信必须堂堂正正，用我国皇帝的名义致书于他。不可用我国辅政亲王的名义。这是我大清国皇帝致书于大顺国王！”

由于辅政睿亲王的面谕十分明确，口气也很果决，这位值班学士没有再问，赶快退出去了。

多尔衮等人继续用膳。睿亲王府的午膳只有一个较大的什锦火锅，另有四盘荤素菜肴。在午膳的时候，大家都不再谈论国事，东暖阁中肃静无声。郑亲王济尔哈朗一边吃一边心中嘀咕：以大清国皇帝名义致书李自成这样的大事，多尔衮事前竟没有商量，甚至连招呼都不打一声。洪承畴对睿亲王竟然用大清国皇帝的名义给流贼头目李自成致送“国书”，合谋灭亡明朝，心中实不赞成。他不敢说出自己的意见，只好低头用膳。在这件事情上，他更加看出来多尔衮正在步步向独专朝政的道路上走去，利用顺治的幼小，正如古语所云：“挟天子以令诸侯。”他更加明白多尔衮与皇太极的性格大不相同，今后倘若不谨慎触怒了多尔衮，必将有杀身之祸。

很快地用完午膳，大家随着睿亲王回到西暖阁，漱过了口，重新围着火盆坐下。王府的奴仆们悄悄地退了出去。多尔衮点着烟袋，吸了两三口，向洪承畴问道：

“洪学士，常听说李自成有百万之众，所向无敌，使明朝无力应付，才有今日亡国之危，你为什么说李自成的人马并不很多？是不是有点儿轻敌？”看见洪承畴要站起来，多尔衮用手势阻止，又说道：“在一起议论贼情，可以坐下说话。你是不是因为原是明朝大臣，与流贼有不共戴天之仇，惯于轻视流贼，所以不愿说他的兵马强盛？”

“不然。臣今日为辅政王谋，为大清国谋，唯求竭智尽忠，以利辅政王的千秋功业。今日李自成是明朝的死敌，人人清楚。然而一旦李自成破了北京，明朝亡了，他就是我大清国的劲敌。臣估计，李自成到达北京城下，大概在三月中旬……”

多尔衮感到吃惊，问道：“只有两个月左右……难道沿途没有拦阻？”

“秦晋之间一条黄河，流贼踏冰渡河，竟未遇到阻拦，足见山西十分空虚、无兵防守。流贼过河之后，第一步是攻占平阳。平阳瓦解，太原必难坚守，破了太原之后，山西全省人心瓦解，流贼就可以长驱东进，所以臣估计大约三月中旬即可到北京城下。”

范文程说道：“太原自古是兵家必争之地，流贼如何能轻易攻破？”

洪承畴说：“山西全省空虚，太原虽是省会，却无重兵防守。况巡抚蔡茂德是个文人，素不知兵，手无缚鸡之力。臣敢断言，太原必不能守；蔡茂德如欲为忠臣，唯有城破后自尽而已，别无善策。”

多尔衮又问：“你说李自成到北京的人马只有——”

“十万，顶多二十万。”

郑亲王插了一句：“老洪啊，南边的事你最清楚。要是你把流贼到北京的兵力估计错了，估计少了，我们在战场上是会吃亏的！”

“臣估计，假若流贼以三十万人渡河入晋，实际可战之兵不会超过二十五万。入晋以后，凡是重要地方，必须留兵驻守，弹压变乱。例如平阳为晋中重镇，绾毂南北，必须留兵驻守。上党一带背靠太行，东连河内，在全晋居高临下，自古为兵家必争之地，失上党则全晋动摇，且断入豫之路，故李贼必将派重兵前去。太原为三晋省会，又是明朝晋王封地。太原及其周围数县，明朝乡宦大户，到处皆是。流贼攻占太原不难，难在治理，故必须留下大将与重兵驻守。太原至北京，按通常进兵道路，应该东出固关，沿真定大道北上，进入畿辅。从太原至北京共有一千二百里，有些重要地方，必须留兵驻守。臣粗略估计，李贼到达北京城下兵力，只有十几万人，甚至不足十万之数。但李贼破太原后向北京进犯路途，目前尚不清楚。等到流贼破了太原之后，方能知道流贼进犯北京的路途，那时更好判断流贼会有多少人马到达北京城下。”

郑亲王问道：“从太原来犯北京，出固关，破真定往北，路途最近也最顺。流贼不走这条路，难道能走别处？”

洪承畴说："明朝在大同、宁武、宣府等处都有大将镇守，且有重兵，都是所谓九边重镇。如留下这些地方不管，万一这些地方的武将率领边兵捣太原之虚，不惟全晋大乱，且使李自成隔断了关中之路，在北京腹背受敌。由此看来，李贼攻破太原之后，稍事休息，不一定马上就东出固关，进攻真定，直向北京。说不定逆贼会先从太原北犯，一支人马由他亲自率领，破忻州，出雁门，攻占大同，而另由一员大将率领偏师，从忻州趋宁武。大同与宁武如被攻陷，即清除了太原与三晋的后顾之忧。依臣看来，倘若李贼破太原后仍有二十万之众，他会自率十万人东出固关，经真定进犯北京。倘若他亲自率大军自太原北出忻州，攻占大同、宁武，不敢自太原分兵，即证明他的人马不多。"

"有道理！有道理！"多尔衮在心中称赞洪承畴非同一般，随即又问道："李贼破了大同与宁武之后，仍然回师太原，出固关走真定北犯么？"

"不会。那样绕道很远，且费时日。"

"李贼从大同如何进犯北京？绕出塞外，岂不路程很远？"

"其实也远不了多少。自太原向北，走忻州、代州，出雁门关，到大同，大约是七百里路。自大同走塞外入居庸关到北京，约有九百里路。从大同经宣府，直抵居庸关，并无险阻，也无重兵阻拦，可以利用骑兵长驱而进。"

济尔哈朗说："可是八达岭与居庸关号称天险，明军不能不守。"

"若以常理而言，王爷所论极是。然而目前明朝亡在旦夕，变局事出非常。太原如陷贼手，必然举国震动，人心离散，有险而不能固守。流贼攻下大同与宣府之后，居庸关可能闻风瓦解，不攻自破。纵然有兵将效忠明朝，死守关门，但自古作战，地是死的，人是活的。善用兵者可以乘暇捣隙，避实就虚，攻其所不备，趋其所不守，攻北京非仅有居庸关一途。明正统十四年秋天，英宗在土木堡兵溃，被也先所俘。十月间，也先乘北京空虚，朝野惊惶之际，长驱至北京城外，就避开居庸关，而是下太行，出紫荆关，循易州大道东来，如入无人之境。此是二百年前旧事，说明居庸关并不可恃。再看近十五年来，我大清兵几次南下，威胁北京，马踏畿辅，进入冀南，横扫山东，破济南、德州，大胜而还，都是避开山海关。所以依臣愚见，倘若逆贼走塞外东来，在此非常时期，明朝上下解体，士无斗志，居庸关的守将会开门迎降，流贼也可以绕道而过。说不定流贼尚在几百里外，而劝降的使者早已进入居庸关了。”

济尔哈朗称赞说：“老洪，你说得好，说得好，不怪先皇帝对你十分看重，说你是我大清兵进入中原时最好的一个带路人！”

范文程对洪承畴的这一番谈论军事的话也很佩服，接着说道：“不日我大清兵进入中原，占领北京，扫除流贼，洪学士得展经略，建立大功，名垂青史，定不负先皇帝知遇之恩。”

听了郑亲王和范文程的称赞，洪承畴丝毫不感到高兴，反而有一股辛酸滋味涌上心头。他明白，从前的皇太极和目前的多尔衮都对他十分看重，但是两年来他没有一天忘记他的故国，也没有忘记他的故君。这种心情他没有对任何人流露过，只能深深地埋在心中。最近他知道李自成已经在西安建号改元，正在向北京进军，心中暗暗忧愁。他十分清楚，自从杨嗣昌被排挤离开中枢，督师无功，在沙市自尽之后，崇祯周围的大臣中已经没有一个胸有韬略的人。后来的兵部尚书陈新甲，还算是小有聪明，勤于治事，可惜也被崇祯杀了。崇祯左右再无一个真正有用之人。勋臣皆纨绔之辈，大僚多昏庸之徒，纵有二三骨鲠老臣，也苦于门户纷争，主上多疑，眼见国势有累卵之急，却不能有所作为。想到这里，他不禁在心中暗暗叹道：

“呜呼苍天！奈何奈何！”

近来洪承畴不但知道李自成已经率大军自韩城附近渡河入晋，指向太原，声称将东征幽燕，攻破北京，而且知道大清朝廷上也在纷纷议论，有些人主张趁流贼到达幽燕之前，八旗兵应该迅速南下，抢先占领北京及其周围要地，以逸待劳，准备好迎击陕西流贼。看来清朝正在加紧准备，已经在征调人马，加紧操练，同时也从各地征调粮草向盛京附近运送。近几年大清国的八旗兵已经会使用火器，除从明军手中夺取了许多火器之外，也学会自己制造火器，甚至连红衣大炮也会造了。白天，洪承畴常常听到盛京附近有炮声传来，有时隆隆的炮声震耳，当然是操演红衣大炮。他心中明白，这是为进攻做准备。每日黎明，当鸡叫二遍时候，他便听见盛京城内，远近角声、海螺声、鸡啼声，成队的马蹄声，接续不断。他明白这是驻守盛京城内的上三旗开始出城操练，也断定多尔衮必有率兵南下的重大决策。于是他赶快披衣起床，在娈童兼侍仆白如玉的照料下穿好衣服，戴好貂皮便帽，登上皮靴，来到严霜铺地的小小庭院。天上有残月疏星，东南方才露出熹微晨光，他开始舞剑。按说，他是科举出身，二十三岁中进士，进入仕途，逐步晋升，直至挂兵部尚书衔，实任蓟辽总督，为明朝功名显赫的二品大员，但是他从少年时代起就怀有“经邦济世”之志，所以读书和学作八股文之外，也于闲暇时候练习骑射，又学剑术。往往在校场观操时候，他身穿二品补服，腰系玉带，斜挂宝剑，更显得大帅威严和儒将风流。前年二月间在慌乱中出松山堡西门突围时候，不意所骑的瘦马没有力气，猛下陡坡，连人栽倒。埋伏在附近的清兵呐喊而出。洪承畴想拔剑自刎，措手不及，成了俘虏，宝剑也被清兵抢去。他在盛京投降后过了很久，皇太极下令将这把宝剑找到，归还给他。

在庭院中舞剑以后，天色已经明了，身上也有点汗津津的。他在仆人们和白如玉的服侍下洗了脸，梳了头，然后用餐。早餐时他还在想着目前北京的危急形势，暗恨两年前兵溃松山，如今对大明的亡国只能够袖手旁观。他习惯上不能把松山兵溃的责任归罪于崇祯皇帝，而心中深恨监军御史张若麒的不懂军事，一味催战，致遭惨败。

此刻，济尔哈朗、洪承畴和范文程三人又在多尔衮面前议论李自成的兵力实情，这个问题对确定清兵下一步的作战方略十分重要。洪承畴再没插言，他所想的是北京的危急形势和朝野的恐慌情况。他想着北京的兵力十分空虚，又无粮饷，并且朝廷上尽是些无用官僚，没有一个有胆识的知兵大臣，缓急之际不能够真正为皇帝分忧。但是他的心事绝不能在人前流露出来，害怕英明过人的多尔衮会怪罪他不忘故君，对大清并无忠心。他想着南朝的朝野旧友，不论认识的或不认识的，两年来没人不骂他是一个背叛朝廷、背叛祖宗、背叛君父的无耻汉奸，谁也不会想到他直到今日仍然每夜魂绕神京，心系“魏阙①”！想到这里，他的心中一阵酸痛，几乎要发出长叹，眼珠湿了。

多尔衮忽然叫道：“洪学士！”

---

①魏阙——古代宫门外的建筑，是发布政令的地方，后用为朝廷的代称。

洪承畴蓦然一惊，没有机会擦去眼泪，只好抬起头来，心中说："糟了！"多尔衮看见了他的脸上的忧郁神情和似乎湿润的眼睛，觉得奇怪，马上问道：

"流贼将要攻破北京，你是怎样想法？"

洪承畴迅速回答："自古国家兴亡，既关人事，也在历数。自从臣松山被俘，来到盛京，幸蒙先皇帝待以殊恩，使罪臣顽石感化，投降圣朝，明清兴亡之理洞悉于胸。今日见流贼倾巢东犯，北京必将陷落，虽有故国将亡之悲，也只是人之常情。臣心中十分明白，流贼决不能夺取天下，不过是天使流贼为我大清平定中原扫除道路耳。"

多尔衮含笑点头，语气温和地说道："刚才你忽然抬起头来，我看见你面带愁容，双眼含泪，还以为心念故君，所以才问你对流贼将要攻破北京有何想法。既然你明白我大清应运龙兴，南朝历数已尽，必将亡国，就不负先皇帝待你的厚恩了。我八旗兵不日南下，剿灭流贼，戡定中原，正是你建功立业的时候到了。"

"臣定当鞠躬尽瘁，以效犬马之劳。"

"倘若流贼攻破北京，明朝灭亡，崇祯与皇后不能逃走，身殉社稷，你一时难免伤心，也是人之常情。只要你肯帮助大清平定中原，就是大清的功臣了。"

洪承畴听出来多尔衮的话虽然表示宽厚，但实际对他并不放心。他虽然投降清国日浅，但读书较多，阅世较深，知道努尔哈赤和皇太极都是不世的开国英雄，而皇太极的识见尤为宽广，可惜死得太早，不能完成其胸中抱负。多尔衮也是满洲少有的开国英雄，其聪明睿智过于皇太极，只是容量不及，为众人所畏，可以算作一代枭雄。其他诸王，只是战将之材，可以在多尔衮指挥下建功立业，均无过人之处。至于郑亲王济尔哈朗，虽以因缘巧合，得居辅政高位，在洪承畴的眼中是属于庸碌之辈。洪承畴对满洲皇室诸王的这些评价，只是他自己的"皮里阳秋"，从不流露一字。因为他对多尔衮的性格认识较深，深怕多尔衮刚才看见了他的愁容和泪痕迟早会疑心他对即将亡国的崇祯皇帝仍怀有故君之情，于是他又对多尔衮说道：

"目前流贼已入晋境，大约三月间到北京城下，破北京并不困难。臣老母与臣之妻妾、仆婢等三十余口都在北京居住。前年臣降顺圣朝之后，崇祯一反常态，不曾杀戮臣的家人。刚才因北京难守，想到臣老母已经七十余岁，遭此大故，生死难保，不禁心中难过……"

多尔衮安慰说："我现在正在思虑，我是否可以赶快亲率满、蒙、汉八旗精兵进入长城，先破北京，然后以逸待劳，在北京近郊大破流贼。近来朝臣中许多人有此议论，范学士也有此建议。倘若如此，你的老母和一家人就可以平安无事。向北京进兵的时候，你当然同范学士都在我的身边；一破北京，专派一队骑兵去保护你家住宅，不会有乱兵骚扰，何必担心！"

洪承畴的心中打个寒战。他千百次地想过，由于他绝食不终，降了满洲，必将留千古骂名，倘若由他跟随多尔衮攻破北京，使崇祯帝后于城破时身殉社稷，他更要招万世唾骂。他自幼读孔孟之书，在母亲怀抱中便认识"忠孝"二字，身为大明朝二品文臣，深知由他带领清兵进入北京一事的可怕，不觉在心中叹道："今生欲为王景略①不可得矣！"然而此时此刻，以不使多尔衮怀疑他投降后对大清的忠心要紧。他带着感恩的神情对多尔衮说：

"只求破北京时得保家母无恙，臣纵然粉身碎骨，也要为大清效犬马之劳，以报先皇与王爷隆恩！"

多尔衮笑着说："你空有一肚子学问本事，在南朝没有用上，今日在我大清做官，正是你建功立业，扬名后世的时运到了。"

范文程也对洪承畴说道："睿王爷说的很是，九老，你空有满腹韬略，在南朝好比是明珠投暗，太可惜了！古人云，'良臣择主而事，良禽择木而栖'。睿王爷马上要去攻破北京，夺取明朝天下，你不可失此立功良机。"

洪承畴正欲回答，恰好睿王府的一名亲信包衣带领在睿王府值班的一位内秘书院的章京进来。值班章京先向睿亲王行屈膝礼，再向郑亲王行礼，然后将一个红绫封皮的文书夹子用双手呈给睿亲王。多尔衮轻声说：

"你下去休息吧，等我们看了以后叫你。"

---

①王景略——王猛，"景略"为其字，他是前秦宰相，曾劝苻坚不要向东晋兴兵，后世传为美谈。

值班的章京退出以后，多尔衮打开文书夹，取出用汉文小楷缮写清楚的文书，就是以大清国顺治皇帝的名义写给李自成的书信，从头到尾仔细看了一遍。特别是对书信开头推敲片刻，觉着似乎有什么问题，但一时又说不出来，便将这书信转递给济尔哈朗。郑亲王不像睿亲王那样天资颖悟，记忆力强，又读过许多汉文书籍，但是近几年在皇太极的督责之下，他也能看明白一般的汉字文书，能说一般汉语。他将给李自成的书信看完之后，明白全是按照睿亲王在午膳时吩咐的意思写的，看不出有什么毛病，便遵照往日习惯，将缮写的书信转给范文程看。

范文程将书稿看了以后，在对李自成应该如何称呼这个问题上产生犹豫。但是他话到口边咽下去了，不敢贸然提出自己的意见。他记得睿亲王在午膳时面谕值班学士，这封书子是写给大顺国王李自成的，并且将书子的主要意思都面谕明白。如果他现在反对这封书子的某些关键地方，不是给睿亲王难堪么？他的犹豫只是刹那间的事，立刻将书信稿递给洪承畴，态度谦逊地说道：

“九老，你最洞悉南朝的事，胜弟十倍。请你说，这封书子可以这样写么？”

洪承畴对李自成的态度与清朝的王公大臣们完全不同。清朝的掌权人物同李自成、张献忠等所谓“流贼”的关系多年来是井水不犯河水，素无冤仇，只是近日李自成要攻占北京，才与清政权发生利害冲突。洪承畴在几十年中一直站在大明朝廷方面，成为“流贼”的死敌，最是敏感。当洪承畴开始看这封书信稿子的第一行时就频频摇头，引起了两位辅政亲王和内院大学士的注意，大家都注视着他的神情，等待他说出意见。

洪承畴看完稿子，对两位亲王说道：“请恕臣冒昧直言，李自成只是一个乱世流贼，不应该称他为大顺国王。我国很快要进兵中原，迁都北京，戡定四海。这书信中将李自成称为大顺国王，我大清兵去剿灭流贼，就显得名不正，言不顺。天下士民将何以看待我朝皇帝？”

济尔哈朗一半是不明白洪承畴的深意，一半带有开玩笑的意思，故意说道：

“可是李自成已经在西安建立国号大顺，改元永昌，难道他还是流贼么？”

洪承畴回答说：“莫说他占领了西安，建号改元，他就不是一个乱世流贼。纵然他攻占了北京，在臣的眼中他也还是流贼。”

“那是何故？”

洪承畴说：“李自成自从攻破洛阳以后，不断打仗，不肯设官理民，不肯爱养百姓，令士民大失所望，岂不是贼性不改？自古有这样建国立业的么？”

济尔哈朗说：“可是听说他在三四年前打了许多败仗，几乎被明朝官兵剿灭。从崇祯十三年秋天奔入河南，此后便一帆风顺，大走红运，直到前几个月破了西安，在西安建立国号，确非一般流贼可比。你说，这是何故？”

洪承畴说：“臣知道，流贼如今已经占领了河南全省，又占领了半个湖广，整个陕西全省，西到西宁、甘肃，北到榆林，又派人进入山东境内，传檄所至，纷纷归顺。在此形势之下，人人都以为流贼的气焰很盛，必得天下，然而依臣看来，此正是逆贼灭亡之道，其必败之弱点已经显露。目前议论中国大势，不应该再是流贼与明朝之战，而是我大清兵与流贼逐鹿中原。中国气运不决于流贼气焰高涨，狼奔豕突，一路势如破竹，将会攻破北京，而在于我大清兵如何善用时机，善用中国民心，善用兵力。目今中国前途，以我大清为主，成败决定在我，不在流贼。简言之，即决定于我将如何在北京与流贼一战。”

济尔哈朗认为大清兵的人数不过十余万，连蒙、汉八旗兵一次能够进入中原的不会超过二十万，感到对战胜消灭李自成没有信心，正想说话，尚未开口，忽然睿王府的一个包衣进来，向多尔衮屈膝启禀：

“启禀王爷，皇太后差人前来，有事要问王爷，叫他进来么？”

多尔衮问：“哪位皇太后？”

“是永福宫圣母皇太后。听他说，是询问皇上开春后读书的事。”

“啊，这倒是一件大事！”多尔衮的心头立刻浮现了一位年轻美貌的妇女面影：两眼奕奕生辉，充满灵秀神色。他含笑说：

“你叫他回奏圣母皇太后，说皇上开春后读书的事，我已经命礼部大臣加紧准备，请皇太后不必操心。一二日内，我亲自率礼部尚书侍郎和秘书院大学士去皇上读书的地方察看，然后进宫去向圣母皇太后当面奏明。”

“喳！”

禀事的王府包衣退出以后，多尔衮将眼光转到了洪承畴的脸上，济尔哈朗和范文程也不约而同地注视着洪承畴。可是就在这片刻之间，多尔衮的思想变了。首先，他也不相信李自成的兵力有所传的强大；其次，他认为不要多久，对李自成的兵力就会清楚；第三，他在率兵南征之前有几样大事要做，这些事目前正横在他的心中。哪些事呢？他此时不肯说出，也不想跟济尔哈朗一起讨论。于是他慢吞吞地抽了两口旱烟，向洪承畴说道：

“给李自成的那封书子，你有什么意见？”

“以臣愚见……”

满洲人对“流贼”与明朝的多年战争不惟一向漠不关心，反而常认为“流贼”的叛乱，使明朝穷于应付，正是给满洲兵进入中原造成了大好机会。多尔衮在午膳时口授给李自成的书信以礼相称，一则因为大清国对李自成并无宿怨，二则多尔衮不能不考虑到倘若李自成确实率领五十万大军北来，在北京建立了大顺朝，必然与偏处辽东的大清国成为劲敌，过早地触怒李自成对大清国没有好处。此刻重新思索，开始觉得用大清皇帝的名义写信称流贼首领李自成为“大顺国王”似乎不妥，但是到底为什么不妥，他没有来得及深思，看见洪承畴正在犹豫，多尔衮说道：

“南朝的事你最熟悉，对李自成应该怎样称呼呢？”

洪承畴在心中极不同意称李自成为“大顺国王”，对此简直有点愤慨，但是他不敢直率地对多尔衮说出他的意见，稍一迟疑，向多尔衮恭敬地回答说：

“这书信是内院学士遵照王爷的面谕草拟的，臣不敢妄言可否。”他转向范文程问道：“范学士，南朝的情况你也清楚，你看目前对李自成应该如何称呼为宜？”

范文程说："目前明朝臣民视李自成为流贼，我朝皇帝在书信中过早地称他为'大顺国王'，恐非所宜，会失去南朝臣民之心。"

"应该如何称呼为妥？"多尔衮又问。

范文程说："臣以为应称'李自成将军'，不必予以'国王'尊称。"

多尔衮沉吟说："那么这书信的开头就改为'大清国皇帝致书于西安府李自成将军'，是这样么？"

范文程不敢贸然回答，向洪承畴问道："请你斟酌，书信用这样开头如何？"

洪承畴感到这封用大清国皇帝具名发出的极为重要的书信，对李自成不称国王，只称将军，仅使他稍觉满意，但不是完全满意。在这个称呼上，他比一般人有更为深刻的用心，但是他不想马上说出。为着尊重睿亲王的时候不冷落另一位辅政亲王济尔哈朗，他转望着济尔哈朗问道：

"王爷，尊意如何？"

郑亲王笑着说："操这样的心是你们文臣的事，何必问我？"

多尔衮猜到洪承畴必有高明主意，对洪承畴说道："有好意见你就说出来，赶快说吧！"

洪承畴说："以臣愚昧之见，流贼中渠魁甚多，原是饥饿所迫，聚众劫掠，本无忠义可言。一旦受挫，必将互相火并，自取灭亡。故今日我皇帝向流贼致书，不当以李自成为主，增其威望。书中措辞，应当隐含离间伙党之意，以便日后除罪大恶极之元凶外，可以分别招降。又听说逆贼已经在西安僭号，恢复长安旧名，定为伪京，故书信不必提到西安这个地方，以示我之蔑视。臣以戴罪之身，效忠圣朝，才疏学浅，所言未必有当。请两位辅政亲王钧裁。"

济尔哈朗赶快说："我同睿亲王都是辅政亲王，不能称君。"

汉文化程度较高的多尔衮知道郑亲王听不懂"钧裁"二字，但是不暇纠正，赶快向范文程问道：

"你认为洪学士的意见如何？"

"洪学士所见极高，用意甚深，其韬略胜臣十倍，果然不负先皇帝知人之明。”

多尔衮向洪承畴含笑说道：“你就在这里亲自修改吧，修改好交值班的官员誊清。”

洪承畴立刻遵谕来到靠南窗的桌子旁边，不敢坐在睿亲王平日常坐的蒙着虎皮的朱漆雕花太师椅上，而是另外拉来一把有垫子的普通椅子，放在桌子的侧边。他坐下以后，打开北京出产的大铜墨盒，将笔在墨盒中膏一膏，然后迅速地修改了书信的称谓，又修改了信中的几个地方，自己再看一遍，然后回到原来在火盆旁边的矮椅上，用带有浓重福建土音的官话将改好的稿子读了出来。在他读过以后，多尔衮接了稿子，自己一字一字地看了一遍，点点头，随即转给坐在右边的郑亲王。郑亲王见多尔衮已经含笑点头，不愿再操心推敲，随手转给隔火盆坐在对面矮椅上的范文程，笑着说：

“老范，睿亲王已经点头，你再看一看，如没有大的毛病，就交下去誊抄干净，由兵部衙门另行缮写，盖上皇帝玉玺，趁李自成在进犯北京的路上，不要耽搁时间，马上差使者送给李自成好啦。”等范文程刚看了第一句，郑亲王又接着说：“老范，你读出声，让我听听。我认识的汉字不多，你念出来我一听就更明白啦。”

范文程一则有一个看文件喜欢读出声来的习惯，二则他不愿拂了郑亲王的心意，随即一字一句地读道：

> 大清国皇帝致书于西据明地之诸帅：朕与公等山河远隔，但闻战胜攻取之名，不能悉知称号，故书中不及，幸毋以此而介意也。兹者致书，欲与诸公协谋同力，并取中原。倘混一区宇，富贵共之矣，不知尊意如何耳。惟望速驰书使，倾怀以告，是诚至愿也。

范文程将书信的正文念完以后，又念最后的单独一行：

“顺治元年正月二十六日。”

“完了？”郑亲王问道。

“完了，殿下。”

“你觉得怎样？”

范文程既有丰富学识，也有多年的从政经验；既是开国能臣，也是深懂世故的官僚。他很容易看出来这篇书稿漏洞很多，作为大清皇帝的国书，简直不合情理，十分可笑。例如李自成率领数十万“流贼”与明朝作战多年，占有数省之地，并且已经在西安建号改元，怎能说不知道他是众多“流贼”之首？怎能说对于众多“流贼”的渠魁不知名号？怎能说不知李自成早已经占领西安，改称长安，定为京城，而笼统地说成是“西据明地之诸帅”呢？然而他一则知道洪承畴这样修改有蔑视和离间“贼首”的深刻用心，二则睿亲王已经点头，所以他对于书信的一些矛盾之处撇开不谈，略微沉吟片刻，采用“王顾左右而言他”的办法对两位辅政亲王说道：

“这封书子由我朝皇帝出名，加盖玉玺，虽无国书之名，实有国书之实。自然不能交密探携带前去，而应该堂堂正正地差遣官员前往赍送，务必在流贼东来的路上送到他手中。”

多尔衮也急于摸清楚李自成的人马实力和对大清的真实态度，当即唤来一名包衣，命他将书稿送交在偏院值班的内秘书院学士，嘱咐数语。

这件事办完以后，又略谈片刻，因多尔衮感到身体不适，今天的会议就结束了。

过了一天，用大清皇帝名义写给李自成的书子用黄纸誊写清楚，盖好玉玺，由兵部衙门派遣使者星夜送出盛京。范文程一时没事，来找洪承畴下棋闲谈。刚刚摆好棋盘，提到给李自成的书子，范文程笑着说道：

“九老，春秋时有‘二桃杀三士’的故事，足见晏婴的智谋过人。你将昨日写给李自成的书子改为给‘西据明地之诸帅’，也是智虑过人。据你看，睿王爷想试探与李自成等渠贼‘协谋同力，并取中原’，能做到么？”

洪承畴十分明白，目前李自成已经在西安建号改元，而这封书子是写给“西据明地之诸帅”的，对李自成极不尊重，李自成必然十分恼火，必无回书，更不会与满洲人合力灭明。但是洪承畴不敢说出他的用心，只是淡然一笑，说道：

“今日形势，干戈重于玉帛，他非愚弟所知。”

范文程没再说话，回答一笑，开始下棋。

第 45 章

进入二月以后，多尔衮经过与大臣们多次商议，已经确定了重要方略，即打消了抢先占领北京的建议，加紧安排由他率兵南下的各项准备工作。有的准备工作是公开进行，有的是极其秘密的暗中活动，只有他的极少的亲信知道。对于这件事，范文程以其同满洲人的特殊关系，略有觉察，但不敢过多打听，装作毫无所知，只等待在多尔衮出兵前这件事如何分晓。

这一天，盛京气候温和，阳光明媚，开始显出大地回春的景色。早饭以后，多尔衮在大政殿接见了蒙古和朝鲜的进贡使者，又同户、兵二部大臣商议了辽河一带的春耕和练兵事务。退朝之后，他率领范文程、洪承畴和另外两位内院学士到三官庙察看。

关于幼主福临从今年春天起开始入学读书的问题，在大清朝廷上成了一件大事。四位御前老师已经选定，有三位是汉族文臣，一位是满族文臣。皇宫内不能随便进出，也没有清静院落和宽敞房屋，所以决定将三官庙的院落改造，重新粉刷，已经基本上修缮完毕。开学的吉日已经择定，开学时的一些仪注也由礼部大臣们参考明朝制度详细拟定，已在前几天呈报两位辅政亲王批示遵行。多尔衮自认为在教育小皇帝读书成人这样的事情上，他比济尔哈朗负有更大责任，所以他要趁今天上午有暇，亲自去三官庙察看一遍，以便进宫去向圣母皇太后当面禀报。一想到圣母皇太后，他的心头上立刻荡漾着一片春意。

洪承畴和范文程紧跟在两位辅政亲王的背后，以备垂询。范文程虽然生在辽东，却是世代书香宦门之后，自幼在私塾读书，直到考中秀才。他看三官庙处处焕然一新，连院中的土地也换成了砖地，大门也重新改建，轿子可以一直抬进院中，大门外还有警卫的小亭和拴马的石猴。他很满意，在心中叹道：

“好，好，这才像幼主读书的地方！辅政睿亲王只有一句口谕，工部衙门不到一个月就将三官庙修缮得这样焕然一新，很不容易，这也是大清的兴旺之象!”

范文程又想起两年前他奉先皇之命来三官庙对洪承畴劝降的事, 不觉心中一笑, 偷眼向洪承畴看了一眼。

洪承畴这是第二次进三官庙, 他不能不回忆自己的许多往事和难以告人的感慨, 所以只是跟随在两位辅政王的身后, 一言不发。他和范文程的背后还跟着礼部和工部的两个官员。有时多尔衮回头向他询问意见, 他虽然马上恭敬地回答, 但实际上他在想着别的心事, 不能不敷衍地表示同意或称赞。他一进三官庙的大门, 就想起两年前的春天, 他在松山被俘的时候, 与他同守弹丸孤城的巡抚邱民仰被清兵杀了, 总兵曹变蛟也被杀了, 被俘的几百名饥饿不堪的下级将校和士兵全被杀了, 唯独将他留下, 用马车押回沈阳。他虽然在松山堡中断粮多日, 勉强未死, 但在被俘之后, 也不进食, 立志绝食尽节。到三官庙门前, 他已经十分无力, 被押解他的清兵扶着走进大门, 然后走进三官庙正殿西边两间坐北朝南的空屋, 那就是给他准备的囚室。现在他随着两位辅政亲王走进一看, 才知道完全变样了: 墙壁变得雪白, 新砖铺地, 下有地炕, 温暖如春, 上边扎了顶棚, 再不会从梁上落下灰尘。窗棂漆成朱红, 窗棂外糊着新纱, 窗子的上半可以开合。对窗子摆着一张红漆描金矮长桌, 上边放着考究的文房四宝, 长桌后是一张铺有黄缎绣龙厚椅垫的椅子。砖地上铺着红毡。靠山墙有一个空书架。多尔衮频频点头, 向洪承畴含笑问道:

“洪学士, 你可还记得这个地方?”

洪承畴的脸上一红, 赶快笑着回答:“两年前此处是罪臣的囚室, 而今是幼年皇上读书之地。仍然是一个地方, 情景却大不相同了。惭愧, 惭愧!”

多尔衮安慰他说:“松山之败, 为明朝灭亡关键, 但是责不在你。先皇帝心中十分清楚, 我大清朝重要的文武大臣也都清楚。所以在松山堡城破之前, 先皇帝严令大清将士对你不准伤害, 保护你平安来到盛京, 劝你降顺我朝, 建立大功。崇祯事后也知道明军十三万在松山溃败, 责不在你, 所以没有杀你住在北京的老母和妻妾家人。比之他杀袁崇焕, 杀其他许多重臣, 对你宽厚多了。我知道, 崇祯待你颇为有恩, 非同一般。”

洪承畴虽然投降了清朝, 深受优待, 但他毕竟是自幼读孔孟之书, 进士出身，然后入仕，多年为朝廷所倚信，受钦命统兵作战，在国家艰难的时候，身任蓟辽总督挂兵部尚书衔，率八位总兵去解锦州之围，不幸兵溃，被俘降清，贻辱祖宗，愧见师友和故国山河。每次想到此事，他就暗暗伤神。此刻听辅政王多尔衮提到此事，特别是提到崇祯对他的“君恩”深厚，他猛然控制不住，滚出眼泪，但立刻遮掩说：

“因北京局势危急，臣又想起老母来了。”

聪明过人的多尔衮淡然一笑，随即向洪承畴问道：

“你看，幼主在此读书写字，还有什么不足的地方？”

洪承畴恭敬地说：“似乎应该在墙角摆一个宫廷用的茶几，上边摆一香炉。”

多尔衮点点头，向跟在后边的一位官员望了一眼。在退出的时候，他向济尔哈朗说道：

“这是我大清幼主读书的地方，一切布置，不能稍有马虎。你看如何？”

“我看很好。”郑亲王转向跟在后边的两个官员们问道：“为御前蒙师们安排的休息地方，为随驾前来的宫女们安排的休息地方，供应茶水和点心的小膳房，都准备好了么？”

一位官员回答：“请王爷放心，一切都准备妥当了。”

多尔衮对郑亲王说：“要紧的是皇上读书的这个地方，其余的地方我们都不必看了。我今天下午就进宫去向圣母皇太后当面奏明三官庙的修缮情况，也请皇太后亲来看看，届时应有礼部大臣在此恭迎。”

郑亲王说：“这样好，这样好。听说清宁宫太后近日身体不适，就不必请清宁宫太后费心来了。”

出了三官庙以后，两位辅政亲王上马，由各自王府侍卫前后护拥着回府。其他官员也都走了。

多尔衮走了一箭之地，勒转马头，招手让洪承畴和范文程前去。当洪、范二人到了他的面前时，他挥退随从的王府官员与包衣，用温和的眼神望着洪承畴说道：

“刚才正说话间，你忽然心中难过，几乎流出眼泪。不管你是为老母和妻妾一家人身居危城，还是不忘故主崇祯皇帝对你的旧恩，这都是人之常情。何况你自幼读孔孟之书，进士出身，当然有忠孝之心。先皇帝只望你降顺我朝，并不急于向你问伐明之策。你是崇德七年二月来到盛京的。这年十一月我大清兵由密云境内分道进入长城，纵横数千里，破府州县数十座，俘虏男女人口将近四十万，所得金银财物无数，直到去年四月间才退出长城。这次清军数路伐明，关系重大，可是太宗先皇帝因知道你对明朝有故国之情，从不向你问计。有一个文件，可以证明崇祯对你很有恩情。可是先皇帝得到密探从北京送来这一抄录的密件之后，一则不愿意扰乱你的心情，二则不愿使盛京的大臣们传些闲话，所以只有我看了，范学士看了，存入密档，不许泄露。”

洪承畴心中大惊，不知将来会有什么大祸，恳求说：“王爷，臣已与明朝斩断了君臣之谊，誓为大清效犬马之劳。如此重要文件，可否让臣一阅？”

多尔衮含笑说：“快了。到了时候，我会叫人拿出来给你看的。”

多尔衮将手一招，立马在十丈外的随从们都回到他的身边，一阵风地去了。

洪、范今日既未骑马，也没带仆人。洪承畴尽管在官场中混了多年，颇为聪明，但今天听了辅政睿亲王的话，却依然摸不着头脑。他向范文程问道：

“范大人，到底是什么文件？”

范文程回答：“和硕睿亲王既然说不到时候，我怎么敢说出来呢？还是等一等吧！”

洪承畴同范文程拱手相别，各回自己公馆。范文程猜到睿亲王的用心，一定是等李自成攻破北京之后，才让洪承畴看两年前一个潜伏在北京城内的细作抄回的这份文件，更觉得睿亲王真是智谋、聪明过人，不禁在心中绽开了一股微笑。

洪承畴回到公馆，被男女奴仆接着，送进干净雅致的书房。仆人们知道他的最大特点是喜好男色，有空时不免要搂一搂如玉的腰身，捏一捏如玉的脸蛋，所以等老爷坐定以后，都赶快退出了。那个中年女仆临退出时还回过头来看着如玉撇嘴一笑。如玉倒了一杯热茶，捧到他的面前，放在桌上，故意娇气地斜靠桌边，微微含笑，似乎有所等待。洪承畴轻轻挥手，让他退出。玉儿一惊，又看了老爷一眼，娇娆地腰身一扭，不敢说一句话。退出书房，他走到窗外，有意暂不远去，停住脚听听动静，果然听见老爷沉重地叹一口气，心情烦闷地说：

“这真是丈二和尚，令人摸不着头脑！”

在大清国中和硕睿亲王是最忙碌的人，是大权独揽的人，因而也是令人嫉妒、令人害怕、令人佩服的人。

到睿王府大门前下马之后，他匆匆向里走去，恰好他的福晋带着几个妇女送肃王的福晋走出二门，正下台阶。肃王福晋看见睿亲王，赶快避在路边，恭敬而含笑地行屈膝礼，说道：

“向九叔王爷请安！”

“啊？你来了？”多尔衮略显惊诧，望着肃王福晋又问，“留下用午膳嘛，怎么要走了？”

“谢谢九叔王爷。我来了一大阵，该回去了。我来的时候，肃王嘱咐我代他向九叔请安。”

“他在肃王府中做些什么事呀？”

“不敢承辅政叔王垂问。自从他几个月前受了九叔王爷和郑亲王的责备，每日在家中闭门思过，特别小心谨慎，不敢多与外边来往。闷的时候也只在王府后院中练习骑射。他只等一旦辅政叔王率兵南伐，进攻北京，他随时跟着前去，立功赎罪。”

多尔衮目不转睛地在肃王福晋的面上看了片刻，一边猜想她的来意，一边贪婪地欣赏她的美貌和装束。她只有二十四五岁年纪，肤色白皙，明眸大眼，戴着一顶貂皮围边、顶上绣花、缀着两根下有银铃的绣花长飘带的“坤秋”。多尔衮看着，心头不觉跳了几下，笑着说道：

“如今盛京臣民都知道流贼李自成率领数十万人马正在向北京进犯，已经到了山西境内。有不少大臣建议我率领大清兵要赶在流贼前边，先去攻破北京，灭了明朝，再迎头杀败流贼。至于我大清兵何时从盛京出动，尚未决定。我同郑亲王一旦商定启程的日期，自然要让肃亲王随我出征，建功立业。

我虽是叔父，又受群臣推戴，与郑亲王同任辅政，可是我的身上有病，不能过分操劳。肃亲王是先皇帝的长子，又自幼随先皇帝带兵打仗，屡立战功。一旦兴兵南下，我是要倚靠肃亲王的。你怎么不在我的府中用膳？”

“谢谢叔王。我已经坐了很久，敝府中还有不少杂事，该回去了。”

肃王福晋又向多尔衮行了一个屈膝礼，随即别了辅政睿亲王和送她的睿王福晋等一群妇女，在她自己的仆婢们服侍下出睿王府了。

多尔衮从前也见过几次豪格的福晋，但今天却对她的美貌感到动心。他走进寝宫，在温暖的铺着貂皮褥子的炕上坐下去，命一个面目清秀的、十六七岁的婢女跪在炕上替他捶腿。另一个女仆端来了一碗燕窝汤，放在炕桌上。他向自己的福晋问道：

“肃王的福晋来有什么事？”

“她说新近得到了几颗大的东珠，特意送来献给辅政叔王镶在帽子上用。我不肯要，说我们府中也不缺少这种东西，要她拿回去给肃亲王用。她执意不肯拿回，我只好留下了。”睿王福晋随即取来一个锦盒，打开盒盖，送到睿亲王眼前，又说道：“你看，这一串东珠中有四颗果然不小！”

多尔衮随便向锦盒中瞄了一眼，问道：“她都谈了些什么话？”

“她除谈到肃亲王每日闭门思过，闷时练习骑射的话以外，并没谈别的事儿。”

“她是不是来探听国家大事的？”

福晋一惊，回答说：“噢！她果然是来打听国家大事的！她对我说，朝野间都在谈论我大清要出兵伐明，攻破北京，先灭了明朝，再消灭流贼。她问我，是不是辅政叔王亲自率兵南下？是不是最近就要出兵？”

“你怎么回答？”

“我对她说，我们睿王府有一个规矩，凡是国家机密大事，王爷自来不在后宫谈论，也不许宫眷打听。你问的这些事儿我一概不知。”

“你回答得好，好！”

多尔衮赶快命宫婢停止捶腿，虎地坐起，将剩下的半杯已经凉了的燕窝汤一口喝尽，匆匆地离开后宫。

他回到正殿的西暖阁，在火盆旁边的圈椅中坐下，想着豪格如此急于打听他率兵南下的消息，必是要趁他离开盛京期间有什么阴谋诡计。然而又不像有什么阴谋诡计，因为他不会将豪格留在盛京，豪格也不会有此想法。到底豪格命他的福晋来睿王府送东珠是不是为了探听消息？……很难说，也许不是。忽然，肃亲王福晋的影子出现在他的眼前。那发光的、秀美的一双眼睛！那弯弯的细长蛾眉！那红润的小口！那说话时露出的整齐而洁白的牙齿！他有点动心，正如他近来常想到福临的母亲时一样动心。不过对庄妃（如今的皇太后）他只是怀着极其秘密的一点情欲，而想着肃亲王的福晋，他却忍不住在心中说道：

"豪格怎么会有这么好的老婆！"

在他的眼前，既出现了肃亲王府中的福晋，也同时出现了年轻的圣母皇太后，两个美貌妇女在眼前忽而轮流出现，忽而重叠，忽而他的爱欲略为冷静，将两人的美貌加以比较，再比较……啊，在心上比较了片刻之后，他更爱皇太后小博尔济吉特氏！这位从前的永福宫庄妃，不仅貌美，而且是过人的聪慧，美貌中有雍容华贵和很有修养的气派，为所有满洲的贵夫人不能相比。她十四岁嫁给皇太极，皇太极见她异常聪明，鼓励她识字读书。她认识满文和汉文，读了不少汉字的书。所以透过她的眼神，她的言语，都流露出她是一位很不一般的女子。可惜，她是皇太后，好比是高悬在天上的一轮明月，不可能揽在怀中！

胡思乱想一阵，他的思想回到了小皇帝福临春季上学的事上，离择定的日子只有几天了。他命睿王府的一名官员去凤凰门（后宫的大门）向专管宫中传事的官员说明辅政睿亲王要在午膳以后，未申之间进宫，当面向圣母皇太后禀明皇上上学的各种事项。望着这名官员退出以后，他想着午膳后就要进宫去面见美貌的年轻太后，心中不由地怦怦地跳了几下。

睿亲王打开一个锁得很严的红漆描金立柜，里边分隔成许多档子，摆放着各种机要文书。他先把吏部和兵部呈报的名册取出，仔细地看了一遍。尽管他的记性很好，平素熟于朝政，对满汉八旗人物、朝中文武臣僚，各人的情况，他都一清二楚。但是近来大清国正在兴旺发达，家大业大，难免有记不清的。考虑到不日他就要率兵南下，应该将什么人带在身边，将什么人留在盛京，他必须心中有数，由他自己决定，不必同济尔哈朗商量。

仔细看了文武官员的名册以后，他将要带走什么官员和留守盛京什么官员，大体都考虑好了。总之他有一个想法，盛京不但是大清国的龙兴之地，也是统御满洲、蒙古和朝鲜的根本重地，因此在他统兵南下之后，需要一批对他忠诚可靠的文武官员在盛京治理国事，巩固根本。

午膳以后，多尔衮在暖炕上休息一阵，坐起来批阅了一阵文件，便由宫女们服侍他换好衣帽，带着护卫们骑马往永福宫去。

圣母皇太后小博尔济吉特氏尚在为丈夫服孝期间，知道多尔衮将在未末申初的时候进宫来见，便早早地由成群的宫女们侍候，重新梳洗打扮，朴素的衣服用上等香料熏过，头上没有多的金银珠宝首饰，除几颗较大的东珠外，只插着朝鲜进贡的绢制白玫瑰花。尽管她在服孝期间屏除脂粉，但白里透红的细嫩皮肤依然呈现着出众的青春之美，而一双大眼睛并没有一般年轻寡妇常有的哀伤神情，倒是在高贵、端庄的眼神中闪耀着聪慧的灵光。

等多尔衮行了简单的朝见礼以后，小博尔济吉特氏命他在对面的一把椅子上坐下，首先问道：

“辅政亲王，有什么重要国事？”

多尔衮权倾朝野，此时对着寡嫂，心情莫名其妙地竟有点慌乱。他望了小博尔济吉特氏一眼，赶快回避开使他动心的目光，说道：

“臣有要事奏明太后，请左右暂时回避。”

小博尔济吉特氏流露出一丝不安的眼神，向左右轻轻一挥手。站在她身边服侍的四个宫女不敢迟误，立刻体态轻盈地从屋中退出。

圣母皇太后原来知道多尔衮进宫只是为着幼主福临开始上学的事，没想到多尔衮要她屏退左右，以为必有重要军国大事，不宜使宫女闻知，不由地暗暗吃惊，心中问道：“难道就要出兵了么？”等身边没有别人，皇太后顿觉心中不安。她同多尔衮既是君臣关系，又是叔嫂关系，而且最使她感到不安的是她同多尔衮年岁一样，只差数月。二人近在咫尺，相对而坐，更使她的心中很不自在。她听说朝臣中有许多人都害怕多尔衮的炯炯目光，她也害怕。她不是害怕他的权势，而是害怕同多尔衮四目相对。每当她见多尔衮在看她时，她禁不住赶快回避了他的目光，脸颊微红，心头突突直跳。不等多尔衮说话，她首先打破这难耐的沉默场面，用银铃一般的声音问道：

“九王爷，要出兵伐明么？听说朝廷上多主张我大清兵先破北京，再一战杀败流贼。可是这样决定了？”

多尔衮在片刻间没有说话。他原来打算先奏明幼主福临如何开始上学的事，到最后提几句眼前的军国大计。他自从执掌朝政以来，既要利用小博尔济吉特氏的聪明才干和圣母皇太后的崇高地位，以及她和清宁宫皇太后在先皇帝留下的上三旗中所具有的别人不能代替的影响，帮助他巩固权力，也要防止她插手国事，日后对他不利。他没有想到，这位美貌的年轻皇太后竟然先问他南下伐明的大事，不觉在心中暗自说道：

“皇太后真了不起，绝非一般的女流之辈！”

他看见圣母皇太后面含微笑，目不转睛地望着他，等待回答。他欠身答道：

“皇太后身居深宫，抚育幼主，会想到我国应该趁目前这个时机，派兵南下，进入中原，足见太后不忘先皇上的遗志，肯为重大国事操心。不过臣今日进宫，不是为此事……”

“我知道你进宫来是为奏明幼主开春后上学读书的事。只是左右并无别人，所以我才问你。虽然朝廷一切军国大事全托付九叔亲王经营，另有郑亲王帮你办理，可是自从我十四岁入宫，先皇帝平日没甚病症，睡到夜间，好端端地归天了，没有看见进入中原的大功告成。在那大丧无主的几天里，要不是你九王爷有力量，有主张，谁晓得这江山落在谁手？还谈什么进入中原，灭亡明朝，剿灭流贼！”说到这里，年轻的皇太后忽然忍不住叹了口气，眼睛红了。

多尔衮以为皇太后是因为想起了先皇帝，寡妇想起亡夫而伤心是人之常情。他劝慰道：

“幸而臣当时不想使我大清为继承皇位事动了刀兵，伤了元气，所以拉着郑亲王共同拥戴五岁的幼主登极，杀了几个人，痛斥了几个人，安定了大局，才能有今日的太平兴盛局面。要不然，纵然今日机会来到，要想统兵南下，平定中原，谈何容易！”

皇太后回想到去年八月间争夺皇位的事，又不觉深深地叹了一声。她知道太祖爷的大妃纳喇氏，十二岁就侍奉努尔哈赤，到十七八岁的时候，长得品貌出众，又极聪明能干，深得太祖欢心，封为大妃，生下了阿济格、多尔衮、多铎三个儿子。太祖死后，皇太极继承皇位，说太祖临死前留下遗言，要大妃纳喇氏殉葬。纳喇氏舍不得三个儿子，哭着不肯从命，拖延一天多，胳膊扭不过大腿，只好自尽。在去年皇太极刚死的两三天内，她只怕豪格继承皇位，诡称奉有父皇密谕，要她殉葬。所以在争夺皇位的宫廷斗争中，她不但在宫中为多尔衮祈祷，也暗中利用平日同自己的姑母，即中宫皇后的亲密感情以及相同的利害，利用平时在皇太极身边为两黄旗将领们说好话结下的恩信，使这两旗都愿意拥戴幼主，这自然使多尔衮在斗争中得了大益。直到小福临在大政殿登了皇位，受了文武百官朝拜，年轻的圣母皇太后才解脱了为先皇帝殉葬的恐惧。

然而她当时的害怕心情，不曾对任何人流露丝毫，更不愿多尔衮知道。事后，当身边的一位心腹宫女提到那一段艰难日子的时候，圣母皇太后十分坦然地含笑说：

“去年皇上虽然只有五岁，我倒并不担心。他能做大清国的皇帝，原是出自天意，就是大家常说的真命天子。你忘了么？我生他的时候，忽然满屋红光，你曾看见，一条龙盘绕在我的身上，你怎么忘了？”

“是，是。奴婢没有忘记。”这位聪明的心腹宫女，不仅不敢否认曾有此事，而且有意将这编造的故事在宫中传扬开了。

此刻小博尔济吉特氏的心中很不自然，不愿意多尔衮在她的宫中逗留太久，打算赶快同多尔衮谈谈小福临开春后读书的事便让他离开后宫，然而一种想知道军国大事的强烈兴趣迫使她不由地问道：

“听说流贼正在向东来，声言要攻占北京。九王爷何时出兵南下，抢在流贼前边先灭明朝？”

多尔衮本来不想同圣母皇太后多谈论军国大计，防备她渐渐地干预国政。但是一则皇太后所询问的事正是他作为辅政王应该回答的，二则皇太后的年轻貌美使他暗中动心，三则他极欲在率兵出征前将他的辅政王的名义改称摄政王，而今日正是试探圣母皇太后意见的时候。以上这三种心思混合成一种奇妙的力量，使他直视着皇太后的一双眼睛，决定将他新近的决策告诉皇太后。正在这刹那之间，小博尔济吉特氏装作听一听室外是不是有人声，稍稍地回避了他的眼睛。小博尔济吉特氏的这一着若有意若无意地回避，使她的庄严、高贵的神态中含有妩媚。多尔衮对她不敢有亵渎之想，但同时不能不有点动情。他欠身说道：

"太后，自从正月间流贼渡过黄河，到了山西境内以后，我朝大臣纷纷议论，建议应该赶快出兵南下，当时臣也拿不定主意，一时不敢贸然决定。目前我朝大臣中最有深谋远虑的莫过于范文程与洪承畴二人，最熟悉流贼情况的莫过于洪承畴……"

皇太后想起来她在两年前往三官庙送人参汤的旧事，嘴角流露出一丝微笑：

"洪承畴有何建议？"

"经过臣与洪承畴多次在睿王府秘商大计，臣看出来洪承畴胸有韬略，非一般文臣可比，无怪先皇帝对他那么重视！先皇帝当时想尽一切办法使洪承畴投降，曾说我国要进入中原需要像洪承畴这样一个引路人。臣近来才相信先皇帝说的很是，很是。"

圣母皇太后在心中说："只要他忠心降顺，不枉我佯装宫女，亲去三官庙的囚室一趟！"但这话她没有说出口来，只是用轻轻的声音问道："洪承畴可赞成我大清兵趁流贼尚在远处，先去攻破北京城么？"

"他一开始就不赞成。"

"噢，我明白他的心思！"

"太后如何明白？"

"洪承畴虽然投降我朝，但是他与范文程毕竟不同。范文程虽是汉人，却是世居辽东，土生土长的辽东人，也没有吃过明朝俸禄。洪承畴是福建人，二十几岁就中了进士，步入仕途，一步一步升迁，直到任蓟辽总督，挂兵部尚书衔，成为明朝的二品大臣。所以纵然他降顺我朝，也不会干干净净地忘记故国，忘记故君，所以他不肯亲自带引大清兵攻破北京，灭亡明朝，一则他良心不忍，二则他也不愿留下千古骂名。九王爷，你说是这个道理么？”

多尔衮暗暗吃惊，没有马上回答，心中想道：“皇太后真是聪明过人呀！以后既不能将朝中大事一概瞒她，但也不能让她干预朝政！”

圣母皇太后见多尔衮没有立刻回答她所关心的问题，也就不急于再往下问，另外找一个题目，含笑说道：

“我虽是女人，也略知中国故事。目前皇上幼小，不能亲自治理朝政。九王爷今日地位，如同周公辅成王。在我们大清国中，辅政王与摄政王只是称呼不同，说到底，都是代皇上处理军国大事，所以辅政也就是摄政。是这样不是？”

多尔衮近来心中明白，中国历史上所谓摄政与辅政大不相同。辅政同时有两位或两位以上；摄政只有一位，有天子之权而不居天子名。多尔衮听了圣母皇太后的这几句话，很合自己心意，尤其将他的辅幼主比为“周公辅成王”，最使他满意。在这之前，群臣中时常将辅政和摄政两种称号混叫，而且也没有人提到“周公辅成王”这个典故。不料现在竟从圣母皇太后的口中说出！

如果换一个人，听到皇太后说睿亲王的辅政好比“周公辅成王”，他一定会忍不住趁机说出来自己改称摄政王的意见。但多尔衮既是一个心怀智谋的非凡之辈，又习惯于深沉不露。他认为称摄政的事在出兵前一定要办妥，但目前还不到时候。他再一次望着年轻皇太后的眼睛，含笑说道：

“皇太后说洪承畴虽然投降了我朝，心中对崇祯仍存有故君之情，可算是看人看事入木三分。其实，先皇帝在世时，何尝不明白洪承畴不忘故君的一些心思？”

“你如何知道先皇帝也明白洪承畴怀着不敢告人的心思？”

“自从洪承畴投降以后，先皇帝赐予各种赏赐，独迟迟不给他正式官职，就因为知道他不忘旧主。直到先皇帝病故，臣与郑亲王辅政，才让他任内院大学士之职。还有，前年冬天，我国派精兵伐明，占领蓟州，深入冀南，横扫山东，到去年春末夏初始班师回来。这一次出兵十分重要，可是先皇帝并不向洪承畴问计，为的是知道洪承畴尚有故国之情，不引起他心中难过。”

“我朝这样处处体谅洪承畴，什么时候才能使他的学问为我朝所用？”

多尔衮笑着说：“我朝使用洪承畴不是只为眼前一时之计，是为长远之计，为日后夺取中原之计。”

“可是我八旗精兵不趁此时南下，把北京城白白地让给流贼攻占，岂不失计？”

“许多年来，先皇帝心心念念是占领中原，恢复金朝盛世局面，不是仅仅占领北京。不占领中原数省之地，单有一座北京城也不能国基巩固。臣经过反复思忖，同意了洪承畴的意见，将北京让给流贼，然后再杀败流贼，从流贼的手中夺得北京，进而平定中原数省之地，重建大金盛世的局面。”

皇太后的心中仍不服帖，想了片刻，又慢慢地小声说道：

“我世代都是蒙古科尔沁人，没有去过北京。可是自幼听说，北京是辽、金、元、明四朝建都的地方，单说明朝在北京建都也有两百四五十年。全国的财富都集中在北京，一旦落入贼手，遭到洗劫，岂不可惜？”

多尔衮说道：“皇太后想得很是。但目前在臣的眼中，最大的事情是如何夺取江山，不是北京城的金银财富。只要江山到了我大清手中，北京成为我大清朝在关内的建都之地，何患各地的财货不输往北京。”

“啊，到底是看事情眼光不同！”

小博尔济吉特氏的心中一亮，想着多尔衮果然不凡，但没有说出口来。她又一次打量多尔衮的脸上神情，同多尔衮四目相对，不觉心中一动，赶快略微低头，回避了对方的炯炯逼人的目光。她平日风闻多尔衮身有暗疾，甚至有人说他不是长寿之人，但是她从多尔衮的外表上看不出他有什么病症，倒是体格魁梧，精力饱满，双目有神，使她不敢正视，遂把自己的眼光移向别处。

多尔衮因为年轻的皇太后回避了他的眼睛，也只得将眼光移向别处，落到他同太后中间的黄铜火盆上，又移到太后的出风透花紫红浅鞡的小皮鞋上。他今日进宫本来是为着面奏幼主福临开春如何上学读书的事，但是他无意将简单的事情谈完就离开后宫，不知有一种什么力量吸引着他不能马上辞去。他想从腰间取出来别着的旱烟袋抽一袋烟，但是他仅仅动了一下抽烟的念头，随后就打消了。尽管他目前权倾朝野，却不能不在皇太后面前保持君臣礼节，为文武百官作表率。永福宫中极其静谧，只偶尔从铜火盆中发出木炭的轻微爆裂声。就在这静谧之中，从年轻皇太后的绣花银狐长袍上散发出的清雅香气，越发使他不能取出烟袋，也使他不愿告辞。

他知道皇太后此刻很关心北京城将会落入贼手的事。虽然他谨防皇太后干预朝政，但是他想到，她既然是圣母皇太后，在一定限度内关心国家大事也是应该的，完全不使她知道反而会产生不好后果。等到不久他居于摄政王地位，权力更大、地位更加稳固以后，皇太后干预大政的机会就不会有了。这样在心中盘算以后，多尔衮抬起头来向皇太后说道：

"臣原先也打算抢在流贼之前去攻破北京，可是随后也改变了想法。先让流贼攻占北京，然后去杀败流贼，从流贼的手中夺得北京也好。"

"从流贼的手中……九王爷，这是为何？"

多尔衮回答："太后，首先一条，流贼东犯的真正兵力，到今天尚不清楚。李自成自称是亲率五十万精兵来攻北京，尚有大军在后。据洪承畴判断这是虚夸之词，流贼的实际兵力不会很多，渡河入晋的最多不会超过三十万。沿途有许多重要地方不能不分兵驻守，免除后顾之忧，又要与西安信使往还，血脉畅通，所以纵然有三十万人马，断不能全部东来。假若有二十万来到北京城外，这兵力也不可轻视。我大清在辽东建国，地旷人稀，与中原不能相比。从此往北，虽然远至黑龙江流域，长白山一带，直到那些靠渔猎为生，使犬使鹿的地方，都归我国治理，但是越往北，人烟越稀。我大清的人口主要在辽河流域，兵源粮草都依靠这里。近十多年我国几次越过长城，威逼北京，马踏畿辅，深入冀南，横扫山东，如入无人之境，俘虏众多人口，获得粮食财物，全师而归。其实，我国每次出兵，人马都不很多。我们的长处是以骑兵为主，官兵自幼就练习骑射；不管是亲王、郡王、贝勒、贝子、各旗旗主，一旦奉命出征，必须勇猛向前，不许畏怯后退，军纪很严。回来以后，凡是畏怯的人，一经别人举发，都是从严处治。明朝不是这样，上下暮气沉沉，军纪败坏，士兵从来不练，见敌即溃，加上文武不和，各自一心，既不能战，也不能守。如有一二城池，官民同心固守，我军为避免死伤，也就舍而不攻。这是我大清十几年来的用兵经验。因为今日东犯流贼，情势非明朝官军可比，所以臣反复思忖，也不打算抢在流贼之前攻占北京。”

“九王爷想的很是。流贼是我大清兵多年来未曾遇过的强敌，经九王爷一说，我心中明白了。”

多尔衮接着说：“倘若流贼来到北京的有二十万人马，我八旗兵也没有这么多。何况对敌作战，必须看准时机，不可盲目用兵。看准时机，就是要避其锐气，击其惰气。流贼目前锐气正盛，对北京志在必得，所以我以数万八旗兵在北京城下迎击二十万锐气强盛之敌，很是不智。争天下何必先占北京？我国必须做好准备，看好时机，一战杀败强敌，才是上策。”

皇太后在心中点头，轻轻说道：“皇上年幼，九王爷身居周公地位，一切用兵的大事全靠你了。”

听到圣母皇太后又提到“周公”的典故，多尔衮心中一动，又接着说道：

“臣不急于率兵南下，还有一层意思，也应该向太后奏明。”

“还有一层什么意思？”

“十几年来，我国每次派兵南下都在秋末冬初，不在春耕时节。我国的八旗制度不仅是兵农合一，而且军、政、农、百工都合在一起，最重要的是兵农。汉人所说的寓兵于农，在汉人早已是一句空话，在我国却不是空话。凡我大清臣民都编入八旗。开始只有满八旗，后来有了汉八旗和蒙古八旗。多数八旗的人，出征打仗时是兵，不出征就务农。所以每次派兵南下伐明，不在春天，不在夏天，都在秋冬之间，场光地净的时候。倘若误了春耕，夏秋再遇旱涝之灾，就会动摇了立国之本。所以我已下谕全国，一面搞好春耕，一面抓紧操练，单等时机来到，立刻出征。”

小博尔济吉特氏听多尔衮面奏了眼下她最关心的军国大事，一则释去了她对战争胜败的担心，二则也增添了她的见识，三则她对多尔衮的满腹韬略更加钦佩。当皇太极活着的时候，她在十五位妻子中的地位并不很高。地位最高的是她的姑母，也是科尔沁博尔济吉特氏人。建立后金朝以后，皇太极尊称后金汗，姑母被封为中宫大福晋；崇德元年，皇太极改称皇帝，姑母随着晋封为清宁宫皇后。在皇太极的十五位妻子中，最受皇太极宠爱的也是博尔济吉特氏家族人，受封为关睢宫宸妃，是永福宫庄妃的同族姐姐。皇太极同宸妃的感情最好，用封建时代的话说可算是“宠冠后宫”。所以在皇太极的众多妻子中，论尊贵莫过于清宁宫皇后，论受宠爱莫过于关睢宫宸妃，而圣母皇太后原称永福宫庄妃，居于中等偏上地位，对于国家大事从来不敢打听，也不怎么关心。自从皇太极突然病故，她的儿子小福临被多尔衮等拥立为大清皇帝，她在一夜之间突然地位大变，上升为皇太后之尊。这样一来，顺治朝就同时有两位太后，都姓博尔济吉特氏。不过汉人大臣，按照汉人习惯，在小博尔济吉特氏皇太后的称谓前边加上“圣母”二字，以表示她是皇上的生母。

圣母皇太后听多尔衮面奏了军国大计以后，又询问了三官庙作为学堂的修缮情况，以及开学的仪注，以后每日上学和下学的时间，沿途护驾安排等等，多尔衮一一奏明。小博尔济吉特氏听后十分满意，不禁笑容满面。这笑容更增添了她的青春美丽，使多尔衮不敢正视。

多尔衮辞出以后，圣母皇太后立刻前往清宁宫去，将多尔衮面奏的军国大计和小皇上读书的安排都向正宫皇太后谈了。她十分明白，她的姑母，即正宫皇太后，在两黄旗将士们的眼中地位很高，她要巩固小福临的皇位，不能不依靠正宫皇太后的力量。另外，她毕竟是一位年轻寡妇，同多尔衮的来往应该随时让清宁宫皇太后清楚才好。

在一群宫女的围绕中，圣母皇太后体态轻盈地向清宁宫走去的时候，忽然想起来多尔衮曾经目不转睛地望着她的神情，在心中想道：

“他忘了我今日是皇太后的身份！”

十六

梦江南

第 46 章

崇祯十六年十二月间，李自成的先头部队开始由韩城渡过黄河。入晋不久，崇祯皇帝就得到山西封疆大吏的十万火急奏报。近几年他常有亡国的预感，而自从李自成人马开始渡河的消息来到之后，一种国亡家破、宗族灭绝的惨痛结局已经来到眼前。

他吃不下饭，睡不好觉，在乾清宫中除召对大臣之外，便是坐立不安，有时绕着柱子彷徨，仰天叹息，滚下热泪。夜间他常常被噩梦惊醒。有一次他在梦中惊叫：

“朕非亡国之君！十七载宵衣旰食，惨淡经营，不敢懈怠。天地鬼神，做亡国之君我不甘心！”

随即在枕上痛哭失声。乾清宫管家婆魏清慧慌忙奔到他的御榻旁边，叫道：

“皇爷醒醒！皇爷醒醒！”

崇祯乍一醒来，知道自己是做了噩梦，并在梦中痛哭。他泪眼望望魏清慧，问如今是什么时候。魏清慧告他说，是三更三点，劝他安心睡觉，不要为国事伤了御体。崇祯感到养德斋中十分寒冷，听一听外边，风卷着雪，扑打窗棂；树枝在风中摇晃，发出呜呜悲声。他说：

“我起来吧。叫内臣侍候，随朕到奉先殿去。”

魏宫人劝阻他，说如今正是半夜子时，风雪交加，十分寒冷，易受风寒，不如等天明以后再往奉先殿不迟。崇祯心急如焚，哪里肯依，很快地就在魏清慧的照料下穿好了衣服，来到乾清宫正殿，等候太监们将步辇抬到乾清宫的丹墀上边。

他在风雪中走出乾清宫正殿，坐上步辇，在十几个太监和宫女的簇拥中出了日精门，往奉先殿去。夜色漆黑，几盏宫灯在黑暗中飘动，光色昏黄。永巷中也有稀疏路灯，同样光色昏黄。整个紫禁城沉沉入睡，巍峨的宫殿影子黑森森十分瘆人。魏清慧等宫女还没有在这样的风雪之夜随皇帝往奉先殿去过。脚下又滑，身上又冷，特别是风雪刮来，使她们脸上的皮肉好像被刀割一般疼痛。魏清慧是第一次遇到这样的事，在心里说道：

“皇上心神已经乱了，难道果真要亡国么？我的天啊！”

她暗中差一个宫女速往坤宁宫启奏皇后。

奉先殿中今夜特别地寒冷，阴气逼人，竹影摇晃。近几个月来，宫中传说，更深夜静时候，奉先殿中常有脚步声轻轻走动，并且有叹息声，有时还有哭泣声。宫中一向害怕闹鬼，近来好像奉先殿中确实又闹鬼了。此刻太监们和宫女们既冷又怕，不敢向黑暗处看。

崇祯跪在太祖朱元璋的神主前默默祈祷，有时也不由地发出悲痛的声音。魏清慧因是服侍皇上的贴身宫女，又是乾清宫的管家婆，准许她进入殿门，跪在门后的地上。地上没有为她准备的拜垫，砖头冰得她的两条小腿和膝盖疼痛麻木。她屏息地听皇上如何祷告，忽然仿佛听出来皇上哽咽的声音，说是万一江山不守，他一定“身殉社稷”，宫眷们也都不能落入“贼手”，以免有辱祖宗，有损国体。魏清慧听到“身殉社稷”四个字，猛然间脸色如土，浑身颤栗，几乎不能支持。崇祯在太祖的神主前祷告之后，又跪到成祖的神主前作了同样的祷告。他站起来时，误踏着龙袍的一角，打个趔趄。魏清慧赶快站起，去搀扶皇上。皇上已经站稳了，转过身来看她一眼，挥手让她退后。崇祯走出殿门，轻轻吩咐：“回宫。”又瞟了魏清慧一眼。魏清慧这时才看清楚皇上悲愁的脸孔上带有泪痕，不禁在心中叫道：

“啊，皇爷哭了！皇爷的脸色发青！”

魏清慧打个冷颤，眼前出现了幻觉：皇上披散头发，脖子上带着自尽时的绳子……她恐怖得几乎要大叫出声。但随即幻觉消失，她随着一群太监和宫女踏着碎雪，在步辇后边奔跑。

周皇后被值夜班的宫女叫醒，知道皇上心情很坏，在风雪中往奉先殿去了。她匆匆地起床，在宫女的侍候下净了脸，穿好了衣服，并吩咐宫女们为皇上准备了消夜的食物，便步行往乾清宫来。因为风雪很大，又来不及乘辇，只好由宫女搀扶着。她的脚缠得小，路上的雪虽是干的，地也很平，到底行走还是艰难。但是她一点也没有考虑到风雪寒冷，只是想着皇上的心情，想着国家的局势，心中十分害怕和绝望。

崇祯刚回到乾清宫，皇后就带着吴婉容等一群宫女来到乾清宫东暖阁。一个宫女捧着一个雕漆食盒，内有一碗银耳燕窝汤。另一个宫女打开食盒，将银耳燕窝汤摆在御案上。还有一个宫女捧着一个食盒，内里有一盘皇上平日喜欢吃的虎眼窝丝糖，也摆在御案上。崇祯对皇后的突然来到，心中很不忍，叹口气说：

“朕因为睡不着觉，到奉先殿向祖宗祈祷。雪夜天寒，你何必起来？”

“皇上因为国事不好，如此忧心，妾何能睡得安稳。”

“朕已经传旨：明年元旦，命妇们都免去进宫朝贺。你母亲也不能来了。”

皇后不觉落泪，说道：“国事如此不幸，皇上夜不成寐，还朝贺什么正旦！”

崇祯低下头去叹气，心中刺痛，不觉落泪。往年他总是对皇后说，等到天下太平，要给你热热闹闹地做一次千秋节。或者说，倘若明年局势见好，命妇们到正月入宫朝贺，你又可以见到你的母亲了。可是现在一切好听的话都不能再提了。谁知道明年正旦怎么过法？正旦以后的日子是什么样子？北京的情形到底如何？

崇祯与周后相对落泪，魏清慧与吴婉容等也陪着落泪。过了一阵，皇后看着皇上吃下去银耳燕窝汤，虎眼窝丝糖却没有动一动。她也没有劝皇上吃糖，只是劝他回养德斋躺下去再休息一阵。

崇祯说：“你也回坤宁宫休息去吧。”

周后知道崇祯因国事揪心，很久没有到坤宁宫住宿了，没有“临幸”袁妃和别的妃嫔宫中，也没有任何女子奉召前来养德斋中。她想着做一名皇帝，真是够苦。她望望皇上的泪眼，想着她十六岁选为信王妃，结发夫妻十八年恩爱，又想着几十万“流贼”已经过了黄河往北京而来，她在心中动念：谁知道夫妻间还能够厮守几日？她很想陪皇上到养德斋去，今夜不回坤宁宫了。可是转念一想，她是皇后身份，从来没有在养德斋中陪宿的道理，不仅她没有，连田妃、袁妃也没有到养德斋中陪宿过。这样办法，只对那些名号低的或还没有名号的女子才能使用。所以对于她自己想留在这里陪伴丈夫，也只是动了下念头就不去想了。她站起身来告辞，回头看看魏清慧说：

“魏清慧，宫中虽有不少值夜的太监和都人，可是我无法信任。魏清慧啊，你是皇上身边最得力的都人，一向做事又细心又谨慎，所以才命你做乾清宫的管家婆。今夜皇上的心情很不好，你要格外小心服侍，有什么事儿你明日一早亲自去坤宁宫向我禀奏。”

皇后离开不久，崇祯也回养德斋了。他在魏清慧和另一个宫女的服侍下，脱掉外边衣服，重新睡下，也叫宫女们都去休息，不必侍候。魏清慧知道宫女们都很困倦，叫她们都退下去，自己留下值夜。这是皇后娘娘的吩咐，她必须遵从。另外也只有她自己能够更好地体察皇上的心情，侍候皇上睡觉，所以她就留下了。

崇祯的心思很乱，没法入睡。往日像这样不眠之夜，他会命值夜的宫女去将乾清宫御案上的许多文书取来，靠在枕上借省阅文书打发掉不眠之夜。可是今夜他无心再看那一封封令他焦急绝望和心惊胆战的紧急文书。他认为看也无用，今夜索性抛下不管了。

他闭上眼睛很久很久，仍然睡不着，于是重新睁开眼睛，望望魏清慧，看见她用皇后赏赐的那件红缎貉绒被裹着全身，坐在一把矮椅子上，靠着柱子睡熟了。他不想惊动魏清慧，自己从被窝中探出身来，从茶几上取了一本《资治通鉴》，随意翻看，恰好翻到第二百一十八卷，而且恰好无意中看到唐玄宗出延秋门离开长安的一段。他连着看了几页，心中一烦，将书抛下，闭起眼睛胡思乱想一阵。忽然想到万不得已的时候他是否也可以离开北京。想到这里，仿佛心中一亮，随即又想到南京是当年太祖爷建都的地方，号称“龙蟠虎踞”，且有长江之险；到了成祖爷迁都北京，将南京改称陪都，仍保留着中央各衙门、国子监、锦衣卫等。如此这般安排，必有深意，此刻他才似乎有些明白。他又想到，虽然中原和北方糜烂不堪，可是江南仍然安定，物阜民殷。赶快到江南去，岂不是一条国家中兴之路么……

他反复想了很久，越想越认为此计可行，只可惜大臣们还没有一个人想到这一步好棋。他想着到南京去的困难确实很多，不由地心中冷了半截。过了一阵，又想到非去不可，如今差不多已经到了山穷水尽的地步，留在北京只是死棋。倘若迁往南京，一着棋走对，全盘棋都活了。他又想着自从登极以来，十七年中总是一方面要应付满洲人的侵犯，一方面要应付各地“流贼”，内外作战，穷于应付，才有今日这种局面。倘若到了南京，再也不会两面作战了。如今两淮地区，仍然为朝廷固守；中原和北方的许多地方也仍然是大明的土地。他到了南京，利用江南的财富和兵源，整军经武，不用多久，派一重臣，譬如像史可法这样的人，督师北上，势必平定中原和北方，扑灭大小“流贼”。十年之后，再派兵北伐辽东，根除满洲的祸患，恢复二祖经营的天下，这并不是不可能办到的事。

他又想起来去年冬天，当李自成进入西安不久，有一个名叫梁以樟的人，原是商丘知县，从刑部狱中上了一封密疏，请求速派太子抚军南京，以维系天下人心，同时将二王（永王、定王）分封浙、闽。当时因辅臣们都不同意，这件事就不再提了。可是过了没多久，大臣中礼部尚书倪元璐也上了一封密疏，作了大体相同的建议。崇祯将密疏留在宫中，没有发出去。后来在单独召对倪元璐时，他嘱咐说，要秘密，不可泄露一字。倪元璐也明白此议关系很大，不敢再提，回家后随即将疏稿烧了。如今崇祯想道，那时候把太子派往南京也许太早，可是而今若再因循下去，事情就迟了。想着想着，他眼前仿佛出现滚滚东流的长江天堑、“龙蟠虎踞”的南京城、太祖孝陵所在的巍峨钟山、十分富裕的江南……他越想心情越激动，不由地叫出声来：

“江南！江南！”

魏清慧猛然抬起头来，睁开睡眼，从矮椅上跳起来，走到御榻旁边，惊慌地叫道：

“皇爷! 皇爷! 你醒一醒, 醒一醒! ”

崇祯回答:“朕在醒着。”

“不, 皇爷, 你在做梦, 在梦中大叫两声。”

“是叫了两声, 难道是做梦么? ”

“是, 皇爷, 你确实在做梦。我听见你在梦中叫道:‘江南! 江南! ’皇爷, 近处的事, 你还操不完的圣心, 天天寝食不安, 两颊都清瘦多了, 请不要再操心江南的事吧。皇爷, 你且安心地睡一阵吧。”

在这万籁俱寂的深宫寒夜, 烛光荧荧, 炉中香烟袅袅, 铜火盒中偶尔发出来木炭炸裂的微声。崇祯听着魏清慧十分温柔的低声劝解, 又看见她的一双明亮的大眼睛似乎含着泪水, 不由地受了感动。他对她点点头, 伸出一只手, 看着她的眼睛, 又似乎在端详着她的脸孔。魏清慧以为崇祯想坐起身子, 要她拉他一把, 便伸出右手, 让皇上抓住。可是崇祯并没有坐起来的意思, 将她的手紧紧握着, 轻轻往自己的身边拉去, 仍然目不转睛地注视着她的眼睛。魏清慧被看得不好意思, 只好探身向前, 心想: 莫非皇上有体己话告我知道么?

崇祯面露微笑, 轻声说:“坐下去, 坐在榻上。”

“奴婢不敢。”魏清慧在脚踏板上跪下, 小声问道,“皇上有什么话吩咐奴婢? ”

崇祯本来想诉说他是世界上最孤独的人, 只有魏清慧对他有一颗真正的忠心, 可是话到口边, 他不说了。他没有忘记他是皇上, 不应该随便将真心话说出口来。他看见魏清慧平日那端庄、聪慧而温柔的面孔此刻流露出紧张、胆怯和不安的神色, 分明想回避他的眼睛, 反而更增加了她的可爱。她脸上散发出淡淡的脂粉香, 撩逗得他几乎不能自持。可是在这刹那之间他突然心中感伤地自问:

“谁知道几个月之后, 她会到哪儿去呢? 到那时天地惨变, 她是死是活? ”

魏清慧看见皇上的神色突然起了变化: 若有若无的微笑消失了, 脸上掠过了一片悲惨的阴云, 随即有两行清泪从眼中流出。她小声惊叫:

“皇爷！皇爷！”

她因为右手仍然握在皇上手中，便伸出左手，揩去崇祯颊上的泪珠，伤心地说道：

“皇爷，你要宽心！”

崇祯搂住魏清慧的双肩，忽然从枕上抬起头来，在她的颊上重重地吻了一下。魏清慧双颊绯红，心头狂跳，正在不知如何是好，崇祯忽然将她放开，长叹了一声。恰在这时，玄武门城楼上敲响了更声。崇祯无可奈何地说：

“五更了，朕该起床了，该拜天了，又该上早朝了。”

魏清慧从脚踏板上站起来，温柔地说：“但愿今天朝廷上有好的消息。请皇爷再睡片刻，奴婢去唤都人们来侍候皇爷梳洗穿戴。”

当魏清慧正要走出养德斋时，被皇上叫回，嘱咐她不要将夜间无意中叫出“江南”的话，说给别人知道。魏清慧问道：

“要是皇后娘娘问起来，也不许向她禀奏么？”

“对谁都不许说出！”

魏清慧暗暗吃惊，不明白皇上为何如此严禁泄露。但她知道皇上遇事多疑，不许后妃娘娘们多问国事，于是不敢再说二话，胆怯地躬身说道：

“奴婢遵旨，对谁也不敢说出‘江南’二字。”

崇祯十七年元旦，大风扬沙，天气阴霾，日色无光。大白天，大街上十丈远看不见人的面孔。北京的人心本来就十分灰暗，人人都有大明将要亡国之感。恰好元旦佳节，遇到这样天气，更叫人心头沉重，无心过年。崇祯因为精神已经乱了，昨夜几乎整夜不能入睡，四更刚过不久就急着起床，由宫女们侍候梳洗，吃了点心和燕窝汤，然后换上大朝贺的服饰，乘辇到了交泰殿。依照往例，他应该坐在交泰殿，等候文武百官在皇极殿丹墀上排班完毕，静鞭三响之后，有四位御史官前来导驾，他再重新上辇往皇极殿受朝贺。然而今天早晨他心情混乱已极，只是着急，不肯等待，离五更还有两刻钟，他便吩咐起驾往皇极殿去。太监们虽都知道时间不到，但是大家提心吊胆，无人谏阻。果然皇极殿前除有一些太监前来侍候外，丹墀下的寒风中肃立着担任仪仗的锦衣力士，还有两对仗马相对站在内金水桥边。皇极殿前的院子本来很大，四周都有高大的建筑。如今因为进来的人很少，夜色浓重，天空阴暗，更显得空虚和阴森。

因为群臣尚未进来，午门上也没有敲钟，丹墀上也没有响静鞭，没有鸿胪官赞礼、御史纠仪，当然也没有人吩咐奏乐。崇祯冷清清地进了皇极殿，步入宝座。这情况是从来不曾有的。谁也没有想到在这亡国前的最后一个元旦，却出现了这样从来没有过的怪事。

午门上的太监知道皇上已经升殿，虽然离五更还有两刻，却不能不赶快提前鸣钟。钟声响后，仍无百官进入午门。皇极殿前除侍卫外没有人影。崇祯向左右问道：

"朝臣们为何还不进来？"

没有人敢说他不应该上朝过早。锦衣卫使吴孟明跪下启奏：

"朝臣没有听见钟鼓声。因为圣驾早出，加上风霾天暗，来得更迟。如今可以再次鸣钟，远近闻之，自然会赶快入朝。"

崇祯点点头。他心中十分着急，但是明白了，原因在于自己提前上朝，所以他没有生气，只是心中感慨：

"唉，大年节，上朝就这么不顺！"

过了片刻，午门上再次敲响了钟声。按照常例，第一次鸣钟之后，百官进入午门。第二次鸣钟之后，午门关闭。迟到的文武官员不许进来。如今钟声一直不停，午门一直大开，完全反常。

又等候许久，百官仍然无人来到。崇祯越发焦急，忽然生出一个主意，决定先去拜庙，回来再受朝贺。可是往年都是先受朝贺，休息之后再去拜庙，所以卤簿和銮舆在昨天都准备好了，放在午门外边，却没有牵来马匹。临时去御马监牵马匹得耽搁很多时间。吴孟明怕皇上震怒，知道有许多官员已经到了东西长安门外，急中生智，命锦衣旗校赶快去将百官的马匹牵来使用。锦衣旗校奔到东西长安门外，借口皇上有用，不管三七二十一，见马就抢，将一二百匹好坏不等的马牵进了端门。后来的官员侥幸免了。端门里边顿时马匹纷乱，有的马翘起尾巴拉屎，有的在御道旁近处撒尿，有的牡马踢别的牡马，全无秩序。锦衣旗校挑选一匹高大的马为皇上的銮舆驾辕，又挑选了左骖和右骖。其余的马备作仗马，供锦衣力士乘骑。但是这些马匹不仅肥瘦高低很不一律，而且鞍鞯辔头新旧不齐，又不是一样颜色。吴孟明一看害怕了，将习礼监掌印太监王德化引来看看。王德化骇了一跳，说：

"这可不是闹着玩的。圣上怪罪，你我都吃罪不起。"

王德化赶紧走进皇极殿。崇祯正在催促赶快驾好銮舆，王承恩跪下奏道：

"皇爷，奴婢前去看了，从外边临时拉来的马匹，没有经过教练，并不驯顺，恐怕有时会惊跳狂奔，不适合驾銮舆。眼下文武朝臣已经赶到，还是请皇爷先受朝贺，然后再去拜庙为好。"

他刚刚说完，从玄武门上传来了五更鼓声。崇祯心中恍然，是自己来得太早了，于是他点点头：

"传百官进来朝贺。"

晚明时候，文官多住在西城，武官多住在东城。可是朝贺的时候，文官跪在丹墀上的东边，武官跪在丹墀上的西边，文武班不相混乱。今天皇上上朝过早，从皇极门、午门、端门到承天门，全都打开，一部分住在东边的武官和住在西边的文臣都不能横过中间御道，走入班中。因为在皇上面前，不管离得多远，如果东西乱走，就叫做"不敬"，有碍"天颜正视"。横过中间的御道，要被御史弹劾，受到惩罚。平日因在午门未开前到达，文武班已经分开，文臣从阙左门①进，武臣从阙右门进，各不相犯。可是今天乱了，一直到丹陛前面，文武臣才有机会从螭头下边蹲伏着各归各班，登上丹墀。

朝贺完毕，锦衣卫已经将需要的马匹准备好了。随即崇祯乘步辇出午门，换乘銮舆。卤簿前导，六品以上百官扈从，往太庙行拜庙礼。这是崇祯所过的最后一个元旦，他自己感到很不顺心，而文武百官也认为这天"大风霾"和朝贺的混乱是大大的不祥之兆，竟有人在心中压着可怕的亡国预感。

眼下，山西的消息一天紧似一天。崇祯天天上朝，有时在宫中召见大臣，

---

①阙左门——午门外向东的一门。明清时代，阙左、阙右两门外大约一丈远都立有下马碑，文武百官于此下马。

询问救国之计，可是没有人能说出一个好的办法。曾有人建议，联络西北地方的蒙古人和回人，从河套一带起兵牵制李自成，使李自成不能全师向东。又有人说，官军不管用，遇贼即溃，不如赶快征调云贵和湖南西部的苗族丁壮，组成勤王之师，使他们与李自成作战。这些建议在崇祯听来都是些莫名其妙的话。他不禁很想念杨嗣昌，也想念陈新甲，很伤心地对自己叹息说：

"这班文臣，尽是庸碌无用之辈。假若杨嗣昌、陈新甲有一人活着，何至于像今日举朝上下，坐等亡国，束手无策！"

他常常在上朝的时候呜咽落泪，在召对大臣的时候痛哭失声，但他对于是否往南京去的主意仍然没有打定。有人从收缩兵力着眼，建议他赶快将大同、阳和、宣化等处的步兵调回，一部分守北京，一部分守居庸关、倒马关、紫荆关和固关。崇祯想了想，没有采纳。因为这就要把全晋让给李自成，使李自成毫无阻拦地长驱进兵。万一居庸关、倒马关、紫荆关、固关有一处失守，敌人就到了北京城下。他希望太原能够固守一两个月。只要太原坚守一两个月，北京就可以等到勤王之师了。于是他答应了蔡懋德的请求，下旨从阳和抽调三千精兵，星夜驰援太原。又将山西副总兵周遇吉升为总兵，加都督衔，希望他守住宁武，作为大同的屏障。然而他对于太原的固守并没有多少信心。在束手无策的日子里他并不甘心亡国，要不要趁早逃往南京的问题更加频繁地缠绕着他的心头。

正月上旬的一天，左中允李明睿上了一封密疏，请求单独召见。崇祯通过东厂和锦衣卫两条渠道已经风闻朝臣中有人在私议南迁的事，但是谁都不敢首先建议。他听说李明睿就是一个力主南迁的人。李明睿是江西南昌人，原是一介布衣，颇有操守，去年由左都御史李邦华和江西总督吕大器推荐，来到北京，授为左中允的官职，他是一个对国事热衷敢言的人。去年夏天他曾建议皇帝亲自到西安去鼓舞士气，号召西北军民与李自成作战，使李自成不能进入潼关。崇祯认为他不明军旅事情，不曾理会，但是对于他敢说话、有进取心这些优点，心中大为欣赏。如今看了他的密奏，知道必为南迁的事，于是在感伤与绝望中觉得心中一喜：这件大事到底由文臣中首先提出来了。

第二天上朝，崇祯照例向群臣问计，照例没有人说出一个有用的主张。崇祯也看出来大臣中如左都御史李邦华等分明想说话，但终究没有说出。也看出来李明睿也有所顾虑，不敢在朝堂上说出来要说的话。下朝以后，他命太监传旨左中允李明睿于即日上午巳时三刻在文华殿单独召对。

李明睿由太监引至文华殿后殿东暖阁，皇上已经在那里等候。等李明睿行礼之后，崇祯命李明睿在他的对面坐下，心事沉重地问道：

“卿请求单独召见，有何重要面奏？”

李明睿起立说：“此事重大，请屏退左右，容臣为皇上细奏。”

崇祯轻轻挥手，使在旁侍候的几个太监退出去，又将下颊轻轻一点，示意李明睿坐下，并且坐近一点。李明睿小心地将椅子略为移动，挨近御案。他的朝服的宽大下摆几乎擦着皇帝龙袍的下摆。臣下如此接近皇上，历来是极少有的。李明睿认为这是难得的“殊恩”，用微微打颤的声音说道：

“陛下，据闻贼已入山西，眼看逼近京畿，此诚危急存亡之秋，不可不速作准备，以防万一。依臣愚见，只有南迁一策，可以缓目前之急，徐图征剿之功。陛下可曾思之？”

崇祯轻轻叹了一口气，说道：“此事重大，说来并不容易！”沉默片刻，他用右手食指向头顶上指了一指，问道：“如此大事，谁知道上天的意思如何？”

李明睿回答说：“陛下，命不于常，善者得之，不善者失之。天命几微，全在人事。人定胜天。皇上此举，正合天心。差之毫厘，谬以千里，知几其神？况时势已至此极，讵可轻忽因循。一不速决，异日有噬脐之忧，悔之何及！当局者迷，旁观者清。望陛下内断圣心，外夺时势，不可一再迟延。若不断自圣衷，与群臣讨论，犹如道旁筑舍，不能速决，以后虽欲有为，恐怕也来不及了！”

李明睿很清楚，亡国之祸已在眼前，所以他说这些话的时候几乎要流出眼泪，口气十分痛切。

皇帝很受感动，看看文华殿确实无人，窗外也没有人窃听，低声说道：“你奏的这件事，朕早就想过，只因无人赞襄，拖至今日。你的意见与朕相合，朕意决矣！”稍停片刻，又不免踌躇，轻轻问道：“倘若诸臣不从，奈何？尔且秘之！秘之！”

李明睿说：“此等事，臣不敢泄露一字。请皇上断自圣心，万不可因循误国！”

崇祯问道：“途中如何接济？”

李明睿说：“沿途接济当然不可少。依臣愚见，莫若四路设兵，以策万全。”

“哪四路？”

“东一路是山东，为皇上必经之地。西一路是河南，使‘流贼’不能肆意东下。这是旱路。另外，在登莱准备开船，在通州也准备船只。这是水路。水旱共为四路，所以说需要四路设兵。然而皇上离京以后，却应从山东小路走，轻车南行，沿途不停，二十日可到淮安。文王柔顺，孔子微服，此之谓也。”

皇帝点头说：“说的是。然而此事重大，不可轻易泄露；泄露出去，就要坐罪你了。”

李明睿说：“是臣谋划，臣岂敢自己泄露。但求皇上圣断！皇上出国门一步，龙腾虎跃，一切自由，不旋踵而天下云集掌上。若是兀坐北京，困守危城，于国何益！”

崇祯点头说：“朕知道了。”

这次谈话，暂时告一段落。崇祯因为突然作了重大的决策，心中很不平静。他需要一个人冷静地多想一想，就命太监将李明睿带到文昭阁休息，不要出宫。中午在文昭阁赐宴，等候再次召对。吩咐毕他便乘辇回乾清宫去了。

午膳刚毕，崇祯便将李明睿叫到乾清宫的便殿也就是宏德殿中。李明睿见皇上如此焦急，越发心中感动，巴不得皇上能立刻下定决心，乘李自成未过太原，就离开北京，急去南京。他没有料到皇上竟然没有再问往南京去的事，却问他如何任用辅臣和大考的利弊。李明睿感到意外。他素知皇上多疑善变，担心他的建议不被采纳，不禁心中一凉。他想道：“国亡无日，皇上还不能拿定主意，竟然垂询这些不急之务！”但他毕竟是一个正直敢言的忠臣，趁此机会，不避个人利害，痛陈用枚卜的办法决定辅臣和用考选的办法决定官吏升迁这两件事的种种积弊。他请皇上另行新法，建议大臣不立边功，不许参与枚卜，州县官不立边功，不许参与考选。崇祯认为这建议是行不通的，但是他没有说话，只是轻轻地叹了口气。李明睿趁此机会问道：

“区区枚卜、考选之事，皇上为何叹气？”

崇祯忧愁地说：“我是想到兵饷无着，离开北京将寸步难行。”

李明睿说：“皇上离开北京，必有人马扈从。目前兵饷缺乏，民穷财尽。一时间别无筹措良策，只有速发内帑，以救燃眉之急。”

崇祯含着眼泪说：“内帑如洗，一分钱也没法措办。”

李明睿说：“祖宗三百年的积蓄，想来不至于到此地步。”

崇祯脸色惨然，说：“其实无有！”随即滚出眼泪，呜咽出声。

李明睿低下头去，不知说什么话好。想着国家将亡而国库如洗，心中十分焦急和难过，但是一时间想不出有什么救急之策，回心又想，大库中内库中断不会如此空虚，怎么说呢？

过了片刻，崇祯命李明睿暂去文昭阁休息，赐茶，但嘱他不必出宫，等候再一次召见。

李明睿叩头退出之后，崇祯坐在椅子上想了很久，忽然恨恨地在御案上捶了一拳，一跃而起，绕柱彷徨。过了很久，他命一个太监去文昭阁传旨：

“李明睿可以暂回家中休息，但今晚仍将召对。所谈主事，不许泄露一字。”

一更时候，崇祯又在乾清宫的偏殿中召见李明睿，命他挨近御案坐下。这是崇祯一天之内第三次召见一个文臣。自从他登极以来，十七年中还没有第二例。对于迁往南京的事，他已反反复复地想了千百遍，所以李明睿坐下以后，他就说道：

“所奏的事，就打算照行了。一路上谁可接济？用什么官员领兵、措饷？驻扎在何等地方？”

李明睿回答说：“济宁、淮安，俱是紧要地方，不可不特为此事设官。务须选择重臣领兵接应。皇上虽是间道微行，但二处十分扼要，务要预防。”

“需要用何等官衔？”

“需要户、兵二部堂上官[1]。”

“此时兵马俱在关门，大将俱在各边，调遣甚难，奈何？”

李明睿想了一下，说道：“近京八府，尚可招募。皇上此行，京城仍然需人料理，关门兵不可尽撤，各边大将不可轻调。唯在内公、侯、伯及阁部文武大臣，皇上不妨召至御前，面试其才能，推毂而遣之。”

“对，对。”

李明睿又说：“内帑不可不发。如今一离京城，皇上除必须用的衣物之外，一毫俱是长物，应当发出来犒赏军士。万一行至中途时赏赐不足，区处甚难。留之大内，不过是朽蠹。先事发出，一钱可当二钱之用；急时予人，万钱不抵一钱之费。”

崇祯不再声明内库实际空虚，只是说：“然而户部也应该措置才是。”

李明睿说：“如今三空四尽，户部决难凑手。皇上自为宗庙社稷计，决计而行之，万勿拖延。路途赏钱，也望从速准备，无待临渴掘井！”

崇祯无可奈何，只好点头，接着长叹一声。又密谈一阵，已经交了二更。李明睿叩头辞出之后，崇祯回到养德斋，本想休息，却再也睡不着觉。他又想起来李明睿所说的话，“皇上一出国门，便可龙腾虎跃”，觉得国事大有可为，浑身有劲。但是想着后妃们和宫眷们既不能留在北京，带走也有很大风险和困难；又想到太庙、祖宗的神主和昌平十二陵都要抛给“流贼”，他的心顿时沉重了。这一夜他几乎不曾睡觉。值夜的宫女几次听见他在枕上叹气，也有一次听见他呼唤：

“江南啊，江南！”

第二天，李明睿担心皇上的决心不坚固，补了一封密疏，重申他的迫切建议。

其实敢于面对现实、对时局较有识见的朝臣不止李明睿一个。有的人早就在私下议论，有的人也开始忍不住上密疏作大胆的建议。所有建议崇祯逃

---

①堂上官——负实际责任的主管官，并非虚衔。

往南京的奏疏，都被崇祯“留中”，不向朝臣泄露。他害怕的是三件事：第一，他害怕一旦泄露，北京城马上会人心瓦解，不待李自成人马到来就乱了起来。第二，他知道李自成的细作遍布京师，害怕李自成一旦得到这个消息必会派出一支精锐骑兵向山东星夜进兵，截断他的南下之路。第三，他料想朝廷上必会有人为着各种自己的打算，反对这一决策，进行阻挠，使他欲行不能，反而闹得满城风雨，臣民离心。崇祯虽然很快就要成为亡国之君，但他决不是一个昏庸糊涂的人。所以他一再告诫李明睿，不可泄露一字，又将诸臣的密疏“留中”，都是他应有的考虑。然而这事情太大了，他虽然贵为皇帝，仍然一个人决定不了。当他接到左都御史李邦华的密疏之后，竟然由他自己将这个问题泄露了。

李邦华今年七十一岁，万历三十二年中了进士，开始做官，由于他为人耿直，敢于说话，多次遭到排斥和打击。在魏忠贤乱政时候，他被诬为东林党人，几乎丢掉性命。从开始走入仕途至今四十年，却有二十年被迫离官住在家乡。他越是受挫折，声望越高，越受朝野敬重。连崇祯也对他很敬重，所以在前年刘宗周回绍兴原籍之后，崇祯便将他召来北京，接任都察院左都御史。李明睿是他推荐的，性格上有共同的地方。李明睿对他十分尊敬，而他对李明睿也十分器重，他们都有一颗对明朝无限忠诚的心。近来他们时常密商救明朝不要亡国的办法，意见却很不相同。李明睿主张请皇上迅速离开北京，从山东逃往南京。李邦华主张皇帝应该死守北京，反对皇上做周平王和宋高宗那样的人。他认为目前需要的是赶快派最可靠的大臣送太子往南京，同时将永王和定王也分封到南方。万一北京不守，皇上殉了社稷，太子可以在南方维持大明的江山。他们各持己见，不能统一。李明睿害怕耽误了皇上逃往南方的机会，上密疏请求召对。李邦华知道李明睿已蒙皇上召对，生怕李明睿的意见会误了皇上，误了救亡大计，第二天也赶快上一密疏。

崇祯皇帝读了李邦华的密疏。疏中的口气与李明睿的口气完全不同，所提的建议几乎相反。一天多来，崇祯要逃往南方的好梦突然被打碎了。到底应该怎么办，他没有主意了。李邦华的白须飘胸、刚正果断的影子出现在密疏上，也仿佛就跪在他的面前。崇祯将密疏读了一遍，再读一遍，不觉从御座上站起来，将奏本放在袖中，在乾清宫暖阁中走来走去，有时发出沉重的叹息。走了一阵，他突然站住，从袖中取出奏疏，重读一遍，不觉说道：

“说的是！说的好！很有道理！”

但是未过片刻，他回心一想，忽然摇头，对自己问道：“到底应该怎么办？就按照李邦华的建议行么？难啊！难啊！我实在拿不定一个主意！”

乾清宫的太监们纵然是那些较有面子的，看见皇上的反常情况，都吓得不敢走进殿中，不敢发出一点声音。乾清宫管家婆魏清慧被皇后叫到坤宁宫中问话，刚刚回来，得到一个前来乾清宫添香的宫女报告，知道皇上脸色阴暗，精神反常，已经在殿中走动了很久，有时叹气，有时自言自语，她赶快轻脚轻手地走进乾清宫，提心吊胆地走到崇祯身边跪下说道：

“皇爷，你昨晚就不曾睡好觉，请到后边御榻上躺下休息一阵吧，国事还要靠皇爷一人支撑！”

崇祯停止走动，回头看了魏清慧一眼，说道：“退下，不要跪在朕身边。”

魏清慧含泪说：“是，奴婢遵旨，可是请皇爷为国家爱惜圣躬！”

魏清慧叩头退出以后，崇祯回到他日常批阅文书的御案旁边，颓然坐下，竭力使自己的心情冷静下来。他想了一阵，将李邦华的密疏重读一遍，仍然没有主意，立刻命太监去内阁传谕首辅陈演即来文华殿召对。随即他在宫女们的服侍下迅速换了袍服，乘辇去文华殿了。临坐上步辇时候，他的心中万分沉重和焦急，暗暗地悲声叹道：

“皇明国运，必须立刻决定！”

第 47 章

陈演虽然身为首辅，处此国事不能支撑之日，却是一筹莫展，只是每日上朝下朝，到内阁办公，在私宅接受贿赂而已。来到文华殿东暖阁向崇祯叩头以后，崇祯命他坐下，从袖中取出李邦华的奏疏，交给他看，说道：

“卿是首辅，在此国家危亡之际，请卿为朕拿定主意。”

陈演近两三天也知道群臣纷纷在私下议论皇上是否应该赶快往南京去，也有人主张将太子送往南京。大臣中有人悄悄地征询他的意见，他都不置可否。他曾经暗中盘算，不管是皇上亲往南京，或是送太子往南京，路途遥远，“流贼”嚣张，难免没有风险。他作为首辅，只要说出赞同的话，一遇风险，就有罪责，也要受朝野责骂。何况他受贿甚多，所积蓄的金银宝物数量可观，全在北京。不管是他扈从皇帝出京，或者辅佐太子南行，这积蓄如何处置？……出于以上种种顾虑，他在奉旨进宫的时候已经打定主意，如果皇上是为这件事询问他的主张，他决不作明确回答。

将李邦华的奏疏看完，陈演明白了李邦华是建议立即将太子送往南京而皇上留在北京，语气十分坚决。他眉头深锁，对着奏疏思虑，不敢马上说话。崇祯不愿等候，问道：

“先生有何主张？”

陈演抬起头说：“此事关乎国家根本，十分重大。陛下亲去江南，或者太子抚军陪都，各有利弊，最好与朝臣共同讨论，以策万全。”

崇祯脸色不快，说：“这样事如何可以在朝堂上公然议论？”

“至少也应该与几位辅臣共同密商。”

“好吧，你下去与辅臣们共同商量，但不准泄露出去。”

陈演辞出以后，崇祯在心中骂道：“伴食宰相！”

崇祯立刻命内臣传李明睿进宫，等李明睿叩头以后，他焦急地向李明睿问道：

“你同李邦华商量过么？”

“微臣与李邦华是江西同乡，臣又为李邦华所荐，且平日敬佩李邦华忧国忧君，忠贞无私，学问道德俱为臣工楷模，所以数日前臣与邦华曾数次密议此事，各有主张。前日蒙陛下召对之后，因遵旨不敢泄露一字，并未与邦华晤面。”

崇祯说：“李邦华不同意卿的主张，他另有建议，言辞恳切。你与邦华的建议，究竟何者为便，朕难决断，你看看他的密疏吧。”

李明睿跪在地上，捧起皇上交给他的密疏，读过之后，抬起头来说道：

“邦华三朝老臣，世受国恩，这封密疏，情辞恳切，足见谋国忠心，读之令人感动。他建议皇上死守北京……”

崇祯说：“是呀，他的疏上说：‘方今逆贼猖獗，国势危急，臣以为根本大计，皇上唯有坚持勿去之意。为中国主，当守中国；为兆民主，当守兆民；为陵庙主，当守陵庙。周平、宋高之陋计，非所宜闻。’看他的口气多么坚决，毫不犹疑。他担心平王东迁和康王南渡的偏安局面再见于今日！卿与邦华都是出于谋国忠心，可是主张如此不同，各有道理。唉！使朕无所适从。平心而论，你对邦华的这几句话，如何评说？”

李明睿明白李邦华的这几句话是担心皇上移到南方，北方会落入满洲人之手，南方变成了偏安之局，所以用了“守中国”和“守兆民”的话，并且用了周平王、宋高宗的典故，斥为“陋计”，这都是对他的建议的斥责。但他并不介意，只是认为事到如今，李邦华只知经而不知权。他坚信只有皇上赶快迁到南京，才不至于亡国，中原的恢复才有指望。崇祯见李明睿沉思不语，并不催促回答。他自己又将李邦华关于送太子往南京去的几句话看了一遍，说道：

“李邦华主张速送太子往南京，你看他疏中说，‘东南旷远，贼氛渐延齐鲁，南北声息中断，殚虑东南涣散，收拾无人，而神京孤注，变起不测。臣窥见太子仁敏英武，正宜莅视江南，躬亲戎事，请即仿仁庙故事，抚军陪都。即日临遣，亲简亲信大臣，忠诚智勇者，扈从辅导，特许便宜行事，勿从中制。太子一到南京，必能振国威，通声援，安祖陵，巩固江淮。此宗社安危所系，万不能顷刻缓者’。邦华的这几句话，卿以为如何？”

李明睿回答说：“太子年少，值此天下扰攘之时，遇事禀命而行则不威，专命而行则不孝。以臣愚见，不如皇上亲行！”

崇祯注目看了李明睿一眼。当李明睿以为触了圣怒，正在暗中准备受责备时，崇祯却低下头去不说话了。他原来对李邦华的建议已经动心，想着如果东宫到了南京，号召江南义士，北向豫鲁，就可以牵制“流贼”，使“流贼”不能全力围困京师。但李明睿的话像一瓢冷水将他的希望浇灭了。他想着太子是一个十六岁的孩子，懂什么治国安邦？多年来朝廷上门户纷争，使他一筹莫展，致有今日之祸。太子纵然能够平安到了南京，也只能被玩弄于奸臣宦寺之手，决无好的结果。想了片刻，还是觉得他自己往南京去，才能救今日之危。然而困难如此之多，让他不能立刻决定，于是在片刻沉默之后，抬起头来说：

“卿先下去，待朕再仔细想想。”

自从崇祯召对李明睿和首辅陈演之后，关于皇上是否亲往南京或护送太子往南京去的事已经不再能保守秘密。朝廷上继续有人上疏，或者劝皇上亲行，或者赞成太子南行。李邦华又上一疏，除建议送太子往南京去外，又建议将永王、定王分封浙江和江西，以为南京羽翼。朝臣中还有人建议将太子送往天津抚军。也有人弹劾李明睿，认为劝皇上南迁是犯了可斩之罪。崇祯心中很希望逃往南京，借江南的财富和兵源振作一番，收拾中原和北方的糜烂之局。于是他在正月初八日上午，召见一部分文臣开御前商议。

崇祯经常或单独或成群地召见臣工，地点多在平台、文华殿、乾清宫的便殿即宏德殿，或乾清宫的东西暖阁，偶尔也在武英殿。但今天却是在乾清宫的正殿。虽然他未必有特别用意，但是不能不使参加召对的群臣有一种特别严重的感觉。

崇祯坐在正中、离地面大约有三尺高的宝座上，群臣分批向他叩头之后，分左右两班肃立无声，大家心中七上八下，等候问话。崇祯向群臣扫了一眼，神情忧虑地说道：

“近接山西塘报，‘流贼’数十万已经过了黄河，声言东犯京师。太原空虚，晋王与山西巡抚蔡懋德连续告急。山西为北京的右臂，太原尤为重要，朕不得已只得命宣府巡抚卫景瑗火速抽调三千精兵，星夜增援太原。万一太原不能固守，敌人或出固关，或走大同、阳和东来，畿辅不堪设想。近日朝臣们议论纷纷，或建议护送太子抚军南京，或建议朕御驾亲征，莫衷一是。今日召见卿等，请卿等忠诚为国，代朕一决。”说到这里，他从御案上拿起李邦华的一封奏疏，打开来念道：“辅臣知而来敢言，其试问之。”随即向左侧望着首辅陈演问道：“此话所指何事？辅臣们何以知而不言？”

陈演出班奏道：“近日贼势嚣张，群臣中或劝皇上亲征，或劝命太子抚军南京。辅臣们也都知道此事重大，然而尚未得出成议，不敢上奏。至于左中允李明睿疏中的建议，少詹事项煜也有此意。”

崇祯瞟了项煜一眼。想起有一次在经筵讲书时候，项煜曾委婉地流露出希望他往南京去的意思。他几次看阁臣们有何动静。当时在场的阁臣以次辅魏藻德地位最高，却始终一言不发。崇祯的心中很生气，但不好在经筵上发脾气。平时在经筵上他总是神态庄重，做出尊师重道的模样。现在他却心烦意乱，有时忍不住耸动身子，有时忍不住猛然将腿一伸，有时甚至顿足，或者仰起头来叹气。参与经筵的一群大臣十分惶恐，不知如何是好。侍立在离御座大约一丈远的王德化看见皇上的心情太坏，恭敬地走到他的身边，小声说道：“皇爷昨夜又是通宵未眠，今日御体困倦，不宜久坐，请回宫歇息吧。”崇祯微微点头，站起来说：“今日经筵停止，下次再讲。”随即回乾清宫了。如今回想起这件事，仍然使他的心中不快。但是他没有看陈演和魏藻德几位辅臣，眼睛却向着李邦华，问道：

“卿还有什么话说？”

李邦华对此事的态度和李明睿大不相同。李明睿究竟在朝中日子太浅，对国家大事多凭着一股忠君的热情说话。如去年夏天他建议崇祯前往西安，指挥人马，守住潼关，全是幻想。如今他的建议虽非幻想，但是他把困难估计得太少了。李邦华不是这样。他对这件事思虑很深，始终不赞成皇帝离开京城，只希望赶快将太子送往南京，可是他心中的顾虑不但不能当着群臣说出，也不能在疏中完全说出，怕的是使皇上感到绝望，又怕他的密疏万一泄露出去，对国家十分不利。他现在认为，只要皇帝不离开北京，李自成就不会舍北京而追赶太子。只要有少数人马护送太子，太子就能平安到达南京。如果皇上轻举妄动，仓皇奔逃，六宫女眷、内臣百官随行，京营兵马扈从，人马杂沓，拖泥带水，全无秩序，路上接济困难，李自成定会以轻骑拦截，或重兵追赶。到那时迎战则不能，欲退则来不及。群臣从骑，必然鸟惊兽骇，各自逃命，皇上与六宫岂不落入“流贼”之手？何况李明睿的建议是请主上出狩，太子居守。也就是长君共主，轻车潜遁，而以抚军监国之虚名委东朝于虎口，虽至愚者不为，皇上岂可采此下策？李邦华在片刻间这些想法又在脑海里重复一遍，决定仍以不说出来为宜，于是跪下去叩了一个头，哽咽说道：

“事急矣！请皇上决计死守，死守以系京师人心。赶快调吴三桂关宁之兵回救京师，迎击贼锋。命李国桢简选京营精锐，出城驻守要地，以为掎角。守城之事，臣等任之。望皇上下诏罪己，悉发内库积蓄，供给将士，不要锁起来留给贼人。倘能如此，何怕不能够将李自成捕获，斩首西市？”

崇祯不愿听从要他死守北京的建议。自从他登极以来，至今十七年了，外有满洲，内有“流贼”，使他两面作战，陷于今日这种将要亡国的地步。他如今巴不得立即奔往南京，永远摆脱这种困境。但是李邦华提到赶快调吴三桂的关宁兵马回救北京，却使他的心中猛然一动。不过他没有谈调吴三桂的事，命李邦华站起来，转向李明睿问道：

“卿主张朕速去南京，疏中言之甚详，是否另外还有话面奏？”

李明睿赶紧由班中走出，跪下说道：“臣以为最急者莫如皇上亲征。京营现有甲兵不下十万，近畿招募可得十万。圣驾一出，四方忠义之师必有闻风响应者，所以不患无兵无人。”

崇祯瞟了李邦华一眼，看见李邦华的神色沉重，显然是不同意李明睿的话。他自己也不同意，心中想道：“什么招募十万，饷从何来？”但是因为他很想离开北京，所以并不指出李明睿的不顾实际，只是轻声说道：

“说下去，说下去。”

李明睿接着说道：“昔日太祖高皇帝不是曾经大战于鄱阳湖么？成祖文皇帝不是曾与蒙古人战于漠北么？祖宗创业艰难，常需要栉风沐雨。皇上欲安坐而享有天下，如何能行？今日时势紧迫，欲皇上端坐而治理天下，岂非迂阔而不切实际之论？”

“说下去，说下去。”

“难得而易失者，时也。今日之事刻不容缓，失去时机，后悔无及。”李明睿害怕有人反对皇上逃往南京，于是改变了口气说：“山东诸王府，皆有宫殿，不妨暂时驻跸，等待勤王之师齐集之后，徐议西征。贼人素闻天子神武，先声夺人，挫其狡谋，到那时贼中必有人倒戈相向。凤阳祖陵，号称中都，也可以驻跸。山东、河南向西并进，而江淮之间又无后顾之忧。陛下亲征之举，用意在号召忠义，不必皇上亲冒矢石。况且南京有史可法、刘孔昭辈，都是忠良之臣，晓畅军务，可以寄托大事。召他们到皇上左右，一同谋划，必能摧折敌焰，廓清疆域，建立中兴大业。时不可失。请皇上决意亲征！”

崇祯听了李明睿的这些陈奏，虽然知道其中有一半虚浮之辞，但一则这些话为他指出了一条活路，二则李明睿的神情和声音完全出自忠诚，所以他深为动心，频频点头，随即问道：

“朕亲征之后，京师如何坚守？”

李明睿说道：“听说昌平与居庸关等用兵重地，无兵控制防守，容易被贼人窥伺。依恃中官在两处绸缪军事，实非完善之策。伏乞陛下调度诸将，从皇陵山外自西向东，围绕巩华城，俱戍重兵。命东宫居守，入则监国，出则抚军，此实皇太子之责。皇上启行之后，留下魏藻德、方岳贡辅导东宫，料理兵事。畿辅重地，只要皇上亲征，必然百姓雷动，士气鼓舞。倘如此，则真定以东，顺天以西，可以不再担忧贼氛充斥。目前贼已渡河东来，其势甚锐，全晋空虚，料难固守。若朝廷优柔不断，日复一日，天下大事尚可为乎？一旦贼至国门，君臣束手，噬脐何及！”

崇祯比许多朝臣更感到情况危急，亡国之祸已迫在眼前，深恨多数大臣仍然糊糊涂涂，各讲门户，营私牟利，对国家事当一天和尚撞一天钟，心中感到恼恨。他忽然向群臣扫了一眼，含着怒意说：

“退朝！今日六部九卿下去速议，明日决定！”

崇祯回到乾清宫以后，思想十分纷乱。一方面他确实明白，如今只有往江南去才是上策，倘若这一步棋能够走活，全盘棋都会活了。可是李邦华不同意他离开北京，只同意将太子送往南京，将永王和定王也送往江南。李邦华是一位德高望重为朝野所钦敬的老臣，他的意见应当重视。还有辅臣们和六部九卿等满朝文武大臣都没有说出来明白主张，使他的思想中增加了忧虑。可是他没有在乾清宫坐等六部九卿会议结果，而是急不可待地命一太监将《皇明舆图》找来，放在御案上，细看从山东到南京的山川形势、重要城镇位置，斟酌南逃路线。

在他治理天下的十七年间，这一巨册用黄绫做封面的地图他不知看过多少次了。有时为着平定冀南、山东、江北和各地“土寇”“流贼”的猖獗活动，他怀着万分焦急和忧虑的心情看过多次。有时为某处十万火急的军情塘报，查阅地图。有两次清兵入犯，深入畿辅、冀南和山东境内，他在那些日子里也是经常查阅地图。所以有许多府、州、县的方位和道路远近，他大体上心中清楚。可是今天他的注意点与往日不同。今天像德州、济南、临清这些重要地方，沿运河南去的路线、要经过的城镇，他虽然详细看了，但是他最注意的是山东东部，希望从德州转路，绕过济南以东，然后从什么地方向南，奔往淮阴，再去扬州。他担心走临清南下的这条路可能会被李自成的骑兵抢先截断，所以要事先考虑好，走一条比较安全的道路南下。对着地图研究了很久，他又怕倘若“贼兵”得到消息，大军进入山东，一部分轻骑截断胶东的道路，在万不得已的情况下，他只好由天津登船，从塘沽入海，到海州登岸。想着海上风涛之险，又想着自己敬天法祖，经营天下十七年并无失德，竟落到这步田地，不觉流出热泪。于是他推开地图，长叹一声，愤愤地哽咽说道：

“诸臣误朕误国，致有今日！”

对于皇上要不要速往南京，或送太子去江南这两个方案，因为崇祯亲自吩咐六部九卿大臣们商议，当天就有不同意见的密疏送进乾清宫来。其中有兵科给事中光时亨的一封奏本，反对皇帝南迁之议，也反对将太子送往南京，措辞最为激烈。认为李明睿妄言南迁，扰乱人心，应该立即问斩。他提到皇上只应该固守京师，以待天下勤王之师。十二陵寝、九庙神主、祖宗经营二百数十年的神京万不可弃。他在奏疏中引用了“春秋大义”，使崇祯在心中感到惭愧。他又看一看赞成他往南京去的奏疏，却没有一封是辅臣或六部堂上官的。其他朝臣虽也有奏本，多是口气游移，反不如光时亨的振振有辞，理直气壮。他又看看李明睿今日新上的奏本，虽然字字句句都可以看出来是一片忠心，万分焦急，却也作一些托辞，不敢直接说迁往南京，只说“皇上可以驻跸临清”，又说“可以驻跸凤阳，便于亲自主持剿贼”。而且李明睿引证的故实也有不伦不类的，如说世宗嘉靖皇帝也曾经驾幸奉天，更为可笑。倘若在平时，他会为这件引用故实不当，大为恼火，对李明睿降旨切责，甚至治罪。然而今日他变得非常通情达理，完全明白李明睿的苦心。想着朝廷上人各一心，像李明睿这样能为他尽忠谋划大事的并无几人，不由地长叹一声。

崇祯在众多皇亲中最看重和最亲密的只有两人，一个是新乐侯刘文炳，是他的舅家表哥；一个是驸马都尉巩永固，是他的同父异母妹妹的丈夫。巩永固年轻有为，只因为他是皇亲，限于朝廷制度，只能够白吃俸禄，接受赏赐，不能做实际掌权的官吏。今天遇到这样重大的疑难问题，崇祯密召巩永固进宫，询问他对于南迁的意见。巩永固劝崇祯赶快往南京去，千万不可误了时机。崇祯皱着眉头说：

"朕也认为如今空言无益，只有南迁一策，方能拯救社稷之危，再图中兴。可是离开北京，必须兵马扈从。京营兵很不可恃，如何是好？"

巩永固说："祖宗三百年江山，民间不乏忠义之士，一见皇上决意南迁，号召畿辅豪杰，起兵护驾，立可得义兵数万，稍加编制，分别部伍，明定奖罚，就可以成一支可用的人马。至于京营兵，挑选精锐，随皇上南迁，其余留守北京。"

"义兵……召集起来谈何容易？"

"是的，皇上，召集义兵甚易。如果用臣之策，皇上决计南下，莫说数万义兵，数十万也可召集。望皇上速决！"

崇祯想到军饷无法措办，低头不语。

巩永固又说："若是只想死守，而京师人心疲沓，积弊难回，各地勤王之师又不能指望，只能坐困，对大局毫无裨益。请皇上速速决断，万勿迟误！"

崇祯站起来，心中很乱，在屋中不停走动。巩永固见皇上离开御座，自己也只好站起来，一边等候皇上决断，一边在心中说：

"千万不要因循误国！"

过了一阵，他正要催促皇上当机立断，忽然看见崇祯在他面前停住脚步，望着他叹口气说：

"朝中无一个有用的大臣，诸事难办！你回去吧，等以后紧急的时候我再召你进宫。唉，我此刻心乱如麻！"

巩永固不敢再说话，只好叩头辞出。当他走出乾清宫的东暖阁时不觉心中一酸，赶快用袍袖揩去了眼泪。

巩永固刚走出去，司礼监掌印太监王德化和秉笔太监王承恩一同进来，送来了由内阁辅臣们代拟的《罪己诏》稿子。这是几天前崇祯命内阁代拟的重要文件，已反复审阅退回修改多次，都不能使崇祯满意。最后崇祯自己修改了许多地方，命司礼监重新誊抄一遍。如今王承恩虽然仍任秉笔太监，但由于办事勤谨，深得皇帝赏识，地位提升在众秉笔太监之上，名次只在掌印太监之下。他们向皇上叩头之后，先由王德化将皇上拟派往大同、宣府、居庸关等军事重镇和畿辅等地担任监军的十名太监名单呈上，而最重要的是派往前边三个地方的监军太监。崇祯有着两手打算。一手是南逃；一手是在以上地方加强防守，阻止李自成的大军前进。他将名单看了一眼，说道：

“文臣们没用，武将们不可靠，但愿差往大同、宣府和居庸关的这三个内臣们能够在缓急时为朕出力。”

王德化说道：“内臣是皇上的家奴，自然生死都是皇上的人。”

崇祯说：“王德化啊，这个杜勋出自你的门下，平时办事还有忠心，曾蒙朕另眼看待。前两年举办内操，朕也是靠他办事。这次你推荐他赴大同监军，朕想他是能够胜任的。大同是过太原往北京来的第一道门户，你得嘱咐他不要辜负朕的厚恩。”

王德化说：“奴婢已经郑重嘱咐过了。”

崇祯提起朱笔在名单后边批道：“诸内臣务须星夜驰赴本镇，监军剿贼，为国建功，钦此！”

然后他从王承恩手中接过《罪己诏》稿子，心中酸痛，略加浏览，不忍细读。这《罪己诏》，他无意马上发出，向御案上一扔，随即问道：

“近几日朝臣中议论南迁的事，你们在司礼监中应该清楚。为何大臣们多是模棱两可，言官小臣如光时亨辈竭力反对？”

王德化说道：“大臣们一则怕担责任，二则年纪较大，不肯奔波风尘，三则多是在北京家口众多，财产也多，不愿离开，所以持观望态度，不肯有什么主张。”

崇祯愤怒地说：“这岂不是坐等亡国么？”

王德化不敢回答。崇祯又问：

“言官们为何反对？”

王承恩回答说：“启奏皇爷，他们反对，何尝不是一个‘私’字！”

“嗯？”

“他们一做言官，都想博取一个‘敢言’的美名；至于国家根本大计，未必放在心上。从前反对杨嗣昌，反对陈新甲，何尝将国家大计放在心上？今日言官们害怕皇上一离北京，他们不能跟随南去，只能留在北京城内。他们认为，只要皇上固守京师，必会有勤王之师来为北京解围。只要北京解围，他们照样吃朝廷俸禄，也不会抛离妻子，扈驾南行，吉凶难料。所以他们找各种理由，死死地阻止皇上不要南下。”

崇祯用鼻孔“哼”了一声，说道：“想得挺美，全不想勤王之师不能指望！要是京城不能固守呢？他们到那时难道都要投降贼人，甘心在新朝做官么！”

王德化和王承恩都不敢回答，低下头去。崇祯愤怒地一挥袍袖，使王德化和王承恩退了出去。有一句话在他的心中闷了一个多月，如今不觉小声地喃喃说出：

“君非亡国之君，臣尽亡国之臣！”

随即望着御案上的《罪己诏》悄悄流泪。

知道镇守大同的总兵朱三乐手中兵少，恐怕指望不住，崇祯希望官军能死守宣府一些日子，使他有调集勤王兵马的喘息时间。镇守宣府的总兵是姜瓖，久历戎事，不是泛泛之辈。他决定派亲信太监杜勋星夜奔赴宣府，监视姜瓖一军，免有意外变故。当天下午，他在乾清宫东暖阁召见杜勋，一则要亲自当面嘱咐，二则表示他的特殊恩宠。当杜勋跪在他的面前叩头以后，他带着忧郁神色，用亲切的口气说道：

“杜勋啊，目前国家有难，朕知道你一向很有忠心，也懂得军旅之事，所以派你去宣府监军。宣府十分重要，能保住宣府才能保住居庸关。你可得为朕尽力守住宣府，使‘流贼’不能东进啊！”

杜勋伏在地上说：“杜勋是皇上家奴，生死都是皇上的人。只要有杜勋在，宣府必不能失，‘流贼’必不能东进一步！”

“宣府会不失陷？”

“宣府若失，必是奴婢为皇爷战死沙场之日。”

崇祯很感动，点头说：“好，好。听汝如此说，朕对宣府的事就放下心了。”

“奴婢多年受陛下豢养之恩，宁愿战死沙场，为皇爷分忧，决不辜负皇爷付托！”

“好，好。如今正需要像你这样的忠臣！”

崇祯对杜勋又是嘱咐，又是慰勉，又赏赐了许多东西，特别破例示恩，命杜勋向御马监挑选二十匹骏马，以壮行色。作为一位皇帝，对待一个家奴太监，为着指望这个家奴能够替他出死力挡住敌人，他能够说的话全说了。杜勋对皇上的倚重十分感激，一再流着眼泪表示他自己感激皇恩，誓死守住宣府，那神情，那声音，表现得忠勇感人。召见之后，崇祯的心中久久不能平静，默默地想道：

“还是自己的家奴可靠！倘若武臣们有一半能够像杜勋一样，‘流贼’何能猖獗至此！”

第二天崇祯在平台召见内阁辅臣、六部九卿大臣、十三道御史、六科给事中，询问关于南迁的事的会议结果。大臣们仍无主张。李邦华仍然坚持说，应速送太子和二王前往江南。李明睿仍主张皇上亲往南京，留下太子在北京。少詹事项煜支持李明睿。崇祯向言官们严厉地扫了一眼，问道：

“尔等言官们有何主张？”

光时亨看见皇帝的眼神有点害怕。但同时有几个同僚向他使眼色，怂恿他出来说话。身旁有人用肘弯轻轻地碰他一下。他忽然鼓起勇气，但还是禁不住脸色苍白，两腿打颤，从班中走出，在御案前六尺远的地方跪下，说道：

“陛下，值此国家万分危急之时，大小臣工都应该竭智尽虑，矢忠矢勇，保大明江山不坠。凡劝陛下往南京去的都是妖言惑众，将神京拱手资敌，弃祖宗神主与十二陵寝于不顾。明为南迁，实为南逃。陛下十七年敬天法祖，惨淡经营，所为何事？岂可做仓皇出逃的皇帝么？将何以对列祖列宗在天之灵？

将何以对天下万民？将何以对京师百万臣民？请陛下速斩李明睿之头，悬之国门，以为倡言南逃者戒！”

李明睿赶快从班中走出，跪下说道：“臣建议皇上暂时南去，驻跸陪都，以便重整军旅，恢复中原，廓清北方，建立中兴大业。皇上只要到了南京，便可龙腾虎跃，运天下于股掌之上。坐困北京，有何益乎？况且像这样不得已采取权变之计，往代不乏先例可鉴。唐代再迁而再复，宋代一迁而国脉延续一百五十年之久……”

崇祯做个手势，命李明睿停止说话，随即将御案一拍，对光时亨厉声说道：

“朕只是思虑是否应该御驾亲征，扫荡流贼，并非逃走，亦非南迁。朕岂能弃九庙神主与十二陵寝于贼手，委京师百万臣民与宗室生死而不顾？建议朕南下亲征的并非李明睿一人，汝何以单独攻讦明睿？显系朋党，本应处斩，姑饶这遭……下去！”

诸臣见皇帝震怒，个个面无人色，有的禁不住浑身颤栗。甚至像李邦华这位四朝老臣，素负骨鲠之名，也不敢再提送太子往南京去的话。

崇祯立即乘辇回乾清宫中，坐在堆放着许多军情文书的御案前，闷闷地想了一阵，突然忍不住痛哭起来。

这时王承恩正从司礼监衙门同王德化谈过话，前往值房，带着两名长随，走在乾清宫附近东一长街上。在他前边不远处走着一个身材不高的宫女。他心中有事，走得较快，很快就追上了这个宫女。宫女听见脚步声，向后望一眼，赶快躲在路边，躬身行礼。王承恩向她打量一眼，认出来这是寿宁宫中的宫女费珍娥，陪伴长平公主读书。她原在乾清宫中服侍皇帝，为人十分聪明，粗通文墨，深得皇上和皇后的喜欢。他看见费珍娥捧着一个锦缎方盒，便向她问道：

“珍娥，你捧的是什么东西？”

“回公公，皇后娘娘命我将公主这十天来写的仿书捧到乾清宫敬呈皇爷御览。”

王承恩“哦”了一声，说道：“听说公主临的是赵孟頫，长进很快。你捧去吧，今日皇爷的心情不佳，看了公主的仿书说不定能替他解解愁闷。”

费珍娥见王承恩抬脚要走，忍耐不住大胆地抬起头来，福了福[1]，跟着问道：“王公公，我有一句藏在心中的体己话，不知该问不该。”

王承恩感到奇怪，打量这位宫女的神情，见她十分惶恐，呼吸紧张，含着眼泪，马上猜想到她同千万个宫女一样，思念父母，无人可问，只是知道他的脾气比较好，才向他打听。他含笑问道：

“你要问什么话，嗯？”

“请问公公，如今‘流贼’李自成到了何处？他是否要来北京？”

费珍娥问这句话时声音打颤，低得仅仅能够使对方听见。她不敢看王承恩，低着头准备受严厉责备。

王承恩的笑容顿时消失了，用温和的责备的口吻说：“你住在深宫之中，这样事何必打听？”

“不，公公，正因为住在深宫中，这样事更不能不挂在心上。”

“你是一个都人，纵然你知道了，有何用处，岂不是操的闲心？”

“正因为我是都人，又受皇上和皇后深恩，才不能不打听。知道以后，我好在心中有个准备。”

王承恩又向费珍娥打量一眼，心中称赞这小宫女很不寻常，倒是个有心的人。但是他的脸色更加严厉，说道：

“我朝家法，后宫任何人不准随便谈论国事，也不准打听。不要说做都人的不许打听，连皇后和贵妃也不许多问一句。你幸而问到我，倘若问到别人，不是要立刻获罪么？在宫中要事事小心谨慎，不可打听宫外之事，不可妄语，切切记住！”

王承恩说完便匆匆带着长随们走了。

尽管费珍娥受了责备，她所关心的问题也没有从王承恩口中得到回答，但是她已经心中明白：局势十分严重，李自成正在率大军前来北京。她怀着特别沉重的心情，从后门走进了乾清宫的院子。

---

①福——妇女行的拜礼，即明清书面语所说的裣衽。

听说管家婆魏清慧正在乾清宫东暖阁侍候皇上，她便从正殿西边绕过去，到了正殿前边。她突然吓了一跳：从东暖阁传出来皇上的痛哭声。一些太监和宫女站在乾清宫的廊檐下，没有人敢发出一点声音，也没有人敢进去劝解皇上。她踮着脚尖走进正殿，向右一转，去找魏清慧。她轻轻掀开东暖阁的绵帘一角，魏清慧就望见她了，使眼色叫她止步。正在这时，她听见皇上在东暖阁的内间里极其伤心和绝望地问道：

"天呀，下一步怎么好呢？下一步怎么好呢？"说毕继续痛哭。

魏清慧噙着热泪走出来，拉着她走出乾清宫正殿，转过西山墙，见左右无人，才站住问道：

"是公主写的仿书么？"

费珍娥轻轻点一下头，悄声问道："皇爷为了何事？"

魏清慧使个眼色，小声说："不许问。公主的仿书留下来吧，我替你呈给皇爷。你回去以后千万不要将皇爷痛哭的事启禀皇后，也不许对公主说一个字，只当你什么也不知道。记住，这是宫中的规矩。"

费珍娥见魏清慧的脸色很沉重，不住流泪，她也忍不住流出了眼泪。她将盛公主仿书的锦缎盒子交给魏清慧之后，便怀着莫名其妙的恐惧和悲凉，赶快从后门走了。

正月中旬快过完了。近些天来，每天都有很坏的消息来到北京。崇祯已经将《罪己诏》颁发全国。他认为他那样责备自己，把国家弄到这个地步的责任都归到自己身上，按道理一定可以感动天下臣民。然而这次《罪己诏》发出以后他就明白，事到如今，什么办法都晚了，天下百姓不再听这些话了。

崇祯知道李自成和刘宗敏确实已经从韩城附近渡过黄河，率领大军号称五十万，直趋太原，声言要来北京。另外还有后续部队，可能会有百万之众。他还知道山西省的各府州县不是望风迎降，便是官绅弃城逃走，不战瓦解。又哄传李自成已经破了平阳，而实际当时李自成人马还没到平阳，平阳是正月二十三日破的，报到京城已经二月初了。在那样的日子里，谣言和真实消息混在一起，纷至沓来，传入北京，耸人听闻。崇祯在乾清宫中默默流泪和失声痛哭的时候更多了。他仍然梦想着往南京去，但经过以光时亨为首的言官们反对，他不再明白提出，害怕最后落下个逃跑的名声，在青史上很不光彩。一日上朝时候，他用绝望的眼神环顾群臣，哽咽地说：

"唉，朕非亡国之君，事皆亡国之相。祖宗栉风沐雨之天下，一朝失之，将有何面目见祖宗于地下！朕愿亲自督师，与贼决一死战，即令身死沙场，亦所不顾。只是国家三百年养士，居然满朝泄泄沓沓，竟无一个得力的人，使朕孤掌难鸣，死不瞑目！"说罢痛哭起来。

辅臣们都赶快跪下，劝皇上不要伤心并且说目前"贼势"方张，军民离心，皇上亲征，实非上策，不如固守待援，较为安全。

崇祯非常讨厌这些空洞敷衍的话，连看也不看他们一眼。他只是向李邦华和李明睿瞟了一眼，尽管因为哭泣，视力模糊，却仍看出他们的神情不同一般。李邦华傲然挺立，神态庄严，眼中含泪，深锁白眉，紧闭嘴唇。崇祯忽然想道：倘若国亡，他会尽节的！李明睿也是眼中含泪，神情中还带有不平之气。崇祯又在心中说："朝中多有几个这样的人就好了。"他忽然想起来杨嗣昌，哭得更痛。大小近臣可以听得出来在皇上的哭声中既有悲痛，也有怨恨，所以人人都怀有恐怖之感。

陈演明白自己身为首辅，责无旁贷，又看见内阁同僚们都向他使眼色，不得已从班中走出，脸色苍白，在御案前跪下，颤声说道：

"臣虽驽钝，情愿代皇上督师剿贼。"

崇祯摇摇头，说道："卿是南方人，不行。"

陈演不再请求，叩头退回班中。接着魏藻德、蒋德璟、丘瑜、范景文、方岳贡五位辅臣，按照名次前后，一个个跪下去请求代皇上督师。崇祯都不同意。再下去轮到了李建泰，也照例跪下叩头，请求代皇上督师。崇祯知道他平时很负重名，秉性慷慨，而且是山西人，不像南方文臣体质柔弱，想着此人不妨一试，所以没有马上摇头，用袍袖揩揩眼泪，望着他说：

"卿愿意前去？"

李建泰希望皇上照例会不同意，不料崇祯如此问话，只好横下一条心，慷慨回答说：

“臣是曲沃人。值此寇氛猖獗，自度在中央无以为主上分忧，不如驰往太原，出家财招募兵马，倡率乡里杀贼。不用国家钱财，十万之众可以召集。”

崇祯正苦于国库空虚，军饷无法筹措，听到李建泰的话，大为高兴。当时山西人以善于经商出名，崇祯也风闻李建泰家中开设商号当铺，遍于各地，所以对李建泰用私财募兵十万的话十分相信。他的脸上刚才还堆满绝望和愤懑，现在开始流露出一丝激动与欣慰的微笑，好像阴沉欲雨的天空中出现了一丝亮色。他望着李建泰说：

“好，好啊，卿是山西人，代朕驰赴山西平贼，正合朕心。目前贼行甚急，如火燎原，稍迟扑灭，恐怕就来不及了。卿何时可以成行？”

李建泰回答说：“从今日起就赶快准备，数日后便可成行。”

“卿若速行，朕所切望。候卿动身之日，朕将仿古人‘推毂’礼，以示宠荣，且为卿一壮行色。”

李建泰伏地叩头谢恩，热泪纵横，用哽咽声山呼万岁。崇祯在此时此刻面对此情此景，也是热泪盈眶，小声称赞：

“忠臣！忠臣！”

第 48 章

下朝以后，关于大学士李建泰代皇上赴晋督师的一切准备工作，火速进行。这一重大新闻立刻传遍了京师，引起了轰动，也引起臣民们纷纷地私下议论。多数人不相信李建泰回山西能够有什么作为，认为皇上是病急乱投医。但也有人怀着一线希望，巴不得李建泰能够使李自成向北京的进兵受到拦阻，以便京城有时间等待救兵。

李建泰推荐了几位文武人才，随他前往山西。崇祯全都照准，予以任命。李建泰原是以户部右侍郎兼东阁大学士衔为内阁辅臣，现在加上兵部尚书衔，赐尚方剑，听其便宜行事，并颁给他一颗督师辅臣银印和一道敕书。那敕书上写道：

> 朕仰承天命，继祖宏图，自戊辰至今甲申，十有七年矣。兵荒连岁，民罹干戈，流毒直省。今卿代朕亲征，鼓励忠勇，选拔雄杰;其骄怯逗玩之将，贪酷倡逃之吏，当以尚方剑从事。行间调遣赏罚，俱不中制。卿宜临事而惧，好谋而成，真剿真抚，扫荡妖氛。旋旆奏凯，勒铭钟鼎。须将代朕之意，遍行示谕！

依照钦天监择定的吉日良辰和礼部衙门参照旧例拟定的仪注，正月二十六日一清早，已经七十多岁的、须发尽白的驸马都尉万炜代替崇祯皇帝前往太庙献上整只公牛，祭祀皇家列祖列宗的神主，将派遣李建泰代替皇帝去山西督师的大事禀告祖宗。这叫做告庙礼。

将近中午时候，从午门到正阳门前，旌旗数千，卫士如林，各种仪仗齐全。午门上三声炮响之后，崇祯乘三十六人抬的龙辇出了午门，卤簿前导，在鼓乐声中来到正阳门里边下辇，从一侧登上正阳门的城楼，在京的勋臣、内阁、五府、六部、都察院等中央衙门的全体掌印官以及科、道、詹、翰各官，都预先在城门上排班侍立。鸿胪赞礼，御史纠仪。

李建泰几天来一则由于准备出京的事，二则对前途吉凶难料，睡眠很少，脸上失去了平时由于养尊处优而焕发的红润，白眼球网满了血丝，下眼皮虚肿下垂。他在音乐声中从文臣班中走出，依照鸿胪寺官员的高声鸣赞，向皇帝行了三跪九叩头礼，然后抬起头来，用略带颤抖的声音面奏，说他蒙皇上厚恩，此去山西，一定矢忠杀贼，为皇上分忧。崇祯原来对李建泰并不抱很大期望，但在此极其庄严肃穆的气氛中听了李建泰的慷慨陈词，不免心情激动，说了几句勉励和慰劳的话。李建泰本来就心情沉重，听了皇上几句慰勉的话，不禁哽咽流泪。

随即在正阳门城楼上赐宴。皇上的座位自然是居中向南。李建泰的一席坐南朝北，桌椅较矮，对着皇上，相距约在五尺以外。其他诸臣并不陪宴，分两行走下城楼，在城楼外肃立等候。在乐声中，内臣为李建泰斟过三杯酒。然后崇祯手执金杯，向李建泰亲自赐酒。都是由太监接住金杯，放入很精致的镂花银盘中，端到李建泰的面前。李建泰早已跪在地上，叩头谢恩，山呼万岁，然后双手捧起金杯，喝光了酒。这样重复了三次，都有鸿胪官站在一旁赞礼。乐声停止，撤去了简单的酒席。崇祯对继续跪在面前的李建泰说：

“国家有难，先生不辞辛苦，代朕亲征，但愿仰仗祖宗威灵，此行成功，奠安社稷，不负朕殷切之望！”

李建泰又说了几句情辞慷慨的话，表示他坚决效命沙场，不负皇恩，然后叩头起身。这时一个内臣捧出一个朱漆描金云龙盘，上边放着一个用黄缎包着的什么东西，到了李建泰面前。李建泰正在发愣，忽听另一个太监尖声叫道：

“李建泰跪下，捧接万岁爷钦赐手敕！”

乐声又响了，李建泰慌忙重新跪下，双手打颤，从朱漆描金云龙盘中，捧起来皇上手敕。一个内臣走来，替他打开了黄缎包裹，又打开裱好的手卷，上边写着四个大字“代朕亲征”，前边一行小字“赐辅臣李建泰”，后边一行小字“崇祯十七年甲申正月吉日”。上边正中盖着一颗阳文朱印，四个篆字是“崇祯御笔”。李建泰双手捧着，看过以后赶快交给太监，伏地叩头谢恩，山呼万岁，眼泪纵横，泣不成声。

崇祯仿上古的“推毂”礼，为李建泰饯行的全部仪注快要完毕。最后，一部分大臣重新登上城楼，在皇帝面前分两行侍立。在鼓乐声中有一个太监为李建泰披红，另一个为他簪花，还有一个捧出尚方宝剑。李建泰跪下去叩头谢恩，山呼万岁，接了尚方宝剑。大臣们在乐声中陪他下了城楼，出了正阳门。等候在下边的文武百官，一齐向李建泰作揖送别，望着他坐进八抬大轿，在鼓乐声中起程。

忽然一阵狂风吹来，李建泰一行人马旗帜翻卷，队伍凌乱。李建泰在轿中听见什么地方“咔嚓”一声，他吓了一跳，以为轿杆折断，其实仅仅是一场虚惊，但也吓得他面无人色。

崇祯冒着风沙和寒冷，继续留在正阳门上，凭着女墙，望着李建泰在数百名文武官员和兵丁的护卫中向南走去。他目送了很久。就在这目送李建泰启程的时候，他忽然想起四年以前，他也是在这同一个地方送杨嗣昌往襄阳去，又想着李建泰的本领和威望都远远比不上杨嗣昌，而今日形势也大大坏于当年。他对李建泰的处境不敢存什么希望，在心中说道："唉，试一试吧！"直到李建泰一行人马向广宁门的方向转去，看不见了，他才怀着渺茫的希望走下城楼，返回宫中。文武群臣在崇祯走后，才敢散去。

李建泰出京以后，同杨嗣昌当年的情况完全不同。杨嗣昌出京后星夜赶路，巴不得一步就能到达襄阳。李建泰出京后，行路迟迟，不久就听山西消息，知道平阳府于正月二十三日失陷，他的家乡曲沃也失陷了，他的家财被李自成全部抄没。这可怕的消息对他的打击非同小可，山西是不能去了，用私财养兵的梦想破灭了，他现在往哪儿去呢？如何向皇上交差呢！他自己明白，名义上他仍是督师大臣，实际上已成了丧家之犬！

受到这一惊吓，李建泰有整整一天没有吃东西，随即病了。他一天只走三十里，尽量拖延时间。崇祯对李建泰的行路迟缓完全清楚，但是他一反常态，对于这样贻误戎机的事，既不下旨切责，催促火速前进，也不对朝臣提起此事。他本来就不指望李建泰对大局能有所作为，如今完全绝望了。

李建泰出京时只带了五百人马，由于不断地开小差，到定兴县城时只剩下三百多人了。定兴城中的官绅士民害怕受官兵苦害，坚闭城门，不让李建泰进城。李建泰急需到城中治病，补充给养。可是以他的督师辅臣之尊，加上尚方宝剑之威，竟然莫可奈何。李建泰因为没有给养，不能继续前进，在城外驻兵三日，声言要调兵攻城。后来讲好进城以后决不骚扰士民，守城百姓才将城门打开。

李建泰在城中停留两天，弄到一些给养，病情稍有好转，只因为王命在身，不得不继续上路。到了保定之后，听说刘芳亮的人马已经出了河南境，向保定前来，相距只有三百多里。还有一支人马，已经到了固关，听说也要从固关出来。李建泰不能再向前去，又不敢退回北京，只好停留在保定城内，坐等大顺军前来攻城。他知道保定必不能守，给皇帝呈了一封十万火急的密奏，劝皇帝速往南京，或送太子南行。这时已经是二月中旬了。

崇祯知道太原已经失守，保定也很危急，一方面考虑是否应该赶快逃往南京，一方面考虑调吴三桂率关宁人马回救北京。关于调吴三桂来京勤王的事，原来在正月下旬，蓟辽总督王永吉已经秘密地向他建议，随后山永巡抚黎玉田也有同样建议，他一直将他的密疏“留中”，不肯叫群臣知道。二月初二日，又收到王永吉的第二次十万火急密奏，重新提出这个建议。他拿着密疏思索很久，仍然将该疏“留中”。他明白，倘若吴三桂率关宁精兵来北京勤王，势必要放弃宁远等几座重要城镇和一大片土地，使满洲人直逼关门。不战而放弃土地人民，要成为祖宗的不肖子孙，要受举国上下的责备，成为千古罪人。他不到万不得已，不考虑调吴三桂率兵勤王。现在他还不能下决定放弃关外的土地人民。

他对逃往南京的事考虑的时候较多，可是他很明白，带着后妃宫眷们往南方逃走有很多困难。例如路途上会不会遇到李自成的人马拦截或追赶？对扈从的人马倘若缺少赏赐和给养，会不会鼓噪兵变？兵变会不会将他一家人杀害或献给李自成，使他和后妃们在“流贼”手中受辱而死？忽然他想到田妃在前年死了，不觉在心中感叹说：“唉，她死得好，死得好啊！”他接着又想，当然沿路也会有不少忠诚义士起兵勤王，护卫他奔往南京。而且江淮间的文武大臣们也会有人率兵北上迎接。在思想极其矛盾中他曾打算将一些大臣差往天津、德州、济南、临清等地，为他的南行作准备，但是他拖着没有办，只暗中密谕天津巡抚冯元飏，准备海船，而对准备海船的用意也没有明白指示。总之他心中已经失去章法了，不知道究竟如何才好。

在接到李建泰的密疏之后，崇祯召集部分文臣到平台“面对”。他先将李建泰的密疏交给辅臣们传阅，又感到传阅耽误了时间，就命身边侍立的一个秉笔太监慢慢地读给大家听，然后问诸臣有何意见。以李明睿和项煜为首的几位文臣主张崇祯应该立刻亲往南京。以李邦华为首的几位大臣主张皇帝应该固守北京，速送太子抚军南京，同时送永定二王到江南去，分封在太平和兴国两处，以为南京的羽翼。这还是前些日子的意见，只是重复提出而已。以光时亨为首的几位言官知道战事十分不利，皇上走不走决定于这一次的御前会议。皇上出走，他们这班官位不高、又无钱财的小官必被抛下，所以反对更为激烈。他们也反对将太子送走，认为太子若被送走，皇上很可能乘机出京。原来光时亨对四朝老臣、素负刚正之名的左都御史李邦华还存有相当的敬意，所以只攻讦李明睿。现在他态度一变，连李邦华也猛烈攻讦。他跪在崇祯面前，大声说道：

“大臣们不思如何调兵措饷，固守神京，而一味建议送太子往南京抚军，是何居心？难道要使唐肃宗灵武的故事再见于今日么？”

崇祯猛吃一惊，心中自语：“我竟没有想到！”

沉默片刻，他怒目扫了群臣一眼，说了声：“退朝！”恨恨地一顿足，起身回乾清宫了。

回宫以后，经过犹豫彷徨，反复斟酌，他的主意已经拿定。当天下午，他将辅臣们召到乾清宫的西暖阁，向他们说道：

“南迁的事，多次讨论，群臣各执一说，莫衷一是，殊失朕望。如今太原失守，保定吃紧，似此讨论下去，何以救国？我国家三百年养士，深恩厚泽，无负于臣工，而当今日国家危在旦夕之际，竟无一个可用之臣！当年朕用了一个杨嗣昌，娴于韬略，办事敏捷，立身清廉，仓促间战事失利，责任并不在他，可是他生前死后备受攻讦。今日大臣中像杨嗣昌这样的人才在哪里？倘朝中有半个杨嗣昌，何至今日！朝廷上为南迁事发言盈庭，争吵不休，有何用处，全是亡国之相！”

辅臣们跪在地上，不敢抬头，等候受皇帝的严厉责备。崇祯继续说：

“国家危亡时候，迁都是为了重建中兴大业。殷之盘庚，因迁都而中兴。唐代也曾两次迁都。可是我们今日一谈南迁，竟如此之难，竟看不见大小臣工风雨同舟，和衷共济！”

蒋德璟抬起头来说：“诸臣所言皆出自忠君爱国之心，并无他意，请陛下息怒！”

崇祯又说：“天宝十四年，安禄山何等猖狂，连陷东西二都，可是唐朝还有郭子仪、李光弼这样人物为朝廷统兵打仗。今日郭子仪、李光弼在哪里？当时文臣中也有坚不投降的，颜杲卿死守常山，张巡死守睢阳。两年来‘流贼’占了湖广、河南、陕西，如今又入了晋省。只听说地方官有的投贼，有的倡逃，却不闻有半个颜杲卿，半个张巡！当年唐明皇往成都去，尚有陈玄礼率御林军护驾，如今可有半个陈玄礼一样人么？……”

崇祯越说越悲愤，声音打颤，泪随声下，随即放声痛哭。

众辅臣将身子俯得更低，不敢仰视，也不敢说出一句空话劝慰。崇祯哭了一阵，用袍袖揩去眼泪，恨恨地说：

“朕意已决。古人云：‘国君死社稷。’又《春秋》之义‘国灭君死之，正也’。倘若天意亡我，朕不惜以一死殉国，但恨身死国灭，无面目见列祖列宗于地下耳！”

众辅臣稍稍抬起头来，说些劝慰的话，认为“流贼”虽然入了晋境，但距京师尚远，应赶快征调勤王之师，北京可以为无忧。倘若援师云集，在北京城外一举而重创“流贼”，未尝不能。

心中一动，想到了调吴三桂勤王的事。但是他没有做声，在心中说：“王永吉的建议是可行的。如今看来，只能指望吴三桂了。”

辅臣中有人希望，借护送太子和永定二王的机会逃往江南，用委婉的口气说道：“护送太子往南京也是救国一策，请皇上不妨再为斟酌。”

崇祯望了他们一眼，暂时沉默不语。他已经将这事考虑了多遍。他的多疑的本性对送太子逃往南京也忽然很不放心。他认为如果有少数精锐人马赶来勤王，纵然不能在北京城外将“流贼”打败，北京也将会坚守下去，以待四方勤王之师。倘若北京被围困很久，或者他从北京突围，转战南下期间，有人在南京拥立太子建国，继而拥戴太子继位，真的国中出现了灵武故事，他纵然能到南方，但木已成舟，他就变成一位无权的太上皇，听人摆布。这样的命运同唐玄宗晚年一样，他死也不能甘心。于是他含着怒意，望着辅臣们说道：

“朕宵衣旰食，经营天下十七年，尚不能振刷朝纲，消灭叛乱，致有今日。太子是个孩儿家，他懂得什么？他纵然侥幸能到南京，只不过玩弄于权臣之手，恐怕连唐肃宗也不会做。”

辅臣们知道皇上有疑心，不敢再说话了，等候皇上吩咐。崇祯心中激动，手指打颤，从御案上捡起来蓟辽总督王永吉和山永巡抚黎玉田的两封奏疏，交给首辅陈演，说道：

“这两封密疏，阁臣们先看一看，然后与六部九卿科道官一起讨论，不可延误，我明天叫你们进宫回话。”

辅臣们回到内阁，共同阅读王永吉和黎玉田的密疏，尤其重要的是蓟辽总督王永吉的疏。王永吉在疏中说，原来关外有八城，都依靠宁远支撑，所以宁远十分重要。如今关外只剩下四座城，而宁远孤悬在离山海关二百里外，已经失去了重要地位。数万精兵留在宁远，无补于辽东局势，反而要耗费国家粮饷，迟早还要被敌人围攻，不如撤回关门，随时可以驰援京师。

首辅陈演和次辅魏藻德读罢密疏，都不同意。别的辅臣如范景文和丘瑜，只是沉吟，不置可否。从大局着想，只有调吴三桂星夜勤王，才能够保住北京，救国家不亡。可是阁臣们没有一个敢说出赞成的话。他们深知道崇祯的秉性脾气。事后一旦北京无恙，有人追究抛弃土地人民的责任，崇祯决不会自己承担，一定会杀一两个大臣以谢国人。前年屈杀陈新甲的事情，至今大家还记得很清，谈起来仍觉十分可怕。陈演私下问魏藻德应如何回答皇上，魏藻德悄悄地说道：

“上有急，故行王永吉、黎玉田二人之计。倘若事定之后，上以欺帝之名杀我辈，且奈何？”

陈演点点头，认为魏藻德的顾虑十分有道理，就对众辅臣同僚说：“以国家一寸土地一寸金，全都是从祖宗朝浴血苦战得来，何故一旦弃地？弃地又弃百姓，书文史册，作何名目？岂非辅臣之罪？”

虽然有人心中考虑：处此千钧一发之际，救国要紧，不必顾虑自身后患。可是谁也不敢争执，都同意了首辅和次辅二位辅臣的意见，对这件事不作任何决定，恭请皇上召集文武百官会议，或者断自“宸衷”。

当天夜间，崇祯见到了首辅陈演所上的秘密揭帖，看透了这班辅臣的心思，恨恨地骂了一句：“无用的东西！”决定明天召集百官之后，再作决定。

也就是当天夜间，崇祯在养德斋中被魏清慧叫醒，呈给他一封十万火急的军情塘报。崇祯一看是禀报宁武关和大同失守，李自成大军正向东来。他一阵心头狂跳，面色如土，顿时吓得出了一身冷汗，从被窝中猛地坐起，不觉叫道：

“天哪！……”

魏清慧赶快将一件银狐袍子披到他的身上。崇祯重新将塘报看了一遍，想到亡国灭族的惨祸不可避免，他竟会成一个亡国之君，忍不住放声痛哭。他的哭声将另外一个值夜的宫女惊醒，惊慌地掀帘进来，看见魏清慧使的眼色，赶快悄悄地退了出去。魏清慧虽然从来不敢看呈给皇上的各种文书，对国家事不敢打听半句，但是刚才司礼监的值夜太监匆匆来到乾清宫后边养德斋门外，嘱咐她叫醒圣驾，将这封火急文书立即呈给皇上，她猜到必是禀报了十分可怕的坏消息。崇祯坐在床上痛哭，魏清慧也禁不住落泪。为着不使皇上看见她落泪，她背过脸去，俯下身子，将铜火盆中的木炭重新架好，使炭火燃得更旺，驱赶深夜的寒气。

第二天上午，崇祯在平台召集百官会议，连平日不多过问朝政的勋臣们也都来了。关于弃关外土地人民，调吴三桂来京勤王的事，虽然也有人表示反对，有人不敢表态，但多数人因为情况紧急，都表示赞成。勋臣中较有地位的成国公朱纯臣也主张调吴三桂勤王。言官中没有反对。都给事中孙承泽主张调吴三桂，而另一个都给事中吴麟征更为坚决，慷慨力争。

会议之后，虽然没有取得一致意见，而且重要辅臣们仍持观望态度，但是崇祯已经下定决心，准备下密诏弃地撤兵。回到宫中以后，他忽然想道：吴三桂的父亲吴襄现在北京，何不召见他问一问宁远兵马的实际情况！

当天下午，崇祯在平台单独召见前宁远总兵、现中军都督府都督吴襄，向他问道：

“吴襄，群臣们连日讨论，建议朝廷弃宁远等关外四城，将宁远镇人马撤回来守山海关，随时回救北京。你看如何？”

吴襄只是挂一个中军都督府都督的虚衔，实际并不问事，与朝臣也少往来，所以这两天廷臣们所争论的事他不清楚。听了皇帝的问话，他吓了一跳，赶快回答说：

“陛下，臣只知道祖宗之地尺寸不可弃。”

崇祯的心中一凉，勉强笑着说：“此是朕为国家大局着想，不是责备卿父子弃关外土地。”

吴襄听清楚了，不再心跳，从喉咙里“哦”了一声。

崇祯接着问道：“眼下贼势甚为紧迫，卿料想卿子吴三桂的方略能够制服敌人么？”

吴襄说：“以臣揣度，贼据秦晋以后，未必会来北京。纵然会来，也必定派遣先驱少数人马前来试探，闯贼不会自己前来。倘若闯贼自来送死，臣子吴三桂必能将他生擒，献于陛下面前。”

“逆闯已有百万之众，卿如何说得这样容易？”

“贼声言有百万之众，实际上不过数万。中原乌合之众，没有同边兵打过交手战。往时诸将手下都是无节制、少训练的兵，遇见贼就要溃降。用五千人去，替贼增加五千；用一万人去，替贼增加千万。这样剿贼，只能使贼势一天比一天壮大，我兵一天比一天衰弱。逆贼因胜而骄，压根儿没有见过大敌。朱仙镇之战，左帅可以算是大敌，败在我们官兵有很多降了敌人。郏县之战，秦督孙传庭算得是闯贼的大敌。可惜秦督部下多是陕西人，所以也败了。若以臣子吴三桂剿贼，没说的，逆贼就会乖乖地被擒了。”

崇祯看出来吴襄是一个老于世故、有点狡猾的人，抱着姑妄听之的态度，听吴襄信口吹牛。内臣们看见他许多天来第一次面带笑容。他又问道：

“卿父子究竟有多少人马？”

吴襄看出来皇上在笑他将剿贼说得太容易，忽然对如何回答兵员人数有点害怕，不由地先伏身叩了一个头，然后回答说：

“臣罪万死！”

崇祯诧异：“卿有何罪？”

吴襄又一次叩头，接着说道：“臣父子的兵，按图册是八万人，实数只有三万人。非几个人的粮饷不足养一个兵，此系各镇通病，不是宁远镇一处如此。”

崇祯对宁远兵只有三万人感到意外，赶快问道：“这三万人皆骁勇敢战吗？”

吴襄说：“若三万人都是战士，成功何待今日？臣兵不过三千人可用耳！”

崇祯又吃一惊，问道：“三千人如何能当贼兵百万？”

吴襄说："这三千人并不是兵，都是臣瓖之子、臣子之兄弟。臣自受国恩以来，自己吃的是粗米粗面，这三千人吃的是美酒肥羊，臣穿的是粗衣粗布，这三千人穿的是绫罗绸缎，所以在缓急时臣能得其死力。"

崇祯问道："需要多少饷银？"

吴襄说："需要一百万两。"

崇祯大吃一惊，问："即拿三万人说，何用这么多的饷银？"同时在心中骂道："可恶！你看见国家有难，漫天要价！"

吴襄满不在乎地回答说："陛下，百万两银子，还是臣少说了呢！这三千人在关外边，每人都有数百两银子的庄田，如今叫他们舍去庄田进关，给他们何处土地屯种？还有，已经欠了十四个月的额饷，作何法补清？关外尚有六百万生灵，不能抛给敌人。如今将他们迁入关内，如何安插？从这些方面看来，恐怕一百万还不够用，臣怎敢妄言！"

崇祯明白吴襄的话有一部分是胡说八道，趁机要钱，但是他没有生气，一则害怕吴襄会暗中阻止他的儿子星夜撤军关内，来京勤王，另外他也明白，吴襄的话中有一部分确是实情，欠饷的事确实很严重。至于他说有三千人吃得好，穿得好，像他的儿子一样，像吴三桂的兄弟一样受优待，这也不完全是假的。他常听说，有些能够打仗的大将，有一部分亲兵或家丁待遇非常优厚，所以在紧急的时候能够替他拼命。他是一位为治理国家用心读书的皇帝，曾读过《资治通鉴》，知道安禄山也有一部分亲兵，待遇非常优厚，打仗的时候能够替他出死力。这一部分亲兵称之为"曳落河"。吴襄所说的三千人，也正是"曳落河"一类的亲兵。他向吴襄点点头，说道：

"卿说的是。但目前内库中只有七万两银子。搜罗一切金银饰物，补凑一起，不过得二三十万两，够多了。可是不管如何困难，朕马上就要调吴三桂来京，卿下去休息吧。"

当天晚上，崇祯给兵部尚书写了一通手谕，写道：

谕兵部尚书张缙彦：飞檄宁远镇总兵吴三桂，全师撤回山海关，速率关宁精兵来京讨贼，不可迟误。宁远一带士民，均属朕之赤子，忠爱素著，不可轻弃，凡愿归关内者，该总兵妥为料理，携归关内，暂在临榆境内及附近地方安置。此谕！

给兵部下过密诏之后，崇祯担心吴三桂会拖延时日，贻误大事，随即又给蓟辽总督王永吉下了一道手谕，命他亲自驰赴宁远，督催吴三桂弃地入关，星夜来京勤王。

时间已经是深夜了。崇祯的心情略微轻松，认为保北京有了指望。但想到祖宗百战经营的关外土地竟然从他的手中全失了，不禁突然伏到御案上痛哭起来。

崇祯怀着凄伤的心情回到养德斋，在宫女们的服侍下脱衣就寝。当他准备上床就寝时候，想着有吴三桂数万精兵，北京可以平安无事，李自成受挫后就会退走，至于以后怎么办，暂不必管，只好走一步说一步吧。他望着魏清慧有点憔悴的脸孔，关心地说：

"你今夜不必留在养德斋，叫别的都人值夜，你好生休息去吧！"

看见魏宫人无意离开他的身边，他想到她是遵从皇后的吩咐，便不再说了。他决定就寝，以便明日有精神处理军国大事，勉强闭上眼睛。但是忽然想到李自成的大军正在宣府杀来，如今商议调吴来京勤王怕来不及了，猛然出了一身热汗，睁开眼睛，在心中说：

"倘若在一个月前调吴三桂该有多好！"

他再也不能入睡，越想越觉得局势可怕，关于逃往南京的事情又一次浮上心头。如今李自成向大同东来，宣府甚危，他对于究竟应该留北京死守待援或是赶快奔往南京，不能决断。他明白吴三桂如果来迟一步，北京大概不能固守，并且又一次想到他要为社稷而死，不免有国亡族灭的下场，十分害怕，禁不住在枕上悲声叫道：

"北京，北京！……"

魏清慧突然惊醒，慌忙靸着绣靴，来到御榻前。他不等魏开口，赶快装做若无其事的样子，微笑着（笑得多么惨然！）说：

"没什么，朕是想着北京可以无忧了。"

崇祯最后下决心命吴三桂弃地撤军，是在二月二十日。倘若吴三桂不携带宁远一带士民进关，只带数万步骑兵星夜勤王，时间并不算晚，但是要将几十万士民也撤退到山海关内安插，无论如何比不上李自成向北京进军的速度。虽然崇祯在宫中对救兵望穿秋水，没料到急惊风遇着慢郎中，吴三桂的宁远兵竟迁延着不能进关！

从二月下旬到三月初，每日京城内谣言纷纷，都是不好的消息，局势一天比一天险恶。最可怕的千真万确的消息是有人从山西逃来，看见刘宗敏的一通檄文，声言大顺兵马数十万，将于三月十五日来到北京，特布檄文，明白与崇祯约战。崇祯若不能战，就赶快让位，将江山交给李王。还有一个可怕的消息说，山东境内的运河已经被李自成人马截断，北京粮食来源断了，粮价已经开始涨价。还有一件想象不到的消息：二月二十日，离京城只有三百里的真定府失守了。起初都不相信，所以没有人谈论。到二月尾忽然有了确凿消息，使崇祯大吃一惊。原来真定知府邱茂华听到有一支大顺军占领榆次、平定，快到了娘子关和固关，赶快将家属送出城去。巡抚徐标遵照圣旨将他逮捕下狱，不料徐标手下的中军官趁他登城部署如何守城的时候，将他绑了起来，拉出城外杀掉，投尸水中，随即砸开监狱，将邱茂华请出。邱茂华以现任知府身份，檄所属州县投降大顺。过了几天，才有很少数的大顺军出固关东来，进入真定府城，收了各衙门的印信、府库中的银钱，以及各种图册籍，不费一刀一矢将真定府和附近属县占领了。北京的南边发生这种意外变化，而北京的西北边是李自成和刘宗敏的主要进兵路线，除大同、阳和两军事重地已经向李自成投降之外，宣府的情况也不清楚，传说纷纷。

虽然崇祯皇帝严厉禁止官绅富户出城，但是由于局势一日比一日险恶，谁不怕死？那些有钱的达官巨绅都打算逃出北京，只是由于畿辅处处不平静，才使许多人想逃而无处可逃。

朝廷上又有人酝酿着劝崇祯逃往南京。崇祯将希望寄托在派兵据守居庸关，以待吴三桂的精锐边兵。他害怕朝廷上再一次讨论去南京的事，京师的人心会进一步瓦解，想守居庸关都不可能了。有一次上朝的时候，崇祯忍不住痛哭流涕，一再向群臣询问良策。可是没有人能说出来什么办法。有人又提南迁的事，请皇上再作斟酌。崇祯这时候很害怕在青史上留一个抛弃宗庙陵寝逃跑的丑名，也害怕会因为再论南迁的事会瓦解京师臣民固守待援的心，所以他怀着沉痛的心情，用十分坚决的口气说道：

“国君死社稷，义之正也。朕将安往？若说护送太子二王往南方去，以备非常之变，哼，哥儿们孩子家，做得甚事！目前唯有上下一心，一守居庸关，二守京师，其他俱不须说。官绅富户不许擅离京城，有敢逃出京城的严惩不贷！”

前两三天他还在梦想南逃，曾经下手谕，对辅臣蒋德璟，加兵部尚书兼工部尚书衔，晋封文渊阁大学士，总督河道、屯田、练兵诸事，驻节天津。封另外一位辅臣方岳贡为户部尚书兼兵部尚书、文渊阁大学士，总督漕运、屯兵诸事，驻节临清。后来有人密奏：不应使大臣离京，说他们一离京城就会潜遁，所以他今天当着群臣再一次面谕官绅富户不许离京的话，对蒋德璟和方岳贡的新任命只是“拟议”，并未颁发关防、敕书，自然不再提了。

第二天，三月初四日，钦天监奏帝星下移，给崇祯又一次很大的精神打击。他在心中悲呼：“难道我果真要失去江山么？”他为着禳除祸殃，完全吃素，禁止鼓乐，素衣临朝，也传谕后妃们和朝廷百官一体沐浴斋戒，虔诚修省。他除在乾清宫丹墀上虔诚跪拜，祷告苍天之外，又一次到奉先殿向祖宗的神主痛哭。

然而崇祯皇帝并没有等待亡国。在没有一个朝臣替他贡献救国良策，使他陷于孤立无援的情况下，他一个人苦心筹划，决定立刻晋封吴三桂为平西伯，左良玉为宁南伯，唐通为定西伯，黄得功为靖南伯。晋封吴三桂和唐通为伯，是为着鼓舞他二人出死力保卫北京。晋封左良玉和黄得功为伯，是因为他在心里并没有完全放弃逃往南京的打算，只是他一字不肯吐露。他决定之后，立刻颁给敕、印，不许稍误。另外，他下诏征天下兵马勤王，除催促吴三桂火速率兵入关之外，尤其指望驻在密云的总兵唐通和驻临清的总兵刘泽清火速率兵来京。

初五日，崇祯命勋臣、世袭襄城伯李国桢督练京营，由襄城府移驻西直门，准备率三大营兵出城作战。又命太监王承恩总督守城诸事。王承恩接到皇上谕之后，赶快来乾清宫谢恩。崇祯向跪在面前的王承恩说道：

"朕深知你怀着一颗忠心，平日办事谨慎，所以命你总督守城大事。你可不要辜负朕、辜负国家！"

王承恩哽咽说："奴婢情愿以一死报答皇恩，可是目前无兵无饷……"

"你不用说了，守城的困难朕全明白。你先去尽力部署，缺饷事朕另有安排。下去吧！"

王承恩刚刚退出，司礼监值班太监送来一封六百里①飞递的火急文书。这文书是从宁远来的，用火漆封牢。崇祯天天盼望着宁远消息，但拿着这封军情文书不知吉凶，两手轻轻打颤。拆封之前，他在心中说道：

"天呀，又出了什么变故？莫非是东虏又进犯了，使吴三桂必须应付，没法儿离开宁远？"

等他拆封一看，放下心来，猛然一喜。原来这是王永吉和吴三桂联名的火急奏报，内言五十万士民需要携入关内，其中老弱妇女很多，还有很多什物，很多粮食、牲口和家畜，运输十分困难。加上百姓安土重迁，使撤兵事遇到了很多阻碍，所以耽搁了一些日子。现在一切准备就绪，让妇女老弱先行，军粮和其他笨重军资已经上船，将由海上运到渝关海滨。为防备满奴轻骑袭击，掳掠人口，王永吉与吴三桂亲率精兵断后，准于初六日放弃宁远。崇祯看看宁远发文日期，到北京只走了两天！当然，他明白，这是六百里飞递，日夜不停地赶路，几十万军民撤入关内不能期望很快。但是七八日总可以来到关内吧？他在心中欣慰地说道：

"唉，已经有指望了！北京不要紧啦！"

初七日，才晋封为定西伯、驻兵密云的蓟镇西协总兵唐通奉诏勤王，率所部八千人来到，驻兵彰仪门外。他一来到就要求陛见，一则要当面向皇上谢恩，一则是请训，也就是请皇上面授方略。崇祯没有想到唐通如此迅速率兵入卫，颇见忠心，使他十分高兴。他在武英殿召见唐通，说了些慰劳和奖励

①六百里——限每日六百里的速度，这是塘马（驿马）用接力的办法传送公文。下一站，听传来的铃声，立马马上等候，接到公文立即策马奔去，如此一站一站接力传递，每日可达六百里。

的话，赏赐大红蟒衣一袭，纻丝表里两件，黄金四十两，又犒赏全营官兵白银四千两。因为得到塘报说李自成亲率五十万大军将从大同往北京来，大同早已告急，如今情况不明，所以崇祯命唐通率所部八千人马火速开赴居庸关，固守长城，并且当面告诉唐通，他要命太监杜之秩随唐通前去监军。唐通是松山溃逃的八总兵之一，虽无韬略和勇敢，却有口辩，也善交游，平日与杜之秩颇有来往，所以对杜之秩去居庸关监军十分高兴。

唐通从武英殿辞出后，崇祯立刻将杜之秩叫来，当面将派去居庸关监视唐通军的事告诉了他，并且叮嘱说：

“杜之秩，你从前在别处做过监军，也帮助杜勋办过内操，也是朕素所倚重的一个内臣。居庸关是北京的最后一道门户，你可得同唐通为朕固守！”

杜之秩叩头说：“请皇爷放心。居庸关是天险，原有三四百人马驻守，如今又有唐通的八千人马前去，且有大将唐通坐镇，必可坚守。奴婢前去监军，宁可肝脑涂地，决不使一个贼兵进入居庸关内。”

“好，好。但愿你能像杜勋一样！”

唐通的镇守居庸关和杜之秩的保证使崇祯固守北京的事有了希望，感到几分安慰，决定放心睡一觉，便回到养德斋了。

不料深夜时候，他被 位宫女的轻柔而带着紧张的声音叫醒。他疲倦地睁开眼睛，看见是魏清慧，想着不会有重要事，便又将眼皮合上。听见魏清慧又呼唤一声，他第二次睁开眼睛，脑子有点清爽了，问道：

“什么事？”

“刚刚送来的塘报。”

“是紧急的么？”

“十万火急的，皇爷。”

崇祯的睡意全消了，虎地从被窝中抽出身子，靠在枕上，将魏清慧手中的装塘报的匣子接过来，打开一看，原来一共五封。他未及细看发来塘报的地方和衙门，先拆开放在上边的一份，然后第二份，第三份……他吓出了一身汗，脸色惨白，两手打颤。看完以后，他深深地叹了口气，又猛然想起来近来朝廷上的争论，在自己心中问道：

“到底怎么才好？是死守待援，还是速往南京？”

他的心绪慌乱，想不出好的主意。他同时心中明白，在朝臣中只有纷纷争辩，没有可以问计的人，他真正是孤立在上，对大局束手无策。他侧着头，似乎是用询问的眼光望着魏清慧。魏宫人害怕得怦怦心跳，低下头去。但是崇祯实际上无意望她，而是伤心地想着祖宗的江山不保，禁不住两行泪从憔悴的脸颊上静静地滚落下来。魏清慧心中悲楚，不敢抬起头正视皇上。她知道那些密封外粘有鸡毛的、十万火急的塘报中所报告的都是十分可怕的军情，但是皇宫中规矩森严，她不打听一个字，所以也没法劝慰皇上。

怀着恐惧和凄怆的心情，魏宫人轻脚轻手地将放在矮架上的大铜盆中的木炭弄旺，然后从放在门后高几上的朱漆描金包壶中倒了半盏温茶，放在堆漆雕花（又称剔红）圆盘中，双手端到御榻旁边，温柔地轻声说：

“请皇爷用茶。”

崇祯用眼色命她将果园厂精制的剔红圆盘放在床头边紫檀木雕花茶几上。停了片刻，他轻叹一声，从榻上坐起来，将他平日喜爱使用的成化窑青底斗彩鸳鸯莲花小茶碗看了一眼，继续想着心事。魏清慧赶快取一件貂皮黄缎暗龙袍披在崇祯的背上，将茶碗揭开，放在雕漆圆盘上，轻声说：

“请皇爷用茶。”

崇祯端起茶碗饮了半口，继续想着心事。忽然感到大局绝望，并想到群臣可恨，心中一急，猛然将手中的名贵茶碗投掷地上，摔个粉碎。魏宫人惊叫一声：“皇爷！”立刻跪到地上，不敢抬头，也不知皇上为何如此动怒。

和衣睡在养德斋外间的两个值夜宫女被突然惊醒，赶快穿好绣鞋，掀帘进来。崇祯向宫女们望了一眼，吩咐说：

“朕要起床，到乾清宫去！”

魏清慧从地上抬起头来劝道：“刚刚打了四更，请皇爷再睡一阵！”

“哼，江山比睡觉要紧！”

魏清慧看见劝不住皇上起床，赶快命两个宫女侍候皇上穿衣梳洗。她自己将砖地上的碎茶碗打扫干净，然后到外间抓到自己的貉绒绣花斗篷披到身上，向乾清宫正殿跑去。她担心那两个在乾清宫正殿中值夜的太监睡熟了，要赶前去将他们叫醒，免惹皇爷生气。平日，从乾清宫后院到正殿去的东西山墙内的长夹道都彻夜点着宫灯，不知怎么，今夜后半夜宫灯全熄了。魏清慧刚进西夹道，面前黑洞洞的，似乎有什么东西走动。近来传闻宫中经常闹鬼，魏清慧本来晚上走路就怕，此刻不禁毛骨悚然。忽然，一股冷风从夹道迎面吹来，她猛地打个冷战，回头踉跄地奔回养德斋外间，取了一盏宫灯，重新往乾清宫去。近来她也常想着大明朝可能亡国的事，心中十分害怕和悲哀。今夜，皇上看了那些十万火急的塘报后十分反常，是不是处处兵败，真格地要亡国了？那些塘报中到底报告了一些什么坏消息？……

"唉，又是一个令人可怕的夜！"

第 49 章

崇祯所看的十万火急的塘报有一封是关于李自成的大将刘芳亮率一支人马进入畿南，所到之处官绅纷纷迎降，已经逼近保定。但是崇祯明白刘芳亮率领的只是一支偏师，人数不多，不是来进攻北京的，所以使他最害怕的是李自成和刘宗敏所率领的、由太原向北京来的大军。哄传这支人马有五十万，究竟有多少，朝廷不清楚，但是北京的存亡要看李自成这支大军来的快慢。倘若吴三桂的勤王兵先到北京城下，北京就可以有救。要是李自成的大军来得快，北京就完了。

有两封塘报是报告宁武失守的情况，一封是报告大同失守，一封是宣府告急。

崇祯原以为宁武和大同都是军事重镇，都能够坚守一阵，使敌兵不能够顺利东来，没料到宁武只守了三天，而大同根本没有作战，敌人未到就派人迎降。崇祯对如何看军情塘报有丰富经验，轻易哄不住他。关于宁武失陷的两封塘报，有不少互相抵牾之处，也多浮夸的话，但是有一点是千真万确的：宁武已经于二月二十五日失陷了，镇守宁武的山西总兵周遇吉拒绝劝降，血战捐躯，他的夫人刘氏率领奴仆们凭借宅子射死了许多敌人，然后举火自焚。

大同是三月初一失陷的。镇守大同的总督王继谟事先逃走，大同镇总兵姜瓖避敌宣府，他的手下将领献城迎降。大同巡抚卫景瑗于城破后被李自成捉去，不肯投降，自缢尽节。由于大同城不战而降，姜瓖已经怀有二心，宣府危在旦夕。倘若宣府失守，李自成的大军就可以长驱东来，几天内可到居庸关。虽然居庸关有唐通镇守，但是他只有八千人马，加上原有守兵，不足万人，如何对抗李自成的数十万人？

崇祯于深夜从养德斋来到乾清宫东暖阁以后，立刻提起朱笔写了一道手谕：

> 谕杜勋：宁武、大同失陷，宣府势危。宣府为居庸屏障，汝务必与姜瓖同心协力，固守杀敌，勿负朕望。切切此谕！

他命乾清宫的值班答应，传来司礼监值班的秉笔太监，连夜将他的手谕发交兵部衙门，以六百里快递送往宣府。这是他为解宣府之危所唯一可做的事情，做完以后，他看在身边侍候的魏清慧和另外两个宫女尚未梳洗，都是鬓发蓬松，面有倦容，而魏的脸色更显得憔悴。他明白连日来她比别的都人们陪着他睡眠更少，操劳更甚，不觉在心中凄然一酸，暗暗叹道：

"谁晓得她能在我的身边服侍多久！"

一个宫女送来了一个彩绘精致的朱漆梅花食盒，另一个宫女前去揭开黄缎绵帘，魏清慧一眼看见，忙去双手接过食盒，端到御案上放下，并将盒盖揭开，躬身说道：

"请皇爷用点心！"

崇祯望一眼食盒中的一碗燕窝汤和四色点心，向魏问道：

"天明是初几了？"

"回皇爷，天明是三月初八了。"

崇祯叹道："三月初八！……"

他没有再说别的话。按照王永吉和吴三桂的密奏，宁远兵动身才两天，由于携带五十万百姓，每日最快只能走五十里，他担心未必能来得及了。拿起银匙在燕窝中搅了一下，又是一声长叹。

就在崇祯皇帝对杜勋发出最后一道手谕送到宣府的这一天，即三月十二日上午，从宣府城内走出大约一百人的小队骑兵，盔甲整齐，绣旗飘扬。前边是一对同样毛色深红的高大骏马，并辔而行，骑在马上的武士每人手中擎着一个官衔牌子，上书："钦命宣府镇监视内臣。"接着是同样甘草黄色的八匹骏马，也是并辔而行。这八匹马古人称为"八驺"，从汉朝以来只有很高级的文官才能使用，代替了仪仗。"八驺"的后边是一匹嘴唇和眼圈略呈淡红的纯白马，辔头和雕鞍上用白银装饰，镀金镂花铜镫，白丝缰绳，马胸前垂着雪白胸，上罩朱红流苏。骑在这匹白马上的是一位中等身材、白净面皮、不长胡须的中年汉子，他就是崇祯皇帝视为心腹的太监杜勋。其余的骑兵跟在他的背后，队形很整，匆匆向西。

大约在巳时左右，这支小队走到离宣府三十里的地方，见大顺国的人马来了，他们赶快下马，站立路的南边迎接。虽然今日塞外有三级寒冷的北风，夹着尘沙，扑在脸上很不舒服，但是他们按照近几百年来以左为上的礼俗，只能站立在道路右边，面对风沙。

大顺军到了。这一队有两千骑兵，分为两行，匆匆赶路。刘宗敏走在队伍的中间，面前有一面大旗，上绣一个两尺见方的"刘"字。杜勋向随从使个眼色。那随从赶快抢上一步，将杜勋的手本递给一位中军将领。刘宗敏从中军手中接住红纸手本，驻马一看，心中明白了。从大同启程之前，姜瓖和杜勋派人送给李自成的投降书信，他已看过，所以此时他不觉意外，向杜勋打量一眼，含笑问道：

"姜将军现在何处？"

杜勋躬身抱拳回答："总兵官姜瓖率宣府文武官员及绅民在城外恭迎。"

刘宗敏说："圣驾在后，你们在此等候跪迎，不必往前去了。"

杜勋又等候了半个时辰，望着过去的许多部队，又过了两三千御营亲军，才看见李自成骑着有名的乌龙驹，由一大群文臣武将扈从，威风凛凛地来近了。杜勋和他的随从将士赶快跪下，向李自成前边的一位护驾武将递上手本。李自成向吴汝义示意命后边的大军停止前进，他带着一群文臣武将勒马离开大道，在附近一个背风向阳的小山坡下马，站在那里稍候。吴汝义将杜勋带到李自成面前。杜勋心中害怕，重新跪下去叩了三个头，说道：

“降臣杜勋，恭叩新主圣安！”

李自成本来对太监这类人没有一丝好感，加上杜勋是背主投降，更使他感到讨厌。然而他目前还要利用杜勋这样人物，不免含笑说道：

“你知道天命已改，投顺新朝，颇堪嘉奖。只要真心效忠新朝，不愁没有富贵。”

杜勋叩头说：“叩谢圣上鸿恩！万岁，万岁，万万岁！”

李自成简单地询问了北京的守城情况。杜勋如实回答，并说北京决难固守，连太监们也已离心。

李自成又问：“有没有勤王兵来救北京？”

“微臣离开北京时，听说朝廷上正在商议调吴三桂弃关外土地，入关勤王。后来情况，臣不清楚。”

李自成心中一惊，问道：“吴三桂可离开了宁远么？”

“臣不知道。不过，只要圣上迅速进兵，早到北京城下，北京就是陛下的了。”

李自成含笑点头，吩咐赏赐杜勋及其手下人二十匹绸缎和五百两银子，命杜勋先回宣府，与姜瓖一起在城外等候迎接。李自成继续同亲信文武们站在向阳的山坡下谈了一阵。他首先说道：

“我担心吴三桂的关宁兵先到北京。倘若关宁兵先到北京，破北京就不容易啦。”

牛金星说：“据我方细作探报，朝廷上要不要召吴三桂回救北京，所争论不决者乃是否弃关外土地人民耳。崇祯虽然颇有燃眉之急，也因此举棋不定。看来吴三桂必携带宁远一带数十万士民入关，行军甚慢。我军已得大同、宣府，倘能急速进居庸关，数日内即到北京城下，北京城唾手可得。吴三桂纵然率数万精兵入关，想救北京也迟了。”

李自成望着降将白光恩问道：“白将军，唐通在居庸关投降的话不会变卦吧？”

白光恩躬身回答：“唐通系臣老友，崇祯十五年同在松山作战。他既然在答书中情意诚恳，同意献出居庸关迎降，必无变卦之理。请陛下不必担心。”

李自成又说：“据探报，崇祯新派一个心腹太监杜之秩到唐通那里监军，会不会使唐将军不能自由行事？”

“不会，不会。杜勋原来也是司礼监中一位大太监，地位在杜之秩之上。杜勋既然已经纳降，杜之秩决无二话。何况他手中无兵，不像从前高起潜亲率重兵，他如何能监视唐通？”

李自成点头微笑说：“倘若照白将军说的，我，孤，孤就放下心了。”

今年元旦前在西安议定，李自成从永昌元年正月元旦起开始称孤，到北京举行登极大典后开始称朕，但是他对称孤一直不习惯，每次说的时候总是感到别扭。他又对白光恩说：

“崇祯临时抱佛脚，匆匆忙忙加封唐将军为定西伯。你可告诉唐将军，只要为新朝出力报效，孤将不吝爵赏，岂但是伯！”

“微臣明白，上次写给唐通的密书中已经将陛下此意说知了。”

李自成向大家扫了一眼，略带感慨地说：“十余年戎马辛苦，出生入死，方有今日。数日之内就要到北京城下。倘若上天眷顾，吴三桂迟来一步，估计不需大战，北京就可攻破。你们诸位想想，有没有为我们预料不到的什么困难？”

没人做声，都觉得大功告成已经是定局了。

李自成满面春风，又一次望望大家，轻轻地问：“嗯？”

李岩躬身说：“臣所担心者二事。一是东虏情况不明，二是崇祯会逃往江南。”

“啊？！”李自成不觉愕然。

李岩接着说：“在太原时候，臣访刘子政于晋祠。虽然未得深谈，但刘子政一再向臣提醒，颇以满洲趁机入塞为忧。刘子政熟悉辽东情况，其言似非无据。”

李自成问：“就是你在太原时对孤说的，这位刘先生就是随洪承畴做赞画的？”

“正是此人。”

李自成向牛金星和宋献策问道："据你们看，满洲人会趁这个时机入塞么？"

牛金星摇摇头，回答说："以臣看来，目前可虑者不是东虏入塞，而是崇祯南逃。臣也曾留心东事，听说满洲于数月前新遇国丧，皇太极一夕无疾而卒。皇太极死后，诸王为争夺大位，几乎互相残杀。后来由皇太极之弟多尔衮主张，共立皇太极的五岁幼子登极，设四位辅政王，共理朝政。此时满洲自顾不暇，岂有力量兴兵南犯？况且满洲僻处辽东，只有欺凌明朝的力量，未必敢与我大顺抗衡。所以臣所顾虑者不是东虏入塞，而是崇祯南逃。"

李自成将眼转向军师，问："献策，你说崇祯会逃往南京么？"

宋献策略微沉吟，恭敬地回答："满洲人会不会趁机入塞，颇难预料。只能在攻破北京之后，多派细作深入辽东侦探，不要疏忽大意。崇祯会不会逃往南京，此话也很难说。倘若他逃往南京，在南京号召天下勤王，会使我朝统一江南增添许多困难。但崇祯这个人遇事猜疑多端，对于这样大事，更不会说走就走，如唐玄宗奔往西川。所以我大军只能利用他对此事不能决定的时候，急速到达北京城下。只要我大军一入居庸关，崇祯就无机逃走了。"

李自成又问："如今我军偏师已入山东境内，倘若崇祯南逃，这条路他能走得通么？"

宋献策又想了片刻，说道："倘若崇祯是唐玄宗、宋高宗，决心一逃，就能逃走。山东走不通，可以只携带少数宫眷和亲信，轻装离京，疾趋天津，由天津乘船，浮海而南，走赣榆附近登陆，由陆路南去淮阴，即交运河。或者海船直到南通，由南通登陆，或趋扬州，或趋镇江，都很方便。但是崇祯决不敢冒海上风波之险。其实，三月间海上尚无飓风。天津的海船很大，不一定就会翻船。只要不翻船，冒海上风波之险总比留在北京等国亡族灭强似百倍。"

李自成完全没想到崇祯可以由天津海道逃往南京，听了宋献策的话以后，不免有些担忧地向李岩问道：

"林泉，从天津去南方的海路你知道么？"

李岩回答说："献策所言不错，确实是一位满腹经纶的好军师。以微臣所知，盛唐以江南大米和绸缎供给安禄山，也多由海运。如今从江都到通州的这条南北大运河在唐朝还没有，那时只有从开封到江都的一段。通到通州的运河到元、明两朝才有。元代漕运，有时也利用海道。但是目前明朝朝中并无真正有担当的人，所以崇祯很难下决心逃往南方。为着防备万一，我大军必须在数日内进居庸关，使崇祯欲逃不能。”

李自成不再问下去，立刻率领文武群臣上马，扬鞭向宣府进发。他们一动身，后边的数万大军也跟着动身。

这时，刘宗敏已经到了宣府城外，受到姜瓖的恭迎。跟随刘宗敏的两千骑兵驻扎在宣府南门外休息，等候“圣驾”。姜瓖和一大群文武官员以及绅民等也在南门外等候恭迎。姜瓖的人马也如明末各镇的情况一样，平日空额很大，实数只有两千多人，大部分在大同投降，随他在宣府的不足千人，现在也在城外列队，等候“迎驾”。宣府巡抚朱之冯听说刘宗敏已经率领骑兵来到城外，李自成随后将到，而姜瓖出城迎降，他慌忙登城，部署对敌，看见左右人一哄四散，禁止不住，只剩下七八个人守在他的身边，神情对他不好，好像是对他监视。过了一阵，他看见李自成已经来到，从南门进城。满城结彩，或用绸子，或用红布，没有布和绸子的就用彩纸。百姓胸前都贴有“顺民”二字，在街边焚香跪接，同时大顺的骑兵充满大街。朱之冯命令左右将城上大炮转向城中，没人听从。他不得已，自己去转动炮身，看见近炮尾处的药线孔已经被铁钉钉死了。他向南大哭，自己解下丝绦，在城楼屋檐下上吊自尽，没人劝阻。死后，人们将他的尸体投进城壕。

李自成在宣府驻跸半日，大军也稍微休息。第二天（三月十三日）一早，李自成率领着大军又启程了。

当大同失守的消息传到北京，北京朝野对宣府和居庸关两处坚守阻敌的信心已经丧失了，朝廷上又有人建议崇祯速往南京，重新引起争论。由于情况万分紧急，皇上能不能逃出北京只剩下最后机会，连深宫中也有后妃窃窃议论，并且引起了天启的寡妇、懿安皇后与崇祯皇帝间的一场风波。

在深宫中，只有那些年幼的宫女们对国事不大清楚，懵懵懂懂地过日子，但稍微年长一点的没有不为国事发愁。尽管崇祯的规矩，不许后妃们过问国家人事，也不许打听，但像这样事怎么能够使大家不关心不打听呢？而且每个宫中都有掌事太监，他们同司礼监关系密切，同外边也有关系，自然消息都很灵通。后妃们对于朝中的消息和北京的谣言，都是从她们本宫的亲信太监处得到的。懿安皇后虽是年轻寡妇，住在深宫，一向不打听外边事情，可是外边的消息她已经听到了。她的慈宁宫的掌事太监名叫王永寿，在太监中班辈在前，就是王德化等对他也有几分敬意，比王德化班辈低的太监如王承恩等就更不用说了。所以朝中和京师以及军事方面的情况，都是由他暗中启奏懿安皇后。懿安皇后平时很少说话，也很少走出慈宁宫，成天读书礼佛，可是她也很关心目前的局势，因为倘若国家亡了，她也是皇后身份，只有自尽一条路。何况她的丈夫天启皇帝虽然并不爱她，但毕竟是她的丈夫。国家有难，祖宗江山断送，十二陵寝遭到破坏，她作为一个皇后，天启皇帝的正宫娘娘，当然不能甘心。所以她几乎天天背着宫女和一班太监，向王永寿询问消息，然后一个人默默地唉声叹气，伤心流泪，夜间做着凶梦，寝食不安。一日在深夜诵经祈祷受了风寒，竟然病了。

懿安皇后的病并不沉重，由御医们为她会诊，商量药方，尽心医治。慈宁宫的掌事太监遵照宫体制，每日两次将她的病情禀报皇帝和皇后。崇祯知道懿安皇后有病，也很挂心。他对懿安皇后深有敬意，每年逢着元旦或懿安生日，他总要到慈宁宫去一趟，当然限于礼法森严，只是隔着帘子向懿安皇后拜上四拜。本来拜三拜就可以了，因为田妃死后，留下的儿女都交给懿安皇后抚养，所以又多拜了一拜。隔着帘子，懿安向他回拜两拜。现在知道懿安患病，尽管他为着国事心情如焚，仍然要皇后赶快去慈宁宫向懿安问安。他自己也准备前去。周后同懿安感情一向很好，她尊敬懿安有一股正气，而且同情懿安自从进宫以后就受魏忠贤的迫害。魏忠贤将他一个姓任的养女献给了天启皇帝，使懿安皇后更加孤立。可是懿安并不服气。那时她住在坤宁宫。有一次天启皇帝来到坤宁宫，看见她案上正摊着书，就问是什么书。她冷静地回答说：

“我读的是《史记·赵高列传》。”

天启是不大读书的，只晓得玩耍，就问她：“《赵高列传》是说的什么事？”

“请陛下也不妨读一读。秦朝那么大江山，被一个宦官赵高专权，给断送了。所以这《赵高列传》读起来很有意思。”

天启知道娘娘话中有话，不再做声，走出去了。

当天启晏驾的时候，由谁来继承皇位，魏忠贤不能不问一问懿安皇后。她毫不犹豫地说：

“皇上没有儿子，当然是亲弟弟信王继承大统，全国臣民没有话说。你们速同大臣们到信王府中迎接信王进宫，不可耽误！”

懿安对魏忠贤说了这话之后，悄悄地派王永寿到信王邸，把这事告诉信王知道。

因为有这一段重要历史，所以崇祯夫妇对懿安皇后一直抱着感恩的心情，也特别尊敬这位年轻的寡嫂。在天启朝，她没有别的尊号，只是皇后。崇祯登极之后，才给她上了“懿安”两个字的尊号，后来又增加了几个颂美的字眼，被尊称为懿安皇后。如今既然她有了病，崇祯和周后当然应该前去问安，特别是周后应该赶快前去。

懿安皇后在她的寝宫中同周后见面，亲热地拉着周后的手，让她坐在自己身边。周后发现十几天不见懿安皇后，竟然憔悴多了，眼睛里含着泪花，便赶忙问她的病情。懿安挥手使宫女们退了出去，对周后说道：

“我一向把娘娘当做妹妹看待，实不瞒你说，我本来没有多大的病，仅仅是偶感风寒。慈宁宫中就有一些治这种病的药，我自己也略通药理，已经吃了一点药。太医们又开了药方，服了一剂，烧已经退了，没有别的毛病。我是想见见你，说几句心里的话，所以才派宫女告诉皇上，告诉娘娘，说我有病。我断定皇上事忙，不一定马上就来，况且叔嫂之间也没有多的话好谈。你是必会来的，来了以后我好把我要说的话都对你说了。”

周后一听，心中已经有些明白，就问道：“皇嫂，是不是为着国事放心不下，想同我谈一谈心中的想法？”

懿安微微点头，滚出了眼泪，叹口气说道：“你猜对了。虽然我朝家法很严，后妃们不准过问国事，可是眼下大祸临头，我们纵想装聋装傻，看来也不行啊，所以我有话要同你商量一下。”

周后也是满心的话想同懿安皇后说一说，赶快将身子靠得更近，小声问道：“战事消息，皇嫂可都知道？”

懿安轻轻点头：“我完全知道。‘流贼’已经过了大同，说不定已经到了阳和，很快就会来到居庸关。居庸关只有几千人防守，如何能防守得住？一到北京城下，就十分危急啦。祖宗三百年江山，存亡就在旦夕。你是当今皇后，我是前朝皇后，我们虽是深居宫中，可不能不为祖宗江山操心，也不能不为十二陵寝操心，为皇上的安危以及太子和一群儿女们操心。北京城无兵固守，娘娘，你比我还清楚。如今到底怎么办，你可想过了么？”

周后说：“皇嫂，你知道皇上的秉性脾气。我嫁他十八年，国家事从来不敢打听一句。我有什么话敢同他说呢？”

懿安说道：“虽然祖宗家法，后妃不许干政，可是也并不是没有过问朝政的人。太祖爷在世时，马皇后有时就替太祖爷分了心。当太祖爷考虑不到时，马皇后就提醒他。有时太祖爷要杀人，马皇后几句话就打消了太祖爷的决定。不说二三百年前的事，万历皇爷年幼的时候，孝定太后也曾当半个朝廷的家。如果不是孝定太后过问朝政，替张居正撑腰，张居正能做那么多的大事么？这些前朝的事情你我都清楚，皇上何尝不清楚。只是多年来你一味地做贤妻良母，已经习惯了。我是前朝皇后，年轻轻地守寡，当然不便说话。如今眼看着到了国破家亡的时候，再不说话就晚了。我今天等着你来，就是希望你在皇上面前说句话，帮他拿定主意。”

周后的神色凄惨，噙着眼泪，颤声问道：“皇嫂，你要我说什么话呢？你有什么好主意？”

懿安叹了口气，说道：“娘娘，你要提醒他，我们在南方还有一个家呀！”

周后猛然心中一动。她也听说从上个月起，就有人建议皇上到南京去，也有人建议把太子送往南京，朝中讨论了多次。而这事情也一直在她心头盘旋：万不得已，何必坐守北京，全家都在北京死去？此刻听了懿安的话，她点点头说：

“是啊，我们南京还有一个家！当年永乐皇帝迁都北京，南京改称留都，又叫陪都，仍然有文武百官，各衙门齐全。如今倘若皇上带着太子奔往南京，北京能够固守当然很好。万一守不住，我们明朝的江山还不是延续下去么？用江南的财富，江南的兵源，仍然可以恢复中原，扫荡‘流贼’，恢复大明的一统江山！”

懿安流着眼泪说：“娘娘，我是把你当做亲妹妹看待，如今一刻值千金哪，一天也不能耽误。你赶快在皇上面前提醒他，南方还有个家呀，不要死守北京。我已下决心，我哪儿也不去，免得给皇上多一个累赘。倘若皇上愿意往南京去，我愿意在宫中为国尽节，不等他走我就自尽。你跟六宫其他的娘娘们随皇上走吧，不要挂念我了。”

说到这里，她忽然泣不成声，周后也哭了起来。两个人在一起小声地痛哭一阵。哭声传到院中，宫女们猜到八九，一个个默默流泪。周后决意按照懿安皇后的吩咐，在皇上面前大胆地劝他携太子出狩南京。

周后回到坤宁宫。没有多久，崇祯就来了，询问懿安皇后的病情如何。周后告他说，懿安皇嫂只是偶感风寒，病情不重，已经服了药，烧也退了，不必操心。倒是国家大事，懿安放不下去。

崇祯说：“国家大事，自有朕来操心，皇嫂不必操心。”

周后问道：“如今贼兵究竟到了何处？朝廷上有何决策？”

崇祯不高兴地说：“外边事你们不要打听吧，这不是你们应该知道的。”

周后叹了口气，说道：“皇上，我们南方还有个家呀！”

崇祯把眼睛一瞪，狠狠地翻了她一眼。周后本来鼓足了勇气，如今看见崇祯严厉的眼色，勇气顿然消失了。她又叹一口气，滚出了眼泪，不再说话。

崇祯问道：“你说我们南方还有个家，是要我南迁哪！是谁告你这主意的？近来朝廷上为此事争论不休，是谁告你说的？”

周后吓得脸色苍白，鼓起勇气说道：“是懿安皇嫂提醒我，我们在南方还有一个家！皇上，难道这话不对么？”

崇祯又狠狠地看她一眼，心中想道：这宫中的祖宗规矩竟然也变了！他不再说话，带着一脸怒意离开了坤宁宫。

回到乾清宫以后，他将魏清慧叫到面前，吩咐说：“你去到慈宁宫，启禀懿安娘娘，就说朕知道皇后玉体违和，本来要前去问安，只因国事纷忙，不能马上前去，特命你前去看一看。你看过以后，顺便问一问懿安娘娘，朝廷上讨论南迁的事情是谁传到宫中，她怎么知道的。”

魏清慧遵旨去到慈宁宫中，向懿安皇后启奏了崇祯的话，又按照崇祯的吩咐询问懿安皇后。懿安完全没有料到崇祯会这样询问她，她知道如果说出王永寿，这位老太监就吃罪不起。于是她很沉着地对魏清慧说：

“你回去启奏皇上，往南京去的事，朝廷上如何讨论，本宫一概不知；可是我们南方还有个家，这件事人人皆知。这是我想到的，皇上听不听，由皇上自己做主，其他不用问了。”

魏清慧看见天启娘娘面带怒容，含着两包眼泪，似有无限悲痛藏在心中，不敢多问。关于朝廷曾经讨论前往南京的事，她现在才知道。她自己心中也十分悲痛，不觉跪在天启娘娘面前呜咽出声。懿安皇后挥挥手说：

“你回乾清宫吧，照我的话回禀皇上得了。”

魏清慧回到乾清宫中，一五一十回禀了崇祯。本来在任何人看来这都是非常小的事情。周后也好，懿安皇后也好，她们问到外边情形，没有什么不妥当的。她们希望皇上到南京去，也没有什么坏意。如果是别的皇上，可以坦率地同皇后商量。然而崇祯这个人多年来独断专行，猜忌多端。他说不让后宫过问国事，就不能过问国事，绝不松动的。而且他总疑惑娘娘们与外边互通消息。所以他想了很久，吩咐魏清慧再去问一问懿安皇后：到底是怎么说出来南方还有个家？是谁把朝中的事情传进宫来，告诉了她？魏清慧心中也很不高兴，何必这样呢？但她只好又来到慈宁宫中，跪在懿安皇后面前，将皇上要询问的话重新复述一遍。

懿安已经横下了心，觉得崇祯当年继承大统，是出自她的决断。十几年来她不问外事，连宫中事也不打听。而今天竟然这样逼她，是何意思？她想了一想，对魏清慧冷冷地说：

“你回禀皇上，不要再追问了。国家若亡，我一定尽节。如果他再追问这件事，我就先一步尽节好了。别的话用不着问了。”

魏清慧吓了一跳，脚步踉跄地奔回乾清宫中，跪在崇祯面前，哽哽咽咽地把懿安皇后的话重复了一遍。崇祯虽然脾气很坏，但他知道懿安皇后不是懦弱之辈，万一因此自尽，他将受天下万民责备，也对不起祖宗“在天之灵”，所以就不再做声了。

过了三四天，到了三月初十以后，天津巡抚冯元飏派他的儿子冯恺章携带一封密疏到了北京，要求皇上赶快赴津乘海船逃往南京。只因无法递上这本密疏，冯恺章彷徨无计，哭着走了。他走后第四天，还没有到天津，北京城就失陷了。

过了若干年，人们还在谈论这件事，仍然有不同的意见！更多的人由于明朝灭亡之后，李自成也不曾站住脚步，很快地由满洲人通过战争和残酷的屠杀，统治了全中国。这种民族的悲剧反而使人对崇祯的亡国产生了无限同情，感叹他因循不决，没有逃往南京。清初人有诗为证：

虎踞龙蟠说旧京，六宫拟从翠华行。
君王也道江南好，只是因循计不成。①

①见吴梅村《鹿樵纪闻》。翠华是皇帝仪仗的一种旌旗，上边装饰着翠鸟羽毛，这种旌旗在古人诗文中称为翠华，可代指旅途中的皇帝。

十七

北京！北京！

第 50 章

在崇祯十七年的三月中旬，明朝存亡的关键时刻临近了，全国人民的眼睛都注视着北京。

自从永乐十八年到现在，明朝将京城从南京迁来北京，已经224年了。不仅整个中国，也包括无数外番，都把北京看成是中国的心脏。如今的北京城如何不引动全国人民的关心呢？人们怀着各种各样的心情，操心着北京的前途。从北方到南方，人们都在挂心：北京是否保得住？倘若北京保不住，大明的江山也就完了。那时不要说北京的千家万户，甚至全国的官宦人家、富豪大族以及小百姓的生活都要受到影响，有许多人要随着朝代的变化倾家荡产，以至家破人亡，可同时又会有许多人在朝代更换之际突然发了迹，成为新贵，成为王侯。所以举国上下如今都关心着北京。

在辽东和蒙古，人们的目光也注视着北京。特别是沈阳，而今是新兴的满洲政权的京城。那里的朝廷已经决定要进兵中原，实现先皇帝皇太极的夙愿。自从得到了李自成正向北京进兵的报告，也是不断地商议，不断地派人打探，关心着北京是否会落入“流贼”手中。倘若北京不落“流贼”之手，清国应当如何向长城以内进兵？倘若北京落在“流贼”之手，清国又应当如何进兵？这便是他们考虑的中心问题。尤其是年轻的辅政王多尔衮，刚刚夺得了政权，他本来就野心勃勃，一直想进兵长城以内，现在为了巩固自己的统治地位，使反对他的满洲贵族不得不听命于他，更要乘此机会建立不世功勋，把别人踏在脚下。所以他不断地考虑着北京的事情，甚至连做梦都在想着如何夺取北京。

至于住在北京的人们，更是天天关心着北京的命运。米价近来已经上涨，柴火煤炭也在涨价。万一北京被围，粮源断了，煤炭木柴断了，北京的千家万户会经历一场浩劫。同时人们开始纷纷议论李自成的为人。有人说李自成十分仁义，有人说李自成毕竟是个‘流贼’。倘若李自成进了北京，那么多的皇亲贵族、官宦大户岂不要破家灭门？小百姓虽然不受皇家俸禄，情况不同，可是万一发生奸掳烧杀，又怎么好呢？所以这些日子来，上至公侯之家，下至庶民百姓，凡是懂事的人，没有不为北京操心的。有些老头子，尽管早晨仍然提着鸟笼到空旷地方散步，但是熟人相见，不觉互相叹息。常常有人低声叹道："唉，北京啊！北京啊！……"随即摇头，下面的话就不再说了。

就在这时，从宁远到山海关的路上，草木略微有点发青，气候还带着残冬的寒冷，天气阴沉，春光迟迟地没有来到关外。大约有二三万骑兵和步兵，保护着文武官绅的家属，也保护着号称五十万而实际只有二十万左右的汉族百姓，向着山海关前进。还有两三万人马走在最后，防备满洲兵从北边追来，抢夺人口和辎重。这是一支大撤退的洪流，但见无数的马车、牛车、小车和可以载重的骆驼、骡马，沿着黄尘滚滚的大道向前移动。前头是一支精兵，大约有五六千骑兵和两三千步兵，已经离长城很近了。长城在山海关北边转了一个弯，由北向南直到海边。而这一支先头部队现在也正是向着近海的山海关前进。海边水中的姜女庙已经望得十分清楚，一切运粮的船只都出现在视线之内。

在这一支精锐队伍的中间，有一支特别精锐的骑兵，保护着西平伯吴三桂和他的眷属。这西平伯的爵位是最近受封的，鼓励他火速去援救京城。他离开宁远已经六天了。倘若他能够像昔年袁崇焕那样，从宁远率轻骑日夜兼程前进，此时应该已经到了北京城下，在德胜门外立好营寨，等待迎战闯兵。然而他行军缓慢，每日行军不到五十里，如今还在开赴山海关的路上。纵然皇帝不断来手诏催促，兵部来羽檄催促，蓟辽总督亲自催促，都不能使他改变行军速度。当然，携带几十万辽东百姓，路途堵塞，运输困难，也是行军迟缓的借口，然而，为什么不抽出两万精兵，由吴三桂亲自率领，离开大军，奔救北京？

崇祯不完全明白吴三桂行军迟缓的原因，又不敢下旨切责，只能催促蓟辽总督王永吉。他日夜盼望着吴三桂的救兵，常常在乾清宫唉声叹气，真所谓望眼欲穿。

这时，在北京的西北方向，也有一支队伍正在迅速前进。他们大约有六七万人马，其中包括许多沿路投降的明军和文官。骑兵看去有三四万人，步兵约有二三万人。走在前边的都是精锐部队，约有四五万人。前队已经到了延庆州境内，正向柳沟堡进发。后队还在土木堡和怀来驿。李自成本人已经过了怀来驿。这时天色刚明，可是气候仍像两三天前一样，刮着大风，黄沙扑面，天昏地暗。然而这支队伍军容整肃，人人脸上都带着胜利的神气，好像寒风、黄沙在他们面前都不存在。李自成穿着毡马靴，骑着乌龙驹，身穿黄袍，前边有一柄黄伞。周围是他的亲信将领。军师宋献策、大学士牛金星以及在西安投降的大批文臣都骑着马紧随在他的后边。明朝的秦王、晋王等投降的亲王也跟在后边。约有两三千骑兵，骑着经过挑选的高头大马，盔甲整齐，前后左右护卫着李自成和大批文臣前进。这支骑兵由一员青年将领率领，就是李自成的近族侄儿李强，三年前他是亲兵头目，而今天已是一位果毅将军。在护驾的亲军后边，还跟着投降的明朝总兵官白光恩、姜瓖和太监杜勋等一班人和他们的亲兵与奴仆。

李自成连日马上奔波，虽不免感到劳累，但他从来没有像目前这样得意。因为在西安时尽管改国号大顺，年号“永昌”，并将西安改称长安，定为京城，但是不拿下北京，总觉得放心不下，全国人民也不会认为他已经夺得了江山。而如今距离北京已经越来越近了，也许明天就可以兵临城下。十几年的辛苦，流血，终于有了结果，北京马上就要拿到手了。因为心中不断地想着胜利在望，所以身上的疲劳也就差不多完全忘了。

他不但想着进北京，而且还想着下江南、统一全国的事。关于下江南，他和牛、宋等一班文臣商量过多次，大家都认为只要拿下北京，正式登了皇位，江南可以传檄而定，纵然有一些不识时务的人，还会为明朝作战，但大势所趋，决不会有大的战争。他又想到满洲。李岩曾经几次向他进言，说满洲是北方大患，也许会趁着兵戈扰攘之际，进兵长城以内，不可不预为防范。但许多人都认为这是过虑。李自成也认为这是过虑。他想，满洲毕竟是新起的小小的暴发户，他之所以能向明朝进兵骚扰，是因为明朝的江山已像一棵大树被虫子蛀朽了，又好比一个破败人家，谁都可以对它欺负。满洲未必敢碰一碰大顺。即使它竟敢派兵入塞，只要人数不多，也不足为患。过去满洲几次入塞，人马都并不多，只是明朝官军和地方官吏畏敌如虎，闻风瓦解，才使少数虏兵如入无人之境。今日他率领大顺军前来北京，这是百战百胜之师，东虏决不敢轻举妄动。

如今他担心的是吴三桂的人马。他已经得到探报，知道吴三桂在几天前离开宁远，率兵勤王，目前恐怕已经进了山海关。吴三桂究竟有多少人马，他不清楚，他只是很重视这一支兵力。他想，倘若吴三桂有两三万人马，抢先一步到了北京，北京城就很难攻破。倘若北京城在几天内不能攻破，他也不能在城下久留。自古以来，这么大的城市，从来没有用几万人马进行围攻的。而屯兵坚城之下，时间稍长，各路勤王人马陆续到来，他就不能不退兵。而一旦退兵，难免军威受损，军心动摇。张献忠可以乘机闹事，各地明朝的封疆大吏以及土豪劣绅也会起事。所以他在得意之中又不免有一点担心。不过他又转念一想，他在两天之内就可到达北京城下，大概会抢在吴三桂之前进攻北京。倘若一二天内破了北京，吴三桂就不敢往北京来了；纵然来了也晚了一步，救不了崇祯的命，也救不了大明的江山。想到这里，他又得意起来。原来在二月间，他听说北京城中哄传崇祯将向江南逃去。那时他同牛、宋等人都很担心崇祯会走这一着棋，认为倘有此事，要一举灭亡明朝就很麻烦了。幸而后来知道崇祯无意逃走，已经决定死守北京。于是他感到放心了，料想不出几日，就可活捉崇祯，或者崇祯自尽，总而言之，大明的江山算是完了。

这时，李自成左右的文臣武将也都在高兴地想着进北京的事，只是因为走在他的近边，没有人敢随便大声说话。不过那种即将大功告成的喜悦心情不可遏止地透露在各人的脸色和眼神上。

老马夫王长顺走在后边，离闯王大约有半里远，那儿的将领们可以小声说话。有人便同王长顺开玩笑，称他为“弼马温”，又称“牧马院使”。也有人劝他到北京以后找一个漂亮的老婆，以免他这个老头子的生活没人照料。大家你一言我一语说得王长顺哈哈大笑。不过在大笑之余，王长顺的心中总有点放心不下。他想，万一北京攻不下，退到西安还能稳坐天下么？他还听说，胡人的骑兵很强，如果胡人进来，闯王住在北京，难道就没有风险么？不管怎么说，他的心中总觉得不很踏实，只是在左右前后将领们的一片欢快气氛中他只能将自己的忧虑深深埋藏心中。倒是在西安的时候，他偶尔去探望田见秀，两人还能说一点心里话。以后就没有一个人能够听进去他的话，他也再不敢说出口了。

又走了一段路，刘宗敏从前队差人来向李自成禀报，说是前队已经过了柳沟，那里没有敌兵防守，留下一个官员等候，说总兵官唐通在八达岭恭迎圣驾。李自成听了十分高兴。虽然事前已有白光恩和姜瓖给唐通下了书子，劝他迎降，他也表示愿意归顺，可是李自成总有点担心已经被崇祯封为定西伯的唐通万一在八达岭、居庸关一带率兵抵抗，就会耽误了进攻北京的日期。即令只抵抗三天，也会使吴三桂乘机先到北京，增加了攻破北京的困难。如今既然唐通在八达岭迎降，这就使他大大地放心了。李自成骑在马上，纵目山川形胜，想着这一片雄伟的江山马上就要更换主人，一种英雄的心情不觉充满胸怀，于是他扬鞭催马，传谕人马要加速前进。本来每天的行程他都清清楚楚，这时却不自觉地向左右问道：“啊，今天是不是三月十六？”按照预计的日程，他们在十八日或十九日可以到达北京，而根据宋献策的占卦，这两天内就要攻进北京，夺取明朝的江山。所以当他听左右回禀今日确是三月十六时，又不觉得意地笑了一笑。

李自成到了柳沟，没有停留。有几位从延庆州城中来的官绅，跪在路边迎接。因为知州已经逃走，由同知献上了官印。牛金星代替李自成传谕众官绅，要他们照常理事，使城中百姓各安生业，等待新官前来。李自成对这些官绅只是望了一眼，既没有说话，也没有停下马来多看一看。如今他是大顺朝皇帝身份，不再把一般的投降官绅放在眼里了。

到了青龙桥，明朝的定西伯兼总兵官唐通和镇守太监杜之秩派人在这里跪接，并向李自成启禀：他们二人率文武官员在八达岭长城外接驾。李自成事前已经知道唐通和杜之秩投降，这时不觉在马上对宋献策、牛金星点头微笑。过了不多久，他们到了长城八达岭口外，果然看见大群的投降将领以唐通为首都在跪迎。他微笑下马，态度安闲地走到唐通面前，让他站起。又分别对唐通和杜之秩说了一些奖励的话。随即他看见刘宗敏也率领着将领们从长城里边出来，下马向他插手行礼。他对刘宗敏说：

“快往北京要紧，你不必在这里耽误，到城中打了尖以后，你就率前队人马往北京走吧。”

刘宗敏答应了一声，赶紧率领将领们上马，向着八达岭城门扬鞭而去。

白光恩与唐通见面，站在大路上寒暄一阵。白光恩极力夸赞唐通和杜之秩是识时务的人，知道天命攸归，弃暗投明。牛金星和宋献策也夸赞唐通的效忠诚意，能够赞襄开国鸿业，必被重用，永享富贵。唐通和杜之秩说他们早已看到明朝气数已尽，大顺国运隆兴，只是到今天方能投顺新朝，今后一定矢忠矢勇，为大顺皇上效犬马之劳，不敢稍有二心。李自成点头微笑，说道：

“新朝正须用人，孤也久思你们效劳，如今得你们前来，心中十分高兴。今后一统天下，传之万世。你们也都是开国功臣，名垂青史，荫及后人。”

听了这番话，唐通和杜之秩赶快重新跪下，磕头谢恩，山呼万岁。

进了长城，转了两个弯，居庸关城就在眼前。这时城上大明的旗帜已经匆匆忙忙换了大顺的旗帜。全军进了居庸关后，一部分继续前进，一律青衣白帽，部伍整肃。唐通的军队虽然仍旧穿着明军号衣，但匆忙中也用白布缠在臂上，白布上写着一个“顺”字。城中百姓都在门口路边摆着香案，香案上竖着黄纸牌位，上书“大顺皇帝万岁”。家家门头上都贴着一个“顺”字。城中官绅和一些父老都跪在城门外边迎接。唐通、杜之秩率领地方官绅用鼓乐前导，将李自成迎进居庸关城中，在一座宅子里休息。这宅子虽然不算很大，但在居庸关城中已经很难得，一夜之间已经整理得十分干净。

李自成坐下以后，唐通率领地方官绅们重新行一跪三叩头礼，随即命人将准备好的酒宴摆出来。李自成在乐声中用膳，单独一席，众官绅退出大厅，不敢相陪。李自成很想同牛、宋和唐通留在一起用膳，以便谈话，但是碍于皇家体制，不可能像从前一样随心如意了。尤其是临时在居庸关城中驻跸，由唐通和杜之秩接驾，敬献御膳，而唐通更不敢有丝毫疏忽。李自成用膳以后，牛金星和宋献策率领降将白光恩、唐通、新降监军太监杜勋、杜之秩以及众随驾文武要员重新来到大厅，行礼后分为两班肃立。倘若在往日，李自成会起身相迎，同大家亲切招呼，谦恭回礼，和蔼让座，然而如今身份大变，尤其是在唐通和杜勋、杜之秩面前，生怕他们会背后讥笑仍是“流贼”，所以他神态肃穆，毫无笑容，向吴汝义望一眼，轻声吩咐：

“给唐营将士颁赏！”

唐通虽然是明朝大将，受封为定西伯，但是手下将士只有数千，连从柳沟和延庆州撤回的人马合起来不足一万，虚报一万五千，李自成心中明白，佯装不知。颁发赏银三万两，另外对唐通和一些重要武将及幕僚都特别赏了金银和绸缎。对杜之秩及其亲随们也有许多赏赐。颁赏和谢恩之后，乐声停止，李自成只将牛金星、宋献策、唐通和杜之秩留下谈话，示意其他众文武鱼贯退出。他先向唐、杜二人询问北京的守城情况。他们都说北京城兵力空虚，三大营只是一个残破的架子。在沙河一带防守的三万人根本不能作战，统兵大臣李国桢是一个纨绔子弟，只要大军一到，这三万人会不战自溃。至于北京城中，是既没有兵，也没有钱，老百姓也不肯为大明皇上守城。只要大军到了北京城下，那些守城的太监就会瓦解。李自成听了以后，心中十分高兴。宋献策在一旁问道：

“据你们看，吴三桂是不是这一两天内会来到北京？”

唐通说：“我看吴三桂并不是傻子，他不会很快来到北京。如果他实心勤王，前几天就会来到。”

牛金星说：“据说他带了五十万百姓向关内来，每天只能走四五十里路，所以来得慢了。”

唐通说：“倘若他真心勤王，可以选一部分精锐骑兵日夜赶路。从宁远到北京也不过三四天的路程。崇祯二年，袁崇焕从宁远来北京勤王，日夜行军，只走了三天时间。吴三桂说他率领老百姓入关，这话只是一个幌子，不能成为他耽误时间的理由。”

李自成觉得唐通的话很有道理，点点头问道：“既然吴三桂对勤王之事三心二意，我们当如何应付？”

唐通说："倘若万岁许他高官厚禄，他纵然进了山海关，也会停下来观望风向。我大军进了北京城后，对吴襄全家要妥为保护，给予种种优待，然后命吴襄给他儿子写信。末将也愿写封书子，不愁吴三桂不欣然归顺。"

李自成很高兴，说道："破了北京后，对吴襄全家自然要好生优待，只要吴三桂愿意投顺，决不会亏待了他。孤一定封以显爵，带砺山河，与国同休。这件事还要多指望唐将军和白将军你们从中出力。"

唐通和白光恩同时恭敬地说："臣等理应为陛下效犬马之劳。"

牛金星问道："唐将军前年曾经在松山对虏兵作战，据你看，眼前东虏会不会有什么动作？"

唐通说："这一点很难料就，东虏确实兵力很强，时时想进入中原。"

牛金星说："不过虏酋皇太极才死不久，内部纷争，辅政王共有四位，互相猜忌。听说在辅政王中有一个叫多尔衮，年少揽权，颇有进犯中原之心，但他为人跋扈，未必能使别人心服，所以可能眼下没有力量进入长城骚扰。"

唐通赶快说道："大学士所言甚是，尽管满兵也很强盛，可是它不会贸然与大顺为敌。我刚才只是就几年来明军对满军作战而言，总觉得满军比明军强盛。至于皇太极死后，多尔衮敢不敢进兵骚扰，我倒不能预料，看来他大概不敢吧。"

正说话间，从前队头来了禀报，说是前队已经过了昌平，望圣驾不要在居庸关耽搁过久。李自成同白光恩、唐通等又稍谈片刻，随即起身，率领众人出居庸关城向北京前进。

在居庸关与南口之间还有一些曲曲折折的山路。这地方因为北边有大山，又有长城，寒风吹不到，半山坡上迎春花、梨花、桃花正在开放。一些小小的村落，每个村落三家五家，顶多十来家，点缀着荒凉的山坡和沟岸。如今老百姓扶老携幼，走出村庄，走近大军经过的山路旁观看。当李自成的简单仪仗来到近处时，大家赶紧摆了香案，跪在地上。唐通对李自成说：

"陛下请看，这山中百姓知道陛下是真命天子，军纪严明，都远远地跪下迎接。"

李自成微微一笑，点头说："你们传谕百姓，各安生业，等候赈济。等我进了北京，天下就大定了，以后再不会受兵戎之苦。”

这时刘宗敏已经快到昌平。昌平知州已经逃走。一些官绅父老在昌平城外道路旁摆着香案，恭候迎接大顺皇帝，在远处还有二三百人也摆着香案。大顺军人马从大路上不停地前进，也没有理会这些迎驾的人。但见黄尘滚滚，军容整肃。每个将领骑马走过，绅士们和父老们都躬身肃迎。将领们都没有停留，略为望一望，继续前进。如今大顺军已是接连得胜，相信锦绣江山已经十拿九稳地夺到手了，每人的心中都充满着得意和骄傲，所以纪律仍然很好，只是从前见百姓问寒问暖的情形日渐少了。

刘宗敏率领着一群将领在亲兵护卫中来到了昌平州的郊外。官绅父老看到他那样威武，周围将领们是那样紧紧地维护着他，以为他就是李自成。大家赶紧跪下，不敢抬头，只有一个绅士偷偷地抬眼一望，心中觉得奇怪，向旁边一个绅士悄声说道：

“果然器宇不凡，可是没有穿黄龙袍！”

旁边那个绅士身体微微颤动，悄声说：“要到北京登极以后才穿黄龙袍呢！”

说话间，刘宗敏已来到面前，跪着的人们将身子完全伏到地上，有一个洪亮的声音叫道：

“昌平州投顺臣民恭接圣驾！”

刘宗敏向路旁扫了一眼，将大手一挥，说道：“圣驾在后。”随即在众将的簇拥中奔驰前去。

今日不费一矢而进入居庸关，使新兴的大顺朝文武群臣和三军将士兴高采烈，认为北京城在二三日内必定不攻自破，然后传檄而定江南，千秋大业从此奠定。刘宗敏只留下两千人，代替投降明军驻守居庸关和八达岭。七八万大军继续前进，像潮水般向北京涌去。李自成与丞相府、军师府、六政府等中央各衙门不必同大军一起赶路，暂到昌平城中休息。因有要事相商，刘宗敏也被皇上留下。

昌平州衙还比较宽敞，作为大顺皇帝的临时行宫。军师府驻在昌平总兵的镇台衙门，丞相府驻在学宫，六政府和文谕院分别挤在别处衙门和民宅，而御营亲军等部队都分驻兵营，又在空地上搭起了许多帐篷。晚膳以后，李自成同刘宗敏稍谈数语，便命传宣官分头传知丞相、正副军师、六政府尚书、侍郎以及文谕院学士等中央大臣，来行宫开御前会议。

自从渡河入晋以来，在行军途中已经开过多次御前会议。今晚的这次会议，将讨论攻破北京后的许多重大措施，包括大顺皇帝在北京城外将驻跸何处，破城后由何处入北京内城，由何处进入皇城与紫禁城，进入紫禁城以后将居住何宫，这些在路上非正式议论过几次的重大问题，也要在今晚的御前会议上讨论决定，以免临时慌张。也就在今晚的御前会议开始时，李自成问宋献策何时可以破城。一时，同僚们都将目光转到军师的脸上，等待他向皇上明白回答。自从大顺军不战而进入长城天险居庸关，又越过昌平，宋献策即得到前锋将领禀报，知道明朝的李国桢率领三大营兵防守沙河。襄城伯李国桢本是纨绔子弟，毫无军事经验，只会夸夸其谈。三月十七日率领数千新招募的“三大营”兵——大部分是市井之徒，开到沙河布防，望见大顺军来到，不战自溃，李国桢逃回北京。宋献策在心中认真分析了攻守形势，断定大军只须围城二日，城中瓦解，必可轻易破城。他平日留心气象变化，特别是他在青年时骑马摔伤的左腿，每逢阴雨天气就感到疼痛。但是他毕竟是江湖术士出身，又依仗此术深得李自成和闯王部下的将士信任，三年来身任军师，飞黄腾达，所以他不用最简单的话说出来他的分析，而是略微伸出左手，手掌朝上，用拇指掐着食指、中指的关节，口中喃喃说道：“甲辰、乙巳、丙午、丁未，啊啊，依臣看来①，倘若十八日有微雨，十九日黎明破城。倘若十八日无雨，尚须等二三日破城。”

李自成面露喜色，说道：“看来这天气不会马上转晴，按照十九日破城部署诸事好啦。我朝定都长安，北京只是行在，事定后将改称幽州府，这事在长安时已经商定。孤在北京行在，进紫禁城后将居住何宫为宜？”

---

①甲辰、乙巳……依臣看来——中国古人卜卦有各种方法，宋献策现在所用的卜卦方法是按照干支推算事情的吉凶祸福和变化，即所谓“掐指一算”。这里是从阳历三月十六日至十九日的干支。

牛金星早已知道宋献策的意思，李岩当然也知道，但他们都笑而不言。李自成平素对金星十分尊重，依靠他和宋献策决定大计，此时见他不言，不知何故，偏要望着他问道：

"牛先生先说，孤在紫禁城中应居住何宫？"

牛金星近来竭力养成雍容沉着的宰相气度，既不与同僚争功，也要一切重大决策都归自皇上乾断，所以他恭敬地向李自成欠身回答：

"今晚奉召前来御前议事大臣之中，多有在崇祯朝出入宫廷，对紫禁城中主要宫殿所知较多者，请他们为陛下各陈所见，再请宋军师按五行之理，以抒良谋，然后请陛下斟酌可否，断自宸衷，必将万无一失。"

李自成点点头，对新降的文臣们说道："丞相说的很是，你们可以各抒己见，不必顾忌。"

那班从襄阳和西安以及在山西境内投降的，被认为是识时务的，知道"天命攸归"的降臣，如今被说成是大顺开国的"从龙之臣"，遇此进言机会，恰是个可以锦上添花的好题目，谁肯落后？多数人都认为新朝皇上到北京后理所当然地应该入居乾清宫，毋庸讨论。礼政府尚书巩焴站起来说道：

"陛下应运龙兴，吊民伐罪，天与人归，成此鸿业，德比尧舜，功迈汤武。攻克北京，诚如军师所料，只是指顾间事。臣以为，陛下进城之后，当入居乾清宫，名正言顺，不必更择别处。"

李自成问道："孤常听说乾清宫之名，究竟在紫禁城什么地方？这宫可是很大？"

巩焴回答："紫禁城中，宫殿甚多，外臣很难详知。臣自释褐①以后，十年间先为工部给事中，随后供职礼部与翰林院，数同其他朝臣蒙崇祯皇帝召对，其召对之处，或为平台，或为文华殿，或为乾清宫，故臣幸有机会去乾清宫两次。紫禁城中宫殿建置，分为前朝后宫，这是就中间主要布局而言。所谓前朝，是指皇极殿、中极殿、建极殿而言，统称为三大殿②。后宫乾清、坤宁二宫之间，有一殿，名曰交泰殿，取乾坤交泰之义。陛下进入紫禁城之后，当然应

①释褐——褐是普通平民所穿的粗布衣服，所以读书人中了进士，开始做官，称为释褐。
②皇极殿、中极殿、建极殿……三大殿——清代改名为：太和殿、中和殿、保和殿。

居住乾清宫中，处理国事。明朝自永乐十九年迁都北京，至今二百二十余年，只有正德与嘉靖二帝，不理朝政，不喜欢居住乾清宫，不足为训。陛下应运而兴，以水德代火德①而主天下，不住在乾清宫何以表大顺得天下之正？”

李自成觉得巩焴的这番话颇有道理，但看宋献策、牛金星和李岩都没有赞成表示，便心中产生怀疑，遂向别的文臣问道：

“你们各位有何主张？”

文谕院学士顾君恩说道：“《易经》上说‘大哉乾元’，又说乾为天，为君；坤为地，为后。故明朝修建皇宫，皇帝所居之宫取名为乾清宫，皇后所居取名为坤宁宫。‘清’与‘宁’均是平安亨通之义，故两宫之间为交泰殿，盖取《易经》泰②卦之义，象③曰，‘天地交，泰’。刚才巩尚书建议陛下入居乾清宫，颇合正理。然而臣别有担心，不妨另考虑一处宫殿。”

李自成问：“你担心什么？”

顾君恩说：“以臣看来，崇祯虽是亡国之君，然与历代亡国之君不同。崇祯性情刚烈，人所尽知。城破之时，他既不肯投降，也不愿被俘受辱，必将自尽于乾清宫中，或自缢，或服毒，或自焚，甚至他会将后妃们都召到乾清宫中，一起死于火中，轰轰烈烈殉国。所以臣请陛下考虑另一座宫殿为驻跸之处，方免临时忙乱。”

李自成不觉动容，轻轻点头，向群臣问道：

“还有什么宫殿可以驻跸？”

兵政府尚书喻上猷回答说：“臣在明朝，曾备位言官④，除参与早朝之外，又数蒙召对，或在平台，或在文华殿，故对文华殿略知一二。文华殿为紫禁城

①以水德代火德——适应古人大一统政治哲学思想的发展成熟，在战国末期到秦汉之际，产生了以五行生克解释朝代嬗递的道理，称为“五德终始”。所谓“应运而兴”，就是五行之运。

②泰——《易经》中的一个卦名，称为泰卦。

③象——《易经》的所谓“十翼”之一。“十翼”都是解释卦理的，是《易经》一书的重要组成部分，相传为孔子所著。科举时代，《易经》为知识分子必读书，知识分子对“十翼”多能背诵，所以文臣们能够随口引用。

④喻上猷……备位言官——六科给事中和十三道御史都是言官。喻上猷在崇祯朝曾任兵科给事中。

内一处重要宫殿，在左顺门之东，东华门内不远。文华殿……”

李自成点头：“这文华殿很有名气，孤也常听人说起。你说下去，说下去。”

喻上猷接着说：“文华殿建于永乐年间，原来不常临御。嘉靖践祚，将文华殿重新修建，换成黄瓦，此后为春秋经宴所在地，也往往在此处召见大臣。殿之正中设有臣工朝见的宝座，宫中习称金台，一般召见是在东西暖阁。殿中横悬一匾，上写‘学二帝三王治天下大经大法’十二个字，为神宗御笔。这文华殿和后边的谨身殿，加上文华门及其他房屋，成为一个完整的宫院，十分严密。而且文华殿与内阁很近。内阁在午门内向东拐，是从文渊阁划出来的几间房屋，为辅臣们值班之地。我大顺朝虽然恢复唐宋以来的宰相制，称为天佑阁大学士，不用辅臣组成内阁，但是丞相府人员众多，不能都在紫禁城内。午门内向东的内阁仍将为牛丞相在紫禁城内的值房，便于皇上随时召见，商议军国大事。倘若陛下以文华殿为宫中临时驻跸之处，则内阁可以说近在咫尺。故微臣无知，冒昧建议，请陛下进紫禁城后驻跸文华殿，不必考虑其他。”

李自成含笑点头，在心中称赞喻上猷说得有道理，但没有马上说话，等候别的文臣各抒所见。

文臣们看见皇上的神色愉快，而牛丞相也在用眼色鼓励大家说话，所以继续围绕着这个题目发言，除牛、宋和李岩三人外，几乎都说话了。但人们并没有新的建议，只是就乾清宫和文华殿发表意见，一般意见是如崇祯不焚毁乾清宫，也不在乾清宫中自尽，李自成就理所当然入居乾清宫，否则就驻跸文华殿。文臣们看着李自成的脸色，对主张文华殿的建议锦上添花，例如有人说倘若皇上进东华门，驻跸文华殿，正符合古人所说的“紫气东来”之义，而紫气就是祥瑞之气。又有人想趁机会迎合牛金星的心意，向李自成说道：

“陛下，我朝虽然定鼎长安[①]，北京将改称幽州府，目前只是行在。然行在之期，可长可短。驻跸数月，亦是行在。以臣愚见，皇上驻跸文华殿之后，丞相以内阁为值房，不妨将文渊阁改名天佑阁，名正言顺，以新天下耳目。此事易办，只是换一新匾而已。”

---

①定鼎长安——定鼎就是建都。崇祯十六年秋，李自成进西安后，牛金星亲自在华阴主持科举考试，有一试题是《定鼎长安赋》。

李自成见群臣已经没有更重要的意见，又望着牛、宋和李岩三人问道："卿等三人，有何主张？"

牛金星说道："关于此事，臣与宋、李二位军师因忝列陛下近臣，参与密勿[①]，自然要私下商议，不敢疏忽。但如此大事，不到北京城下，秘密奏闻，断自宸衷，臣等不敢泄露一字。今晚既然在御前议论此事，就请献策面奏臣等所议，谨供皇上乾断。"

李自成在心中说："啊，原来你们已经讨论过！"他望着宋军师问道："献策精通阴阳五行，必有高见，你快说吧。"

参加御前会议的全体大臣都将眼光集中在宋献策的脸上，等待他说出主张。

好像为着表示郑重，宋献策恭敬地站起身来。

"陛下，微臣认为明日圣驾就要到北京城下，临时驻跸何处，必须今晚决定，以便做妥当准备。"

李自成说："是呀，马上就要到北京城外，驻跸何处为宜，这事要赶快商定！"

"陛下，"宋献策说，"虽未举行登极大典，但在长安已经建国大顺，改元永昌，故陛下实已登九五之尊，非昔日冲锋决战时可比。窃以为圣驾到北京城下之后，临时驻跸何处；破城之后，圣驾由何处进城，何时启驾进城；进入紫禁城后，居住何宫……凡此诸项大事，皆关国运。小民搬家、动土、上梁，样样事都不能马虎从事，何况圣驾初到北京，一切行止，岂能悖于五行望气之理。微臣虽有管见，但仍须诸臣讨论，断自圣衷。且眼下亟待决定的是城外驻跸何处为宜，深望大家详议。"

李自成含笑说："你是正军师，在这些事情上你多拿出自己的主张也是应该的。"

宋献策接着说："当大军距居庸关尚有一日路程，得到居庸关守将唐通降表，我军将不战而至北京城下之势已定。当日陛下在马上向臣垂询，到达北

①参与密勿——密勿是古人常用词儿，本有二义，此处作"机密"解。

京城下之日，应以驻跸何处为宜。臣在心中默思片刻，向陛下回奏，‘请陛下稍候。唐通偕文武官员出居庸关三十里来迎圣驾，已经望见旌旗，等唐通等来到，臣方可向陛下奏明愚见，供陛下圣衷裁夺’。可见，臣幸蒙知遇，寄以腹心之任，唯恐思虑不周，贸然建言，贻误戎机。其实，关于陛下到北京城外应驻跸何处，早在两天前，臣之愚见已与启东、林泉二位谈过，颇得他们同意，只是在见到唐通之前，臣尚有情况不明，不敢向陛下言之过早耳。”

李自成问：“为何必须见了唐通之后才敢说出你的建议？”

宋献策说：“过宣府后，即闻吴三桂已奉崇祯密诏，舍宁远入关勤王，但不知关宁兵已到何处。倘我军到达北京城下之日，吴三桂已过永平西来，行军甚速，陛下当驻跸东郊，一方面督促义军攻城，一方面在通州部署兵力，痛击吴三桂勤王之师，一举将其消灭，至少将其击溃，迫其投降。迨见到唐通之后，知吴三桂因携来辽东百姓甚多，不能轻装勤王，尚在山海关一带。所以当日陛下又一次在马上向臣垂询，臣即迅速回答，圣驾以驻跸城西钓鱼台与玉渊潭一带为宜，盖不必担心吴三桂来救北京了。”

喻上猷问道：“军师除洞悉兵法战阵之外，又深明《易》理，兼谙奇门、遁甲、风角、六壬之术，为上猷深深敬佩。但不知为何选择钓鱼台与玉渊潭一带为皇上在城外驻跸之地，请说明其中奥妙之理，以开茅塞。”

李自成同刘宗敏都知道宋献策选择钓鱼台的道理，十分同意，并已命令有关将领火速去驻跸地做妥善准备，但是他此时听了喻上猷的话，向军师点点头说：

“献策，你讲出这个道理让大家听听。”

宋献策说：“遵旨！”又转向众位部院同僚，接着说道：“往年献策未遇真主，混迹江湖，卖卜京师。偶于春秋佳日，云淡风轻，偕一书童，策蹇[①]出游，或近至钓鱼台一带，远至玉泉山与西山，如卧佛寺、碧云寺、香山红叶，均曾饱览胜境，与方外之交[②]品茗闲话。以献策看来，八百里太行山至北京西山结穴，故西山郁郁苍苍，王气很盛，特明朝国运已尽，不能守此天赐王气耳。我

①策蹇——意为骑驴。蹇是跛驴，谦词。

②方外之交——意为世外之交，指僧人道士朋友，但此处专指和尚。

皇上奉天承运，龙兴西土，故《谶记》云‘十八孩儿兑上坐’。如今定鼎长安，不仅是因为陕西乃皇上桑梓之地，山河险固，亦应了‘兑上坐’之谶。钓鱼台与玉渊潭地理相连，恰在京师的兑方，圣驾驻跸此处，亦是‘兑上坐’之意。且西山王气甚盛，明朝运衰，不能享有，而大顺义师自西而来，此郁郁苍苍之西山王气遂归我大顺所有。”

牛金星含笑插言：“军师所言极是。其实，我义师渡河之后，一路北进，处处迎降，势如破竹，如此胜利进军，不期然也有唐人诗为谶。”

李自成更加喜悦，忙问：“如何唐人诗句为谶？”

牛金星道：“唐诗云‘三晋云山皆北向，二陵风雨自东来’。这前一句诗可不是为陛下亲率大军北进之谶么？”

在御前议事的从龙之臣，一个个在恭敬谨慎中面露微笑，纷纷点头。

李自成满面春风，频频点头，遍顾群臣，共享快乐。不料就在他十分高兴时刻，无意中看出来，唯有李岩，虽然也面带微笑，但笑中又带着勉强，分明是另有心思。李自成想起来四个月前，在西安商议向北京进兵的决策时，虽然主张从缓兴师北伐，不同意马上就远征幽燕的文武大臣并非李岩一人，但是当时李岩的谏阻最为坚决，曾经很使他心中不快，也使他在西安建国时不肯将李岩重用，不任用他为兵政府尚书，只任命他在新建立的军师府担任宋献策的副职。此刻他的脑海中像闪电般地又想起来这件不愉快的往事，在心中说道：

“奇怪！我大顺军一路胜利，已经到了北京城外，满朝文武欢腾，为什么唯独你李岩一个人另有心思，不高兴我早日登极！”

李自成的性格深沉，丝毫没有将心中对李岩的不高兴流露出来，随即望着军师说：

“献策，你的好意见还没有说完哩，再说下去，说下去。”

宋献策接着说道：“况且，钓鱼台和玉渊潭一带，不仅有泉水从地下涌出，故名玉渊，还有玉泉山和来自别处的水也汇流于此，碧波荡漾，草木丰茂，为近城处所少有。我朝以水德应运[1]，圣驾驻跸此地，最为合宜。”

李自成又点点头，向李岩含笑问道：“林泉，你有何意见？”

李岩虽然像当时讲究经世之学的读书人一样，也略懂阴阳五行之理，但是他并不深信，也不愿谈术数[2]小道，所以他同宋献策虽是好友，往往在重大问题上见识相同，但所学道路各异，处世态度也不尽同。大概由于这种不同，他们同在李自成身边，宋献策愈来愈受信任，而他却不能受同样信任。他正在思考进北京后的几桩大事，而宋献策劝他暂且不要向皇上奏明，所以在一片欢快中他独有不少忧虑。听见皇上询问，他赶快欠身回答：

“宋军师方才所言，陛下在北京城外以驻跸钓鱼台地方为宜，臣十分赞同。献策说，钓鱼台在阜成门外，驻跸钓鱼台有三利。一是迎来西山王气，二是符合‘兑上坐’之谶，三是正合水德之运。所论都甚精辟，敬请陛下采纳。臣从驻军方便着想，亦觉御营驻在此地最好不过。”

李自成问：“何以最好？”

李岩回答说：“御营骑兵三千，加上驮运辎重什物，又有五百骡马。中央各衙门合起来有一千二百骡马。臣闻钓鱼台与玉渊潭一带不单地方空旷，而且水草丰茂，将近五千骡马在此驻扎，最为方便。”

李自成高兴地说：“好，你补充的这一条也很重要！我们今晚还有许多事情要讨论，驻跸钓鱼台的事不用再议了。”他转向大家，接着说道：“刚才得到禀报，崇祯派襄城伯李国桢率领三大营兵数千人在沙河布防，妄图阻我大军前进。两个时辰前，三大营兵望见我义军前队旗帜，不战自溃，多数逃散，也有的举着白旗投降。那个李国桢，一看军心瓦解，不可收拾，赶快带着一群亲兵和奴仆奔回北京了。哈哈，毕竟是常说的纨绔子弟，真是勋臣[3]！勋臣！”

---

①水德应运——战国末年，适应中国大一统的历史要求，出现了以驺衍为代表的以五行生克论证朝代兴替的道理。五德就是五行之德。按照这一迷信，李自成是水德，明朝是火德。

②术数——用阴阳与五行生克学说推演吉凶祸福，古人称为术数，为《易经》之学的一个支流，起于秦汉之际，在两千多年的封建社会中盛行不衰。

③勋臣——此处是嘲笑意思。明代有功武将获得公、侯、伯等封爵的称做勋臣。勋臣子孙可以世袭封爵，成了“纨绔子弟”，毫无实际本领。至今南阳一带口语中仍称空有其表的人物为“勋臣”。

李自成不觉笑了起来，是出自内心的真正喜悦，同时也想着此系“天命攸归”，他进北京就在眼前了。在众新降文臣的颂扬声中，他忽然望着汝侯刘宗敏说道：

“捷轩，你要赶快去指挥大军，今夜一定要包围北京。孤只问你，献策主张驻跸在钓鱼台这个地方，你有何意见？”

刘宗敏说：“陛下，我只管统兵打仗，什么阴阳五行，观星望气，我是外行。宋军师的话我相信，没错，就照他说的办吧。皇上，我先走啦。”

李自成说：“你顺便告诉吴汝义和李强，命他们率领两千御营亲军随你前去，在钓鱼台一带布置行宫，小心警戒，准备明日迎驾。”

刘宗敏匆匆走后，李自成因满意宋献策的这次建议，向他微笑点头，随即想起来另一个问题，赶快问道：

“献策，刚才谈孤进入紫禁城后，居住何宫为宜，有人主张皇帝居住乾清宫是理所当然，有人建议居住在东华门内的文华殿，应紫气东来之兆，你有何主张？”

刚才宋献策故意撇开了圣驾进紫禁城后居住乾清宫或文华殿的问题，直接建议圣驾到北京城下时应驻跸钓鱼台。其实，不但皇上在宫中应住何处，连进城时应从哪座城门进城，选择什么路线，他都根据阴阳术数之理已经想过多次，成竹在胸，但是他认为这样的事情不必在御前会议讨论，落一个发言盈庭，各执一端，耽误时间，不如皇上只询问军师和丞相二三大臣，断自宸衷，然后以钦谕行事。此刻皇上问起，他恭敬地站起来说：

“陛下，皇上与群臣鞍马劳顿，今日只决定圣驾到北京城下后应驻跸何处，圣上与大家可以早点安歇。昌平州距北京九十里。明日四更早膳，五更启程，中午在清河打尖，申酉之间到达德胜门外，黄昏前可到钓鱼台行宫休息。预计明日下午，我军可以将北京内外城合围。圣驾驻跸钓鱼台行宫之后，将有许多军国大事等待皇上处理。至于皇上如何进城，进紫禁城后居住何宫，微臣将于另外时间与丞相研究后详细奏闻。”

李自成觉得很有道理，点了点头。

第51章

今天是崇祯十七年（大顺永昌元年）三月十七日，也就是李自成驻跸北京阜成门外钓鱼台的日子。

早膳以后，李双喜率领一千御营骑兵带着驮运辎重什物的大队骡马向北京进发。中央各衙门大小官员及随从人员接着出发。李自成因为皇帝身份，由牛金星、宋献策和李岩三人护驾，鸣炮启程，鼓乐仪仗前导。李自成骑在乌龙驹上，前边是一柄黄伞，银鞍金镫闪光。他在马上左手揽着杏黄丝缰，右手用马鞭对牛、宋指点山川，谈论着取北京如此容易，笑容满面。

如今李自成的行军和驻营完全不同于往日。何时启驾，何时驻跸，都由宋献策望气和卜卦决定，趋吉避凶。因为今天不需要他亲自指挥攻战，所以按照军师意见，他应于申酉之间到达德胜门外，然后转路，于酉时稍过到达阜成门外。至于在钓鱼台和玉渊潭一带方圆三里之内，如何清扫行宫，如何严密警跸，如何指定中央各衙门临时驻地，已经有吴汝义和李强前去安排，不但用不着他操心，连动动嘴也不需要。

到了清河地方，护驾的御营停下休息，打尖之后，继续缓辔前进。等隐约望见北京城头时，他回头望一眼在身后扈从的正副军师，欲有所言，但没有说出。他看见副军师李岩仍旧像昨晚一样怀着什么心事，使他更加不快，在心中对李岩说道：

“林泉，孤待你夫妻不薄，为何在此文武欢呼胜利之时你偏不高兴？你在西安时坚主持重，谏阻孤率师北征。幸而孤不听谏阻，锐意踏冰渡河。果不出孤之所料，我大顺应运龙兴，天与人归，取明朝江山如摧枯拉朽，今日顺利到达北京城下。倘若听了你的谏阻，岂不误了孤的大事！”

又走不久，眼前出现一带土丘，中间有一豁口，贯通南北大道，而土丘上下林木茂密，烟云缭绕，气象不凡。李自成正在马上遥望，忽见许多兵将簇拥一员大将策马出了豁口，在几通高大石碑处下马，列队大道两旁。李自成向宋献策问道：

“此是何地？”

宋献策恭敬回答："此处俗称土城关[1]，为元朝大都的北门。距德胜门数里之遥。陛下请看，是汝侯率领众将领前来恭迎圣驾！"

李自成猛然一喜，不觉"啊"了一声。

刘宗敏的驻地在阜成门外，他不断地派将校奔往沙河路上，探听圣驾消息，以便恭迎。后来得到禀报，知道圣驾离土城关只有几里远了，他立刻率领驻扎在西直门、德胜门和安定门以外的果毅将军以上的将领，在土城关外，列队道旁。因为是在作战时候，免去大礼，武将们只随着刘宗敏在马上躬身抱拳，齐声说道：

"恭迎圣驾！"

李自成向刘宗敏问到包围北京的情况，刘宗敏回答说：

"北京内外城有数十里，内城最为重要。我军已将内外城的东、西、北面包围，不使崇祯逃跑。南城是外城，只将外城的各城门派兵包围，另外派骑兵不断巡逻，使外城与外地断绝消息。攻城的大炮都已经架设齐备，所需登城云梯，统限今夜准备停当。"

李自成满意地点头，说道："大家辛苦几天，破了北京之后，将士们都为国立了大功，孤不吝从优升赏。"

众将领在马上又一次抱拳躬身，齐声说道："恭谢陛下鸿恩！"

随即，刘宗敏率领一批武将护卫圣驾前进。驻德胜门和安定门外的将领们恭送皇上启驾后，分路驰回驻地。

李自成的御营骑兵进土城关以后约走一里多路便向西转，数里后遇大道再向南转，然后从西直门外万驸马别墅[2]白石桥附近继续向南，向钓鱼台方向走去。守城的人们望见城外走过的两千多军容整齐的骑兵，中间有一柄黄伞和简单的仪仗，还有一群穿文官衣服的人都骑马追随在黄伞的后边，猜到必是李自成来到了北京城外。许多守城的太监和市井百姓从城垛的缺口间露出

①土城关——北京在元朝称为大都，东西城墙与明清两代的城墙地址相同，但南城墙在今东西长安大街，北城向北退后八里。正对明清德胜门的是元大都的建德门，明朝改建北京后，将大都的北城墙拆去，土城关就是建德门的遗址。清代将土城关作为京师八景之一，美称为"蓟门烟树"。

②万驸马别墅——在今白石桥和动物园一带。

头来，纷纷观看。尽管城头上架设有许多大炮，特别是在西直门到阜成门的几处敌台上架设着威力很大的红衣大炮，但是没有人敢对李自成和他的御营骑兵开放一炮。守城的太监和百姓都认为明朝的大势已去，害怕激怒了李闯王，城破之后会遭到屠戮。当然，刘宗敏不是一个粗心人，他命张鼐驻扎在阜成门外月坛内，从西直门的北边到阜成门的南边，面对城墙，用沙包堆成了许多炮台，安放大炮，只要城头上敢放一炮，张鼐就将红旗一挥，马上会有许多大炮接连向城上打去。

正在这时，分明是乌龙驹也明白北京已经到了，兴奋地萧萧长嘶。李自成驻马西望，但见夕阳衔山，西山一带山势重叠，郁郁苍苍，确如宋献策所言，西山王气很盛。他含笑点头，在心中说道："占了北京，江山就算定了！"随即勒住马缰，停止前进。他一停止，他身后的队伍全停止了，而在前边的扈从亲军也立刻由李双喜传令停止了。他回头一望，对身边的传宣官轻声说："请丞相和两位军师！"一个传宣官向后大声传呼：

"丞相和军师们见驾！"

牛金星、宋献策和李岩听到传呼，立即将丝缰一提，赶到圣驾旁边，听候谕旨。李自成面带踌躇满志的微笑，说道：

"一年前，我们此时正在襄阳，那时还没料到如今能够来到北京！"

牛金星回答说："可见陛下今日夺取明朝天下既是顺天应人，亦是水到渠成。"

李自成问道："献策，你昨夜曾说，如十八日有微雨，十九日黎明可以破城。我看，现在天气似乎要晴，倘若明日无雨，破城还得数日，还需要一次恶战么？"

"以臣看来，只等城内有变，不需流血强攻。"

李自成望望城头，说道："今晚要做好攻城准备，能够不用猛攻，逼迫城中投降才好。"

牛金星在马上躬身说："今日在沙河镇休息时，杜勋曾对臣言，他愿意明日缒入城去，面见崇祯，苦劝崇祯让位，但请陛下对崇祯及其宫眷一人不杀，优礼相待。"

李自成向宋献策问道：“此事军师知道么？”

宋献策说：“丞相对臣说过，臣当时也问了杜勋，看杜勋确实是出于为新朝立功献忠之心，并无欺骗陛下之意。”

“崇祯会不会将他杀掉？”

“臣也以此为虑，但杜勋说他愿冒杀身之祸，也要进宫去苦劝崇祯让位。”

“启东，此事是否可行？”

“臣以为不妨一试。如杜勋被杀，不过死一个投顺太监耳，于我无损。如杜勋见崇祯劝说成功，则陛下能于成功之后，以禅让得天下，亦是千古美名。”

“好，叫杜勋今夜见我！”

李自成将鞭子轻轻一扬，同时将左手中的杏黄丝缰轻轻一提，乌龙驹缓缓前进。不需他说出一句话，整个护驾的官员、骑兵、黄伞和仪仗，都在斜阳的照射下，肃静地向钓鱼台方向走去。西城上的守城军民用吃惊的眼光向城外观望，不敢放炮，不敢叫骂，甚至没有喧哗之声。

自从今年元旦李自成在长安宣布建立大顺朝，改元永昌，将在襄阳建立的中央政府大加充实之后，虽然他还没有正式登极，为着表示谦逊，暂时自称为“孤”，不肯称“朕”，但是文武群臣在实际上都把他当皇上看待。现在他暂时落脚在阜成门外钓鱼台这个地方，等候进入北京，建立他的“不朽大业”。他手下的旧人，大家记忆犹新：最初他不管在什么地方暂时停留，都称做“盘”，是豫陕一带杆子口头称“盘驻”一词的省略，后来人马众多，称做驻扎或驻兵。从西安建国以后，他自己暂驻的地方不再叫做驻扎，而称做驻跸。从前他同高夫人和亲兵们驻扎的院落叫做老营，部下将领们和相随日久的老兵可以较随便地出入老营；后来称了大元帅，老营的戒备严了许多；称了新顺王，居住的地方戒备更严了，并且将襄王府改为新顺王府，不再称老营了。到了西安以后，改西安为长安，改新顺为大顺，以秦王府为大顺王宫，一般将领想进王宫见皇上可不容易。今年正月，他以大顺皇帝身份离开西安，向北京进兵，一路之上，驻的房屋称做行宫，军帐称做御帐，而驻扎叫做驻跸，对他的特殊警卫工作叫做警跸。虽然这“驻跸”和“警跸”两个词儿都是从上古传下来的，在当今人们的口头上，“跸”字早已没人使用，大顺将士们在说到这两个词儿时都不习惯，然而这是国家礼制攸关的事，不能不命令将士们逐渐遵行。

如今以钓鱼台和玉渊潭为中心，东以三里河西岸为界，向南去也以小河的北岸为界，在大约方圆三四里内，都成了大顺皇上驻跸的禁地，将许多居民强行赶往别处，实在无处可去的人都不许随便出门，还必须用黄纸写“顺民”二字贴在门额上。倘若是居住在大路旁边的人家，还得在门口摆一张方桌，桌上供一个黄纸牌位，上写“永昌皇帝万岁”。牌位前放着香炉。御营有三千骑兵，跟随御营一起的一部分大顺朝中央各衙门的文武官员（一部分留在长安），以及众多的亲兵、奴仆和厮役之类，步骑合计约有五千人之众。钓鱼台和玉渊潭一带的房屋远不够用，所以李强和吴汝义率前队骑兵和骡驮子来到以后，除立刻派将士们占领公私房舍，驱赶居民和闲人，进行清扫之外，又在较空旷的地方搭起了许多军帐，清扫和整治了通往行宫的道路。凡是要紧的路口和“行宫”的周围，都派了兵士警戒。一座最大的宅子，算作大顺皇帝的行宫，其余一处较好的宅子，作为牛丞相和丞相府官员们的驻地。另外，在三里河河岸上有一处叫做李皇亲花园的地方，作为正副军师和军师府官员们的驻地。

李自成来到了钓鱼台“驻跸”的地方，吴汝义同李强跪在道旁恭迎。然后，大顺朝中央各衙门的官员们都由吴汝义派人分别带到各自驻地休息，只留下刘宗敏、牛金星、宋献策、李岩护送李自成进入行宫。这地方在金朝是皇帝常来游玩钓鱼的地方，金亡后此地荒废。到了元朝中叶，被一姓丁的达官买去，重加修缮，增加了许多亭台楼阁，曲径回廊，假山池塘，水榭船坞，成为有名的丁家花园，所以又名花园村。明朝两百多年中，此地几次更换主人，丁家花园的旧名依然保存。经过两进院落，到了第三进院落，正中坐北朝南有五间大厅，前有卷棚，左右各有五间东庑和西庑，大厅正中安设有临时御座，是一张雕花檀木太师椅，上蒙黄缎绣花椅披。前有一张八仙桌，挂黄缎围幛。稍前一点，左右摆着两行较小的太师椅，带有蓝缎绣花椅垫和椅披，以备文武重臣在御前会议时使用。因为按“五德终始”学说，大顺是“水德王”，色尚蓝，所以除黄色为皇家专用服色之外，官民应该以蓝色为上。

李自成在御座上坐下以后，牛金星等正要叩头行礼，被他用手势拦住。他命大家坐下，随即向吴汝义问道：

“杜勋在哪里？”

吴汝义躬身回答：“臣为他准备了五座军帐，在会城门[①]那个方向，离此不过三里多路，旁边有一小街，还有一片松林可以系马，也可避风。文谕院诸臣也暂时在那儿宿营。”

“速命人前去，叫杜勋赶快休息用膳，等候孤召见他有话要问！”

“遵旨！”

李自成又望着牛金星等人说：“诸位今日鞍马劳累，风尘满身，现在各回驻地休息。既然杜勋愿意进城去劝说崇祯让位，孤认为这是一件大事，不妨一试。你们先回驻地，等候孤在一更后传谕你们前来，商议大事。”

牛金星等行礼退出以后，李自成由随驾奴仆替他打去身上尘土，濯洗梳头，然后用膳。晚膳后，他在双喜和一群亲将的护卫下，在行宫大院中各处走走。他走上行宫西南角的钓鱼台，向开阔的荒池[②]中望了一阵。月亮已在东边冉冉地上升了，照在碧波荡漾的水面上。这正是北京一带青蛙出土后开始求偶繁殖的季节。不论是池中池边，到处蛙鸣不断，互相应答；不时还有鱼在水面泼剌一跳，同时白光一闪。李自成命双喜差几个传宣官分头传谕几位重要大臣速来议事，同时也传谕杜勋前来。对双喜吩咐之后，他在心中兴奋地说道：

“到北京城下‘驻跸’在这个好地方，果然是‘水德’应运，并非偶然！”

将到二更时候，李自成知道刘宗敏、牛金星、宋献策和李岩已经来到，正

①会城门——金朝迁都北京，改称中都。金朝皇帝完颜亮扩大城垣，周七十五里，大部分在元、明、清北京的西南。会城门是金中都三座北门之一，今只留下一个街道名称，位于复兴门外大街西面。

②荒池——钓鱼台和玉渊潭地方，到清朝乾隆年间才受到皇家重视，利用它的水源充足，将港汊纷乱的荒池浚为小湖，增加了建筑。

在行宫前院的东庑等候召见，他吩咐双喜派人宣召杜勋前来，随即回到行宫大厅（此时称为行宫正殿），在正中御座上坐下。刘宗敏等鱼贯进殿，向他行叩头礼。他命他们在旁边椅子上坐下。刘宗敏直接往一张椅子上一坐，但牛、宋和李岩三人却恭敬地躬身谢座之后，才敢落座。李自成问道：

“杜勋说他愿意进城劝崇祯……”

李自成的话未说完，忽然从阜成门附近的城头上传来一连三响大炮声音。大家不觉诧异，侧耳谛听一阵，却又寂然。宋献策笑着说道：

“这是三响空炮，只装火药，不装炮弹。”

李自成问道：“城上知道孤的御营在此，放空炮是何意思？”

宋献策正要起身回答，忽然刘宗敏向帘外叫道：“来人！”立刻有一将领掀帘而入，到他的面前垂手肃立，等候吩咐。刘宗敏说：

“速去三里河东岸，向我军炮兵传令，要回敬城上三炮，着实地打，叫守城的太监和百姓尝一尝我们炮兵的厉害！”

“遵令！”

李自成重新向军师问道：“献策，城上放空炮是何意思？”

宋献策恭敬地起身回答：“必是守城太监看见有大官奉旨来阜成门一带巡城，太监们故意施放三响空炮，以为敷衍，并非实意守城，也不敢与我为敌，唯恐伤了城外义军。”

牛金星也站起来说：“古人说，国家存亡，视乎民心。崇祯到了今日，不仅民心失尽，连他豢养的家奴①也变心了。自从我义师过了大同，沿途重镇②的守将和监军太监无不望风迎降。方才守城太监放空炮三响，实是守城太监已经变心，有了献城之兆。”

李自成笑着说：“原来也想到北伐幽燕，必会马到成功，却没有料到夺取北京竟是如此容易！”

牛金星说：“此所谓天命攸归。倘不战而克北京，声威所及，江南定可传

---

①家奴——明朝皇帝和藩王都有太监，视太监为家奴。

②镇——明代的军事名词，驻重兵防守的地方叫做镇，略如现代的所谓军区。一镇的军事长官一般是总兵或副总兵（又称副将），称为镇将。

檄而定。”

李自成点头说：“你说的是。据孤看来，破了北京之后，江南定可传檄而定，虽有战争，但可以不烦血战。”他停一停，忽然问道：“杜勋进宫去向崇祯劝降，倘若所谋不成，会遭杀身之祸，连他一家人也将被斩。他为何要冒这样大险？”

牛金星回答说：“也许他算计崇祯不会杀他。”

说话之间，架设在三里河东岸的大炮响了。大家谛听，每隔片刻一炮，连续放了三炮，不但声震大地，而且炮弹声在天空隆隆地向远处响去。

宋献策笑着说：“这才是真正放大炮，炮弹越过城头，落入城内很远，足以震慑敌胆。”

李双喜进来，跪下向皇上禀奏：“杜勋已经来到，等候召见。”李自成点点头，轻声吩咐：

“传他立刻进殿！”

李双喜到门口对侍卫吩咐一句，随即有两个传宣官齐声高呼：“传杜勋进殿！”过了片刻，杜勋小心翼翼地躬身进殿，在李自成的面前跪下，叩了三个头，尖声说道：

“奴婢臣杜勋叩见皇上！”

明朝太监在皇帝面前本来都是自称奴婢，但今天杜勋对李自成自称“奴婢臣”，加了一个“臣”字，事前在心中费了一些斟酌。他依恃自己在宣府重镇的监军身份迎降，又写信劝居庸关镇守太监杜之秩出关迎降，对新朝是立了大功之人，将来理应受新朝重用，所以在“奴婢”后加以“臣”字，如果大顺皇上默然同意，以后就会使大太监们在皇上面前的地位提高一步。李自成对杜勋的这种细微用心完全不懂，但是在一个要紧问题上他并不含糊。他没有叫杜勋平身，也没有叫他坐下，更没有亲切地称他一个“卿”字。他问道：

“杜勋，孤刚才听牛丞相说，你愿意进宫去面劝崇祯让位，可是真的？”

“是的，皇爷。如若崇祯愿意让位，一则皇爷有因揖让而得天下之美名，二则京师臣民可以免遭战火之苦。”

“你看崇祯愿意让位么？如他情愿让位，孤不惟将保其不死，还将优礼相待，仍然世世富贵。你想他能够让位么？”

“如今崇祯困守空城，孤立无援，朝野上下无一可用之人，不让位则有亡国灭族之祸，让位则虽然亡国，却能使一家性命保全，安享富贵。奴婢臣原是崇祯皇帝的亲信内臣，只要能够进宫，面见旧主，痛陈利害，流涕苦劝，使崇祯皇爷知陛下神武宽仁，四海归心。他能听劝说很好，如不听从，也不误陛下攻城。而且奴婢臣进城一趟，还可以对守城太监说知情况，动之以祸福，劝他们开门献城，迎接陛下。”

李自成心里想道：“这厮真会说话！”随即又望着杜勋问道：

“孤听说崇祯平生刚愎自用，性情暴烈，随意诛戮大臣。你去劝他让位，不害怕他会杀你？”

“奴婢臣有弟弟和侄儿全家在京居住。崇祯皇爷一怒之下，不仅会将奴婢臣杀死，而且会杀奴婢臣全家十口。不过古人有言：‘不入虎穴，焉得虎子。’奴婢臣一心要为陛下效犬马之劳，成陛下得天下于揖让之美名，甘冒粉身碎骨与全家诛戮之祸，在所不辞。”

“你打算何时进城？”

“明日上午巳时进宫，不论劝说结果如何，下午一定回来。倘若明日下午奴婢臣没有消息，必是被崇祯皇爷杀了，请陛下大举攻城。”

“好吧，你进城去吧。明日下午，孤等候你的回话。”

杜勋叩头退出以后，李自成对杜勋为何如此甘冒杀身之祸，心中终觉纳罕，便向牛、宋等人问道：

“明日杜勋进宫去劝说崇祯让位，有几分成功希望？”

宋献策回答说：“以微臣看来，崇祯不是个软弱之人，倘不能逃出北京，便无路恢复江山，他必会以自尽身殉社稷，断无怕死让位之理。”

李自成又问：“崇祯的秉性脾气，杜勋完全知道。他献出冒死入宫劝降之计，用意何在？”

宋献策没有回答，李岩也没有做声。牛金星恭敬地起身说道：

“杜勋为何甘冒杀身之祸，臣亦不得其解。然我军一二日内必克北京，杜勋入宫不成，无碍大计，我们明日只准备好进城诸事可矣。”

李自成又说："捷轩，北京无人肯替崇祯守城，众心已散，破城后应行诸事，你可准备好了？如何先破外城，再破内城，进城后各营分驻何处，都得事先决定，免得临时纷扰。还有，如何逮捕明朝六品以上官员，严厉追赃，你也得准备好啊！"

刘宗敏还不习惯在李自成面前每次说话都赶快起立，躬身垂手。他坐在椅子上大声说道：

"请皇上放心。臣已经与军师准备好啦，明日是三月十八，先破外城，三月十九日再破内城。几个月前我军已有许多细作进入外城，扮做各色江湖中人，小商小贩，小手艺的，钉盘子钉碗的，骨路锅的[①]，他们同城内的穷苦百姓多有暗中接头，同住在广宁门内的回回也有串连，原来已经说就，只等大军围城，住在广宁门内的穷人们就打开城门，放我们大军入城。先破外城，内城人人胆寒，守城的太监们也会献出城门。杜勋愿意去劝说崇祯让位，让他去吧，其实，这好比大年初一逮兔子，有它过年，无它也过年。"

李自成哈哈大笑，几位大臣也陪着他绽开笑颜，但是除刘宗敏外，大臣们都没有敢笑出声来。刘宗敏突然说道：

"皇上，今天下午我一到阜成门外军营，就听将领们禀报，广宁门的守城军民前两天已经同我们的细作接头，有意等大军围城之后开门迎降。"

李自成问："何时开门迎降？"

"只说十八日开门迎降，时间未定。昨天城门已闭，内外不通，没有继续接头。"

李自成沉吟说："献策原来占了一卦，十八日如有微雨，外城可破；破了外城之后，十九日黎明可破内城。要设法催促守城军民早点开门迎降才好，献策，有办法么？"

宋献策回答说："数月以来我军进入北京的各色各样细作，均由刘体纯亲自派遣，有的就住在广宁门内，早已同居民混在一起，那回回中也有我们的

---

①骨路锅的——专业补铁锅的手艺人。用焊接法补锅，在豫陕一带叫做骨路锅。宋时的江南一带也有这个词儿（见陆游的《老学庵笔记》），大概是从中原传去的。"骨路"作为两个音素，反切就是"锢"字。

人，以卖羊肉串儿为幌子，已经有半年多了。只因满洲和山海关两方面情况不明，使臣与林泉放心不下，已经命刘体纯率他小刘营前往通州，刺探满洲和山海关消息。臣马上差飞骑追刘体纯回来，同他连夜商量，必须想办法与城内互通声气，催促广宁门守城军民，务必在明日打开城门，放我大军进城。”

刘宗敏忽然大声说：“有了！有了！不用叫二虎回来，我有办法叫广宁门的守城军民人心瓦解，赶快开门迎降，不劳我军攻城。”

李自成心中一喜：“捷轩你有何办法？”

“我自然有办法，暂不说出。”刘宗敏转望两位军师，说道：“献策、林泉，走，跟我到广宁门外看看！……陛下，你安心休息。我同两位军师到广宁门外看过之后，连夜准备，明天一早进宫向你禀奏！”

宋献策吃惊地问道：“捷轩，你有好计，先在御前说出来，商量一下不好么？”

“眼下快三更了，我们到广宁门外看了地势，连夜火速准备，片刻也不能耽误。快走，把李强和吴汝义都带去！”

刘宗敏不容迟疑，叫宋献策和李岩随着离开行宫。李自成心中奇怪，望着刘宗敏的背影微微一笑，然后对群臣们说：

“捷轩这个人，明军只知他作战勇猛，所向无敌。其实，在紧急时候，他很能拿出智谋，确有大将之才。他此去广宁门外察看地势和城上守御情况，一定又有了新鲜主意！”

牛金星说道：“汝侯一定有令人意料不到的好主意，请皇上等候佳音。”

李自成点头，随即命群臣各回驻地休息。当大家行礼退出以后，李自成走到院里，向城上望了一阵，但见城头上灯光稀疏，不打一炮，也没有守城人们的吆喝声，只从几处传来孤孤单单的梆子声。他想着汝侯今夜必有良策，破北京就在眼前，登极也在眼前，脸上露出笑容，在心中轻轻地说：

“大顺万世江山从此定了！”

三月十八日。

虽然连日来李自成十分劳累，但今日很早就起来了。五更以前，他已经醒来，将养子双喜叫到榻前，询问昨夜刘宗敏和两位军师到广宁门外察看后商定了什么计谋，夜间如何准备。双喜将昨夜的事情详细奏明。李自成明白之后，点头微笑，轻声说：

“此计可行！”

等他在奴仆们服侍下梳洗之后，宋献策进宫来了。他详细向他奏明一夜的准备工作，今日上午请皇上驾临彰义门[①]外，坐在御帐前，晓谕守城军民速降。李自成问道：

“不是广宁门？怎么又成了彰义门了？”

宋献策说：“虽然北京外城的西门名叫广宁门，可北京人习惯上叫它彰义门，往往在公私文件中也是如此。臣往年卖卜京师，住在宣武门外，距广宁门较近，所以也叫惯彰义门了。”

“御帐距城多远？”

“远了城上人看不清楚，所以御帐距城门只有一里多路，好使守城军民得瞻皇上风采与御营军容。”

“离城门只有一里远，不担心城上打炮？”

“昨夜捷轩在彰义门看了地势，说出这一建议时，臣与林泉也担心城上打炮。但我们仔细研究，连夜作了部署，认为守城军民瞻望圣驾，必将更加夺气，决不敢向御营开放一炮。昨日下午，圣驾过西直门南来，离城不过二里，仪仗黄伞前导，百官扈从，御营部伍整齐，按辔雍容徐行。有一次陛下中途驻马，东望北京城头，西望西山王气，扬鞭指点，何其从容！此时城上军民，偷偷观望，寂然无声，竟无人敢放一炮，也无人敢高声叫骂，足证人心离散，不敢与我为敌。昨日情况已经如此，何况从昨夜以来，内外城完全合围，攻城准备就绪，守城军民更加解体，但求各保性命，谁肯惹是生非？再说，经过臣等连夜部署，使守城军民更加胆战心惊。所以汝侯出的这个主意，乍然看好似一着险棋，实际毫无险情，只是借陛下神威，但使城上城内百姓从速开门投降耳。”

---

①彰义门——北京在金朝称为中都，城周七十五里。中都西城有三门，中间一门名彰义，大体上在广宁门正西，相距约十里，明朝习惯上沿袭金朝称广宁门为彰义门。

李自成笑着问道："孤将几时前去？"

"以臣推算，定于辰时二刻自行宫启驾最吉，过桥后绕白云观大门前向东，巳时一刻圣驾至彰义门外，在御帐升入御座。明朝秦、晋二王①坐于左右地上，护驾大臣侍立御座两侧。随后有一声音洪亮武将对城上军民宣示皇上钦谕，晓以大义，促其从速开门投降，迎接大军进城，秋毫无犯。陛下只在彰义门外停留两刻，启驾返回行宫。"

李自成问道："杜勋何时进宫去劝说崇祯让出江山？"

"皇上驾幸彰义门时，杜勋侍立一侧，使守城军民看见。俟陛下启驾返回行宫，杜勋就可以从彰义门缒进城去。"

李自成对宋献策的陈奏点头同意，随即命军师回驻地休息，又命传宣官分头传谕刘宗敏、牛金星和中央各衙门大臣，以及投降太监杜勋等，务于卯时三刻前来行宫早朝，护驾去彰义门外。

早朝以后，按照宋献策推算的吉利时刻，李自成由双喜率领的两百名御营亲军严密保护，从钓鱼台行宫启驾，黄伞前导，一部分文武大臣扈从。李强指挥众多御营亲军除在彰义门外保卫御帐之外，还有一部分沿路警跸，严禁闲杂人闯入御道。李自成一队人马在人声肃静中出钓鱼台向南行走大约两里，在旷野的大路上转向东行，又走了两里之遥，从一座石桥上过了小河，向南走一阵又转向东行，不久便进入一片茂盛的松柏林，走到一座道观的山门前边。白须垂胸的方丈事先得到通知，率领全体两百多老少道众，面带惊恐之色，跪在山门外边迎接，伏地叩头，然后抬起头来说道：

"白云观全体道众，恭迎永昌皇爷圣驾！"

李自成向方丈轻轻点头，随即将眼光转向山门，看见山门上边有一青石匾额，上刻"敕建白云观"五个大字，不觉面露微笑，在心中说道：

"听说这是北京有名的一座道观，从前邱处机②在此修炼！"

一过白云观，便看见了彰义门和离城濠一里多远、连夜搭好的一座很大

---

①秦、晋二王——明朝宗室，封在西安的秦王、封在太原的晋王。

②邱处机——元时山东栖霞人，字通密，号长春子，金元时道教北派首领，曾被成吉思汗派人迎至西域军中，后放还，居白云观以终。

的黄色毡帐，上有黄铜宝顶，闪着金光。这一在西安为他特别制作的军帐，称为行军御帐，也称帐殿。御帐东南角竖一根三丈高的旗杆，上悬绣龙蓝旗，中有用红绒缝上的“大顺”二字；御帐前，面向城门，设有御座，上有绣龙黄缎椅披。御帐左右，各筑成两座炮台，各炮台相距十丈，共是四尊红衣大炮。另外，还有四尊普通攻城大炮，也是相隔十丈一尊，架设在红衣大炮左右，每一尊大炮的红绸炮衣都已卸掉，并且有掌炮军官在每一尊大炮前焚了香表，每一尊大炮的后边站立十名炮手，穿着蓝色的过膝裲裆，前后心上各缝有一块圆形白布，上写一个“炮”字。

城头上的守城军民，以为大顺军马上要开炮攻城，一个个惊慌得心头狂跳，两腿瘫软，脸无血色，向天叩头。有的人准备滚下城去逃命……

当李自成尚未走到白云观山门前时，有一位年轻将领，骑着一匹白马，疾驰而来，背后跟随着十几个骑马的随从，他们一直到城濠岸边勒马，向城头上放一响箭，然后用自然合韵的语言向城头高声晓谕：

> 守城的军民人等听清！我大顺军兵将如云，大炮千尊，已经将京城团团围定，水泄不通。进城之后，只杀贪官，不伤百姓，平买平卖，四民①安生。我永昌万岁爷马上驾到，观看外城。明朝的秦、晋二王，已经投降，左右陪从。尔等不许放箭，不许打炮，不许出声。倘若放箭打炮，惊动圣驾，我城下众炮齐鸣，必将尔等严惩，决不宽容！

当立马于城濠边的大顺将领向城上高声晓谕的时候，守城的太监和百姓纷纷地从城垛间站起来，向城下观看。他们的恐慌心情略微好了一点，相诫千万不要向城下放箭打炮。当城下的大顺将领向城头高声晓谕之后，守城的太监和百姓们的眼光被白云观山门前的景象吸引去了。人们纷纷地向白云观的山门外指着，惊奇地小声说：

“看！看！那是干什么的？”

“看！有两个道士在山门前摆了香案！”

---

①四民——明、清时代，人们习惯于将社会人群分为士、农、工、商四类，称为四民。这种分类方法一直延续到民国年间。

“方丈带着全观中的老少道士都出来了！都出来了！”

“啊，啊，来了！来了！”

人们看见，李自成是一位魁梧大汉，由一柄黄伞前导，骑在一匹黄辔头、黄鞍鞯的深灰色马上，毡笠，缥衣[1]，气宇不凡。事前人们已经将御座移于帐前，并在御座前三尺外左右地上摆好两个矮凳，上有红色坐垫。李自成来到以后，在小松林外下马，由官员照料，大踏步来到御帐前边，昂然在御座坐下，举目向城头观看。秦、晋二王在御座左右稍前的矮凳上坐下。刘宗敏、牛金星、宋献策、李岩、六政府尚书和左右侍郎、文谕院学士等一批新朝重臣，分立御座左右。侍郎以下官员也立在左右的后排。杜勋也站在后排。吴汝义和李双喜因为要随时听皇上呼唤，站在御座背后。李强率领五百神箭手，站在城濠外边，对城头控弦引矢。倘若城头上有打算向御帐放炮的可疑动作或发出叫骂恶言，只要李强一声令下，这五百神箭手在瞬息之间，将连续向城上射出利箭，使守城的人们没法抬头，而站在一处土丘上的张鼐手中的红旗一挥，所有的北从西便门南到天宁寺的、对准城头的各种大炮将都跟着一齐点燃药线，顷刻之间将使城楼和雉堞多处崩塌。当时各种大炮尤其是红衣大炮的威力，北京人是知道的。所以不惟李自成的出现在彰义门外，秦、晋二王坐于李自成脚下这件事使守城军民十分惊骇，而且大顺军在夜间突然用沙包堆成了许多炮台，架好了攻城大炮，更使守城的太监和军民望之心跳腿软，面如土色。此时，城上太监中已经有人认出来杜勋站立在李自成右边第二排，但不敢用手指点，只敢悄悄地互相告诉。杜勋的出现，使守城太监们的精神更加瓦解。

宋献策按照昨夜与刘宗敏等商定的计划，抬头向东南望一望藏在微云中的太阳，躬身向李自成道：

“陛下，此时大概有巳时二刻，可以向城上宣布汝侯刘爷的奉旨晓谕了。”

李自成点点头。

一切都准备得十分周密。随即那位骑白马的将领又来到城濠边上，先向

---

①缥衣——缥（piǎo）是淡青色，即蓝色。按照五行思想，大顺是水德王，服色尚蓝，所以李自成称帝后，不穿黄袍，但用黄伞表示他的皇位。

城头上空放一响箭，然后收弓在臂，双手捧着刘宗敏的一张文告，用浓重的关中口音，一字一字地高声念道：

大顺倡义提营首总将军汝侯刘谕：

谨奉永昌皇帝圣旨，晓谕城上军民与内臣。明朝气数已尽，尔等均我臣民。义师进入北京，定在今日黄昏。只听炮声一响，尔等速开城门。大军吊民伐罪，纪律一向严明。入城之后，百业照旧，市井无惊；布新除旧，共享太平。倘敢闭门抗拒，不肯立即献城，定遭屠戮，以示严惩。切切此谕，务须凛遵！

刘宗敏的这一通文告，由声音洪亮的将领重复宣读三遍，城头上鸦雀无声。

李自成起身，在群臣的扈从下离开御帐，仍从白云观山门前返回行宫。到白云观山门外时，李自成下旨刘宗敏同文武官员们都回驻地休息，他一时高兴，留下牛金星、宋献策和李岩同他进白云观中看看。下马以后，李自成环顾不见了杜勋，想起了杜勋要进宫去劝崇祯让位的事，向宋献策问道：

"杜勋哪儿去了？"

宋献策躬身回答："刚才杜勋请微臣转奏陛下，他已经往平则门[①]去，想从平则门缒上城，进宫去劝说崇祯。"

"为什么他不叫守彰义门的太监缒他上城？"

"他怕宣武和正阳门都已关闭，内外城已经不通，所以决定从平则门缒上城去。"

"崇祯不是一般亡国之君，秉性刚烈，动辄诛戮大臣，何况太监是他的家奴！你说，杜勋能够活着回来么？"

"臣不敢逆料，等下午看吧。"

白云观是全国闻名的道观，所以李自成回头经过白云观时，叫御林亲军停留在山门以外，只让丞相、军师、李岩三位大臣跟随，由方丈引路，进到观

①平则门——阜成门在元朝叫平则门，明朝人习称它的旧名。

内，各处看看。本来吴汝义和李双喜按照定制，请他暂缓入内，要率领二百御营亲军先进入观中警跸，但被李自成阻止，对他们笑着说：

“不用那样。吴汝义你留在山门外等候，双喜带几名亲兵跟着侍候就行啦。”

这座道观，创建于金朝，元朝改称太极宫，后来改名长春宫，经过重建，又改名白云观。虽然经过两次较大火灾，两次重建殿宇，但有些古树都是金元旧物，所以进入院内，但见许多苍松翠柏，虬枝相接，绿荫森森。大顺君臣刚走到“玉历长春”殿前，忽然落了零星微雨。李自成抬头一望，乌云不重，雨点落在脸上，颇觉清凉。他高兴地望一望牛、宋等人说：

“好，好，果然下了小雨！”

牛金星笑着说：“已应吉兆，可喜可贺！”

李岩接着说：“果然可贺，军师卜卦如神！”

老方丈看见李自成君臣为天降微雨竟然如此高兴，赶快躬身说道：

“皇上见几点微雨即喜形于色，君臣盛称可贺，足见陛下关心民瘼，真乃少有的尧舜之君。”

李自成正在想如何破城的事，随便问道：“北京一带旱情如何？”

方丈说道：“回奏万岁，一冬少雪，今春又是久旱，此时正是麦苗要雨时候，如无甘霖普降，必将夏粮无望，饿殍载道。”

李自成继续想着杜勋入宫的结果和即将破城之事，心不在焉地向方丈望了一眼，并未做声。方丈见李自成面有笑容，赶快跪下，接着说道：

“方外臣今日得遇圣主，愿冒死为民请命。恳皇上于底定幽燕之后，早日驾幸白云观为万民祈雨，或于白云观敕建普天大醮，必有春雨沛降，利国福民。”

牛金星明白皇上急于回行宫商量大事，无心再听方丈说话，便向宋献策使个眼色。宋献策向李自成躬身说道：

“请陛下驾返行宫，与群臣商议入城大事要紧。”

“好，回行宫去！”

第52章

当大顺军过昌平这一天，吴三桂率领的宁远人马也到了山海关。从宁远到山海关只有二百多里地，可是吴三桂的人马竟然走了五六天。他们启程之前已经耽误了一些日子，启程之后又走得很慢，一方面是因为宁远一带的汉人男女老幼随着内迁，困难很大，另外也因为吴三桂及将士们不肯离开本土，所以每天顶多走五十里路，有时还因为老百姓拥挤在路上，互相搅扰，使路途不能畅通，一耽搁就是一两天。幸好清兵并没有追赶。其实当时清兵已经占领了长城外围的一些重要军事重地，如果清方派一支人马追赶，会使吴三桂的人马和内迁百姓发生混乱。可是满洲朝廷正在向盛京集结兵力，在锦州和松山堡等地的驻兵不多，所以让吴三桂的人马和百姓缓缓地平安撤走，只是在吴三桂离开宁远三天之后，才派一小股骑兵进入宁远城。

吴三桂按他原来的日程安排，明天才能到达山海关，可是昨天蓟辽总督王永吉奉崇祯皇上十万火急密诏，要他同吴三桂赶快到北京勤王，并说“流贼”已经过了宣府。王永吉亲自到路上迎接吴三桂，将密旨给他看了。这样吴三桂只得抽出二万精兵，亲自率领，加速前进，其余的数万步骑兵护送眷属、百姓以及大批粮草跟在后边。

约摸中午时分，吴三桂到了山海关。王永吉已于早晨进了关。山海关原来也有一个总兵官，率领着几千人马。还驻有镇守太监高起潜。高起潜因为看见吴三桂的宁远人马快到，而皇上并没有下旨命他担任吴三桂的监军，朝廷事已经乱了阵脚，所以他在昨天晚上就率领一千多亲信将士离开了山海关，越过北京的南边，向山西河北交界的太行山中逃去了。

吴三桂现在已是伯爵地位，自然这山海关的驻军都得归他统率。当他来到关外时，当地的官绅、守关的总兵官以及副、参、游将领都到关外恭迎。榆关县知县早已为他准备了行辕。他住进去后重新接见了地方官绅，说了几句闲话，就要地方官绅准备粮饷，务必使大军供应不缺，才能作战。地方官绅自然是唯唯答应，不敢怠慢。他稍事休息后，出来巡视了山海关的地理形势，吩咐手下人将一部分人马驻在榆关城内，一部分开到山海关以西，并按照他的事前指示，在山海关以西三十里以内和关外附近一带为他的驻军和关外来的百姓寻找驻地。关外百姓究竟有多少，他心里也不完全清楚。临离开宁远时，他向朝廷上报共有五十万人。实际这是经过夸大的一个数目，为的是让朝廷知道他的行军不易，给养困难。真正跟随大军南迁的百姓大约只有二十万人，沿途又有许多人不愿再走，偷偷地离开，重返宁远一带。所以如今剩下的大约只有十多万军民。

他巡视完毕，就回到行辕休息，既不愿接见部下，也不愿接见另外的官绅。一则路途疲倦，二则他有许多心事需要独自清清静静地盘算盘算。尽管他知道澄海楼一带比较清静，但他不能前去，因为目前军事十分吃紧，按照王永吉告他说的情况，今天李自成的人马应该已经到了昌平，甚至可能过了昌平，到了北京城下。可是他才到了山海关。要不要立刻向北京进兵呢？他仍在犹豫。

离开宁远以后，他因为很明白他的将士和携带的二十万百姓都不愿抛离故土，情绪很坏，怨言很多，所以他不敢离开大军，也不敢将人马分作两队，一队保护百姓，一队由他率领着驰援北京。他害怕满洲人只须派遣两三千骑兵追来，部队无心死战，一部分百姓就会被清兵掳去，或者散归宁远。这二十万随军内迁百姓都是将士族人和乡亲，一旦发生这种情况，军心就散了。可是如今大军同百姓已经到山海关近郊，马上就全部进关，大部辎重和军粮也已经用船从海路运到山海关附近，泊在姜女庙到澄海楼之间的海边，不再担心满洲人派骑兵追赶了。北京是如此危在旦夕，皇上是如此急盼救兵，而他父子都受朝廷厚恩，并非没有忠心，不应该逗留关门，不去勤王。何况他的父母和一家主仆三十口都在北京！如果立刻向北京进兵，他可以命人安顿入关百姓，布置山海关守御，而他率领两三万骑兵一天一夜就可到达北京城外，然后步兵赶到。要不要去救北京，不仅关乎北京的存亡，而且也关乎他自己和宁远将士们的存亡。昨天夜间他召集少数亲信密议了很久。多数人因震于李自成声势强大，仍旧持观望态度。只有一两个人赞成选两万精锐骑兵火速去救北京。如今他不愿再召集会议，只是一个人坐在屋里思前想后，拿不定主意。

想着想着，他不由地自言自语：

“北京！北京！……”

吴三桂从二十岁左右带兵作战，年轻轻的就成为将军，几年前又升为总兵官，最近又封为平西伯，在武臣中也可谓位极人臣。尽管他在战场上也受过许多挫折，但从来没有像今天这样处境困难，使他心乱如麻，举棋不定。过去不管如何艰难，总还有一个立足之地。崇祯十五年，松山溃败，别的将领都没有办法，甚至像王朴那样的总兵官，最后落得在北京斩首，可是他吴三桂逃回宁远，仍然镇守一方，为朝廷所倚赖。兵源和粮饷，不管朝廷多么困难，都得想办法接济。可是如今宁远放弃了，以后再也没有这样一个两代经营的立足之地了。到北京还有几天路程，会不会在他到北京以前“流贼”就破了北京？纵然北京可以支持几天，可是到处哄传李自成有数十万精兵，这力量不能小看。他原来只有三万多人马，临时又将一些丁壮百姓编入队伍，再加上山海关的驻军，一起也不超过五六万，如何能够对付数十万的强敌？如果在北京城下打不了胜仗，皇上是那样多疑，他会不会被皇上治罪？一旦治罪，他的关宁数万将士以及十几万将士家口和百姓下一步如何生存？如果不赶快到北京去，现有皇上的十万火急手诏，又有总督王永吉在此催促，如何可以逗留观望？如不火速驰救北京，一旦北京失陷，他将受千秋万世责骂，说他为臣不忠，为子不孝。然而救又没有力量，没有胜利的把握，万一败了就不堪收拾，再也没有退脚的地方。想到这里，他深深地叹口气，正要往下想去，一个老妈子蹑脚蹑手地进来，对他说：

“伯爷，所有的马车、轿子都已经到了。”

吴三桂看了女管家一眼，问道：“大小都安排好了么？”

女管家答道：“都安排好了。这左右两边腾出的空宅子都住满了。”

他又问道：“陈夫人如何？”

女管家说：“路上她不惯辛苦，昨天受了风寒，有点发烧。刚才服了药，已经睡下休息了。别人都还好。”

吴三桂说：“让郎中小心给看看，不要耽误了。我们在这里不能多停，病了可不好。”

女管家说："别说陈夫人是从江南来的，从来没有辛苦过，就是我们宁远一带土生土长的人，也轻易没有这样辛苦。我们伯府上还算好，妇女孩子都有轿子坐，随从人也都有马车坐。老百姓可够苦的了，有的坐在牛车上，有的坐在敞篷马车上，还有的只好骑着牛，骑着驴，顶风冒雪，忍饥挨饿。唉，伯爷呀，这是哪一世造孽积下了罪，让大家抛弃家乡，抛弃祖坟，活像一群乱世难民！"

吴三桂不愿听这话，也不愿这个忠心耿耿的女管家说出这种话来影响军心，但他没有责怪她，挥手使她出去，只是又叮嘱一句：

"让丫鬟仆妇们小心照料陈夫人，赶快将病治好，说不定明天还要进军。"

女管家退出以后，有几个将领想来禀事，看见吴三桂脸色阴沉，望一望不敢进来。吴三桂也不愿在这个时候多听烦恼的事情，他用眼色使他们退去，自己在屋里走来走去。过了一会儿，他轻轻地叫了一声"来人"，马上就有一个年轻的面目姣好的仆人走了进来，向他屈膝行礼。他说："拿烟袋。"当时烟袋只在广东、福建、浙江等沿海地带流行，关内各省还没有传开。倒是关外不仅男人吸烟，连许多妇女也吸烟。于是仆人赶快将一个烟袋锅装好烟叶末，双手递了过来。吴三桂接着，将玛瑙烟嘴噙在口内。仆人用纸煤将烟锅点燃，看看没有别的吩咐，悄悄地退了出去。在吴三桂身边的奴仆都知道他有一个脾气：当他正在不愉快的时候，最好离开他，不要随便到他面前，免得惹他生气。平常他对奴仆和戈什哈们有情有恩，不吝赏赐，可是一旦恼火了，会一脚将人踢翻，或者动不动就要责罚。所以在他心情烦闷的时候，大家都不向他禀报事情，连他的亲信也都站在走廊下边不敢发出一点声音。

吴三桂一边抽着烟袋，一边不由地想起了近来的许多事情。当他不得不离开宁远的时候，将领们曾纷纷找他，提出许多困难。将领们的眷属和准备迁入关内的百姓更是一个个愁眉不展，伤心掉泪。常言道，有家难舍。何况这些人几代都住在宁远一带，也有的原在铁岭、辽阳、沈阳、锦州一带，后因满洲强盛了，打败了明军，他们逃到宁远落户，不料如今又从宁远往关内流浪。宁远城郊和四乡有他们的田地房屋，有他们亲手种的树，还有他们的祖宗坟墓。所以纵然有皇帝的圣旨，大家仍然哭哭啼啼，不愿意抛开这片土地。启程的日子到了，许多人去上坟，去祠堂向祖宗告别，向地下的父母告别。野地里凡是有坟墓的地方，到处焚化着纸钱，到处是一片哭声。人们都知道，这次离开以后，满洲兵会很快到来，再想看见祖宗坟墓，恐怕不可能了，再想回到自己家乡也不可能了。年轻男子的心胸还比较开阔，老人们不知道自己这一把骨头会扔在关内什么地方，反正不能埋在父母的坟墓旁边，就更加伤心。这些情况吴三桂都亲眼看到，亲耳听到，也感到难过。何况他吴家的祖坟也在宁远城外，今后想再回来为祖坟添一把土，烧一张纸钱，也不容易了。这时候离开宁远的种种情景又浮现在他的眼前，他感到一阵心酸。他想，万一救北京打了败仗，这些将士们的家眷和流落关内的百姓们如何存身？

想来想去，他觉得目前赶快往北京勤王是重要的，但更重要的是如何保存从宁远带来的这一支子弟兵和老百姓。刚想到这里，忽然有一亲将前来禀报：

"制台大人驾到！"

吴三桂猛然从沉思中醒来，放下烟袋，说道："赶快请。"一边站起来迎接。外边一阵传呼：

"制台大人驾到！"

吴三桂一面走一面在心中说："八成是来了皇上的十万火急……"

没有说完，总督王永吉已经走进了二门。

三四天来，崇祯皇帝已经知道宣化和阳和相继失守，巡抚卫景瑗为国尽节，还哄传监军太监杜之秩也尽节了。如今"流贼"正在向居庸关前来。他感到北京存亡的关头到了，大势很是不好，亡国的惨祸就在眼前。他每日寝食不安。虽然御膳桌上仍然像往日一样珍馐罗列，但是他很少吃东西。不管什么菜，所谓御馔，出自御膳房最有名的厨师之手，到了他的口中活像是泥土滋味。

当崇祯感到北京城局势危急时，便将守北京城的重任交给了亲信太监王承恩，命他提督京营守城。可是王承恩也没有什么办法。京营兵多少年来都没有核实过，大部分都是空额。兵饷被三大营的将领或执掌京营的勋臣和各级官员们下了私囊。仅仅靠这些兵没法守城，加上昨天又抽了几千人马，交给李国桢率领去沙河布防。守城的兵更缺了，不得不让一部分太监上城，又将一部分老百姓驱赶上城。

当王承恩被召到乾清宫，禀奏兵少粮缺的情况时，崇祯不住落泪。王承恩跪在他的面前，也是挥泪不止，想不出什么好的办法。

崇祯问道："吴三桂的救兵为什么迟迟不来？"

王承恩回答说："皇爷，如今局势如此，有几个实心为皇上出力的人！"

崇祯说："我对他父子不薄，又封他为平西伯，这也是难得的特殊恩宠，难道就不能鼓励他的忠心？"

王承恩回答说："皇上对吴家确是皇恩优渥，可是他像许多武将一样，知道自己不是闯贼的对手，不敢来京勤王，故意迟迟启行。"

崇祯恨恨地说："武将怕死，文官爱钱，叫朕如何撑持这个局面！"

说了以后，他不禁哽咽起来。王承恩只能空洞地安慰了崇祯几句话，说是"各门都有勋臣和太监把守，京城能够守到援兵前来，请皇上不必过于担忧"。

王承恩刚走，一个太监送来了兵部的一封密奏。崇祯拆开一看，里边是禀报"流贼"刘宗敏送来的揭帖。这所谓揭帖，实际是刘宗敏晓谕京城官民的文告，上面写道：

> 大顺倡义提营首总将军刘宗敏为晓谕事：崇祯无道，天怒人怨。我皇上起兵北伐，所到之处，百姓夹道欢迎。预定本月十八日攻克幽州，仰全城官绅士庶，恭迎大兵入城，不必惊恐。特此晓谕！

下边注明：限十八日破城之前送到幽州会同馆。日期写的是"永昌元年三月十五日"。晓谕上边还盖了一个朱色关防。上面是"大顺北伐提营首总将军关防"几个字。崇祯拿着这份晓谕，脸色灰白，两手颤抖得非常厉害，身上出了冷汗，脸色如土。他想：这"流贼"的晓谕如何竟然送到京城？难道真的十八日京城就要失守吗？为什么写幽州，不写北京？他又将晓谕看了一遍，随即将它撕毁，在烛上点燃烧掉。一面烧，一面心中忽然恍悟：噢，传闻“贼人”要建都西安，已经将西安改为长安，所以它不愿意再称北京，要用幽州的旧名来代替。噢，原来如此！他越发害怕，半天没有再说一句话。

当黄昏来到的时候，他到了奉先殿，跪在祖宗的神主前，放声大哭。殿内殿外伺候的太监都跪在地上，不敢劝说一句，都感到亡国的惨祸临头了。他们有的伏在地上静静地流着泪，有的忍不住哽咽出声。崇祯哭了一阵，走出奉先殿，他已经觉得腿脚没有力气，一天来很少吃东西，身体几乎要垮了。加上亡国的危险就在眼前，更使他打不起精神。他上了步辇，吩咐回乾清宫去。

一到乾清宫，晚饭摆上来了。管家婆魏清慧跪下请他用膳。他走到御膳的朱漆大案北边，面向南颓然落座。乐工们照例奏起细乐。他摇摇头，轻轻说了两个字：

“撤乐！”

乐工们很快地从前廊下退走了。他稍稍吃了儿口，将筷子往案上一放，进入东暖阁，徘徊了很久。他想：难道十八日果然要破城？吴三桂能不能赶在十八日以前来到？他叫进来一个太监，问道：

“兵部还有何奏报？”

太监跪下说：“不曾有何奏报。”

崇祯问：“给‘流贼’送来揭帖的人现在何处？”

太监回答：“兵部的密奏已经言明，那人已经斩了。”

崇祯重新从御案上拿起兵部密奏，才看清楚，原来是一个农民将揭帖带进城中，兵部问了以后，将农民斩首。崇祯不再说话，又颓然坐在椅子上。魏清慧端着一个盘子进来，将一个青花双龙盖碗放在案上，跪下去说：

“皇爷晚膳没有吃一点，如今这燕窝汤请皇爷用了吧。”

崇祯没有说话，扬扬手让她退出。他稍微停了一阵，感到心中十分焦灼，就起身往坤宁宫去。

周后迎接崇祯坐下以后，看见他脸色比往日更加愁苦，低头不做一声，便小声问道：

“皇上有何吩咐么？”

崇祯停一停，叹口气说："我来看看你，没有什么吩咐。往后见面的时候不多了。"

周后不觉涌出热泪。一个月前，在议论是不是要往南京去的时候，崇祯将眼睛一瞪，她不敢再说下去。现在她明白，目前再不走就没有走脱的机会了，所以她壮着胆说道：

"臣妾不敢过问朝廷大事，可是皇上如此愁苦，要是到南边去……"

话没有说完，就被崇祯用眼色阻止。她不敢再说下去，两行眼泪忽然涌出来，心里像刀割一般难受。崇祯站起来向她望一望，说道：

"朕自有主张，目前只有死守京城以待天下勤王之师。吴三桂的精锐之师，旦夕可至，必可战胜'流贼'。此是何时，你不要扰乱朕心！"

周后送他走出院子。他也没有回头望一眼，也不乘辇，径自回乾清宫了。

在乾清宫的东暖阁略坐片刻，心中不宁，又走到西暖阁，刚一坐下，一个太监匆匆进来，呈给他一份紧急塘报。这是蓟辽总督王永吉的塘报，说吴三桂的人马十六日可到山海关，当星夜驰往京城。崇祯的心中猛然有了希望，问道：

"今天是十几了？"

太监回答："今天是三月十五。"

崇祯问了以后，心中更加落实，想着吴三桂十六日可达山海关，十七、十八两天，骑兵月夜赶路，总可以到达北京城下。果然如此，北京就十分有救了。但是片刻过后，他又感到有些渺茫：吴三桂的人马会不会到了山海关不停顿，星夜赶来北京呢？这些年来，武将怯阵，特别是对"闯贼"畏之如虎，他肯不肯立即前来呢？他越想越感到没有把握。于是他又想起了杨嗣昌：倘若杨嗣昌不死，集中调度，不会有今日困难，更不怕"流贼"攻破京师。一会儿他又想起袁崇焕：倘若吴三桂能像袁崇焕那样，星夜奔驰勤王，几天之前就会来到北京城下，何惧"流贼"？他回到养德斋，想躺下去休息一阵。但一进房中，他就伏在案上痛哭起来。外边开始下起零星细雨，夹着雪花。寒风阵阵，吹着窗棂。

不知哪一个小宫女在内书房受了责罚，今夜打更。在飘着雪花的寒风中，从月华门的长巷中传过来小铜锣声和悲哀颤栗的叫声：

“天下~~~太平！……天下~~~太平！……”

三更过后，崇祯才在御榻上蒙蒙眬眬入睡，魏清慧轻轻地在博山炉中添了沉香和衣睡在养德斋的门里边，以便皇上随时呼唤。

崇祯刚刚睡熟，就梦见他在文华殿召见杨嗣昌。他向杨嗣昌问道：

“如今京师危在旦夕，以卿看来，朕御驾亲征，先到南京，是否可行？”

杨嗣昌说道：“二月上旬，倘若皇上往南边去，还不失机会。如今已经迟了。误国者就是那些阻止陛下往南去的臣工。这些人徒尚空谈，置陛下的江山和安危于不顾，总想在青史上留个好名。”

崇祯说：“难道京城失守以后，他们就能不受‘流贼’之害吗？”

杨嗣昌说：“此事臣不好预度，但以臣猜想，许多人今日谏阻陛下南去，慷慨激昂，颇似忠于社稷。一旦京城不守，首先投贼者难免不是这些人！”

崇祯叹口气，说：“朝廷养这班文臣，平时只晓得各立门户，互相攻讦，争权夺利。一旦朝廷有事，徒尚空论，不能纾君父之忧，反而败坏大事。可恨！可恨！”

停了一停，崇祯又用恳求的口气说：“事到如今，卿难道不能救朕渡过大难？”

杨嗣昌叩头说：“臣已经无能为力了。皇上往年宠信微臣，畀以剿贼重任，可是朝廷上纷纷空论，百方掣肘，众口攻讦，使臣一筹莫展，终致败事。往事历历，今日更难效力。难道陛下尚不清楚？”

说了以后，他跪在地上呜咽痛哭。崇祯也哭了起来。

杨嗣昌叩首辞出，一面走一面痛哭不止。忽而又有一个太监进来，向崇祯启奏：

“启奏皇爷，袁崇焕求见，已经等候多时。”

崇祯大惊，心中狂跳，吓出一身冷汗。他以为袁崇焕的鬼魂来见他决无好事，对跪在地上的太监问道：

“袁崇焕在十几年前已经被朕杀了，他的鬼魂见朕何事？难道是来向朕索命不成？”

太监回奏：“自古以来，君要臣死臣不得不死，断无臣向君索命之理。恳皇爷不必多疑，召他进来。说不定袁崇焕在九泉之下，不忍心见皇爷有亡国之祸，前来献计。”

崇祯犹豫片刻，说道：“传他进来吧！”

袁崇焕像影子飘然进来，带进来一股寒冷之气。他跪下行了常朝礼，抬起头来。别的大臣见他常常带有十分畏惧的神色，而袁崇焕却没有这种神色，倒是满脸肃杀不平之气。

崇祯很害怕，问道：“卿来有何要事，向朕面奏？”

袁崇焕抬起头来说：“皇上到了今天，已经山穷水尽，日子十分危急，所以臣不忍不前来向皇上说几句话。”

崇祯说道：“倘有救国之策，不妨照实说来。”

袁崇焕说：“倘在十五年以前，臣确有救国之策，可惜陛下中了敌人反间之计，误杀了臣。从此对东虏的事情，一步一步错下去。错杀臣是陛下自毁长城，坏了陛下江山。东虏之事愈来愈不堪收拾，剿贼的事也跟着不堪收拾。这都是皇上多疑专断，任性行事，致有今日！”

崇祯也风闻袁崇焕的投敌并无其事，是他听了太监的误奏。可是多年来他对这事讳莫如深，别人也不敢在他面前提一个字。现在听了袁崇焕这几句话，不觉出了一身冷汗。但他故作镇静地说：

“朕并没有错杀你。如果你还有为国忠心，过去的事情不必再提了。目前国家有难，正是你效忠朝廷的时候。你有何救国善策？”

袁崇焕冷冷地说：“陛下误杀了臣。臣只有一条性命，一颗脑袋。杀了之后又叫臣不必念着往日的事，还要臣继续为陛下效力。陛下为什么不替臣想一想，不替国家想一想？杀了臣，误了国，也误了陛下自己。都因为陛下多疑专断，妄杀忠臣，才有今日这样的艰难处境！”

崇祯不觉大怒，说道：“误国者是臣工。诸臣专事门户之争，朕虽是英明之主，也没有办法。”

袁崇焕并不让步，说：“陛下虽自认英明，然而倚信太监，不信忠贞之臣。”

崇祯说：“文武臣都不可信，朕不得不以内臣为心腹，以内臣为耳目。”

袁崇焕说：“陛下就是误信了内臣的话，枉杀了臣，才使东虏势力日盛。”

崇祯说：“你暗通东虏，所以朕才杀了你，何枉之有！”

袁崇焕冷冷一笑，说：“陛下自以为明察秋毫，事事比别人高明。实际是受周围群小哄骗，如在梦中。当日那两个内臣中了敌人的反间计，陛下误信了他们的胡言。臣为之一再申辩，陛下执意不听臣言，将臣屈杀。倘若臣不被屈杀，东虏不会如此猖獗，使陛下顾东不能顾西，顾外不能顾内，两面受敌，民穷财尽兵竭，落到今日这步田地。想当年臣奉命勤王，从宁远到京师，日夜兼程，不要三四天就到了。如今陛下等着吴三桂，望眼欲穿。恐怕吴三桂未至，京师已经失陷。两相比较，谁是陛下忠臣？”

崇祯又出了一身冷汗，身上和四肢瑟瑟发抖。他既生气袁崇焕的毫无顾忌的直言，又觉得袁崇焕所说都是实话，可叹他听到这样的实话已经晚了。他一反刚愎自用的常态，自己也承认江山确实没法保了，用悲哀的口气问道：

“流贼声言将于十八日破城，卿以为确否？”

袁崇焕说：“破城的日子……”

崇祯说：“你说得慢一点，你的广东乡音很重，说快了朕听不分明。”

袁崇焕说：“是的，臣的东莞乡音很重。臣刚才说的是，破城的日子，臣没法料定，臣只能料定，北京必不能久守，失陷只是数日内的事了。”

崇祯几乎不能自持，浑身颤栗，问道：“亡国之事果然不能免么？”

袁崇焕含泪说：“半系天数，半系人谋不臧，致有亡国之祸。”

崇祯说：“卿既是忠臣，难道不能救朕？”

袁崇焕说：“臣纵欲救陛下，为时已晚，惟有为陛下痛哭于九泉，何济人间之急！”

崇祯哽咽说：“朕经营天下十七年，兢兢业业，朝乾夕惕，敬天法祖，勤政爱民，亲理万机，不敢怠忽，总想后人称朕为尧舜之主。不意竟成了亡国之君……”说到这里，再也说不下去，不住呜咽痛哭。

袁崇焕说：“陛下初登极的时候，杀了客魏，清阉党，亲正臣，举国盛称陛下英明，人人望治。倘若照此下去，即不能称为尧舜之君，也可称为中兴之主。误陛下者非他人，乃陛下自误耳。”

崇祯不高兴地说：“诸臣误朕，非朕之过也。”

袁崇焕说：“诸臣误陛下，陛下误苍生！”

崇祯说：“朕无失德。诸臣误国，致有今日。”

袁崇焕说：“陛下一生多疑专断，刚愎自用，爱听颂扬之话，忌听忠贞之谏，稍有拂意，动辄逐戮大臣，或廷杖，或下诏狱……”

崇祯大怒，喝道：“给我拿了！”

袁崇焕从容不迫，叩头起身，面带冷笑，向外走去。两个力士上前拦住，要将他捉拿。可是他的身体轻飘飘的，好像并无实体，谁也抓不到，出了文华门。

崇祯大叫：“拿了！拿了！”

魏清慧惊惶地进来，一边推他，一边叫道：“皇爷醒醒！皇爷醒醒！”

崇祯半梦半醒，恨恨地说：“你竟然面责君父之过，成何体统！”

魏清慧又叫：“皇爷！皇爷！”

崇祯睁开眼睛，望望魏清慧，说道：“我做了一个凶梦，魇着了。近几日朕在梦中也是心神不宁！”

“请皇爷宽心，不要损伤御体。”

“今日十几了？”

“过了子时，已经交十六了。”

“‘流贼’说是十八日……”

“皇爷，十八日什么事儿？”

“你出去休息吧。我头昏，还要再睡一阵。”

魏清慧出去不久，崇祯又蒙眬入睡。不料这三春之夜竟成了恐怖之夜，崇祯随即又陷入更大的恐怖之中。

崇祯梦见北京被“流贼”攻破，在仓皇中王承恩率领二三百名太监保护他逃出京城。在路上被李自成的一支骑兵追上，杀散了太监，杀死了王承恩，他藏身很深的枯草中，幸免于死。后来他一个人继续逃跑，不知逃到什么地方，只记着要逃往南京。晚上投宿三家村旅店中，幸而单住一间小屋，连着门面房屋，窗对小院，但已没有窗棂，仅剩一个大的方洞。他身边无人护送，十分害怕，特别怕店中的人们会知道他是皇帝。约摸二更时候，又来一投宿农民，推着一辆小车，在铺板门外叫门。崇祯听见这投宿的农民与店小二的问答，十分可怕：

"谁呀？从哪来的？"

"我是北京来的，回涿州去。天晚了，请你开开门，让我住一宿，多谢多谢。"

"嗨，路上不平静，你真胆大，这么晚才来投宿！"

店小二懒洋洋打个哈欠，将铺板门打开，随即问道：

"小车上推的是什么货？"

"不瞒老哥，这小车上不是货物，是一具死尸。"

"啊！？……什么死尸？你走！你走！不要进来！我们店里只住活人，不住死人！"

"老哥，我给你作揖，我给你跪下。你行行好，积积阴德，留我住一晚，多拿店钱，千万不要赶我走。老哥，你听我说，千万听我说！……"

店小二的口气分明缓和一点，问道："到底是怎么一回事儿？你不说清楚我决不留你！"

农民说："这死的是我的同村的人，是我的叔伯兄弟。他有事进京，路遇一个不相识的人，同路走了半天。那个不相识的人对他说，'兄弟，你既然也是进京去的，我这有二两银子，请你拿去，有一封书子请你替我送进京城，老娘有病多日，卧床不起，我就不进京了'。我的叔伯兄弟说，'这是什么书子？谁写的？送给谁？'，那人说，'书子是一位乡绅写的，投给北京会同馆，只是写些问候话，没别的什么要紧事'。我的这个叔伯兄弟不识字，人又老实，不晓得那要命的书子里边写的什么东西，他又很穷，二两银子可以买些粮食，救活家口，所以他就顺便把这书子带进北京。不想还没有投下书子，在城门口就被搜出来，这样就把他杀了。你看多冤枉呀！一家大小还等着他回去。要不是遇着我在北京卖山货，又推着一个小车子，顺便收了他的尸首，推回家去……”

店小二说：“啊，原来是他！……上午有人从北京来，哄传北京兵部衙门提了一个庄稼人，替‘流贼’给会同馆带封书子，被斩首了。他是乡下愚民，不识字，死得很冤枉。那封书子是李闯王的大将刘宗敏给当今圣上下的战表，声言三月十八日要破北京城。可是他一点也不知道，糊糊涂涂送了一条小命！要不是遇着你推小车在北京卖山货，别说没有人替他收尸，连他家里人也别想知道消息！”

推小车的农民又向店家恳求投宿，允许将尸首推进院中，免得被狗吃掉。别的客人也帮助说好话，终于得到了店家同意。小车推进院中以后，农民回到铺板门临街屋中，吃了东西，同别的客人挤在麦秸地铺上睡下。又过一阵，语言全止，惟有一些不同的鼾声继续。春夜寒气逼人，崇祯冷得发抖，没有一丝瞌睡，注视院中。院中月色皎洁，照着装载尸体的小车。

崇祯现在知道，放在小车上的尸首，原来就是那个替刘宗敏送揭帖的农民。他越想越怕。正怕之际，忽然听见车上的芦席有些响动。他早已下床，站在窗洞里边，目不转睛地向小车上注视，不禁毛骨悚然。过了片刻，只见从芦席里边慢慢伸出来两只手，解开绳子，芦席包绽开了，从车上滚下一个尸体，却没有头。这个尸体扶着小车站起来，走到另一边，又解开另一个芦席包上的绳子。这个芦席包也绽开了，尸体用双手捧出一颗血淋淋的人头。崇祯几乎吓死。他看见这个死人头的双目紧闭，嘴唇微微动了几下，发出一声很轻的然而愤恨的叹息。于是那尸体用左手握着发辫，提起头颅，用右手将紧闭的眼睛一个一个地撑开。那一双眼睛睁得挺大，充满愤恨，充满血丝。尸体提着头颅，好像提着灯笼，用眼睛各处寻找。忽然，那双眼看见了崇祯，从嘴里发出恨恨的声音。尸体向小车上放下头颅，向崇祯的窗洞走来。崇祯知道这是来向他索命，吓得大叫：“杀你的是兵部，朕无错！朕无错！”但是他的喉咙好像被什么东西堵塞，不能够发出声音。

那无头尸体继续向他走来，眼看就要从窗洞爬进来，崇祯可以看清楚那扒在窗洞的双手是那样粗糙、肮脏，他从来没有见过。尸体的脖颈是砍断的，十分怕人。当尸体快要爬进窗洞时，崇祯从连着门面房间的小门逃了出去。他听见尸体在窗洞里边双脚沉重落地的声音，又听见猛扑在空床上的声音，向床下一摸，碰到了什么东西。崇祯害怕它从背后追来，赶快穿过门面房，转回小院，站在月光下边。那睡在门面房中地铺上的客人们有的扯着鼾声，有的用冷眼望着他从身边惊恐逃过，毫无相救之意。那尸体扑了个空，又从窗洞爬出，回到小车旁边，重新摸到头颅，重新用左手握住发辫，将头颅提起，重新用右手将眼皮撑开，重新提着头颅像提着灯笼似的寻找。忽然，那愤怒的眼睛看见了崇祯逃在墙角阴影中的烂砖堆上。尸体放下头颅，径直向砖堆走来。崇祯背顶高墙，无处可逃，大声呼叫，无人理会。尸体马上就来到砖堆旁边，已经向他伸出可怕的双手，几乎要抓到他的袍子，正在这万分危急时刻，他忽然看见魏清慧站在远处，竟没有看见他的遇难。他用全力大声呼喊：

“魏清慧！魏清慧！快来救朕！”

魏清慧仓皇奔入，叫醒皇爷。因为她从来没有听见过皇上有这样的恐怖叫喊，她吓得脸色灰白，浑身打颤，两腿发软，一边呼唤“皇爷”，一边摇着崇祯的肩膀。崇祯从恐怖中醒来，望着魏清慧，愣了一阵，神志方才清醒，随即紧抓住魏清慧的手，握着不放，想着这个荒唐离奇的噩梦也是亡国之象，又想着满朝的文臣武将都不济事，只有一个宫女救他，不禁滚出了眼泪。魏清慧虽然不敢询问，但是心中明白必是皇上做了很凶的梦，魇着这么厉害。她想近几天又是宫中闹鬼，又是太庙鬼哭，今夜又见皇上如此，不禁在心中自问：“难道真要亡国么？”她一阵心中酸痛，一言不发，唯有陪着崇祯流泪。

已经四更四点，离五更不远了。因为崇祯照例五更拜天，然后上早朝，所以不再睡了。他在心中叹息说：

“天明就是三月十六了，吴三桂勤王之师何时可以来到？唉，唉！”

十六日这天，早朝时候，知道“贼兵”已近居庸关，群臣无计，崇祯痛哭退朝。这天上午，他在乾清宫东暖阁召见了几个大臣，商量筹饷、守城的事。大家仍然是苦无良策，只是说：“京师万无一失。”下午，他为了故意表示镇定，以安臣民之心，在平台召见了考选各官。他询问筹饷、安民的办法，这叫做“对策”。问了一些问题，他自己觉得不着边际，被考选的官员也答得不着边际。尽管他心中十分焦躁，没有片刻的宁静，两只脚在地上踏来踏去，两只手也在御案上不住地动着，可是他还是捺着性子继续问下去。当他向一个被考选的知县问如何使军饷充裕、如何安民的问题时，这个知县回答说：

“裕饷不在搜括，在节俭。安民系于圣心，圣心安则民心安矣。”

崇祯听了这话，虽然认为空洞，但也点了点头，当时就批了几个字，授他为给事中。他还在继续考选，忽然一个太监将一密封送到他的御案上。他以为是吴三桂到北京的机密塘报，赶快拆开密封，匆匆一看，突然面如土灰，一句话不说，起身进宫去。被考选的几十个官员不敢退走，以为皇上临时有事，马上还会出来，继续考问。执事太监和锦衣卫也没有离开，照样站班。过了很长一阵，崇祯仍没有出来。又过了一阵，才有一个太监出来，向大家传谕退朝。

官员们开始退出。可是为什么事情，大家一点也不清楚。

今天是三月十七日。

大顺军昨天上午过了昌平以后，在沙河防守的襄城侯李国桢得到探报，立刻督率将士，把红衣大炮的炮衣去掉，一边准备拼死抵御，一边火速密奏皇帝。昨天下午崇祯正在考选官员的时候，接到的那封密奏，就是李国桢派飞骑送进京的。可是当刘宗敏率领的大顺军到了沙河镇附近，三大营的人马望见骑兵的尘土自北而来，立时惊慌失措，将大炮一扔，一哄溃散，各自逃生。有些没有逃得及的，大顺军一到，都跪下投降了。有的没有决定投降，也被大顺军的骑兵包围，成了俘虏。然后大顺军就带着夺来的大炮继续向北京进发。

李国桢在沙河镇一见军心已散、不战自溃，纷纷倒戈，便带着少数随从左右的亲兵和奴仆逃回北京，立刻到宫门求见皇帝。崇祯在武英殿召见。李国桢面奏了兵溃经过，伏地痛哭，请求对他治罪。倘在往年，崇祯准会将他拿问，斩首。李国桢不仅在沙河全军自溃，前徒倒戈，大炮辎重尽资敌人，也该死罪。然而崇祯现在变了。他没杀李国桢，甚至也没有动怒。他只问有没有人马到德胜门外布防。李国桢回答说：“陛下，无兵无将，不要再指望出城作战啦！”崇祯想着亡国已不可免，呜咽流泪，挥手要李国桢退出。

……

第53章

崇祯十七年三月十七日上午，当李自成的一部分骑兵到达北京城外的时候，首先被包围的是北边的德胜门和安定门，西边的西直门和阜成门，内城的东边城门和外城各门是直到十七日下午才被大顺军包围的，并有骑兵在外城的近郊巡逻。从此，北京城与外边的消息完全隔断。

当大顺军由李过和李友率领的两三万先锋步骑兵毫不费力气击溃了在沙河布防的数千京营兵，长驱来到德胜门外时，驻节永平的蓟辽总督王永吉派人送来的十万火急的军情密奏侥幸送进正待关闭的朝阳门，直送到通政司。通政司堂上官一看是六百里塘马送来的军情密奏，不敢拆封，不敢耽误，立刻送进宫中。据王永吉密奏，吴三桂已于十六日到达山海关，随同进关来的二十万宁远各地百姓和将士眷属暂时安置在关内附近各地，他本人将率领数万精锐边兵星夜驰援京师，恳求皇上务必使北京坚守数日，以待吴三桂的援兵到来。王永吉的这一密奏，使崇祯觉得是绝处逢生，一时不禁狂喜，以掌拍案，大声说道：

“吴三桂果是忠臣！”

恰好魏清慧前来添香，听见皇上用力以掌拍案，心中大惊，但皇上接着说的一句话她没有听清。她赶快掀帘进来，看见皇上喜形于色，顿感放心，柔声说道：

“皇爷，为何事手拍御案？”

崇祯说道：“吴三桂已率领数万精兵从山海关前来勤王，北京城不要紧了！”

魏清慧说：“我朝三百年江山，国基永固。从英宗皇爷以来，北京几次被围，都能逢凶化吉，这次也是一样。请皇爷从今不必过于焦急，损伤御体。请下手诏，催吴三桂的救兵速来好啦。”

崇祯点头：“叫司礼监来人！”

魏清慧立刻退出暖阁，传旨在殿外侍候的太监，速传司礼监太监前来。趁这时候，崇祯用朱笔给吴三桂写了一道手谕：

谕平西伯吴三桂，速率大军来京，痛剿逆贼，以解京师之危！

司礼监太监将这一皇上手谕拿去之后，在黄纸上端盖一颗“崇祯御笔”便玺，封好，封套上加注“六百里飞递”五个字，登记发文的月、日和时间，不经内阁，直接送交兵部，要立即派塘马送出京城。

魏清慧在成化年制宝鼎式铜香炉中添完香，又送来一杯香茶，放在御案上。她看见皇帝正在默想心事，想着他连日饮食失常，夜不安寝，憔悴已甚，难得此刻心情略好，便向他柔声劝道：

“皇爷，既然有了天大的好消息，吴三桂即将率关宁精兵来解北京之围，请皇爷稍宽圣心，到养德斋御榻上休息一阵。”

崇祯望望她，没有做声，继续在思索着蓟辽总督王永吉的军情密奏。他知道王永吉曾经亲身驰赴宁远，敦促吴三桂迅速率兵勤王。后来又接到王永吉的飞奏，说吴三桂正在向山海关走来，三月十六日可到关门，而他先驰回永平，部署进关辽民的安置事宜，以后就没有消息了。现在崇祯正在绝望之中，忽接王永吉的这一密奏，如同绝处看见救星，自然不免心中狂喜。崇祯把密奏拿起来重看一遍，连连点头，似乎是对着站立在面前的宫女魏清慧，又似乎是自言自语地说：

“吴三桂果然是一个难得的忠臣，已经从山海关率领数万精兵来救北京！”

魏清慧望着皇帝，激动得两眼眶充满热泪，嘴唇欲张又止。遵照崇祯朝的宫中规矩，关于一切朝中大事，宫女们连一句话也不许说，不许问，所以魏清慧装做去整理香炉，悄悄地揩去了激动的热泪，同时在心中叹道：

“谢天谢地！谢天谢地！”然后悄悄地走出去了。

倘若在往年，崇祯如此狂喜，一定会立刻将王永吉的飞奏宣示内阁，然后由主管衙门将这一消息布告京师臣民周知，以安人心。然而，近来的经验使他变得慎重了。已经有许多次，他的希望变成了绝望，他的“庙谋”无救于大局瓦解。崇祯十四年督催洪承畴率领八总兵去救锦州，去年督催孙传庭出潼关入豫剿贼，两次战争结果，与他的预期恰恰相反。援救锦州之役，八总兵全军崩溃，洪承畴被围松山，继而降虏，锦州守将祖大寿也只得献城出降。孙传庭在汝州剿闯，全军溃败，闯贼进入潼关，又不战而进西安，大局从此不可挽回。想着这两次痛苦经验，他对吴三桂救北京的事也不敢抱十分希望。如今他担心吴三桂害怕“闯贼”兵势强大，在山海关一带畏缩观望，不能星夜前来，或李自成一面分兵东去阻挡关宁兵西来，一面加紧攻城，使吴兵救援不及。自从昨天三大营在沙河溃散以来，他的心头压着亡国的恐惧，只恨满朝文武没有一个人能够为他分忧。由于这种绝望心情，他不肯贸然将吴三桂来救京师的消息向臣民宣布，独自在乾清宫绕屋彷徨多时，重新坐下愁思，忽然深深地叹息一声，没有注意到魏清慧进来送茶。

魏清慧实际上十分辛苦，这时本来她可以坐在乾清宫后边自己舒适的、散着香气的小房间里休息，命别的宫女为皇上送茶。为皇上按时送茶，这活儿十分简单，用不着她这个做乾清宫“管家婆”的、最有头面的宫女亲自前来。

魏清慧之所以亲自前来送茶，是因为她对眼下的国家大事十分放心不下。国家亡在旦夕，不惟她放心不下，她知道所有的宫人们没有谁能够放心。可是内宫中规矩森严，别人都没法得到消息，只有她常在皇帝身边，有可能知道一些情况，所以不但乾清宫的人们都向她打听，连坤宁宫中的吴婉容也是如此。她在自己的房间里坐不安，躺不下，想来想去，决定亲自来给皇帝送茶，看有没有机会打听一点消息。既然国家亡在旦夕，纵然受皇帝责备她也不怕。国家一亡，皇帝也罢，奴婢也罢，反正要同归于尽！她于是对着铜镜整理一下鬓发，净净纤手，来给皇帝送茶来了。

在送茶时听见皇上深深地叹息一声，她吃了一惊，随即用温柔的小声说道：

“皇爷，已经来了大好消息，为何还要如此忧愁？”

倘若在平日，崇祯会挥手使魏宫人退出；尽管他知道她的忠心，他也决不肯对她谈一句心里的话。然而亡国之祸到了眼前，崇祯对宫女的态度也变了。他恼恨文武群臣都是混蛋，一定有不少人在等待向“流贼”投降，有的人在等待逃出城去。他痛恨平时每遇一事，朝臣们争论不休，可是今天竟没有一个人进宫来向他献救急之策！他望一眼面容憔悴，眼睛含泪的魏宫人，心中叹道：“患难之际，倒只有面前的这个弱女子还对朕怀着同往日一样的忠心！”他深为魏宫人的忠心感动，几乎要涌出热泪，轻轻点头，示意她走近一步。魏宫人走近一步，站在他的面前。崇祯又伤心地叹气，低声说道：

“吴三桂虽然正在从山海关来京勤王，但怕是远水不救近火。贼兵已到北京城下，必将猛攻不止。三大营已经溃散，北京靠数千太监与市民百姓守城，何济于事！”

魏宫人大胆地小声问道：“满朝文武难道就没有一个肯为皇上尽忠报国的人？”

崇祯摇头不答，禁不住滚出热泪。魏宫人此刻才更加明白亡国的惨祸确实已经临头，也落下眼泪，小声哽咽说：

“但愿上天和祖宗眷佑，国家逢凶化吉。”

崇祯不由地握住魏的一只手，语调真挚地说道：“倘若蒙上天与祖宗保佑，北京平安无事，事定之后，朕将封你为贵人，使你永享富贵。”魏宫人当崇祯握住她的一只手时，由于事出意外，不觉浑身一战，又听皇上说出了这样的话，赶快挣脱皇上的手，跪地叩头，颤声说道：“叩谢皇恩！”此时此刻，她一方面感激“天语恩深”，一方面也明白已经晚了，认为是命中注定她不能受封，只能以宫女身份为皇上殉节。所以在照例叩头谢恩之后，小声地呜咽痛哭。崇祯明白魏宫人的伏地呜咽包含着即将亡国之痛，也跟着叹息洒泪。但是他不愿使太监看见，有失皇家体统，便将魏宫人拉了一下，小声说：

“起来！起来！”

魏宫人又叩了一个头，从地上起来，以袖揩泪，仍在断续哽咽。正在这时，新承钦命任京营提督、总管守城诸事的司礼监秉笔太监王承恩进来。他先向魏宫人使个眼色，使魏回避，然后将崇祯给吴三桂的手诏放到御案上，跪下奏道：

“皇爷，如今各城门全被逆贼围困，且有众多贼骑在四郊巡逻，还听说有众多贼兵往通州前去，给吴三桂的手诏送不出去了。”

崇祯大惊：“东直门和齐化门都包围了？”

“连外城的东便门和广渠门也被逆贼的大军包围。奴婢去齐化门巡视，遇到本兵张缙彦，他将皇爷给吴三桂的手诏退还奴婢，带回宫中。”

崇祯脸色凄惨，默然片刻，然后问道：“崇祯二年，东虏进犯，来到北京近郊，何等危急。可是袁崇焕一接到勤王诏书，留下一部分人马守宁远，他自己率领满桂、祖大寿等大将与两三万精兵，火速入关，日夜行军，迅速来到京师，扎营于广渠门外，使北京城转危为安。以袁崇焕为例，吴三桂知道京师危急，他率领关宁骑兵，从山海关两日夜可到朝阳门外，一部分守城，一部分驻扎城外与逆贼作战，北京可以万无一失。你想，吴三桂在两天之内会来到么？”

提到袁崇焕，王承恩伏地不敢回答。近十年来，由于东事日坏，北京朝野中私下议论袁崇焕的人多了起来，都说袁崇焕是一位少有的人才，崇祯先听了朝臣中的诽谤之言，随后又中了敌人的反间计，枉杀了他，自毁长城。他知道皇上近几年也从厂臣①密奏朝野私下议论，略闻中了敌人的反间计，心中反悔，但不肯承认自己错杀了袁崇焕，所以一直无意对袁的冤案昭雪。崇祯看见王承恩俯首不语，问道：

“你也听说袁崇焕死得冤枉？”

王承恩叩头说：“奴婢不敢妄言，风闻朝野间早已有此议论。吴三桂只是一员武将，论忠贞、论谋略，都不能同袁崇焕相比。皇上，眼下十余万逆贼已把北京城四面合围，吴三桂的救兵不会来了！”

崇祯摇头，流下眼泪，痛心地叹息一声，命王承恩站起来，问道：

“城上的守御情况，你可去察看了么？”

王承恩哭着说道：“皇爷！事到如今，奴婢只好冒死实奏。城上太监只有

---

①厂臣——指东厂的掌印太监，即东厂提督。

三千人，老百姓和三大营的老弱残兵上城的也不多，大概三个城垛才摊到一个人。守城百姓每天只发几个制钱，只能买几个烧饼充饥。城上很冷，大家又饥又冷，口出怨言，无心守城。”

“逆贼今夜是否会攻城？倘若攻城，如何应付？”

“逆贼远来，今日陆续来到城下，将城包围，尚在部署兵力。以奴婢忖度，逆贼要攻城是在明天。今夜可以平安无事，但须谨防城中有变。”

崇祯问道：“城内派兵巡逻，查拿奸细，难道就没有兵了？”

“三大营的数千人在沙河御敌，不战而溃。留在城内的三大营虽然按册尚有五六万人，但是前两天经戎政侍郎王家彦按册点名，始知十之八九都是缺额，实有官兵人数不足五千。这不足五千官兵也是老弱无用之人，充数支饷罢了。王家彦同奴婢商议，从中挑出一千人上城，余下的分在内外城轮班巡逻。内外城中巡逻弹压，就靠这一些不管用的老弱残兵。”

崇祯明白吴三桂的救兵已经没有指望，守城兵力空虚，亡国灭族的惨祸已经来到眼前，蓦然出了一身冷汗，浑身颤栗，几乎不能自持。但是他毕竟是一位秉性刚烈的皇帝，霎时过去，他恢复了常态，叹气说：

“土木之变，英宗皇爷陷敌。也先兵势甚盛，挟英宗皇爷来到北京城下，认为北京唾手可得。那时国家何等危急，可是朝中有一个兵部尚书于谦，指挥京营迎敌，打退也先，使京城转危为安。如今朕非亡国之君，可是十七年来，满朝文武泄泄沓沓，徒尚门户之争，无一忠心谋国之臣，倘若朝中有半个于谦，何至会有今日！”说毕，随即痛哭。

王承恩又跪下说：“这是气数，也是国运，请皇爷不必伤心。”

崇祯哽咽说：“虽是国运，可是倘非诸臣误朕，国运何竟至此！只说从天启至今二十年中，国家何尝没有人才，没有边才①。皆因朝廷上多是妨功害能之臣，蒙蔽主上，阻挠大计，陷害忠良，使人才不但往往不得其用，而且不得其死。从天启朝的熊廷弼、孙承宗算起，到本朝的杨嗣昌等人，都是未展抱负就群起攻讦，使朝廷自毁长城，而有今日之祸。朕非亡国之君，而遇亡国之事，

---

①边才——边防人才。

死不瞑目！”说毕，又一阵泪如泉涌，掩面呜咽。

王承恩知道亡国惨祸已经临头，城陷只在一二日内，也忍不住伏地悲哭，却不知拿什么话安慰皇上。几个乾清宫中较有头面的太监都因为亡国惨祸已经来到眼前，十分关心王承恩和皇上的谈话，屏息立在窗外。这时听见主奴二人一个坐在龙椅上，一个跪在地上，相对呜咽，他们有的偷偷揩泪，有的轻轻走开，到别处哭出声来。

过了一阵，崇祯命王承恩起来，问道：“没有办法给吴三桂送去手诏，催他火速率骑兵来救京师？”

王承恩犹豫片刻，躬身说道：“兵部已无办法送出皇爷手诏，请容奴婢此刻再去同厂臣密商，厚给赏银，无论如何，今夜派遣一个忠心敢死之人，缒出城去，前往永平和山海关方面，将皇上手诏送到吴三桂军中。”

崇祯明知他的手诏纵然能够送出，也已经是缓不济急。但是哪怕只有一线希望，他也决不肯放弃。他望着王承恩，滚出眼泪，哽咽说道：

“你赶快去吧！”

自从得到李自成的大军越过宣府消息以后，乾清宫每日中午和晚上都遵照崇祯谕旨，皇帝用膳时不再奏乐，菜肴减少到只剩下十几样，这叫做“撤乐减膳”。今日北京已经被围，西直门和阜成门方面曾经有几阵炮声传入大内，所以今日崇祯的晚膳更是食不下咽。但是他担心今夜李自成的人马会开始猛烈攻城，他需要勉强吃点东西，保持体力，好应付紧急情况。

宫中有两位年老的太妃，曾抚育过幼年的崇祯。皇后为了不使她们受到惊骇，不许宫女和太监将李自成包围北京的消息禀奏她们。按照往日习惯，每日皇上晚膳时候，这两位太妃从各自的宫中派遣两名宫女，共捧着两个朱漆描龙食盒，每个食盒装着两样皇上喜爱吃的精美小菜，送到乾清宫，以表示她们关心皇上饮食的心意。这两位太妃住在相邻的两座宫院，所以每日两宫的四个宫女总是相约一同将小菜送来。

由于皇上钦谕“减膳”，今晚由御膳房送来的菜肴不及平日的三分之一，但也算是“色、香、味”俱全了。无奈崇祯只想着亡国灭族的惨祸已经临头，正如俗话所说的“愁肠百结”，不管什么样人间美馔，到口中都只有泥土滋味。当两位太妃的食盒送来时，他照例从御椅上站起来说道：“谢两位太妃慈怀！”为设法使太妃们感到安慰，将送来的四样小菜都尝了半口，不觉滚出热泪。四个送菜的宫女蓦然一惊，相顾失色。魏清慧赶快向她们使个眼色，按照惯例，魏清慧命两个侍膳的宫女将太妃们的小菜倒在别的盖碗中，将原来的四个成窑瓷盖碗放回食盒。魏清慧亲自将四个宫女送出日精门外，小声叮嘱：

“四位姐妹，今晚乾清宫中事忙，我不能离开皇上身边，请你们代我回奏两位太妃，皇上今日食量很好；两位太妃送来的四样美味，皇上吃了大半，余下的赐给都人们吃了。乾清宫的都人们叩谢两位太妃的慈恩。”

一个宫女问道：“清慧姐姐，贼兵围城，吴三桂的救兵能够来么？”

“听说吴三桂的勤王兵前天已经过了永平，正在向北京前来。皇爷又下了手诏，催吴三桂火速赶到。两位太妃可知道贼兵围城么？”

“我们两宫的都人和太监，奉了皇后娘娘懿旨，不许将贼兵围城之事，在太妃们面前透露一丝风声，所以太妃们至今不知。”

魏清慧含泪点头，又问：“今日响了两阵大炮，难道两位太妃没有听见？”

一宫女回答说：“两位太妃正在下棋，吃了一惊，问是怎么回事儿。我们正不知如何回奏，恰好坤宁宫的吴婉容姐姐奉皇后懿旨来向两位太妃问安，说那是神机营在西城外举行操演，试放火器。两位太妃放了心，继续下棋。”

魏清慧哽咽说：“两位太妃年近花甲，几十年深居宫中，怎么也不会料到国运会如此凶险！”

一个宫女拉着魏清慧的手，用颤栗的悄声问道：“清慧姐，万一大事不好……”

魏清慧说：“到那时，有志气的都人姐妹跟我一起，宁死不能受辱！”

崇祯皇帝草草地用了晚膳，漱了口，回到乾清宫背后的养德斋休息，等候太监和宫女们用膳后随他去奉先殿哭拜祖宗神灵。他今天又听见身边的太监禀报：两三天来宫女和太监们又在纷纷传说，在深夜曾听见太庙中巨大响声，又似乎有脚步声走出太庙。他还听说，奉先殿连日来在深夜有恨恨的叹息声，有时还传出顿足声。他很留心这一类不吉利的迷信消息，所以乾清宫的掌事太监和左右长随，也常把这类消息向他禀奏。每次听到太监的禀奏，都使他的心灵发生震撼。他虽然口中不言，但是有时在心中绝望地叹道：

"这是亡国之象！亡国之象！"

崇祯十七岁继承皇位。在即位后的几年中，他每日兢兢业业，立志中兴明室，做一位"千古英主"。作为受命于天，代天理民的天子，他照例每日五更起床，在宫女们的服侍下梳洗穿戴，在乾清宫的丹墀上焚香拜天，祝祷国泰民安，然后乘辇上朝，一天的忙碌生活就开始了。

在刚即位的第二年，他命一位有学问兼善书法的太监高时明写一"敬天法祖"的匾额，悬挂在乾清宫正殿中间。这四个字，从前没有别的皇帝用过，是他经过反复斟酌，想出这四个字，表明他的"为君之道"。在他看来，天生万物，天道无私，能敬天即能爱民，所以作一位"尧舜之君"，敬天是理所当然。至于"法祖"，是表明他要效法大明的开国皇帝太祖和成祖。这两位皇帝被称为"二祖"，是他立志效法的榜样。成祖以后的历代皇帝，都称为"列宗"，他并不打算效法，只是出于伦理思想，对他们尊敬罢了。

近几年来，由于国运日坏，他的锐气日减，而迷信鬼神的思想与日俱增，每年到奉先殿跪在"二祖"的神主前痛哭祷告的次数也增多了。愈是国事挫折，愈是悲观绝望，愈是愤懑愁苦，他愈是想到奉先殿，跪在太祖和成祖的神主前痛哭一场。他不是一个性格软弱的人，到奉先殿去不全是求祖宗保佑，如古语所说的"乞灵于枯骨"。他有无限苦恼和说不尽的伤心话，既不能对朝臣明言，也不能对后妃吐露，而只能对两位开国祖先的神灵痛哭。他在痛哭时虽然不说话，避免被宫女和太监听见，但是他奔涌的眼泪和感人的呜咽就是他发自心灵深处的倾诉。自从前天居庸关守将和监军太监向李自成开关迎降，昌平兵变和官绅迎降，好几千京营兵在沙河不战溃散，而吴三桂救兵不至，崇祯就明白亡国局势已成，表面上故作镇静，而心中十分害怕。今日李自成已将北京合围，他知道城破只在旦夕，更加陷入绝望，在心中对自己说：

"朕朝乾夕惕，苦撑了十七年，竟落到今日下场！"

在这样国家将亡时候，即令奉先殿没有异常情况，他也要到奉先殿痛哭一场，何况一连数夜，侍候在奉先殿的太监们都听见正殿中在半夜三更时候，常有叹气声，顿脚声；还有一位老年太监看见烛光下有高大的人影走动，使老太监猛一惊骇，大叫一声，跌坐在殿外地上。崇祯认为祖宗传下来的江山要亡在他的手中，他死后无面目拜见祖宗，这种多日来压在心头的自愧心情，今日特别强烈，使他坐立不安。他忽然在暖阁中狂乱走动，连连发出恨声，并且喃喃地自言自语：

"朕无面目见祖宗！无面目见祖宗！……"

这时，太监和宫女们都已经匆匆用毕晚膳。因为他们都知道局势十分紧急，皇上心情很坏，所以大家都是面带愁容，心中恐慌。几个常在皇帝身边服侍的太监和宫女都来到乾清宫正殿外边，屏息等候，不敢走进暖阁。

崇祯颓然坐进龙椅，拿起茶杯，喝了一口温茶，打算使自己的心思冷静一下，但忽然想到了无用的大小朝臣，不禁满腔愤恨。在往日，大小臣工，每日除在上朝时面陈各种国事之外，还要请求召对，还要上疏言事。今日京师被围，国家亡在旦夕，满朝文武为何没有一个人要求召对，献上一策？

他忽然又想到吴三桂来京勤王的事，更觉恼恨。当朝廷得知李自成破了太原的时候，就有人建议下诏吴三桂进关，回救北京。蓟辽总督王永吉也从永平府来了密奏，力主调吴三桂回救京师，以固国家根本。他当时已经同意，加封吴三桂为平西伯，指望吴三桂平定西来之贼。可是朝臣中有不少人激烈阻挠，说祖宗疆土一寸也不能丢掉，责备放弃关外土地为非计。朝中为应否调吴三桂勤王的事争论不休，白白地耽搁了时间。后来因局势日见紧迫，朝臣们才同意召吴三桂勤王，但又说辽东百姓均皇上子民，必须将宁远这一带百姓全部带进关内，这样就必然误了"戎机"。他痛恨朝廷上都是庸庸碌碌之臣，竟没有一个有识有胆、肯为国家担当是非的人！……想到这里，他怒不可遏，将端在手中的一只茶杯用力往地上摔得粉碎，骂了一句：

"诸臣误国误朕，个个该死！"

乾清宫掌事太监吴祥正在殿前，闻声大惊，赶快进来，跪到地上，不敢询问，只是等候吩咐。恰在此时，魏清慧也跟着进来，跪到地上。

崇祯望望他们，小声说："传旨，马上往奉先殿去！"

掌事太监问："要备辇么？"

"不用备辇，步行前去！"

掌事太监赶快出了乾清宫正殿，安排一部分太监随驾去奉先殿，一部分留在宫内，另外差一名小答应速去通知奉先殿掌事太监，恭候接驾。魏清慧也离开皇帝，赶快去将宫女们召集在一起，吩咐一部分宫女留下，一部分赶快准备随驾侍候。

当太监和宫女们正在准备时候，崇祯默默垂泪，在心中对自己说道："城破就在旦夕，这分明是最后一次去奉先殿了！"他一想到亡国惨祸，不由地想到了皇后和袁妃，还有几个未成年的子女，心中一阵凄楚，鼻子一酸，热泪奔涌而出。

周皇后十六岁被选为信王妃。那时主持为信王选妃这件大事的是天启皇后张氏，即现在的懿安皇后。在许多备选的良家姑娘①中，信王同张皇后都看中了姓周的姑娘，真是玉貌花容，光彩照人，而且仪态端庄，温柔大方。张皇后小声问他：

"信王，你看这位姓周的姑娘如何？"

信王不好意思地小声回答："请皇嫂决定。她容貌很美，只是瘦了一点。"

张皇后微微一笑，说道："她才十六岁，还没有长成大人，再过两三年就不会嫌瘦了。"为信王选妃的大事就这样定了。又过了半年，天启皇帝病故，得力于张皇后的主张，当夜将信王迎进宫中继承皇位。那时客、魏擅权，朝政紊乱。为防备信王进宫去会被客魏奸党暗害，由信王妃亲自同宫女烙了一张饼子，给信王带进宫中。信王在庭院中上轿时候，周妃走到轿边，用颤栗的小声嘱咐：

"王爷，你今夜若是饿了……请你牢牢记住，只吃从家中带去的饼子，切莫吃宫中的东西。等到明日清早，你在皇极殿即了皇位，受了文武百官的朝贺，才算是万事大吉。"看见信王点头，她又噙着热泪嘱咐："王爷去吧，请今夜不要睡觉，随身带去的宝剑就放在面前桌上。妾已经吩咐随王爷进宫的四

①良家姑娘——明代为防止外戚干政，不许从贵戚和官宦之家选妃，只选身家清白的平民百姓姑娘。

个太监，今夜就在王爷身边服侍……王爷进宫以后，妾整夜在神前祈祷，求上天保佑王爷平安登极！”

这几句颤声叮咛的话，还有他当时望见周妃明亮凤眼中闪着的泪光，深深地震撼着他的心灵，经过十七年记忆犹新，如今又在他的心上出现。

崇祯登极以后，信王妃周氏就被迎进宫中，尊为皇后，住在坤宁宫。接着，按照皇家礼制，由皇后主持，陆续选了一些貌美端庄的良家姑娘充实六宫，总称为妃嫔，实际上名称和等级很多。崇祯登极后最重要和最早的一次选妃是选了田妃和袁妃。由礼部拟定晋封仪注，皇帝颁赐册文，昭告天下。田妃住在承乾宫，称为东宫娘娘；袁妃住在翊坤宫，称为西宫娘娘。后来田妃逐步晋封为贵妃，皇贵妃，于崇祯十五年七月病故。田妃死后，袁妃晋封为皇贵妃。袁氏本应该移到承乾宫住，但她不愿皇帝为田妃伤心，坚决留在翊坤宫。崇祯本来就爱她容貌很美，颀长身材，肥瘦适中，面如皎月，唇红齿白，不恃脂粉而自有美色，加上她的秉性温柔贤慧，遇事谦逊退让，在宫眷中从不争风吃醋，受到所有妃嫔的称赞，也受到她身边的宫女爱戴。去年她晋封皇贵妃后，不肯移居承乾宫，使崇祯深受感动，更加爱她。

近来他为局势日非，很少到坤宁宫去，同翊坤宫的皇贵妃更少见面。此刻他准备往奉先殿时，想着由于不能保住江山，皇后和袁妃将惨死于“逆贼”之手，忍不住暗暗流泪。这时乾清宫掌事太监吴祥进来，到他的面前躬身问道：

“皇爷何时启驾？”

崇祯害怕呜咽出声，没有回答，立即从龙椅上站起身来。吴祥赶快退出，在乾清宫丹墀上刚传呼太监们“侍候启驾”，崇祯已从殿内走出来了。他在一群太监和宫女打着十几盏灯笼的前后簇拥中走下丹陛，到了乾清宫院中，恰好王承恩进来了。

崇祯一见王承恩，便立刻止步，急忙问道：

“王承恩，朕的手诏送出城了么？”

王承恩躬身回答：“回皇爷，奴婢找到厂臣曹化淳，商量一下，又找锦衣卫使吴孟明密商。锦衣卫的打事件番子中，三教九流、各色人物都有，就由他们中挑选了两个特别精明强健的冀东人，道路最熟，要他们将皇上手诏送到吴三桂军中。每人给他们五十两纹银，作为安家费，对他们讲说明白，只要他们将皇上的手诏送到吴三桂手中，他们就是为朝廷立了大功，国家要破格重赏，使他们世世富贵。”

崇祯对王承恩在眼下困难时刻能够如此忠心办事，颇为感动，但是他没有说别的话，只是吩咐王承恩速去城上，督促太监和军民认真守城。他在心中叹息说：

“纵然手诏能够送到吴三桂军中，也来不及了！”

从乾清宫去奉先殿是从日精门出去，顺着东一长街往南走，再从内东裕库的前边往东，便到奉先殿院落的正门。但是出了日精门顺永巷正向南走，崇祯忽然转念，吩咐往坤宁宫去，并吩咐魏清慧往翊坤宫向皇贵妃传旨：速到坤宁宫来。魏清慧回答说：

“刚才吴婉容奉皇后懿旨来问皇爷晚膳情形，听她说，皇贵妃娘娘下午陪皇后相对流泪，然后一起去英华殿祈祷，又回到坤宁宫用晚膳，此刻尚未回翊坤宫。”

宫女和太监们听见皇帝边走边自言自语地说：“好，好。”但是崇祯还有一句要紧的话没有说出，所以连魏清慧也一时不明白皇上说的这“好，好”二字是什么意思。

愁眉不展的周后，正在坤宁宫中与袁妃相对而坐，听到太监禀报说圣驾马上就到，吃了一惊，不禁心中狂跳，想道：“我的天，一定是大事不好！”她赶快率领袁妃、宫女和太监到院中接驾，一切都按照皇后宫中的素日礼节，只是不免显得草率罢了。

崇祯被迎进坤宁宫正殿，坐下以后，半天没有说话。他几天来寝不安枕，食不下咽，已经显得面色灰暗，眼窝深陷，刚刚三十四岁的年轻天子却两鬓上新添了几根白发，和他的年纪很不相称；尤其是皇后和皇贵妃最熟悉的一双眼睛，本来是炯炯有神，充满着刚毅之气。如今那逼人的光芒没有了，不但神采暗淡，白眼球上网着血丝，而且显得目光迟钝和绝望。皇后看见了皇上这种异乎寻常的神情，心中酸楚，不敢细看，回头向皇贵妃瞟了一眼。袁妃眼中含泪，低下头去。皇后在心中问道："难道国家真要亡么？"她想放声大哭，但竭力忍耐住了。

崇祯觉得对皇后和皇贵妃有很多话要说，但是又觉得无话可说。皇后今年才三十三岁，袁妃三十二岁，原来都是花容玉貌，不施脂粉而面如桃花。今晚，崇祯看见她们都变得十分憔悴，好像在几天之内就老了十年。他不敢多看皇后，皇后的忧戚神情使他十分心痛，甚至深恨自己对不起皇后，使皇后有今日下场。十七年来，他同皇后之间有许多恩爱往事使他永难忘怀，特别是二十天前的一件事，使他现在痛悔莫及，不敢再看皇后，低下头深深地叹息一声，并且在地上跺了一脚，在心中说道：

"唉！那时听皇后一句话，何至今日！……"

周后听皇上顿脚，吃了一惊，抬头望望皇上，但不见皇上说话。十七年来，她很少看见皇上像这样失去常态。自从听说"逆贼"过了宣府以来，她在心中已经考虑过上千遍，万一城破国亡，她身为"国母"，断无忍辱苟活之理，所以她随时准备着为国殉身。看见皇上突然来坤宁宫，如此神态失常，心中猜想：莫非皇上要告诉她殉国的时候已经到了？又等了片刻，她再也忍耐不住，向崇祯颤声问道：

"皇上，对臣妾等倘若有话吩咐，就请吩咐吧！"

崇祯知道皇后问这句话是什么意思，但是他低着头没有说话，只是悔恨关于逃往南京的事不肯听皇后一句劝告，到今日欲逃不能，等待着城破国亡，一家人同归于尽。二十天前，朝中有大臣建议他离开北京，逃往南京，然后利用江南的财富和人民，整军经武，平定中原，重回北京。当时懿安皇后和周后都有此意。当李自成率十余万大军从太原向北京前来的时候，也正是朝廷上关于他应否往南京去争论最激烈的时候。懿安皇后和周皇后从两宫掌事太监的口中知道了两派朝臣争论不休，而朝廷上没一个真正能够担当重任的大臣，所以皇上一直举棋不定。懿安皇后暗嘱皇后，遇方便的时候，劝皇上早拿主意，免得临时仓皇无计。有一天，崇祯因为心情苦闷，来到坤宁宫闲坐，不觉长叹一声。周后趁机说道："我们南方还有一个家……"崇祯不等她将这句话说完，对她严厉地将眼睛一瞪，使她不敢再往下说。自从他登极以后，鉴于前代后妃干政之弊，绝不许后妃们打听朝廷大事，更不许随便说话，所以在是否“南迁”的大事上对周后作出这样的严厉态度。此刻他望见周后的面容憔悴异常，神情愁惨，又听了她的询问，使他深感悔恨，几乎想放声痛哭。他竭力忍住，同时也不能开口说话，因为他要一开口便会忍不住呜咽起来，紧接着放声大哭。

皇后虽然对自己应该为国殉节，早已拿定主意，认为是“天经地义”，但是如今在等待皇上说话时候，她却不由地浑身打颤。她忽然想到她的两个儿子太子和定王，又想到她的两个女儿长平公主和昭仁公主①，浑身颤栗得更加厉害。吴婉容悄悄地走到皇后身边，以便随时将皇后搀扶一下。

正在这时，从阜成门方面传过来一阵炮声，起初有三声炮响得没有力量，随后的几炮特别有力，震天动地。崇祯和宫眷们都吓了一跳，侧耳谛听，随后却寂然无声。大家知道这并非李自成的大军攻城，才略微放下心来。

北京四郊村庄的乌鸦、麻雀，依照一代代的生活习惯，每日黄昏，成群结队，肃肃地飞进北京城内，寄宿在各处的树枝上和屋脊上；黎明醒来，纷纷啼叫，然后又成群结队地起飞，盘旋，飞回乡下。这后边特别震耳的大炮声惊起了寄宿在西城各处的上万只乌鸦，一群一群地向东飞逃，其中有一部分飞到中南海和北海，一部分飞进紫禁城内，散落在各个宫院的树枝上。还有一小部分飞到坤宁宫背后的御花园中，落在高大的白皮松和连理柏上；另有十几只落在坤宁宫院中的古槐上。来到坤宁宫院中的乌鸦，虽然已经听不见炮声，但仍然惊疑不定，落下又起飞，飞起来又落下，方才安静。

当乌鸦安静以后，紫禁城中又回到可怕的寂静。因为天上有云，月光不明，到处是昏暗的宫殿阴影，使皇宫中更显得阴森森地骇人。

坤宁宫中，从皇后、皇贵妃，到宫女和太监，都将视线移到皇帝身上。由于刚才的一阵炮声，皇后明白李自成不久就要攻城，她同袁妃尽节的时候也快到了，忍不住又向崇祯颤声问道：

---

①昭仁公主——周后所生的小女儿，年仅六岁，尚无封号，因为同奶母住在昭仁殿故宫中，称为昭仁公主。

“皇上，您到底有何吩咐？”

崇祯尚未抬头，从东长街传来了打二更的木梆声。每敲两下，便有一个老太监用苍哑的声音叫一句：“天下~~~太平！”打更的太监从北向南，过了极化门，又过了永祥门，渐渐远了。崇祯深深地叹了一口气，对皇后说道：

“朕本来是要去奉先殿，出日精门刚走几丈远，忽然想到你同袁妃……”

周后说道：“皇爷，事已至此，臣妾等并不害怕一死。您有话请直说吧，臣妾等遵旨殉节！”

崇祯打个哽咽，接着说道：“朕本是要去奉先殿哭别祖宗神主，只是忽然想到你们，转到坤宁宫来。我们夫妻，十七年忧患与共，再见面的时候不多了！……”

他说不下去，首先呜咽。皇后和皇贵妃都忍不住痛哭起来。宫女和太监们有的流泪，有的呜咽出声。崇祯不忍看宫眷伤心哭泣，忽然起立，走出正殿，向恭候在坤宁宫丹墀上的宫女和太监们吩咐：

“启驾！”

皇后率宫眷们将皇上送到院中，随即拉着袁妃的手，回到作为寝宫的坤宁宫西暖阁坐下，揩去眼泪，向跟着进来的“管家婆”哽咽吩咐：

“婉容，今晚皇爷的精神有点儿反常，我很不放心，你带几个都人去奉先殿随驾侍候，有什么事儿随时来向我禀奏！”

吴婉容率领几个宫女打着灯笼追赶皇帝去后，皇后又吩咐另外的宫女在丹墀上摆好香案，说道：

“我要同皇贵妃对天祈祷！”

从坤宁宫出来，崇祯命乾清宫掌事太监吴祥直接横过东一长街，先到承乾宫去。承乾宫中大部分原来侍候田皇贵妃的太监和宫女还都留着，为着皇上有时前来看看田妃的旧居，他们每天照例打扫各处，浇花除草，小心饲养鹦鹉。今晚北京被围，情况很坏，皇上突然到承乾宫来，实出大家意外。在太监和宫女们纷纷奔出，跪在甬路旁接驾时候，挂在廊下的白鹦鹉虽然隔着黑绒笼罩，也已经感觉是皇帝驾到，在笼中兴奋地叫道：

“接驾！接驾！……万岁驾到！”

崇祯走进承乾宫的正殿，停了片刻，看了看由一位翰林院待诏、擅长肖像的江南名画师去年春天凭着宫女们的口头描述，为田妃画的一幅“幽篁琵琶图”遗容，仿佛田妃又活现在他的眼前。随后，他走进作为田妃寝宫的东暖阁，用泪眼看了一遍，一切陈设依旧，整洁犹如田妃在日。临南窗的长案上放着田妃的遗物：文房四宝和一本宋拓《洛神赋》。金鱼缸和江南盆景仍在几上。墙壁上挂着一张用锦囊装着的古琴和四幅田妃所画的花卉草虫条幅。崇祯又走进里边一间，桌椅和床上陈设，仍保持往年原样。崇祯在椅子上坐下去，眼光呆滞地望到床上，心头浮现出许多夫妻间恩爱往事，随后又仿佛看见正在生病的田妃，病体虚弱，靠在床上。她知道自己不久于人世，双目含泪，分明心中有许多话，欲言又止。崇祯揩去自己的眼泪，再向床上看去，却只是一张空床。他对着空床点点头，伤心地小声说道：

“你死得早，死得好。你幸而早死一年多，朕不用为你操心了。你在陵寝中等着吧，朕快要同你相见了！……”

崇祯的话没有说完，已经泣不成声，跟在他身边的有承乾宫的原在田妃身边的贴身宫女王瑞芬和四个宫女，乾清宫的魏清慧和另外两个宫女，还有从坤宁宫追来侍候的吴婉容和两个宫女，其余的宫女们和太监们有的停留在田妃寝宫的外间，有的恭候在窗外廊下。此时大家听见了皇上的话，都不由地哽咽流泪。

每年春季，北京多风，现在又起风了。虽然风不很大，却使承乾宫院中树影摇晃，正殿檐下的铃声丁冬，更增加了宫女们的悲哀。

魏清慧首先在皇帝的面前跪下，吴婉容等众宫女也纷纷跪下。魏清慧在皇帝脚下悲声说道：

“请皇爷宽心！请皇爷宽心！”

又过了一阵，崇祯揩去脸上泪痕，对着田妃的空床在心中说：“爱妃啊，古人说，睹物思人，朕再来承乾宫的时候怕没有了！”说毕便挥泪起身，脚步踉跄地往奉先殿去。

奉先殿的太监们看见皇上来到，一齐跪到地上迎驾。奉先殿因是皇帝在紫禁城中的家庙，所以院落较大，古树较多。今夜有十几只乌鸦原在西城寄宿，受到大炮声的惊吓，从西城惊慌飞来，落在奉先殿的古柏枝上，因为有西北风，都将头朝着西北方向，缩着脖子，刚刚入睡。忽然有一大群宫女和太监打着十几盏灯笼，随侍着皇帝走进院中，那惊魂才定的宿鸦，乍然被脚步声和灯光惊醒，侧首下望，哑哑地惊叫几声，不敢再叫，等待动静。有的惊慌地飞离树梢，在低空中盘旋一阵，但见夜色昏暗，北风凄紧，无处可以去，又陆续落回原处。

崇祯进入奉先殿，先在太祖皇帝的神主前行了三跪九叩头礼，又在成祖皇帝的神主前行三跪九叩头礼，随即伏地痛哭，一边哭一边断断续续地诉说：

"二位皇祖，您们身经百战，平定僭窃，驱逐胡元，而有大明天下。到了不肖孙子，无德无能，承继正德以来的历代弊政，虽也尽力振作，志在中兴，可怜国运日非。孙子苦苦挣扎十七年，有心中兴，无力回天，眼看就要城破国亡，家族屠灭，陵寝与宗庙任贼焚毁，不肖孙子纵然死志已决，甘愿身殉社稷，但恨无面目见二祖列宗于地下！在孙子手中失了祖宗江山，不孝之罪，上通于天！……"

崇祯说不下去，以头触地，嚎啕痛哭之声，震动大殿，惨痛更加动人，不仅进到殿内的乾清宫掌事太监吴祥，两宫"管家婆"魏清慧、吴婉容和其他四个宫女随皇帝伏地痛哭，那跪在殿外的众多太监和宫女也都泣不成声。

那些常在皇上身边侍候的太监和宫女虽然有多次看见皇上因为国事艰难，或默默流泪，或呜咽痛哭，但是像今夜这样当着许多宫女和太监嚎啕痛哭、倾诉衷肠的情形还是第一次。他们既出自忠君思想，也深感即将亡国之痛，又想着自己的眼前大祸，所以都只顾随着皇上伏地悲哭，竟无人劝解皇上。

忽然，从院中的高树枝上发出了一声奇特的鸟叫，好像是古怪的笑声。魏清慧有一夜曾经在御花园听见过这种鸟叫声，一位照料钦安殿的老太监告她说这是猫头鹰的叫声。如今魏清慧听到这声音，不觉毛骨悚然。她担心"逆贼”随时都可能攻城，如皇上在此时哭坏了身体将无法应付变故。她膝行而前，到了崇祯背后，哽咽劝道：

“皇爷，时候不早了，请圣驾回宫去吧！”

崇祯没有听见她的话，又抬头望着成祖的神主哭着诉说：

“自万历末年以来，内政不修，辽事日棘，至天启末年，朝政更坏，内地天灾不断，民不聊生，盗贼蜂起。辽东方面，虏势日盛，朝廷用兵屡挫，土地日削，不肖孙子登极以后，欲对关外用兵就不能专力剿贼，欲剿贼就无力平定辽东。内外交困，国运日坏，一直没有转机，以至有今日之祸！用武将则将骄兵惰，不能实心剿贼，徒会扰害百姓，驱民为乱。用文臣则几乎无官不贪，在朝中各树门户，互相攻讦，却没有一个人能够为朝廷实心做事，敢在国家困难时担当重任。孙子并非亡国之君，偏有今日亡国之祸，都因为文臣误国，武将误国！……”

崇祯又一次放声大哭，感动得殿内殿外的太监和宫女们都放声大哭。自从永乐年间由南京迁都北京，在紫禁城外修建了太庙，在紫禁城内后宫中修建了奉先殿之后，二百多年从来没像今夜有皇帝和一大群宫女、太监在奉先殿正殿内外一片放声痛哭的事。由于哭声很大，又一次惊醒了树枝上的乌鸦，纷纷惊叫，飞往别处。

皇上在奉先殿伏地大哭的事，一开始就由吴婉容差遣两个宫女结伴，打着一盏纱灯，奔回坤宁宫，启奏皇后。周后知道皇帝这次去奉先殿痛哭并不是再去乞求祖宗保佑，而是前去“辞庙”，所以得到宫女禀奏后，立刻同袁妃在坤宁宫大哭起来。坤宁宫中众多的宫女和太监，还有一些女子，原是宫女身份，却已经有了女官职称，大家都随皇后和皇贵妃大哭起来。

深夜，月色昏暗，北风凄紧，树影摇动，檐际铁马丁冬……这一切更增加了坤宁宫中的悲凉和绝望气氛。

崇祯在奉先殿又伏地痛哭一阵，经魏清慧和吴婉容的苦劝，才向太祖和成祖的神主分别叩了头，从拜垫上站起身来。但是他今夜来奉先殿的目的是因为他清醒地明白国家亡在旦夕，他自己将要遵照“国君死社稷”的《春秋》古训，以死殉国，如今是前来“辞庙”，所以他又到每个前代皇帝即所谓列宗的神主前叩三个头，只是在熹宗皇帝的神主前拜了一拜，没叩头。从正殿出来，他又到偏殿去，在有的神主前拜一拜，有的神主前只是走过，连拜也没拜。走到他母亲的神主前，他在拜垫上跪下去，叩了三个头，热泪纵横，但是他竭力忍耐住，没有放声痛哭。在偏殿的一个角落，他看见放着三个黑漆大立柜，用大铜锁锁着。他知道有两个柜子里存放着备用的祭器，第三个大立柜子中存放着永乐皇帝的盔甲、宝剑和其他遗物，从来不许打开。他幼年时候，曾听奉先殿的一个老太监说，这个大立柜有神灵守护，随便打开，会有灾祸降临。当他走到这个大立柜的前边时，忽然想到一个关于建文帝“逊国”[①]的神秘故事，不觉心中一动，他不敢多想，便从殿中走出来了。

在返回乾清宫的路上，他禁不住又想起那个巨大的黑立柜和建文帝的神秘故事。相传当永乐皇帝率领人马进入南京金川门时，建文皇帝虽然在宫中纵火，烧毁宫殿，他自己却没有死在火中。太祖爷晏驾前知道他将有亡国之祸，给他留下一只小箱，遗命好好保藏，到万不得已时才可以打开。建文皇帝在南京乾清宫起火之后，正要投身烈火，忽然想起太祖爷留下的小箱，一向藏在奉先殿，他赶快命太监将小箱取来，锁孔被铁汁灌死，无法将小箱打开。他同几个准备从死烈火中的忠臣用斧头将小箱劈开，看见里边有剃刀一把，袈裟数袭，还有一张黄纸，上面写着从亡诸臣姓名。建文帝随即由从臣帮他剃了头发，从臣们也互相剃去头发，大家换了袈裟，从水西门逃出南京，从此就在云贵、广西、湘西各处过云游不定的生活，逃避了永乐皇爷的侦捕，得到善终。崇祯暗想，永乐爷是十分英明的皇帝，手下有不少奇异之臣，是不是预知子孙有亡国之祸，也给他留下一只小箱，就放在那第三个黑立柜中？……

他想返回奉先殿，命太监将那第三个黑立柜打开，看有没有永乐皇爷留下的一只小箱。但是他对吴三桂的救兵仍怀着一线希望，加上实在困乏，就不再去奉先殿了。

---

①逊国——意思是让国。朱元璋的太子早死，他的孙子朱允炆继承皇位，年号建文。燕王朱棣举兵叛乱，打进南京，篡夺了皇位。在明朝为避免永乐篡位的恶名，称建文帝的亡国为逊国。

回到乾清宫院，他已经十分疲累，便遣散众人，由魏清慧等宫女侍候，绕过乾清宫正殿，回到养德斋休息。留在乾清宫中的宫女将温水端来，服侍他洗了脸，又端来了一小碗人参银耳汤，一杯香茶。他一边喝人参银耳汤，一边想着那个神秘的黑立柜，心中害怕，向自己问道：

“难道逆贼进来之时，朕将在乾清宫举火自焚么？”

魏清慧服侍他漱口以后，躬身请他到御榻上休息。他问道：

“今晚是哪个都人在养德斋值夜？”

“奴婢值夜。”

“啊？连日来你日夜劳累，今晚为什么不叫别的都人值夜？”

“国家不幸，处此时候，别人值夜，奴婢不能放心。”

“唉，你这样辛苦，朕也不忍。好吧，你去净净手来。”

魏清慧不知皇上是何用意，赶快出去净净手，重新进来，恭候吩咐。崇祯叫她随便写一个字，由他拆字，以卜吉凶。魏清慧是一个极其聪明的人，她要写一个吉利的字，而目前最吉利的事莫过于救兵有望，北京有救，于是跪在凳上，从御案上取了一支笔，写出一个“有”字。崇祯将这个字顺看横看，忽然摇摇头长叹一声。魏清慧大吃一惊，赶快跪到地上问道：

“皇爷为何叹气？”

崇祯说：“你站起来，朕来给你看。”

魏清慧从地上站起来，看着皇帝提起朱笔将“有”字拆开写，成了“𠂇月”二字，忽然说道：

“你看，‘大’不成‘大’，‘明’不成‘明’，大明已经完了。”

魏清慧听了皇上这样对“有”字作拆字解释，吓得面如土色，赶快跪下叩头，颤声说道：

“奴婢死罪！奴婢死罪！奴婢不该写这个字！”

崇祯虽然神色悲愁，却没有流泪，也没有再叹一口气，他将象牙管狼毫朱笔放在玛瑙山子笔架上，用平静的声音说道：

“这是天意，不干你写字的事。朕非亡国之君，但天意若此，无可奈何。夜已经很深啦，朕要休息了。”

这时从玄武门楼上传来云板三响，魏清慧刚才仿佛曾听到三声鼓声，因为大家正在奉先殿痛哭，没有特别注意。现在听见这云板三响，才恍然明白，已经是三更三点了。她服侍皇上脱去衣服，在御榻上就寝之后，自己退到外间，和衣睡下。正在这时，打更的木梆声从乾清宫月华门外的西一长街自南向北而去，同时传来打更老太监的苍哑声音：

“天下~~~太平！……天下~~~太平！……”

崇祯睡到枕上以后，冷静地想着倘若明日城破，他应该如何殉国，最好是在“逆贼”进宫之前举火自焚，以免落入“逆贼”之手。他又想，最好的办法是，他应该传旨，命皇后率妃嫔们都在坤宁宫举火自焚，他在乾清宫举火自焚，都不将尸体留给贼人，以免死后受辱。但他又想到许多宫女本来可以不死，让她们在两宫的烈火中号呼而死，他又感到不忍。忽然又想起来建文皇帝的故事，想起奉先殿偏殿中那一排黑漆立柜……

魏清慧本来很疲倦，但因为刚才皇上测字使她受了新的震动，久久地不能入睡。她十一岁被选进宫来，起初分在坤宁宫中服侍皇后，并在内书堂读书识字。后因皇帝身边需要一个聪明细心的都人，将她拨到乾清宫，十七岁就升为“管家婆”，成为皇帝身边一个得力的宫人。她生得不算十分美貌，但也眉目俊秀，唇红齿白，举止娴雅，体态轻盈。原来她希望倘若在宫中有出头之日，就可以奏明皇上，派人到静海县乡下将她的父母接来北京居住。虽然宫禁森严，不能够经常同父母见面，但只要父母能不受饥寒之苦，她这一生孝敬父母的心愿就满足了。如今不但她孝亲之心不能如愿，连她自身也要为皇家尽节了。魏清慧害怕惊动皇上，竭力忍耐着不哭出声来，但是那不住奔流的热泪很快就将她的绣花枕头湿了一大片。

她不知暗暗哭了多久才倦极入睡。快到五更时候，她忽然被痛哭的声音惊醒。睁开眼睛一听，明白这哭声不是来自别处，正是来自皇上！她赶快披好衣服，趿着绣鞋，跑进里间，站在御榻旁连推皇上，连声呼唤：

“皇爷醒醒！皇爷醒醒！皇爷醒醒！”

崇祯仍在痛哭，但已半睁眼睛，对魏清慧哭着说道：

“你看看画像！看看画像！”

魏宫人恐怖地说："皇爷，什么画像？……没有画像！……你醒醒！醒醒！"

崇祯的眼睛全睁开了，轻轻叹道："原来是……朕又做了一个凶梦！"

"皇爷不要怕……皇爷做了什么凶梦？"

崇祯梦见他亲自率领王承恩等几个亲信太监，到奉先殿的偏殿中将几个黑漆立柜打开，果然找到了一个箱子，锁得很牢，上有封条，盖着"永乐皇帝之玺"。另外贴着一张纸条，上写"不遇大变，不可轻启"。他立刻命太监们将铜锁砸开，从小箱中取出一个纸卷，展开一看，是画着一位穿着龙袍的帝王，没戴帽子，披头散发，悬梁自尽，样子十分可怕。他一看画像，忍不住大哭起来。如今被叫醒了，犹自感到害怕。魏清慧又问他做了什么凶梦，他不肯说明，只是沉重地长叹一声。恰在这时，从玄武门上传来五更的鼓声。他听了鼓声，想了片刻，对魏宫人吩咐：

"叫别的都人也来，服侍朕赶快起床，按时到乾清宫前边拜天！"

第 54 章

崇祯在宫女们的服侍下梳洗以后，换上了常朝服，在宫女和太监的簇拥中来到乾清宫的东暖阁，稍坐片刻，喝了宫女献上的半杯香茶，然后到丹墀上拜天。

每日黎明时皇帝拜天，照例不奏乐，只是丹墀上的仙鹤等古铜香炉全都点燃沉香，喷出来袅袅香烟。乾清宫的太监和宫女们一部分跪在丹墀两边，一部分跪在丹墀下边。整个宫院中没人敢随便走动，没人敢小声言语，没人敢发出一点声音，一片肃穆。

当崇祯在香烟氤氲的丹墀上向上天三跪九叩的时候，表面上同往日一样虔敬，但是心情却大不相同。自从他十七岁登极以来，不论春夏秋冬，他每日黎明都要拜天。如逢大风或下雨雪，不能在丹墀上拜，他就在乾清宫的正殿中拜。他认为天意合乎民心，敬天才能爱民，他立志要做一个中兴大明的英明圣君，所以十七年来，他每日辛辛苦苦地治理国事，纵然晚上为着省阅文书，批答奏章，直到深夜就寝，但是照例黎明起床，第一件大事就是拜天。往日拜天，他或是默祷“剿贼”胜利，或是默祷“东虏”无警，总之都为着一个心愿祈祷：国泰民安。从今年一月间李自成的大军过河入晋以来，他在黎明拜天时的祝祷内容已经有了几次变化：他先是默祷上天保佑，使太原能够固守，阻止“流贼”东来；当太原失守之后，他默祷宁武和大同能够固守，宣府能够固守，居庸关能够固守……到了李自成的大军不但进入居庸关，而且毫无阻拦地越过昌平和沙河以后，他的心绪全乱了，默祷的唯一内容是吴三桂的数万勤王铁骑赶快来到，杀退“逆贼”，使北京转危为安。今早，他一面虔敬地三跪九叩，一面祷告上苍使吴三桂能够在今日来到。拜天之后，他没有马上起身，在黄缎绣龙拜垫上继续低着头停了片刻，忽然想着这大概是他最后一次拜天了，心中一阵酸痛，暗暗流下热泪。

有几位站得较近的老太监，想着皇上在这样快要亡国的日子还不忘黎明拜天，又想着皇上十七年辛勤治国，竟有今日，不禁悄悄流泪；那位乾清宫的掌事太监吴祥几乎禁不住哽咽出声。

魏清慧是乾清宫的众多宫女中最贴近崇祯身边的人，埋藏在皇上心中的忧愁和痛苦，她不仅比一般的宫女和太监清楚，甚至皇后有时想知道皇上的饮食起居和皇上对国事有什么新的想法，也命吴婉容来悄悄地向她询问。昨天下午，因为袁皇贵妃在坤宁宫中同皇后相对流泪，皇后又命吴婉容来乾清宫向魏清慧询问情况，吴婉容跪下奏道：

“命魏清慧亲自来坤宁宫向二位娘娘当面禀奏好么？”

皇后摇头说道：“不用魏清慧亲自前来，如今到了这样时候，皇帝身边需要有一个知冷知暖的人儿！”

吴婉容来到乾清宫背后的宫人住处，悄悄地将皇后和皇贵妃在坤宁宫相对流泪的事告诉了魏清慧，并说明皇后娘娘命她来问问皇上的情况。魏清慧将她所知道的事情都告诉了吴婉容，但是当她将吴婉容送到交泰殿旁边要分手时，悄悄叮咛说：

“吴姐，有些话我只是让你知道，可不要都向皇后娘娘奏明。倘若都叫皇后知道，她不知会怎样忧愁呢！”

吴婉容含泪点头："我明白。真不料会有今日！娘娘身为国母，读书明理，十分圣德，可是皇帝为严禁后妃干政，不管什么朝政大事从来不告诉皇后知道，也不许皇后打听，反不如民间贫寒夫妻，遇事一同商量！"

吴婉容从交泰殿旁边向坤宁宫走了几步，忽然回来，重新拉住魏清慧的手，悄悄问道：

"清慧妹，你日夜在皇爷身边服侍，据你看，还能够撑持几天？"

魏宫人凑近吴婉容的耳根说："如今众心已散，无人守城，吴三桂的救兵又不能及时赶到，恐怕这一两天就要……"

魏清慧忽然喉咙堵塞，不禁哽咽，没有将话说完。吴婉容浑身微微打颤，将魏清慧的手握得更紧，哽咽说：

"到了那时，娘娘必然自尽殉国，我们也要按照几天前的约定，为主子自尽，决不活着受辱！"

魏清慧态度坚定地说："我们虽不是须眉男儿，不能杀贼报国，血染沙场，可是身为清白女子，断无蒙羞受辱、贪生苟活之理。到了那个时候，你来找我，咱们一同尽节。"

"还有费珍娥，虽然年纪小，倒很有志气。她告诉我说，她决意到时候为帝后尽节，决不贪生怕死。"

魏清慧又说："我知道各宫院中，有志气的人很多，我要招呼姐妹们都跟我来，跑出西华门不远，护城河就是我们的葬身之地！"

吴婉容一向十分信任和尊敬这位乾清宫的"管家婆"，到这快要亡国的时候，更将她们的死生大事连结到一起了。她向女伴的网着血丝的一双凤眼和显得苍白憔悴的脸上注视片刻，忽然松开了魏清慧的手，揩去自己眼中和颊上的泪痕，转身向坤宁宫走去。

这是昨天下午的事，到了现在，即三月十八日的黎明，吴三桂的救兵没有消息，亡国的大祸更近了。经过昨夜几乎是一夜的折腾，魏清慧更加憔悴了。她跪在地上，等待着皇上拜过天以后赶快进暖阁休息，她好命宫女们献上银耳燕窝汤。但是过了一阵，皇上仍不起身，似乎在继续向上天默祷。她知道昨夜皇上哭过多次，甚至放声痛哭，还做了可怕的凶梦，一夜不曾安寝，再这样跪下去，御体是没法支撑的。她也明白，在这样时候，众多的太监们和宫女们肃静跪地，没人敢做声，只有她可以劝皇上起身，于是她膝行向前，到了皇上背后，柔声说道：

“皇上，已经拜过了天，请到暖阁中休息吧！”

崇祯好像没有听见，仍在心中默祷上天鉴怜他十七年敬天法祖，宵衣旰食，唯恐陨越，保佑他渡过目前难关。他还呼吁上天保佑吴三桂的人马一路无阻，今日能赶来北京城外……

魏清慧又一次柔声说道：“皇爷连日寝食失常，今日还要应付不测大事，请赶快回暖阁休息吧！”

崇祯一惊，想着魏宫人的话很有道理，便从拜垫上起来，走进暖阁休息。吃过了银耳燕窝汤和两样点心，随即有两个宫女进来，一个用银托盘捧来一杯温茶，跪在他的面前，另外跪着一个宫女，用银托盘捧着一个官窑粉彩仕女漱盂。崇祯用温茶漱了口，吐进漱盂，然后向龙椅上一靠，深深地叹了口气。

他向御案上望了一眼，御案的右端堆放着许多军情文书，都是在围城以前送来的。前天，他正在批阅文书，忽然得到禀报，知道李自成的人马已经到了德胜门和西直门外，他大惊失色，投下朱笔，突然站起，在暖阁中不住彷徨，小声叫道：“苍天！苍天！”现在他重新向未曾批阅的一堆文书上投了一眼，轻轻摇头，又一次想着十七年的宵衣旰食都不能挽救国运，竟然亡国，不禁一阵心酸，滚出热泪，随即在心中问道：

“今日如何应付？如何应付啊？……”

一个太监进来，跪下说：“请皇爷用早膳！”

崇祯正在想着今日李自成可能大举攻城，可能城破……所以不但没有听见御前牌子请用早膳的话，甚至没注意这个太监跪在他的面前。等太监第二次请他去用早膳，他才心中明白，摇头说：

“免了！”

太监一惊，怕自己没有听清，正想再一次请皇上去正殿用膳，但见皇上心情极其烦躁地挥手说：

“早膳免了，下去！”

御前牌子不敢言语，叩头退出。等候在乾清宫正殿门外的本宫掌事太监吴祥，知道皇上不肯用早膳，不觉在心中叹了口气，正在没有办法，恰好魏清慧从乾清宫后边来了。

魏清慧出于女子的爱美本性，已经匆匆地回到自己的住室中，洗去泪痕，对着铜镜，重新薄施脂粉以掩饰脸上的憔悴神色，又在鬓边插一朵苏州进贡的深红色玫瑰绢花，然后带着两个宫女，脚步轻盈地来到乾清宫侍候早膳。到了正殿门外，掌事太监拦住她，将皇上不用早膳的事悄悄地对她说了，并且说道：

“你看，今日京城最为吃紧，皇上不用早膳，如何处置大事？别人不敢多劝，劝也无用。姑娘，你的话皇上听，请劝劝皇上用膳吧！”

魏清慧猛然一惊，对着吴公公目瞪口呆，说不出一句话来。但是她没有失去理智，不禁在心中叹道：

“天呀，不料皇爷对大事已经灰心到如此地步！”

她噙着泪对吴祥点点头，表示她心中明白，随即将随来侍膳的两个宫女留在殿外，她自己跨过朱漆高门槛，转身向东暖阁走去。

从前天以来，魏宫人由于明白了亡国之祸已经来到眼前，心中产生了一个不可告人的幻想。她幻想，倘若“逆贼”破城，皇帝能够脱下龙袍，换上民间便服，由王承恩等几位忠心不二的太监们用心服侍，逃出紫禁城和皇城，藏匿在事先安排好的僻静去处的小户民家，过几天再逃出京城，辗转南逃，必会有办法逃到江南。如今当她轻脚轻手地向最里边一间的暖阁走去时候，这一个幻想又浮上她的心头。这一幻想，在昨天又有了发展。她想，既然吴三桂的关宁兵已经进入关内，只要皇上能够逃到吴三桂军中或逃到天津，圣驾就可以平安逃往南京。由于怀着这一幻想，她一定要劝说皇上进膳，使皇上能保持着较好的身体，以防不测之变。当她跪到皇帝面前，劝请皇上用早膳时，崇祯望望她，没有说话。他想着今天李自成可能猛力攻城，可能破城，他自己和大明三百年江山，还有他的一家人和众多皇亲、大臣，都要同归于尽。自从拜天以后，他一直反复地想着这一即将来到眼前的惨祸，心中焦急烦乱，不思饮食。现在他看一看魏宫人，看见她的眼窝下陷，神情愁苦，眼睛发红，使他感动，在心中叹道："这几天，你也够苦了！"魏宫人又一次恳求皇上用膳，禁不住在声音中带着哽咽。崇祯的心中更觉难过，轻声说：

"你起去吧，朕的心中很闷，不想用膳了。"

魏清慧灵机一动，随即说道："皇帝应该为天下臣民勉强进膳。奴婢刚才沐手焚香，祷告神灵，用金钱卜了一卦，询问吴三桂的救兵今日是否能够来到。两个金钱落在桌上，一反一正，正是青龙吉卦。奴婢私自忖度，吴三桂知道北京被围，必定率领骑兵在前，步兵在后，日夜赶路，一定会在今日来到北京城外。请皇爷宽心用膳，莫要愁坏了圣体。"

崇祯问道："你的金钱卜卦可灵么？"

"启奏皇爷，俗话说'诚则灵'。自从三年前蒙皇爷恩赏这两枚金钱，奴婢用黄绫包好，放入锦盒，敬谨珍藏，只在有疑难事不能决断时才沐手焚香，将金钱请出，虔诚祝祷，然后虚虚地握在手中，摇动三下，抛在一干二净的梳妆桌上，每次卜卦都灵，全因为这金钱原是宫中前朝旧物，蒙皇爷钦赐奴婢玩耍，奴婢不敢以玩物看待，敬谨珍藏，在每次卜卦时，又十分虔诚，所以卜卦总是很灵。"

崇祯望着魏宫人没有说话，但在心中想道："倘若吴三桂的救兵能够今日赶到，北京城就可以转危为安。"他因心头上稍微宽松，忽然闪过了一个念头：这魏清慧如此忠贞，深明事理，时时为国事操心，在宫中并不多见，倘若北京转危为安，朕将封她"贵人"，再过一年晋封"选侍"。崇祯的这一刹那间的心思，魏宫人全没料到，她只是觉得皇上的愁容略微轻了一些，必须继续劝皇上去用早膳，于是她接着柔声说道：

"皇爷，今日关宁精兵来到，更需要皇爷努力加餐。奴婢虽然幼年进宫，对外边事丝毫不懂，可是以奴婢想，关宁兵到时，必然在东直门和朝阳门外有一次恶战。到那时，皇爷乘辇登上城头。关宁数万将士遥见城头上一柄黄伞，皇上坐在黄伞前边观战，必会欢声雷动，勇气倍增。皇爷，不用膳，伤了圣体，如何能够登城？"

听了魏清慧的这几句话，崇祯的脸上微露笑意，点头说：

“好吧，用膳好啦！”

虽然已经尽量“减膳”，但是御膳房依然捧来了十几样小菜和点心。崇祯只吃了一小碗龙眼莲子粥和一个小小的夹肉糜的芝麻饼，忽然想到吴三桂的救兵可能又是一次空想，今日李自成必将猛力攻城，便不再吃下去，立刻神色惨暗，投箸而起，对吴祥说道：

“辰时一刻，御门早朝，不得有误！”

魏清慧和御前太监们都吃了一惊，望望吴祥。吴祥本来应该提醒皇上今日不是常朝的日子，但看见皇上的方寸已乱，便不敢说话，只得赶快准备。

过了不久，午门上的钟声响了。又过了一阵，崇祯乘辇上朝。吴祥和乾清宫中的一部分太监随驾去了。

魏清慧知道朝廷规矩，不在上朝的日子，只有出特别大事，才由午门鸣钟，招集文武百官进宫。她害怕全宫惊疑，在皇上乘辇走后，赶快差遣宫女分头去坤宁宫、翊坤宫、慈庆宫等处，向各位娘娘奏明如今午门敲钟并没有紧急大事。随后她回到自己的闺房，关起房门，坐下休息。别的宫女因知她连日来操劳过度，都不敢惊动她，只有两个粗使的宫女推开她的房门，为她捧来了早点。但是她什么也不想吃，默默地挥挥手，使两个宫女把早点端走。

她想着此时皇上该到平台了。仓促敲钟，决不会有群臣上朝，皇上岂不震怒？岂不伤心？她又忽然想到她今早为着使皇上用膳，灵机一动，编了个金钱卜卦的谎言宽慰圣心。虽然她跪在皇上脚前编造的事已经过去了，但是她在良心上责备自己的欺君，暗暗地叹了口气。过了片刻，她又想通了，倘若她不编出这个金钱卜卦的谎言宽解圣心，皇上一点早膳不吃，难道就是她对皇上的忠心么？她随即又想，在皇宫中，故意骗取主子高兴的大小事儿随时可见。田娘娘活着时最受宠爱，正是因为她聪明过人，懂得皇上的心事，随时哄得皇上高兴。宫人们都说袁娘娘比较老实，可是袁娘娘哄骗皇上高兴的时候还少么？……

这么一想，她不再为自己编瞎话感到内疚了，忽然决定，何妨趁着此刻没事，诚心地用金钱卜一卦，向神灵问一问吴三桂的救兵是否能来，北京城的吉凶如何。于是她关好房门，在银盆中倒进温水，重新净了手，在北墙上悬挂的观世音像轴前点了三炷香，然后从一个雕花红漆樟木箱子中取出一个黄绫包儿，恭敬地打开，露出锦盒，她忽然迟疑了，不敢取出金钱卜卦。想了片刻，终于下了决心，将锦盒放在观世音像前的方桌上，小心地将两枚金钱"请出"，放在锦盒前边，不让碰出一点声音。她跪到拜垫上，虔诚地叩了三个头，默然片刻，然后平身，拣起金钱，握在手中，摇了三下，却又迟疑了，不敢将金钱从手中倒出。她重新向观世音的神像默祷，仿佛看见了这出自前朝宫中名画师焚香恭绘的白描神像的衣纹在微微飘动。她不禁热泪盈眶，又哽咽地祷告一句：

"请菩萨赐一吉卦！"

两枚金钱倒在桌面上，有一枚先俯在桌上，分明是钱镘[①]朝上，另一枚还在摇动。她小声祈求："钱镘朝下！朝下！"然而这一枚又是镘朝上！她几乎想哭，但是胆子一壮，立刻将两枚金钱拣起，握在手中，重新祷告，重新摇了三下，撒到桌上，竟然又是"黑卦"！魏清慧大为绝望，不敢卜第三次了。她抬头望着观世音，虽然观世音依旧用一只纤纤的素手持宝瓶，一只纤纤的素手持杨柳枝，依旧神态娴静地侧首下望，然而魏宫人忽然看见她不再像往日一样带着若有若无的慈祥微笑，而是带着满面愁容。魏清慧忽然想到城破之后，皇上的殉国和她的殉节，不由地一阵惊恐，在心中悲声叫道：

"救苦救难的南海观世音啊！"

崇祯以前的几代皇帝，很少临朝听政，甚至很少同群臣见面。崇祯登极以后，竭力矫正自明朝中叶以来导致"皇纲"不振的积弊，每日宵衣旰食，黎明即起，焚香拜天，然后上朝。像他这样每日上朝的情形，历朝少有，只是从李自成的大军过了宣府以后，他为军事紧急，许多问题需要他随时处理，也需要随时召见少数臣工密商，才将每日早朝的办法停止，改为逢三六九日御门听政。今日不是三六九日，忽然决定上朝，前一日并未传谕，群臣如何能够赶来？

---

①钱镘——金属钱币的背面，一般是没有字的一面。两枚钱币都是背面朝上，俗称"黑卦"，表示不吉或大凶。

当崇祯乘辇离开乾清宫不远，到了建极殿时候，忽然想到自己错了。他后悔自己的“方寸已乱”，在心中叹道：“难道这也是亡国之象？”但是午门上的钟声已经响过一阵，要取消上朝已经晚了。他转念一想，在目前这样时候，纵然在平台只看见几个臣工也是好的，也许会有人想出应急办法，今天倘若吴三桂的救兵不到，“逆贼”破城，这就是他最后一次御门听政了……

一阵伤心，使他几乎痛哭。但是平台的丹墀上静鞭已响，他也在右后门的里边落辇了。

平日常朝，虽然不设卤簿，也不奏乐，但是在丹墀上有鸿胪寺官员和负责纠正朝仪的御史，还有一大批锦衣力士在丹墀旁肃立侍候。至于十三道御史和六科给事中，都是天子近臣，称为“言官”，都必须提前来到。今天，崇祯突然决定临朝，午门上的钟声虽然敲响一阵，但分散住在东西城和北城的官员们多数没有听见，少数听见钟声的也不能赶到。锦衣卫衙门虽然较近，但锦衣卫使吴孟明借口守东直门，正在曹化淳的公馆里密商他们自己的今后“大事”，锦衣力士等都奉命分班在皇城各处巡逻。十七年来，崇祯每次常朝，从来没有像这般朝仪失常，冷冷清清，只有少数太监侍候，而跪在平台上接驾的只有二位大臣：一是都察院左都御史李邦华，二是兵部侍郎协理戎政大臣（又称戎政侍郎）王家彦。李邦华今年七十一岁，白须如银，飘在胸前，王家彦今年五十七岁。崇祯看见离御案几尺外只跪着两个老臣，除这两位老臣外，便只有十几个从乾清宫随驾来侍候的内臣，显得宫院中空空荡荡，不觉落下眼泪。 在往日，举行大朝会的热闹和隆重场面不用提了，就以平时常朝来说，一般也有一两百人，按部就班，在面前跪一大片。他不考虑今天是临时鸣钟上朝，所以没有多的朝臣前来，他只想着同往日的常朝情况相比，在心中伤心地叹息说：

“唉！亡国之象！”

他没法忍受这种不成体统的现象，突然吩咐“退朝”，使左右的太监们和跪在面前的两位大臣吃了一惊。大家的思想上还没有转过弯儿，崇祯已经站起来向后走去。但是刚刚上辇，他就后悔不该突然退朝回宫，心思竟然如此慌乱！他想着王家彦是戎政（兵部）侍郎，职掌守城之责，如今赶来上朝，必有紧要事情陈奏。他应该在平台上当面问明城上守御情况，可是他因为不忍看见上朝时“亡国之象”，什么话也不问就退朝了！他又想到须鬓如银的李邦华是四朝老臣，平生有学问、有操守，刚正不阿，为举朝臣僚所推重；接着想到本月初四日，李邦华同工部尚书兼东宫大学士范景文都建议护送太子去南京。这是个很好的建议，只因当时有言官反对，他一时拿不定主意，此计未被采纳，可恨！可恨！另外的朝臣建议他自己迁往南京，也未采纳，因循至今，后悔无及！这两件争议，如今像闪电般地出现在他的心头。难道李邦华今日又有什么新的建议不成？……

“传谕李邦华、王家彦到乾清门等候召对！”崇祯向吴祥吩咐一句，声音中带着哽咽。

崇祯回到乾清宫东暖阁坐下，等待着李邦华和王家彦来到。他在心里恨恨地说：“往日，大小臣工，这个请求召对，那个请求召对，为何自从北京被围以来，国家将亡，反而没有人请求召对？往日，不但从各地每日送来许多文书，而且京城大小臣工，每日也有许多奏本，可是三天来竟无一封奏本，无人为救此危亡之局献一策，建一议！可恨！可恨！”刚想到这里，魏清慧轻轻地掀帘进来，用永乐年间果园厂制造的雕漆龙凤托盘捧来了一杯香茶。她跪到崇祯面前，说道：

“请皇爷用茶！”

崇祯正在等待李邦华和王家彦来到，同时又奇怪提督京营的心腹太监王承恩何以不见影儿，心绪纷乱如麻，突然向魏清慧问道：

“城上有什么消息？”

魏清慧答道：“宫外事奴婢一概不知，请皇爷趁热用茶。”

崇祯猛然清醒，才注意是魏宫人跪在面前。他命魏宫人将茶杯放在御座旁边的茶几上，又命她退去。这时他忽然看见御案上放着一个四方漆盒，上有四个恭楷金字“东宫仿书”。他向魏宫人问道：

“太子的仿书又送来了？”

魏宫人回答说：“是的，皇爷，刚才钟粹宫的一个宫人将太子近几天的仿书送来了。奴婢告她说皇上怕没有工夫为太子判仿[①]，叫她带回去，等局势平定以后，再将仿书送来不迟。她说这是皇爷定的规矩，将仿书盒子交给奴婢就走了。”

“唉，此是何时，尚讲此不急之务！”

崇祯的话刚刚落音，吴祥进来，躬身禀奏：“李邦华和王家彦已经来到乾清门，候旨召见。”

崇祯说道：

“叫他们赶快进来！”

吴祥恭敬退出。魏清慧赶快跟着退出了。随即在正殿的丹墀上有一个尖尖的声音传呼：

“左都御史李邦华与协理戎政侍郎王家彦速进东暖阁召对！”

过了片刻，一个太监掀开帘子，李邦华在前，王家彦在后，进入里间暖阁，在崇祯的面前叩头。崇祯问道：

“王家彦，城上守御如何？逆贼有何动静？”

王家彦奏道：“陛下，城上兵力单薄，众心已散。前日在沙河和土城关外防守的三大营兵遇敌即溃，一部分降了敌人，如今在西直门和阜成门外攻城的多是三大营的降兵，真正贼兵反而在后边休息。三大营降兵同守城的军民不断说话，称说逆贼兵力如何强大，包围北京的有二十万精兵，随时可以破城，劝城上人识时务，早一点开门投降，免遭屠戮。城上人听了他们的说话，众心更加瓦解。”

“为何不严令禁止城上城下说话？”

王家彦痛心地说：“陛下！自从逆贼来到城下，城上人心瓦解，还说什么令行禁止！微臣身为兵部侍郎兼协理戎政大臣，分守安定门，从十六日到昨日上午，竟不能登城巡视，几次登城，都被守城内臣挡回；张缙彦是兵部尚书，为朝廷枢密重臣，值大敌围城之日，竟然亦不能登城视察。自古以来，无此怪事！……”

---

①判仿——童蒙学生写完仿书（俗称写仿），由师长用红笔画圈，或改正笔画，叫做判仿。

王家彦说不下去，伏地泣不成声。李邦华也默默流泪，悔恨自己一生空有刚正敢言之名，却对南迁之议不敢有坚决主张，遂有今日之祸。崇祯见两位大臣哭，也不禁流泪，恨恨地说：

“内臣本是皇家的家奴，不料竟然对守城事如此儿戏！”

王家彦接着说：“臣几次不能登城，只好回至戎政府抱头痛哭。戎政府的官员们认为这是亡国之象，看见臣哭，大家也哭。前日下午，臣去兵部衙门找张缙彦商议，张缙彦也正在束手无计。我们商量之后，当时由张缙彦将此情况具疏，紧急陈奏。幸蒙陛下立即下一手敕‘张缙彦登城视察，内臣不得阻挠’。从十六日下午申时以后，本兵始获登城，微臣亦随同缙彦登城。局势如此，臣为社稷忧！蒙陛下恩眷，命臣协理戎政。臣奉命于危难之际，纵然决心以一死报陛下，但恨死不蔽辜！”说毕又哭。

崇祯看了李邦华一眼，想着还有重要话要同他密谈，挥泪向家彦问道：

“卿自入仕以来，已是三朝老臣，如今是第二次为北京守城事鞠躬尽瘁，君臣患难与共……”

王家彦听到皇上的这一句话，禁不住痛哭失声。崇祯也哭了。李邦华流着泪插言说：“国家到此地步，文武百官都不能辞其咎。老臣当言不言，深负陛下，死有余辜！”

崇祯对李邦华的这两句话的真正含义不很清楚，顾不得去想，又接着对王家彦说道：

“朕清楚记得，十五年冬天，你由太仆寺卿①刚升任户部侍郎，忽然边事告急，特授你为兵部右侍郎，协理京营戎政。你拜命之日，即从正阳门开始，沿城头骑马巡视了内城九门；第二天又从西便门开始，巡视了外城七门②，你察看内外城一万九千多个垛口，整顿了一切守御器具，使京师的防务壁垒一新。你曾经在雪夜中不带一人，步上城头，自己提一灯笼，巡视一些要紧地方。城上官兵和百姓丁壮，谁也不知道你是兵部侍郎。第二天，你该奖励的奖励，该处罚的处罚，将士们无不惊服。家彦，朕虽深居九重，日理万机，可是你如

①太仆寺卿——掌管全国军用马政。首脑官称太仆寺卿，从三品。

②外城七门——永定门、左安门、右安门、广渠门、广宁门、东便门、西便门。

何治事勤谨，朕全知道！”

王家彦呜咽说：“皇上如此明察，千古少有。今日大局之坏，全在文武群臣！”

崇祯又接着说：“不久，东虏进犯京畿，京师戒严。卿受命分守阜成门，又移守安定门。自前年闰十一月至去年五月，前后七个月，卿躬冒寒暑，鼓励将士各用所长。狂虏退出长城之后，朕赐宴午门外，晋封你为太子太保，世袭锦衣指挥。卿一再谦退，上表力辞。朕不得已答应卿的请求，只加卿一级，袭正千户三世。今年开春以后，廷推[①]卿为户部尚书，朕向内阁批示说，‘王家彦勤劳王事，且清慎不爱钱，理财最好，宜任户部尚书。但目前逆贼已渡河入晋，军情吃紧。王家彦在戎政上已有经验，临敌不便更易，应继续留在京营’！家彦，卿是朕的股肱之臣。事到如今，难道你就没有一点办法么？”

王家彦哽咽说：“皇上，人心已散，臣力已竭，臣唯有以一死报陛下知遇之恩！”

崇祯又一次陷于绝望，呜咽出声。王家彦也呜咽不止。李邦华虽然不哭，却是不断流泪，在心中又暗暗悔恨自己没有对南迁事作有力主张。君臣们相对哭了一阵，崇祯对王家彦说道：

“卿速去城上巡视，尽力防守，以待吴三桂的救兵赶来！”

王家彦叩头，站起身来，挥泪退出暖阁。

王家彦退出以后，崇祯望着李邦华说道：

“先生平身。赐坐！”

一个站在窗外侍候的太监，立即进来，在崇祯的斜对面摆好一把椅子。李邦华躬身谢恩，然后侧身落座，等待皇上问话。崇祯对待李邦华这样有学问、有操守的老臣一向尊重，照例称先生而不呼名。但是他明白，如今京师被围，戎马倥偬，不是从容论道时候，李邦华年事已高，纵有四朝老臣威望，对挽救大局也无济于事。崇祯心中难过，叹一口气，随便问道：

①廷推——由朝臣会议，共同推举。

“先生，今日朕因心中已乱，临时上朝，文武百官事前都不知道。先生已是古稀之年，如何赶来上朝？不知有何重要陈奏？”

李邦华在椅子上欠身说道：“启奏陛下，自十六日贼越过昌平以后，老臣知大事已不可为，即移住文丞相祠[①]，不再回家，决意到逆贼破城之日，臣即自缢于文丞相之侧。两天来……”

崇祯的心头猛一震动，挥手使邦华不要说下去。他忽然想起昨夜的一个凶梦，想到自己也要自缢，不禁掩面呜咽。李邦华见皇上哭，自己也哭，同时悔恨自己身为大臣对来到眼前的“天崩地坼”之祸负有罪责。崇祯不知道李邦华的悔恨心情，呜咽片刻之后，揩泪问道：

“先生刚才说到‘两天来’，两天来怎么了？”

“老臣两天来每至五更，命仆人牵马，到东华门外，再从紫禁城外来到阙左门外下马，进阙左门来到午门之外，望一阵，然后回去。臣以为再无见君之日了，在死前多望望午门也是为臣的一片愚忠。不料今日来到午门前边，听见钟声，恰逢陛下御门上朝，使老臣有幸再睹天颜。”

崇祯又感动又深有感慨地说：“倘若大臣每都似先生居官清正，忠心耿耿，国事何能坏到今日地步！”

李邦华突然离开椅子，跪下叩头，颤声说道：“陛下！国家到此地步，老臣死不蔽辜！”

崇祯猛然一惊，愣了片刻，问道：

“先生何出此言？”

“臣有误君误国之罪。”

“先生何事误国？”

“此事陛下不知，但臣心中明白，如今后悔已无及矣！”

崇祯听出来李邦华的话中含有很深的痛悔意思，但是他一时尚不明白，一边胡乱猜想，一边叫邦华坐下说话。等邦华重新叩头起身，坐下以后，崇祯问道：

---

①文丞相祠——在府学胡同。

“先生所指何事？”

李邦华欠身说：“正月初，贼方渡河入晋，太原尚未失陷，然全晋空虚，京师守御亦弱，识者已知京师将不能坚守。李明睿建议陛下乘敌兵尚远，迅速驾幸南京，然后凭借江南财赋与兵源，整军经武，对逆贼大张挞伐，先定楚、豫，次第扫荡陕、晋，此是谋国上策……”

“当时有些言官如光时亨辈竭力反对，乱了朕意。此计未行，朕如今也很后悔。可恨言官与一般文官无知，惟尚空谈，十七年来许多事都坏在这帮乌鸦身上，殊为可恨！”

“虽然当时有些文臣知经而不知权，阻挠陛下南巡[①]大计，误君误国，但臣是四朝老臣，身为都宪，当时也顾虑重重，未能披肝沥胆，执奏南巡，也同样有误君误国之罪。”

“卿当时建议择重臣护送太子抚军南京，也不失为一个救国良策。”

“臣本意也是要建议皇上往南京去，因见李明睿的建议遭多人反对，所以臣就改为请送太子抚军南京了。”

“啊？！”

“确实如此，故臣也有负国之罪。”

崇祯如梦初醒，但他对李邦华没有抱怨，摇头说道：“此是气数、气数。”停了片刻，崇祯又说：“据先生看来，当时如若朕去南京，路途如何？”

“当时李贼大军刚刚渡河入晋，欲拦截圣驾南巡，根本无此可能。欲从后追赶，尚隔两千余里。况且到处有军民守城，关河阻隔，使贼骑不能长驱而进。”

“可是当时河南已失，已有贼进入山东境内，运河水路中断。”

“贼进山东省只是零星小股，倚恃虚声恫吓，并以‘剿兵安民’与‘开仓放赈’之词煽惑百姓，遂使无知小民，闻风响应，驱逐官吏，开门迎降。这都是癣疥之患，并非流贼之强兵劲旅已入山东。翠华经过之处，乱民震于天威，谁人还敢犯驾？不久以前，倪元璐疏请送太子抚军南京，陛下不肯，将元璐

①南巡——讳言逃往南京，用大舜南巡的典故。

的密疏留中。元璐见局势紧迫，又密疏建议用六十金招募一个壮士，共招募五百个敢死之士，可以溃围而出，召来勤王之师。元璐的这一密疏陛下可还记得？”

“此疏也留中了。当时逆贼尚在居庸关外，说什么募五百敢死之士溃围而出？”

“陛下！元璐因朝廷上商议应变急务如同道旁筑舍，必将因循误国，所以他建议召五百敢死之士，以备护卫皇上到不得已时离开北京。这是倪元璐的一番苦心，事先同臣密谈过，但在密疏中不敢明言，恐触犯皇上的忌讳。今日事已至此，臣不能不代为言之。元璐请以重金召募五百死士，非为溃围计，为陛下南幸时护驾计！”

“道路纷扰，纵然募到五百死士，能济何事？”

“倘若陛下南幸，当然要计出万全。凡请陛下南幸诸臣，决无鲁莽从事之心。此五百死士，交一忠贞知兵文臣统带，不离圣驾前后。京师距天津只有二百余里，沿路平稳。陛下留二三重臣率京营兵固守北京待援，圣驾轻装简从，于夜间突然离京，直趋天津，只须二三日即可赶到。天津巡抚冯元彪预想陛下将有南幸之举，已准备派兵迎驾。倘若命冯元彪派兵迎至中途，亦甚容易。陛下一到天津，召吴三桂以二千精骑速到天津护驾，宁远军民可以缓缓撤入关内。”

“宫眷如何？”

“正二月间，逆贼距北京尚远，直到三月上旬，逆贼亦未临近。当时如陛下决计南幸，六宫娘娘和懿安皇后，均可平安离京。皇上只要到了天津，就如同龙归大海，腾云致雨，惟在圣心。陛下一离北京，即不再坐困愁城，可以制贼而不制于贼。如将吴三桂封为侯爵，他必感恩图报，亲率关宁铁骑护驾。陛下一面密诏史可法率大军北上迎驾，一面敕左良玉进剿襄郑之贼，使贼有后顾之忧。”

“倘若盘踞中原之贼，倾巢入鲁，占据济宁与临清各地，为之奈何？”

“倘不得已，可以走海道南幸。”

“海道！”

“是的，陛下。当逆贼到达宣大后，天津巡抚冯元彪连有密疏，力陈寇至门庭，宜早布置，防患未然。后见情势已急，遣其子冯恺章飞章入奏，内言：‘京城兵力单虚，战守无一可恃。臣谨备海船二百艘，率劲卒千人，身抵通州，候圣驾旦夕南幸。’本月初七日，恺章从天津飞骑来京，遍谒阁僚。因朝中有人攻讦南迁，陛下亦讳言南幸，阁僚及大臣中竟无人敢有所主张，通政司也不肯将冯元彪的密疏转呈，冯恺章一直等候到十五日下午，因其父的密疏不能奏闻陛下，而贼兵即将来到，只好洒泪奔回天津。倘能采纳津抚之议，何有今日！冯恺章来京八天，就住在其伯父冯元飙家中，故臣亦尽知其事。值国家危亡之日，臣竟然在两件事上不能尽忠执奏，因循误国，辜负君恩，死有遗恨！”李邦华老泪纵横，银色长须在胸前索索颤抖。

崇祯临到此亡国之前，对这位老臣的忠心十分感动，不禁又一次涌出热泪，哽咽说：“冯元彪的密奏，朕毫不知道。但这事责在内阁与通政司，与卿无干。”

“不，陛下！臣为总宪，可以为津抚代奏；况巡抚例兼佥都御史衔，为都察院属僚，臣有责为他代奏。只因臣见陛下讳言南迁，始而只请送东宫抚军南京，不敢直言请陛下南幸，继而明知冯元彪密疏为救国良策，不敢代他上奏。臣两误陛下，决计为君殉节，缢死于文丞相之旁，但恨死不蔽辜耳！”

崇祯叹息说：“不意君臣壅隔，一至于此！”

“此系我朝累世积弊，如今说也晚了！”

崇祯此刻心情只求活命，不愿就这个问题谈下去。因为李邦华提到由海道南逃的话，忽然使他产生一线幻想，低声问道：

“先生，冯元彪建议朕从海道南幸，你以为此计如何？”

“此计定能成功。”

“怎么说定能成功？”

“在元朝时候，江南漕运，自扬州沿运河北上，至淮安府顺淮河往东，二百多里即到海边，然后漕运由海路北上，从直沽入海河、到天津，接通惠河[①]，到达通州之张家湾。自淮安府至张家湾，海程共三千三百九十里。我朝洪武至永乐初年，运河未通，漕运均由海运，所以先后有海运立功者受封为镇海侯，航海侯，舳舻侯。永乐十年以后，开通了会通河[②]，南北运河贯通，漕运才改以运河为主，然海运并未全废。崇祯十二年，崇明人沈廷扬为内阁中书，复陈海运之便，且辑《海运书》五卷进呈……"

崇祯似乎记起来有这么一件事，微微点头，听李邦华再说下去。

李邦华接着说道："当时陛下命廷扬造海船试试。廷扬造了两艘海船，载米数百石，于十三年六月朔日由淮安出发，望日抵天津，途中停留五日等候顺风，共用了十天，在海上扬帆，飞驶三千余里。陛下闻之甚喜，加廷扬户部郎中。陛下本来可以率六宫前往南京，津抚冯元彪已备好二百艘海船，足敷御驾南巡之用。淮安为江北重镇，驻有重兵。圣上只要到达淮安，何患逆贼猖獗！"

崇祯顿脚说："如今后悔已迟，可恨！可恨！"

忽然，王承恩不管皇上正在同大臣谈话，神色仓皇地掀帘进来，跪到皇上面前，奏道：

"皇爷！奴婢有紧急军情奏闻！"

崇祯的脸色突然煞白，一阵心跳，问道："何事？何事？……快说！"

李邦华赶快起身，伏地叩头，说道："老臣叩辞出宫，在文丞相祠等候消息，为君尽节。"

崇祯目送李邦华出了暖阁，跟着从御座上突然站起，浑身打颤，又向王承恩惊慌问道：

"快说！是不是城上有变？"

---

①通惠河——元代郭守敬主持开挖的一段运河，由通州注入白河，至天津汇入海河。

②会通河——从山东临清至东平之间的数百里运河，为明朝永乐年间所开。

第 55 章

昨夜整整通宵，王承恩没有睡眠，在城上各处巡视。他已经十分明白，守城的三大营残兵、太监和少数百姓们都没有心思守城，准备随时献出城门投降。虽然他在内臣中地位较高，是司礼监的秉笔太监，又受皇帝钦命，负着提督京营守城的重任，但是他在城上说话已经没人听了。

昨夜二更，当皇上在坤宁宫中，快要往奉先殿的时候，王永恩巡视到阜成门，听说李自成的老营驻扎在武清侯李皇亲别墅，距阜成门只有数里。他站在城头上向西南林木茂密的地方观看一阵，但见李自成的老营一带，灯火很稠，并且不断有成群的战马嘶鸣。他认为如果用城头上的两尊红衣大炮对着灯火最稠的地方打去，再加上其他大炮同时燃放，定可以将钓鱼台一带打得墙倒屋塌，人马死伤成片。倘若能将李自成和刘宗敏等人打死或打成重伤，京师就有救了。他站在一处城垛口观望一阵，命令来到他面前的几个守城的内臣头儿立刻将两尊红衣大炮对钓鱼台一带瞄准，准备燃放，另外三尊射程较近的大炮也对准二三里外的人声和灯火瞄准，准备与红衣大炮同时施放。但是他面前的几个太监小头儿都不听话了。大家都说大炮不一定能够打准，反而会惹恼敌人，城上和城内会受到猛烈还击，白白使城中许多无辜百姓在炮火中丧生。王承恩又气又急，夺过来火香要自己点炮。但几个守城太监小头目都跪到他的面前，有的人拉住他的袍袖，苦劝他要为城上和城内的无辜性命着想，千万不要点炮。王承恩虽然受钦命提督守城军事，可以命他的随从们将违抗命令的几个内臣立刻逮捕，严加惩处，但是他看出来城上的人心已经变了，万一处事不慎，就会激出变故，不仅他的性命难保，而且守城的内臣和百姓会马上开门迎贼，所以他不敢发怒，只能向众人苦口劝说，恳求众人让他亲自点放一炮。正在纷争不休，一个太监匆匆来到他的身边，向他恭敬地说道：

“请王老爷转步到城门楼中，宗主爷有话相谈。”

王承恩问道：“宗主爷现在此地？”

“是的，他在同东主爷[1]饮酒谈话，已经谈了很久，也快要往别处巡视去了。”

王承恩又问：“内臣中何人也在这儿？”

“没有别人。”

王承恩不觉心中发疑：曹化淳分守朝阳门，为何来此地与王德化密谈？

由于王德化和曹化淳比王承恩在太监中的班辈高，地位尊，尤其他出自曹化淳门下，所以王承恩不得不停止了城头上的纷争，赶快去城门楼中。当他跨进门槛的时候，两位受皇上倚信的大太监都向他微笑拱手，要他坐下。王承恩因敌情紧急，心急如焚，不肯落座。他一眼看见桌上的酒菜已残，两位深沐皇恩的老太监脸上都带有二分酒意，并无愁容，更增加他的疑心。不等他开口，王德化先呼着他的表字说道：

“之心，你辛苦啦。”

王承恩谦恭地说：“不敢，宗主爷和东主爷都是望五之年，连日为守城操心，才是辛苦哩。”

曹化淳说道：“只要能保住北京城有惊无险，我们大家比这更辛苦十倍，也是分所应该。”

王德化紧接着说：“之心，我刚才同东主爷正是为守城事商量办法。刚刚商量完，听说你在城上吩咐向钓鱼台燃放红衣大炮，守城的内臣们不肯听话，你很生气。我害怕激出变故，所以差一个答应去请你来。之心，你虽然不是我的门下出身[2]，可是我同曹爷情如兄弟，一向把你当自己门下子弟看待。我已经快满五十，精力大不如前。几年之后，这司礼监掌印一职就落在你的身上……”

王承恩心中焦急，而且有点愤怒，赶快说道：“宗主爷，您老资深望重，阅历丰富，圣上倚信方殷，何出此言？承恩虽不肖，亦从无此念，况今夕何时，京师且将不保，遑论此与大局无干之事！”

---

①东主爷——太监们习惯上对东厂提督太监的尊称。

②门下出身——小太监进宫后，都要拜一年长太监为师。司礼监太监多出自较有学问、有地位的老太监名下。

王德化笑一笑，说："我说的全是肺腑之言，日后你自然明白。好，日后我将保你晋升掌印之事，此刻不必谈。"

他喝了一口温茶，接着说道："刚才你在城头上为向钓鱼台打炮事，同几个内臣头目争执，请你不必为此事动怒。你是奉钦命提督守城重任，在城头上有内臣和军民拒不听命，当然可以从严处置，或打或斩都可。可是之心啊，无奈此时城上人心涣散，十分可怕，纵然是圣上亲自来城上下旨，也未必能雷厉风行，何况你我！"

王承恩伤心地问："宗主爷，话虽如此，可是我明知逆贼的老营盘踞在钓鱼台内，倘若用红衣大炮瞄准打去，定能使众渠魁不死即伤，大杀逆贼狂焰。承恩在此时机，不敢对逆贼巢穴开炮，上无以对皇上，下无以对京师百万士民！"

王德化点头说："你的意见很是。对钓鱼台打炮事由我吩咐，不过片时，城头上即会众炮齐鸣，使钓鱼台一带墙倒屋塌，血肉乱飞。"王德化向立在身后的答应说："去，唤一个守城的内臣头儿进来！"他又对王承恩说："之心，刚才我听说安定、东直、朝阳各门的情况都很紧急，你赶快去安定门瞧一瞧，这里的事情你不用操心啦。"

曹化淳起身说："皇上命我分守朝阳门，我现在就飞马前去。宗主爷，失陪了。"随即向王德化和王承恩拱拱手，提着马鞭子下城了。

王承恩不好再说别的话，也向王德化作揖告辞。他是从德胜门一路沿城头巡视来的，他的几名随从太监和家奴有的跟随他上城，有的牵着马从城内靠近城墙的街道和胡同追随。他从阜成门旁边的砖阶上下来以后，曹化淳已经带领着众人走远了。他猜不透王德化和曹化淳密谈何事，但觉得十分可疑：如今大势已去，难道他们也怀有别的打算？他越想越感到愤慨的是，王德化和曹化淳多年中依靠皇上的恩宠，得到了高官厚禄，在京城中有几家大商号，在畿辅有多处庄田。他最清楚的是逢年过节和王德化生日，他都去拜节庆寿，看见王的公馆在厚载门附近的鼓楼两边，房屋成片，十分壮观。而且院中不仅有亭台楼阁，还有很大的花园、假山池沼、翠竹苍松。奴仆成群，一呼百应。王德化年轻时在宫中同一位姓贾的宫女相好，宫中习惯称为"菜户"，又称“对食”。有一年皇后千秋节，把一批年长的宫女放出宫来。贾宫人出宫后既未回父母家中，也不嫁人，住到王德化公馆中主持家务，俨然是王公馆中的女主人身份，也很受王德化的侄子们和奴仆们的尊敬，呼为太太。……王承恩在马上暗想，像王德化这样的人沐浴皇恩，位极内臣，如今也心思不稳，可见大明朝的大势已经去了。他的心中非常难过，几乎要为皇上痛哭。

当王承恩带着随从骑马奔到西长安街的时候，突然从阜成门和西直门之间的城头上传过连续三响炮声，分明是向城外打去。王承恩和他的从人们立刻在街心驻马，回首倾听。不过片刻，连续几响炮声，声震大地，并听见炮弹在空中隆隆飞近，打塌了附近房屋。王承恩一起人大为惊骇，本能地慌忙下马，闪到街边的屋檐之下。这一阵炮声停后，他们惊魂未定，赶快上马，向东驰去。过了西单牌楼以后，王承恩在马上恍然大悟，明白原来先从城头上放的三炮，只装火药，没有炮弹，所以响声无力，也无炮弹向空中飞去的隆隆巨声，同随后从城外打来的大炮声大不一样。他对大势更加绝望，在心中愤恨地说：

“果然，城上的人心已变，王德化和曹化淳也不可靠。皇爷孤立在上，这情况他如何知晓！”

王承恩策马穿过西单牌楼，本来可以不进皇城，直接奔往安定门，但是他临时改变主意：他必须立刻进宫去将危险的局势奏明皇帝。他已经十分清楚：人心已变，京城的局势不会再支持多久了，城上的守御等于儿戏，不但“贼兵”可以毫无抵抗地靠云梯上城，而且更可能的是守城的内臣和军民们开门迎降。倘若皇上不能够立刻筹措数十万银子，重赏守城人员，重新征召忠义之士上城，恐怕北京失守只是旦夕间的事了。

他率领从人们策马到了长安右门，翻身下马。因为承天门前边正对皇宫，遵照明朝礼制，任何人不许骑马和乘轿子横过御道，所以王承恩命从人们绕道大明门，也就是今天的中华门前走过去，在长安左门外边等候[①]。他自己只带着一个十几岁的小答应，打着灯笼，匆匆地从侧门走进承天门，穿过端门，

①在长安左门外边等候——明代紫禁城的南门是承天门，而大明门（今中华门）是皇城南门，所以东西长安门之内也是禁地。

来到午门前边。午门早已关闭，午门的城头上有两三只红纱灯笼在风中飘动。他以司礼监秉笔太监的身份，叫开了午门，急速往乾清宫走去。刚过皇极殿东侧的中左门，迎面遇着两位在三大殿一带值夜的熟识太监，告诉他皇上在坤宁宫同皇后和袁娘娘一起哭过后，又到承乾宫对田娘娘的遗像哭了一阵，又到奉先殿去了。这两位值夜的太监还悄悄告诉他，皇上在奉先殿已经痛哭很久，如今还在痛哭；随在皇上身边的众多太监和宫女也都跟着皇上伏地痛哭，没有人能劝慰皇上。一个年长的太监说毕，摇头叹息，又流着泪说了一句：

“王老爷，像这样事是从来没有过的。看来皇上也知道大事不妙，只是无法可想！”

王承恩不去见皇上了，赶快哭着出宫。因为不知道安定门的情况如何，他在东长安门外上马，挥了一鞭，向东单牌楼驰去，打算从东单牌楼往北转，直奔安定门。在马上经寒冷的北风一吹，他开始明白，皇上今夜去奉先殿痛哭和往日的痛哭不同：今夜是皇上已知国亡在即，决计身殉社稷，哭辞祖庙。大约在二十天前，当朝廷上出现了请皇上南迁之议以后，他希望皇上能够拿定主意，排除阻挠，毅然驾幸南京。他虽然是深受皇上宠信的司礼监秉笔太监，在宫中有“内相”地位，但是他一向在皇帝前小心谨慎，不忘记自己是皇帝家奴，对南迁事他不敢妄言一句，不触犯皇上忌讳。事到今日，他不能不愤恨一部分反对南迁的大小文臣。他在心中咬牙切齿地骂道：

“皇帝的江山都坏在你们手里！”

王承恩来到安定门城上时，知道自从黄昏以后，守城的人和城外敌人不断互相呼喊，互相说话。而城下的敌人夸称他们的永昌皇帝如何仁义和如何兵力强盛、天下无敌，大明的江山已经完了。王承恩以钦命提督守城诸事的身份严禁守城的内臣和兵民与城外敌人说话，又来回巡视了从安定门到东北城角的城防情况，天已经大亮了。

两天来王承恩日夜不得休息，昨夜又通宵不曾合眼，也忙得没吃东西。他本来想去德胜门和东直门等处巡视，但是头昏，疲惫，腹中饥饿，感到不能支持。于是他下了城墙，带着从人们骑马奔回家中。

王承恩的公馆在灯市大街附近的椿树胡同，公馆中有他的母亲、侄儿、侄媳，和一群男女奴仆。吃过早饭以后，他向家人们和从人们嘱咐了几句话，倒头便睡。后来他被家人叫醒，听了心腹从人对他悄悄地禀报以后，他骇得脸色苍白。匆匆梳洗之后，向母亲磕了三个头，哽咽说道：

"儿此刻要进宫去，今生不能再在娘的面前尽孝了。但等局势稍定，您老人家带着一家人仍回天津居住，不必再留在北京城中。"

他母亲不知道出了何事，但是猜想到城破就在眼前，浑身颤栗，流着泪说：

"我的儿，你快进宫去吧。自古尽忠不能尽孝。家务事我有安排，你快走吧！"

王承恩立刻到大门外带着从人上马，进了东安门，直向东华门外的护城河桥头奔去。

今日早晨，李自成命手下将士面对彰义门搭了一座巨大的黄色毡帐，端坐在毡帐前边，命秦、晋二王坐在左右地上，然后晓谕守城的军民赶快打开城门投降。像这样大事，竟没有人向崇祯禀报。当听了王承恩的禀奏以后，崇祯浑身一震，登时脸色煞白，两手打颤，心头怦怦乱跳，乍然间竟说不出一句话来。为着使自己稍微镇定，他从御案上端起一杯温茶，喝了一口。由于手打颤，放下茶杯时杯底在御案上碰了一下，将温茶溅了出来。他愤怒地问道：

"闯贼的毡帐离彰义门有多远？"

"听说只有一里多远，不到两里。"

"城头上为何不放大炮？为何不放大炮？"

"奴婢并不在彰义门，详情不知。奴婢听到这一意外消息，赶快进宫向皇帝禀奏。"

"你速去彰义门，传朕严旨，所有大炮一齐对逆贼打去！快去！"

"听说城上不放炮，是怕伤了秦、晋二王。"

"胡说！既然秦晋二王不能死社稷，降了逆贼，死也应该！你快去，亲自指挥，必使彰义门城头上众炮齐发，将逆贼及其首要文武贼伙打成肉酱！"

王承恩颤声说道："皇爷，已经晚了！"

崇祯厉声问道："怎么已经晚了？！"

王承恩说："闯贼在彰义门外并没有停留多久。在奴婢得到消息时，闯贼早已回钓鱼台了。"

崇祯恨恨地叹一口气，顿脚说道："想不到守城的内臣和军民竟如此不肯为国家效力，白白地放过闯贼！"

王承恩说道："皇爷，城头上人心已变，大势十分不妙，如今皇爷生气也是无用。俗话说，'重赏之下，必有勇夫。'要想鼓舞守城人心，恐怕非立刻用银子厚赏不可。"

"唉，国库如洗，从哪儿筹措银子！"

崇祯没有主意，默默流泪。王承恩也知道确实国库如洗，跪地上不敢仰视，陪主子默默流泪。过了一阵，崇祯忽然生出了一线希望，说：

"承恩，你速去传旨，传公、侯、伯都到朝阳门楼上会商救急之策，有力出力，有钱出钱。倘若他们能率领家丁守城，再献出几万两银子作奖励士气之用，既是保国，也是保家。一旦国不能保，他们的富贵也就完了。你去，火速传旨，不可有误！"

王承恩心中明白，要公、侯、伯们为国家出钱出力，等于妄想，但又不能不遵旨去办，也许会有一线希望。于是磕了个头，站起来说道："奴婢遵旨！"赶快退出去了。

崇祯发呆地坐在御案旁边，很明白大势已去，守城的内臣和军民随时可能打开城门，迎接"贼兵"进城，而没有人能挽救他的亡国。他知道城上的红衣大炮可以打到十里以外，一种炮弹可以将城墙打开缺口，另一种是开花弹，炸开来可以使一亩地范围内的人畜不死即伤。至于一般大炮，也可以打三四里远。他伤心地暗暗叹道："我大明三百年深仁厚泽，这些守城军民和内臣都受我大明养育之恩，为什么不对钓鱼台地方打炮？为什么不对坐在彰义门外的闯贼打炮？……"他忽然重复说道：

"咄咄怪事！咄咄怪事！"

他想到转眼间就要身殉社稷，全家惨死，祖宗江山亡在他的手中，不觉出了一身冷汗，连呼三声“苍天！”猛然在御案上捶了一拳，震得茶杯子跳了起来，溅湿了御案。随即他站了起来，在暖阁中狂乱走动，又连连说：

“我不应该是亡国之君！不应该是亡国之君！”

魏清慧和两个太监站在窗外，屏息地听皇上在暖阁中的动静，觉得皇上快要发疯了，但是大家平日震慑于崇祯的威严，只是互相望望，没人敢进暖阁中去劝解皇上。虽然魏清慧也惊慌失色，但是她不忍心皇上这样独自痛苦悲叹，于是她不顾一切地快步走进暖阁，到了皇上面前，用打颤的柔声说道：

“请皇爷宽心，请皇爷宽心。奴婢已经用金钱卜了卦，北京城有惊无险。请皇上宽心，珍重御体要紧！”

崇祯没有看她，也没有听见她的话，继续绕室乱走，极度悲愤地哽咽说道：

“苍天啊！我十七年敬天法祖，勤政爱民，宵衣旰食，孜孜求治，不应该落到这个下场！苍天！苍天！你怎么不回答我啊！……我不是荒淫之主，不是昏聩之君，也不是年老多病之人……我正是年富力强的时候，只要我任用得人，严于罪己，惩前毖后，改弦更张，我可以使国家得到治理，使百姓能够安享太平。天呀，你为何不听我的祷告？不听我的控诉？不俯察我的困难？不给我一点慈悲？”他用右拳捶打着朱漆描金盘龙柱，放声痛哭，随即又以头碰到柱上，碰得咚咚响。

魏清慧吓坏了，以为皇上要疯了，又以为他要触柱而死，扑通跪到他的脚边，牵住龙袍一角，哭着恳求：

“皇爷呀皇爷！千万不要如此伤心！值此时候，千万不要损伤了龙体！皇上，皇上！”

经过以头碰柱，崇祯的狂乱心态稍微冷静，才注意到魏宫人跪在脚边，愤怒地问道：

“魏清慧，我应该有今日之祸么？”他回避了“亡国”二字。

“皇上圣明，皆群臣误国之罪！”

提到群臣误国，崇祯立刻火冒三丈。他不仅深恨自从万历以来，文臣们只讲门户，互相攻讦，不顾国家安危，不顾人民疾苦，加上无官不贪，无吏不劣，他尤其恨一些人既阻挠他南迁大计，又阻挠他调吴三桂来京勤王……越想他越怒不可遏，一脚将魏宫人踢倒在地，迅速地走到御案旁边，在龙椅上一坐，双眼射出凶光，忿恨地说：

“我要杀人！我要杀人！”

乾清宫执事太监吴祥进来，骇了一跳，但已经进来了，只好大着胆子向皇帝躬身说道：

“启奏皇爷，王德化有要事要面奏陛下。”

崇祯没注意吴祥的话，仍在继续刚才的思路，忿恨地说：

“朕要杀人，要杀人……可惜已经晚了！晚了！”

吴祥赶快跪下，说道：“请皇爷息怒，王德化在司礼监服侍皇上多年，并无大罪。”

崇祯没有听清楚吴祥的话，定睛看着俯伏地上的吴祥，又看见魏清慧也从被踢倒的地方膝行来到面前，跪在吴祥身后。他问道：

“有什么事？城上的情况如何？”

吴祥说：“回皇爷，城上的情况奴才不知。王德化有事要面奏皇爷。”

“王德化？……”崇祯感到奇怪，又问道：“你说是王德化么？他是司礼监掌印太监，自来有事面奏，不需要别人传报，为什么不自己进来呀？真是怪事！”

吴祥回道：“王德化登上丹墀以后，听说皇上正在生气，不敢贸然进来，所以叫奴婢来启禀皇爷。”

崇祯又问：“他在守城，有什么好的消息禀奏？”

吴祥已经问过了王德化，但是他不敢说出实话，吞吞吐吐地说道：

“王德化要当面奏明皇上，他，他，他正在丹墀上恭候圣旨。”

“叫他进来！”

吴祥起身退出。魏清慧也赶快退出去了。

当王德化走进乾清宫的时候，两腿禁不住索索打颤。皇上的脾气他很清楚，他想着十成有八成杜勋会立时被杀，他也会以带进叛监之罪连累被杀。

在宣武门一时糊涂，相信了杜勋的花言巧语，同意将杜勋带来面见皇上，如今后悔也迟了。

原来当李自成坐在彰义门外时候，王德化在阜成门上。这时曹化淳因听说阜成门和西直门面对李自成的钓鱼台老营，情况最紧，也来到阜成门察看并同他密商。他们本应指示守彰义门和西便门的太监和兵民对李自成的毡帐开炮，但因为眼见明朝的大势已去，正考虑如何投降，保住自己的性命和家产，所以他们只是来到靠近西便门不远的内城转角处观看，却不下命令向城外开炮。后来他们看见李自成同一群文武要员走后，有一个人从彰义门缒上城头，并且传说是宣府监军太监杜勋进城。他们大为吃惊，立刻下城，带领一群随从骑马奔往宣武门等候。

因为外城未失，内城的三座南门，即正阳、崇文、宣武，仍未完全关闭，可以单人进出。杜勋一到彰义门城上，立刻被守城的太监们围了起来，向他打听城外消息。他急于要进宫叩见皇帝，没有时间在城头多留，只说李王兵力强盛，所向无敌，如今李王亲率二十万精兵包围北京，北京断难坚守。他又说李王如何仁义，古今少有，所以义兵所到之处，军民开门迎降。他毫不隐讳地在城头上说出了煽惑人心的话，还对同他认识的、守彰义门的太监头儿小声说道：“你放心，不管谁坐天下，都不会不用内臣！”他向这个太监头儿借了一匹马，便奔往宣武门了。

杜勋在宣武门内看见了王德化和曹化淳，赶快跪下去叩头请安。王德化又喜又惊，弯身拉他起来，叫着他的字说：

“子猷，看见你平安无恙，我很高兴。你，真胆大！你为何缒进城来，自己寻死？”

不等杜勋回答，曹化淳也说道：“前些日子，传闻你在宣化尽节。皇上特降天恩，追封你为司礼监秉笔太监，饬宣府地方官为你建忠烈祠，春秋致祭，又荫封你的侄儿为世袭锦衣千户。皇上英明，你竟敢缒进城来！给皇上知道了，不惟你活不成，你的一家人活不成，连许多缒你进城的人也都要受到连累，陪着你白送性命。你做事真是荒唐！”

杜勋也感到害怕，脸色灰白，但是他既然在大顺皇帝面前说出大话，而且已经进了内城，便只好硬着头皮，冒死进宫见皇帝，至于见了皇帝后如何说话，他将见机而行，总要保住自己的性命，平安回到城外。他在缒城之前，想好了要指望王德化或曹化淳带他去面见皇帝；如今不同平日，他已是投了流贼的内臣，倘若没有他们帮助，他不但不能进入紫禁城和内宫，甚至走到承天门前也会被拿下。他在颤栗中向王德化和曹化淳深深一揖，请求说：

“两位老爷所言甚是。请屏退左右，愚晚有私话禀明。”

王德化将袍袖一挥，从人都退到十丈以外，谁也听不清这三个权贵内臣站在一起交头接耳地如何商议，只见王德化和曹化淳表情沉重，有两次坚决摇头。后来王德化在迟疑中勉强点头，叹口气说：

“子猷，你平日喜欢押宝。这一宝倘若押不准，可就输惨啦！”

“请宗主爷放心。昨晚宋矮子替我卜了一卦，他包我平安无事。”

王德化并不放心，说道：“哼，听说宋矮子从前在北京也卖过卦，不料他一到李闯王那里就变成了诸葛孔明！”他转向曹化淳说：“老曹，我带子猷进宫一趟，你到平则门等着。子猷从宫中出来，从平则门缒出城最为近便，不要走顺承门出到外城，再从彰义门缒城了。”

随即，王德化吩咐送杜勋的人将杜勋借的马送回彰义门，让杜勋换骑另一匹马，同他往北奔去，只带着侍候自己的一个青年答应骑马跟在后边。王德化的其他众多随从跟随曹化淳转往平则门了。

王德化等人到了西长安街的东口，西三座门的外边下马，留下青年答应照料马匹，然后从长安右门进入承天门、端门和午门。王德化一路走着，心中很不踏实，后悔不该带杜勋进来。杜勋也是胆战心惊，脸色苍白，很后悔他在李自成的面前夸下海口，说他可以进宫来劝说崇祯皇帝自己退位，以成就禅让的千古美名。想着他可能被立刻斩首，可能被乱棍打死，连两条腿都软了。

王德化叫杜勋在右后门（平台）等候，自己鼓着勇气往乾清宫去见崇祯皇帝。当他进入东暖阁跪在崇祯面前时，崇祯一眼就看出来他的惊恐神色。崇祯以为城上出了变故，十分吃惊，厉声说道：

“王德化，你有何不好的消息禀奏？”

王德化不敢抬头，俯伏地上，颤声回答："回皇上，杜勋进宫来了……"

崇祯睁大了惊恐的眼睛，大声问："你说什么？说什么？"

"奴婢向皇上禀奏，杜勋进宫来了。"

"有几个杜勋？"

"只有一个杜勋。"

"胡说！杜勋已经死了。你带进宫来的这个杜勋是鬼呀是人？是他的鬼魂进宫来了？"

"不是鬼魂。皇爷，是他的本人进宫来了。"

在片刻中，崇祯惊吓得目瞪口呆，望着跪伏在他面前的王德化，不由地想起来近日宫中几次出现鬼魂的事，再也说不出话来。

大约二十天前，李自成破了宣府以后，他接到塘报，说监军太监杜勋同总兵官王承胤、巡抚朱之冯都被流贼捉到，慷慨不屈，骂贼尽节。尤其是塘报中说，杜勋十分忠勇，手刃流贼多人，正要冲出重围，继续指挥杀敌，不幸受伤被俘，敌人劝其投降，杜勋骂不绝口，遂致见杀，死事最烈。他下旨阁臣，偕同礼部堂上官速议如何厚赐旌表，以酬忠节。虽然当时在言官中曾有人上过奏本，说杜勋已经降"贼"，所传尽节是虚，请将杜勋在京城中的弟弟和侄儿斩首，但崇祯绝不相信杜勋竟会辜负皇恩，降了"逆贼"，认为原塘报称杜勋在宣府尽节的消息是实在的。于是不等内阁与礼部复奏，立刻下旨说：

"国家不幸，贼氛鸱张。值大局危乱之日，正忠臣效命之时。顷据确报，钦派宣府监军内臣杜勋骂贼身死，忠义可嘉。特降鸿恩，赐杜勋为司礼监秉笔太监，立祠宣府，有司春秋致祭；荫其弟为锦衣卫堂上官，其侄为世袭锦衣千户。钦此！"

虽然这一道圣旨下了以后，举朝为之失色，然而崇祯坚信杜勋是他亲手"豢养"的知兵内臣，忠诚可靠，为国尽节之事定无可疑。由于这时候李自成的大军迅速东来，朝廷上惶惶不可终日，关于皇帝是否应该南迁的问题和是否应该调吴三桂来京勤王的问题，正在争论不休，牵动着京师臣民的心，所以大家不再关心杜勋的问题了。如今崇祯猛听王德化说杜勋确实已经进宫，有紧要事向他面奏，他怔了片刻，禁不住心中惊叫：

"又一件咄咄怪事！"停了一阵，他望着王德化问道："王德化，这是怎么一回事呀？"

王德化胆怯地回答说："杜勋降贼是真，前传骂贼死节是虚。"

"你为何不早奏明？"

"奴婢原来也受蒙蔽，只以为杜勋已经为皇上尽节，不知他竟然降了逆贼。"

"他来见朕何事？"

王德化不敢说出实话，应付道："他不肯向奴婢说明，只说这话十分重要，为解救皇上目前危难，他才冒死进城。"

崇祯又问道："他如何进得城来？"

"他在城濠边叫城，说他是宣府监军太监杜勋。起初城上以为是杜勋的鬼魂出现，后来在城头上认识他的内臣看清楚了，才相信他果然没死，就用绳子将他缒上来了。"

"是谁差他进城的？"

"听他说是李贼差他进城。"

崇祯气得脸色发青，说道："该死的叛奴！去，命人将他抓起来，立刻斩首！"

王德化恳求说："请皇上暂息雷霆之怒，见过他以后再斩不迟。至少可以从他的口中知道一点闯贼的情况。不问就斩，连逆贼的一点情况也不知道了。"

崇祯犹豫片刻，觉得王德化的话也有道理。但是他决不能容忍一个家奴叛变投敌，又引着敌人来围攻北京。他恨不得亲手将杜勋杀死，咬牙切齿地连声说道："杀！杀！非杀不可！"想了片刻，决定问过杜勋以后再杀，决不让杜勋活着出城。王德化问道：

"皇爷，要不要叫杜勋进来？"

崇祯说："胡说！这乾清宫是朕十七年间敬天法祖，经营天下的庄严神圣地方，怎么能叫这个该死的奴才进来？"

王德化又问："杜勋正在平台候旨，可否就在平台召见？"

“不行！平台是朕平日‘御门听政’的地方，杜勋是该死的奴才，不配在平台受朕召见！”

“那么……皇爷，在什么地方召见好呀？”

崇祯沉吟片刻，记起来十年以前他曾经在乾清门审问并处死过一个犯罪的太监，于是向窗外问道：

“吴祥在哪里？”

站在窗外的吴祥随即进来，跪到地上。崇祯吩咐吴祥准备在乾清门审问杜勋，又吩咐他速去准备一切，还要他差人去午门叫十名锦衣旗校来乾清门伺候。等吴祥出去以后，崇祯恨恨地对王德化说：

“朕要在乾清门审问杜勋，你，你，你亲自去带他进来！”

王德化听见皇上使用“审问”二字，不是说的“召见”，知道杜勋必死无疑，他自己也难逃罪责，心头怦怦狂跳，充满了恐慌和后悔。他在地上叩了一个响头，两腿不住打颤，退出了乾清宫。在走下台阶时，因为心慌和两腿瘫软，几乎摔了一跤。

乾清宫的太监们都明白杜勋必死，认为是罪有应得，同时也为宗主爷王德化捏了一把冷汗，埋怨他一向小心谨慎，稳居司礼监掌印太监的高位，今天为杜勋事难免不受重责，真是聪明一世，糊涂一时。吴祥心中明白，王德化处此亡国关头，为保护自己的身家性命和偌大家产，所以甘愿受杜勋利用，栽跟头也是应该。

杜勋站在右后门平台的一个角落等候消息，愈等愈感到害怕，愈后悔不该进宫。看见王德化走出右后门，脸色十分沉重，他的心头狂跳，暗中叫道：“我完了！”他赶快迎上去，小声问道：

“宗主爷，皇上怎么说？”

王德化说道：“皇上在乾清门召见，快随我去吧。皇上的脾气你是知道的，他已经为你的投敌很震怒，经我苦劝，他才没有下旨抓你斩首。为着你的脑袋，你说话千万小心，不要再火上浇油！”

杜勋双腿瘫软，浑身打颤，硬着头皮随王德化向乾清门走去。当杜勋到乾清门时，御案和御座已经摆好，乾清宫的太监们分两排肃立伺候。稍过片刻，十名驻守午门的锦衣旗校跑步赶到，分两排肃立阶下。这种异乎寻常的气氛简直使王德化和杜勋不能呼吸。又过了很长一阵，一个太监匆匆走出，说道：

"圣驾到！"

杜勋赶快跪下，以头伏地，不敢仰视。随即，一柄黄伞前导，崇祯在几名随驾太监的簇拥中走完了汉白玉铺的御道，出了乾清门，升了御座。一个长随太监跟在他的后边，等他坐定以后，将捧来的一把宝剑从绣有"御用龙泉"四字的黄缎剑套中取出，恭敬地双手捧放在御案上。这是一柄据传是永乐皇帝用过的、削铁如泥的龙泉剑，漆成墨绿色的鲨鱼皮剑鞘上用金丝镶嵌着一条矫健的飞龙，用银丝镶嵌成朵朵白云，另外还用一些耀眼的小宝石、珊瑚、贝壳等镶嵌成日月星辰。据宫中世代相传，永乐皇帝曾经用这把龙泉剑亲手斩过叛臣。崇祯曾经习过骑射，也略通剑术。前几年举行内操时候，崇祯因慕成祖皇帝整军经武之风，命太监从内库中取出这把龙泉宝剑自己佩用，曾命人用这把宝剑在寿皇殿前斩过一个迟到的太监头儿以肃军纪。后来这把宝剑就挂在乾清宫后边养德斋中的柱子上，据说有时在风雨雷电之夜会发出啸声。

此刻，一个长随太监将这把轻易不令人见的龙泉剑抽出了鞘放在御案上，加上崇祯皇帝的愤怒脸色，使乾清门外充满了恐怖的气氛。

吓得面无人色的司礼监掌印太监王德化退立一侧侍候。看见御案上的御用龙泉剑，知道杜勋不免被斩，而他也要连累而死，恐怖得面无人色，心中想道："我上了杜勋的当，今日大祸临头！"他又看一眼皇上的愤怒脸色，脊背上冒出冷汗。

"杜勋，你知罪么？"崇祯问，威严的声音中带着杀气。

杜勋连连叩头，颤栗说道："奴婢死罪！奴婢死罪！恳皇爷开恩！"

崇祯恨恨地说："朕命你到宣府监军，抵御逆贼东犯，原是把你作为心腹家臣，不想你竟然毫无良心，辜负皇恩，投降逆贼。你不能为朕尽节，却引贼东犯，罪不容诛，为什么敢来见朕？"

杜勋说道："当时奴婢见宣府官兵都蜂拥出城，欢迎闯贼，喝禁无效，正要拔剑自刎，被手下人夺去宝剑，又被鼓噪将士挟制，强迫出城，面见李贼，使奴婢欲死不能。后来奴婢转念一想，既然军心已变，宣府已失，奴婢徒死无益，不如留下这条微命，缓急之际还可以为陛下出一点犬马之力，以报陛下豢养之恩。”

崇祯忽然产生一线幻想，冷笑一下，用略微平静的口气问道：“你已经降了闯贼，还能为朕做什么事情？”

杜勋说：“奴婢此次冒死进宫，就是要为陛下竭尽忠心，敬献犬马之力。”

崇祯心中惊异：莫非他能说出来使朕出城逃走的办法？随即问道：

“你究竟进宫何事，速速向朕奏明，不得隐瞒！”

杜勋叩头说：“奴婢死罪。说出来如皇爷认为不对，冒犯了天威，恳求皇爷想着这不是平常时候，暂缓雷霆之怒，饶恕奴婢万死之罪。奴婢敢在此时冒死进宫，毕竟是出自犬马忠心。”

崇祯说：“你说吧，只要有救朕之策，确实出自忠心，纵然说错了也不打紧。”

杜勋问道：“目前京城决不可守，皇上到底作何打算？”

崇祯说：“三天以前，吴三桂所率关宁铁骑已到山海关了，正在赶来北京勤王。逆贼屯兵于坚城之下，一旦关宁铁骑到来，逆贼必然溃逃，京城可万无一失。”

杜勋默然不语，伏在地上，等待崇祯继续问话。崇祯果然又接着问道：

“杜勋，李贼命你进城，究竟为了何事？”

杜勋知道崇祯色厉内荏，带着恐吓和威胁的意图说道：“皇爷千古圣明，请听奴婢的逆耳忠言。李自成亲率二十万精兵进犯京师，尚有数十万人马在后接应。吴三桂虽有关宁边兵，号称精锐，但只有数万之众，远非闯贼对手。他如今闻知流贼已经包围北京，必然停留在山海关与永平之间观望徘徊，不敢冒险前来。奴婢听宋献策说，京师臣民盼望吴三桂的救兵只是望梅止渴。奴婢又听到贼中纷纷传说……”杜勋不敢直言说出，心惊胆战，咽下一口唾沫。

崇祯脸色大变，心中狂跳，怒目望着杜勋，厉声喝道：“什么传说！不要吞吞吐吐，快快奏明！”

“请恕奴婢死罪，奴婢方敢直说。”

“你说吧，快说实话！”

“贼中传说，宋献策在来京的路上卜了一卦，如今看来是有点儿应验了。”

“他卜的卦怎么说？怎么应验了？”

“奴婢听到贼军老营中纷纷传说，宋献策在居庸关来北京的路上卜了一卦，卦上说，倘若十八日有微雨，十九日必定破城。倘若十八日是晴天，破城得稍迟数日。今日巳时左右，曾有微雨，奴婢暗中心惊，不觉望着城中悲叹。”

崇祯浑身打颤，拍案怒骂：“胡说！你是我家家奴，敢替逆贼做说客么？敢以此话来恐吓朕么？该死！该死的畜生！”

杜勋深知崇祯的秉性暴躁，有时十分残酷，对大臣毫不容情，说杀就杀，说廷杖就廷杖，所以他见崇祯动怒，吓得浑身打颤，以头碰地，连说：

“奴婢死罪！奴婢死罪！……”

崇祯忽然问道：“李贼叫你进宫来到底有何话说？”

杜勋横下心向崇祯奏道：“李自成进犯京城，但他同皇上无仇……”

“胡说，朕是万民之主，他是杀戮百姓的逆贼，何谓无仇！”

“以奴婢所知，李贼直至今天还是尊敬皇上，不说皇上一句坏话。他知道皇上也是圣君，国事都坏在朝廷上群臣不好，误了皇上，误了国家。倘若群臣得力，皇上不失为英明之主。李自成离开西安时，曾发布一张布告，沿路张贴，疆臣们和兵部一定奏报了皇上，那布告中就说得十分明白，皇上为何不信？”

李自成的北伐布告也就是檄文，虽然崇祯曾经见到，但是看了头两句就十分暴怒，立即投到地上，用脚乱踏，随即被乾清宫的太监拾起来，拿出去烧成灰烬，以后通政使衙门收到这一类能够触动“上怒”的文书再也不敢送进宫了。现在经杜勋一提醒，他马上问道：

“逆贼的布告中怎么说？”

“恳皇爷恕奴婢死罪，奴婢才敢实奏。”

“你只实奏，决不罪你！”

杜勋的文化修养本来很低，李自成的“北伐檄文”中有一句典故他不懂，也记不清楚，只好随口胡诌，但有些话大致不差：

“奴婢记不很准，只记得有几句好像是这样写的，‘君甚英明，孤立而蒙蔽很多[①]；臣尽行私，比党而公忠绝少’。还有许多话，奴婢记不清了。皇爷，连李自成的文告也称颂陛下英明，说陛下常受臣下蒙蔽，政事腐败都因为臣下不好。”

崇祯望着杜勋，沉默不语，一面想着李自成写在文告中的这几句话仍然称颂他为英明之君的真正含义，一面生出了一些渺茫的幻想。过了片刻，他又向杜勋问道：

“杜勋，看来逆贼李自成虽然罪恶滔天，但良心尚未全泯。他叫你进宫见朕，究竟是何意思？”

杜勋抓住机会说道：“李自成因知朝政都是被文武群臣坏了，皇上并无失德，所以二十万大军将北京团团围住，不忍心马上攻城，不肯使北京城中玉石俱焚……”

崇祯似乎猛然醒悟，问道：“他要‘清君侧’么？岂有此理！”

“皇爷，请恕奴婢直言。他不是要‘清君侧’，是要，是要……”

“是要什么？快说！”

“奴婢万死，实不敢说出口来。”

“快说！快说！一字不许隐瞒！”

杜勋连叩两个头，十分惶恐，冒着杀身之祸，吞吞吐吐地说道：

“皇爷天纵英明，烛照一切，奴婢照实把李、李、李自成的大逆不道的……谬见说出，请皇爷不要震怒……李贼实是叫奴婢进宫来劝、劝说皇上……让出江山。他说，这是效法尧舜禅让之礼。他还说，只要皇上让出江山，他誓保城内官绅百姓平安，保皇上和宗室皇亲照旧安享荣华富贵。他将尊称皇上为……让皇帝，仍享帝王之福。他说……”

崇祯听到这里，将御案用力一拍，又猛力一推，几乎将御案推翻，随后突然站起，抓起横放在御案上的龙泉宝剑，登时有一道寒光在众人眼前闪

①君甚……很多——李自成“北伐檄文”中的原句为：“君非甚暗，孤立而炀蔽恒多。”杜勋将前半句改为“君甚英明”，将下半句的“炀蔽”一词改为“蒙蔽”，“恒多”改为“很多”。

烁。站在他的两边和背后的太监们一个个面目失色，停止了呼吸。站立在阶下的十名锦衣旗校都以为杜勋替逆贼劝皇上让出江山，必斩无疑，立时紧张起来，紧紧地握住剑柄，准备随时登上台阶，将杜勋推出午门斩首。但皇上没有口谕，他们只能肃立等候，怒目注视伏在地上颤栗叩头的杜勋，身子却纹丝不动，也不敢违制拔剑出鞘。那恭立在御座背后，擎着黄伞的青年太监，担心杜勋身上暗藏兵器，可能会突然跃起，向皇上行刺，所以在刹那间按了伞柄机关，黄伞刷拉落下，伞柄上端露出来半尺长的锋利枪尖。

在众人屏息的片刻之间，崇祯决定不下是就地挥剑杀死杜勋，还是命锦衣旗校将叛监推出午门斩首。王德化不敢迟误，赶快跪下，叩头说道：

“恳皇爷暂息圣怒！杜勋进宫来原是为要替陛下解救目前之危，实非帮逆贼劝陛下让出江山。请陛下命杜勋将话说完，再斩不迟。”

一团疑云扫过了崇祯的眼前，他将龙泉剑在御案上平着一拍，震得一支斑管狼毫朱笔从玛瑙笔架上猛然跳起，滚落案上。他厉声问道：

“杜勋，该死的奴才，你还有何话说？”

杜勋说：“皇爷！刚才说的那些效尧舜禅让天下的话，全是李贼一派胡言，奴婢当时就冒死反驳，使逆贼不得不改变主意，同意不再攻城，不再争大明江山，甘愿为圣明天子效力。”

崇祯大感意外，半信半疑，问道：“你如何劝逆贼改变主意？他又如何说不再争大明江山？”

杜勋说：“奴婢对李贼言讲，大明朝有万里江山，三百年基业，纵然你能破了北京，也不能亡了大明。江南必有宗室亲王兴师继统，以陪都为京师，用江南财富与人力，恢复中原；满洲人兵强马壮，久已虎视于关外，时时伺机南侵。大王……”

“什么大王！”

“奴婢死罪！奴婢是对闯贼说话，为要以理说服敌人，所以称他‘大王’。其实，奴婢对逆贼恨之入骨，恨不能吃他的肉，饮他的血！”

崇祯点头说：“你说下去吧。……王德化平身！”

王德化叩头起来，看见皇上脸上的怒容已减，心中略觉宽松，暗中骂道：

"好险！杜勋这小子真有一手！"

杜勋接着说："奴婢对李贼说道，你纵能攻破北京，可是大明的臣民四海同愤，誓为皇上复仇，使你应付不暇。满洲人必然乘机进犯北京和畿辅，更可怕的是进占山西、山东两省，席卷中原。到那时你腹背受敌，反而顾南不能顾北，顾东不能顾西，到了那时，大王……"杜勋住口，重重地对自己左右掌嘴。

崇祯皱一下眉头，催促道："说下去，快说下去。逆贼怎么说？"

杜勋又接着说："他说他愿意拥戴皇上，拥戴大明。只要皇上肯让出一半江山给他，他愿意为皇上率领大军出关，征服辽东，平定国内。保皇上的江山像铁打铜铸的一样坚固。"

崇祯片刻无言，默默地暗想：杜勋这话是真是假？哪有逆贼到此时还不想夺取江山？闯贼已经包围北京，岂有拥戴朝廷之理？显然这话不是出自李自成的真心！何况他要挟朕分给他一半江山，岂有此理！哼，这不过是来试试朕的口气罢了。但是他想从杜勋的口中多知道一点敌人的情况，所以他没有动火，向站在一旁的王德化问道：

"王德化，你听杜勋这话可是真的？"

王德化赶快跪下，心头慌乱，不知如何回答。他晓得杜勋的这些话都是漫天撒谎，欺哄皇上，试探皇上口气，但是他不能点破杜勋的谎言，使杜勋身首异处，也连累他自己惹出大祸。崇祯见王德化俯首跪地不语，便对杜勋怒冲冲地说道：

"你说的话全不可信！无非是对朕恫吓，欺朕身陷重围。你这个叛主逆奴，实实该死！……杀！"

王德化赶快提醒杜勋说："杜勋，你真是胆大包天，竟敢以逆贼的话亵渎圣听，还不速速谢罪！"

杜勋明白必须赶快脱身，倘若再激怒皇上必将立刻被杀，于是他连叩两个头，说道：

"皇上天纵英明，烛照一切。李贼确实想逼皇上禅让江山，但经奴婢冒死相争，详陈利害，他也不能不略微动心，说只要皇上封他为王，世守秦晋，他愿意不进北京，率大军征剿辽东。但奴婢人微言轻，必须皇上钦差一二皇亲重臣，出城详议；议定之后，对天盟誓，并请皇上颁降明诏，宣谕四海，天下共闻。李贼本来定于今日申时攻城，后来为等候奴婢回话，决定暂缓攻城。李贼还说，只要皇上封他为王，世守秦晋，他不但不下令攻城，还可以退兵二十里，以待盟誓。”

崇祯问：“他要申时攻城？”

“是的，皇爷。此刻已是未时。倘若奴婢在申时前不出城回话，李贼就下令攻城了。”

崇祯皇帝本来是一个十分聪明的人，又有十七年丰富的政治经验，像杜勋的话前后矛盾，漏洞百出，如何能欺骗了他？但是一则他此时心慌意乱，失去常态；二则此时只要有万分之一的救命和保国的机会，他也不肯放过。李自成兵围京师，胁迫他封王裂土，这是他绝对不能允许的。此刻作为缓兵之计，他以为只好同意，求得北京城能够有二三日内不被攻破，等候吴三桂救兵来到。他望着杜勋思忖片刻，说道：

“你赶快出城去吧。必须使逆贼李自成上体朕心，不要攻城，能退兵二十里外更好。朕明日一早即钦差皇亲重臣携带手诏，出城去面议封王裂土及讨伐东虏之事。你速速出城！”

杜勋叩头说：“皇上圣明，京师臣民之福，国家之福。万岁，万万岁！”

崇祯立刻起身，回到乾清宫东暖阁中。此时过了午膳时候已经很久了。尚膳监一个太监来到他的面前跪下，恭问是否即用午膳。崇祯无意用膳，挥手使尚膳监的太监退出。他的心中充满了狐疑、愤懑和屈辱，眼泪滚落颊上。他很快清醒起来，明白杜勋对他说的那些话，只有李自成逼他禅让是真，其余的话全是信口胡说，决非李贼原意。他将吴祥叫到面前，恨恨地吩咐：

“你火速亲自带人到城上将杜勋抓回，在午门外乱棍打死！”

却说杜勋离开乾清门以后，同王德化赶快走出紫禁城，到长安右门外上马，扬鞭疾驰，到阜成门下马，登上城头。曹化淳早在城楼等候，并且命人备好酒肴。杜勋已经很饿，坐下去饮了一杯长春露酒，正要吃菜，王德化提醒说：

“子猷，皇上秉性多疑善变，你赶快缒城走吧！”

杜勋一听，投箸而起，连声说："是，是。宗主爷想得周到！"随即他们屏退从人，交头接耳地商量一阵。在城楼外伺候的内臣听不清他们所商何事，只看见王德化和曹化淳轻轻点头，最后王德化叮咛说：

"子猷，你向李王献出了宣府重镇，又劝说居庸关的监军内臣和镇将迎降，为李王立了大功。李王坐了天下，你必是司礼监掌印太监。我同曹东主都已年近半百，早有退隐之心。今后要仰仗你多赐关照，方好安度余年。"

杜勋说："李王十分仁义，请两位前辈完全放心。"

城头上的长绳子和竹筐子已经准备好了。杜勋要缒下城时，被一群熟识的太监围住，问长问短。杜勋对他们说：

"你们都不要害怕。李王进城，坐了江山，我们的富贵仍然照旧。"

有个别太监还拉住他问别的话。杜勋又说："你们不必多问，有我杜勋在，你们就不会吃亏。"说了以后，同大家拱手告别，坐在竹筐中缒下城去。

杜勋出城后不到一个时辰，申时未过，守彰义门的太监和百姓将城门打开了，西便门也跟着打开了。几千大顺军整队进入外城，占领了各处十字路口和重要街道，其他外城诸门也都随着开了。

十八

崇祯皇帝之死

第 56 章

连日来崇祯皇帝食不下咽，夜不成寐，不但眼眶深陷，脸色灰暗，而且头昏目眩，身体难以支撑。但是亡国就在眼前，他不能倒下去对国运撒手不管，也不能到养德斋的御榻上痛睡一阵。他本来打算在乾清门亲手挥剑斩杜勋，临时来了精神，带着一腔怒火，顿然间忘记疲惫，大踏步走出乾清宫，从丹墀上下了台阶，走到乾清门，稳稳地在龙椅上坐定。乾清宫的宫女们和太监们重新看见了往日的年轻皇上。但是杜勋走后，崇祯鼓起的精神塌下去了，连午膳也吃不下，回到乾清宫的东暖阁，在龙椅上颓然坐下，恨恨地长叹一声，喃喃自语：

“连豢养的家奴也竟然胆敢如此……”

他十分后悔刚才没有在乾清门将杜勋处死，以为背主投敌者戒。生了一阵闷气，他感到身体不能支撑，便回到养德斋，由宫女们服侍他躺到御榻上，勉强闭着眼睛休息。当养德斋中只剩下魏清慧一个宫女时，他睁开眼睛，轻轻吩咐：

“要是今日吴三桂的关宁铁骑能够来到北京城外，你立刻将朕唤醒。”

魏清慧虽然明白吴三桂断不会来，但是她忍着哽咽答应了“遵旨”二字。崇祯又嘱咐说：

“朕命王承恩传谕诸皇亲勋臣们在朝阳门会商应变之策，如今该会商毕了。王承恩如回宫来，立刻奏朕知道。还有，朕命吴祥带人去城上捉拿杜勋，一旦吴祥回来，你也立刻启奏！”

“皇爷，既然刚才不杀杜勋，已经放他出城，为甚又要将他捉拿回来？皇上万乘之尊，何必为杜勋这样的无耻小人生气？”

崇祯恨恨地说："哼，朕一日乾纲不坠，国有典刑，祖宗也有家法！"

魏清慧不敢再说话，低下头去，轻手轻脚地退到外间，坐在椅子上守候着皇上动静，也不许有人在近处说话惊驾。过了片刻，听见御榻上没有声音，料想皇上实在困倦，已经入睡，她在肚里叹息一声，揩去了眼角的泪水。

崇祯一入睡就被噩梦缠绕，后来他梦见自己是跪在奉先殿太祖高皇帝的神主前伤心痛哭。太祖爷"显圣"了。宫中藏有太祖高皇帝的两种画像：一种是脸孔胖胖的，神态和平而有福泽；另一种是一个丑像，脸孔较长，下巴突出，是个猪像，同一般人很不一样。崇祯自幼听说那一轴类似猪脸的画像是按照洪武本人画的。现在向他"显圣"的就是这位长着一副猪脸的、神态威严的老年皇帝。他十分害怕，浑身打颤，伏地叩头，哭着说：

"孙儿不肖，无福无德，不足以承继江山。流贼眼看就要破城，宗社不保，国亡族灭。孙儿无面目见太祖皇爷在天之灵，已决定身殉社稷，以谢祖宗，以谢天下。"

洪武爷高坐在皇帝宝座上，长叹一声，呼唤着他的名字说道："由检，你以身殉国有什么用？你应该逃出去，逃出去恢复你的祖宗江山。你还年轻，不应该白白地死在宫中！"

崇祯哭着问道："请太祖皇爷明示，不肖孙儿如何能逃出北京？"

洪武爷沉吟说："你总得想办法逃出北京，逃不走再自尽殉国。"

"如何逃得出去？"

崇祯伏地片刻，高皇帝没有回答。他大胆地抬起头来，但见高高的宝座上烟雾氤氲，"显圣"的容貌渐渐模糊，最后只剩下灰色的、不住浮动的一团烟雾，从烟雾中传出来一声叹息。

崇祯忍不住放声痛哭。

魏清慧站在御榻旁边，连声呼唤："皇爷！皇爷！……"

崇祯醒来，但还没有全醒，不清楚是自己哭醒，还是被人唤醒。他茫然睁开眼睛，看见魏宫人站在榻边，不觉脱口而出：

"朕梦见了太祖高皇帝！……"

魏宫人又叫道："皇爷，大事不好，你赶快醒醒！"

崇祯猛然睁大眼睛，惊慌地问：“什么事？什么大事？……快奏！”

魏宫人声音打颤地说：“吴祥从平则门回来，他看见逆贼已经破了外城。外城城门大开，有几千步兵和骑兵从彰义门和西便门整队进城！”

崇祯登时面如土色，浑身颤栗，从榻上虎地坐起，但是两脚从榻上落到朱漆脚踏板上，却穿不上靴子。魏宫人赶快跪下去，服侍他将绣着云龙的黄缎靴子穿好。崇祯问道：

“吴祥在哪里？在哪里？”

魏宫人浑身打颤说道：“因为宫中规矩，任何人不准进入养德斋中奏事，所以吴祥此刻在乾清宫中恭候圣驾。”

崇祯又惊慌地问：“你听他说贼兵已经进了外城？”

魏宫人强作镇静地回答说：“内城的防守很坚固，请皇爷不必害怕……”

“快照实向朕禀奏，吴祥到底怎么说？快！”

“吴祥刚才慌慌张张回到宫中，要奴婢叫醒皇爷。因奴婢说皇爷十分困乏，刚刚蒙眬不久，他才告诉奴婢逆贼已经从彰义门和西便门进了外城，大事不好，必须马上禀奏皇上。”

崇祯全听明白了，浑身更加打颤，腿也发软。他要立刻到乾清宫去亲自询问吴祥。当他下脚踏板时，两脚无力，踉跄几步，趁势跌坐在龙椅上。他不愿在乾清宫太监们的眼中显得惊慌失措，向魏宫人吩咐：

“传吴祥来这儿奏事！”

魏宫人感到诧异，怕自己没有听清，小声问道：“叫吴祥来养德斋中奏事？”

崇祯从迷乱中忽然醒悟，改口说：“叫他在乾清宫等候，朕马上去听他面奏！”

这时，两个十几岁的宫女进来。一个宫女用金盆端来了洗脸的温水，跪在皇上面前，水中放着一条松江府①进贡的用白棉线织的面巾，在面巾的一端

①松江府——栽种棉花和纺织棉布的技术，大概在隋唐时传入我国的西域地方，中晚唐时候，广西地方也出现了棉布，但是向内地发展不快。元代又由海道传来松江人黄道婆植棉和纺织棉布的技术，黄道婆对此作出了巨大贡献。到了明代中叶以后，松江的棉布行销全国。

用黄线和红线绣成了小小的二龙戏珠图；另一宫女也跪在地上，捧着一个银盘，上边放着一条干的白棉面巾，以备皇上洗面后用干巾擦手。但是崇祯不再按照平日的习惯在午觉醒来后用温水净面，却用粗话骂道："滚开！"随即绕过跪在面前的两个宫女，匆忙地走出养德斋，向乾清宫正殿的前边走去。魏宫人看见他一步高，一步低，赶快去挟住左边胳臂，小声说道：

"皇爷，您要冷静，内城防守很牢固，足可以支持数日，等到吴三桂的勤王兵马来到。"

崇祯没有听清楚魏清慧的话，实际上他现在对于任何空洞的安慰话都没有兴趣听，而心中最关心的问题是能否逃出北京，倘若逃不出应该如何身殉社稷，以及对宫眷们如何处置。已经走近乾清宫前边时，他不愿使太监们看见他的害怕和软弱，用力将左臂一晃，摆脱了魏宫人挽扶着他的手，踏着有力的步子向前走去。

他坐在乾清宫的东暖阁，听吴祥禀奏。原来当吴祥奉旨到平则门上捉拿杜勋时，杜勋已经缒出了城，在一群人的簇拥中，骑着马，快走到钓鱼台了。他正在城楼中同王德化谈话，忽然有守城的太监奔入，禀告王德化，大批贼兵进彰义门了，随后也从西便门进入外城了……

崇祯截住问道："城门是怎么开的？"

"听说是守城的内臣和军民自己打开的。可恨成群的老百姓忘记了我朝三百年天覆地载之恩，拥拥挤挤站在城门里迎接贼兵，有人还放了鞭炮。"

崇祯突然大哭："天哪！我的二祖列宗！……"

吴祥升为乾清宫掌事太监已有数年，是一个循规蹈矩的人，年年盼望着国运好转，不料竟然落到亡国地步，所以崇祯一哭，他也跪在地上放声痛哭。

魏清慧和几个宫女，还有几个太监，都站在东暖阁的窗外，听见皇上和吴祥痛哭，知道外城已破，大难临头，有的痛哭，有的抽咽，有的虽不敢哭出声来，却鼻孔发酸，热泪奔流。

吴祥哭了片刻，抬头劝道："事已如此，请皇爷速想别法！"

崇祯哭着问："王德化和曹化淳现在何处？"

吴祥知道王德化和曹化淳都已变心，而守彰义门的内臣头儿正是曹化淳的门下，但是他不敢说出实话，只好回答说：

“他们都在城上，督率众内臣和军民固守内城，不敢松懈。可是守城军民已无固志，内城破在眼前，请皇爷快想办法，不能指望王德化和曹化淳了。”

崇祯沉默片刻，又一次想起来太祖皇爷在他“显圣”时嘱咐的一句话：“你得想办法逃出北京。”可是他想不出好办法，向自己问道：

“难道等待着城破被杀，亡了祖宗江山？”

他忽然决定召集文武百官进宫来商议帮助他逃出北京之计，于是他对吴祥说道：

“你去传旨，午门上紧急鸣钟！”

崇祯曾经略习武艺，在煤山与寿皇殿之间的空院中两次亲自主持过内操，所以他在死亡临头时却不甘死在宫中。此时他的心情迷乱，已经不能冷静地思考问题，竟然异想天开，要率一部分习过武艺的年轻内臣，再挑选几百名皇亲的年轻家丁，在今夜三更时候，突然开齐化门冲出，且战且逃，向山海关方向奔去，然后奔往南京。北京的内城尚未失去，他决定留下太子坐镇。文武百官除少数年轻有为的可以护驾，随他逃往吴三桂军中之外，其余的都留下辅佐太子。皇后和妃嫔们能够带走就带走，不能带走的就只好留在宫中，遵旨自尽。这决定使他感到伤心和可怕，可是事到如今，不走这条路，又有什么办法？想到这里，他又一次忍不住放声痛哭。

从午门的城头上传来了紧急钟声。他认为，文武百官听见钟声会陆续赶来宫中，他将向惊慌失措的群臣宣布“亲征”①的决定，还要宣布一通“亲征”手诏。于是他停止痛哭，坐在御案前边，在不断传来的钟声中草拟诏书。他一边拟稿，一边呜咽，不住流泪，将诏书稿子拟了撕毁，撕毁重拟，尽管他平素在文笔上较有修养，但今天的诏书在措词上十分困难。事实是他的亡国已在眼前，仓皇出逃，生死难料，但是他要将措词写得冠冕堂皇，不但不能有损于

①“亲征”——崇祯因为是皇帝，在他的思想中没有“逃跑”二字，用“亲征”一词代替“逃跑”。

皇帝身份，而且倘若逃不出去，这诏书传到后世也不能成为他的声名之玷，所以他几次易稿，总难满意。到钟声停止很久，崇祯才将诏书的稿子拟好。

崇祯刚刚抛下朱笔，王承恩进来了。他现在是皇帝身边唯一的心腹内臣。崇祯早就盼望他赶快进宫，现在听见帘子响动，回头看见是他进来，立即问道：

"王承恩，贼兵已经进了外城，你可知道？"

王承恩跪下说："启奏皇上，奴婢听说流贼已进外城，就赶快离开齐化门，先到正阳门，又到宣武门，观看外城情况……"

"快快照实禀奏，逆贼进外城后什么情况？"

"奴婢看见，流贼步骑兵整队入城，分住各处，另有小队骑兵在正阳门外的大街小巷，传下渠贼刘宗敏的严令，不许兵将骚扰百姓，命百姓各安生业。奴婢还看见外城中满是贼兵，大概外城七门全开了。皇爷，既然外城已失，人无固志，这内城万不能守，望陛下速拿主意！"

"朝阳门会议如何？"

"启禀皇爷，奴婢差内臣分头传皇上口谕，召集皇亲勋臣齐集朝阳门城楼议事。大家害怕为守城捐助饷银，都不肯奉旨前来，来到朝阳门楼的只有新乐侯刘文炳，驸马都尉巩永固。人来不齐，会议不成，他们两位皇亲哭着回府。"

崇祯恨恨地说："皇亲勋臣们平日受国深恩，与国家同命相连，休戚与共，今日竟然如此，实在可恨！"

"皇上，不要再指望皇亲勋臣，要赶快另拿主意，不可迟误！"

"刚才午门上已经鸣钟，朕等着文武百官进宫，君臣们共同商议。"

"午门上虽然鸣钟，然而事已至此，群臣们不会来的。"

"朕要亲征，你看看朕刚才拟好的这通诏书！"

王承恩听见皇上说出了"亲征"二字，心中吃了一惊，赶快从皇上手中接过来诏书稿子，看了一遍，但见皇上在两张黄色笺纸上用朱笔写道：

朕以藐躬，上承祖宗之丕业，下临亿兆于万方，十有七载于兹。政不加修，祸乱日至。抑圣人在下位欤？至干天怒，积怨民心，赤子沦为盗贼，良田化为榛莽；陵寝震惊，亲王屠戮。国家之祸，莫大于此。今且围困京师，突入外城。宗社阽危，间不容发。不有挞伐，何申国威！朕将亲率六师出讨，留东宫监国，国家重务，悉以付之。告尔臣民，有能奋发忠勇，或助粮草器械，骡马舟车，悉诣军前听用，以歼丑类。分茅胙土之赏，决不食言！

当王承恩阅读诏书时候，崇祯焦急地从龙椅上突然站起，在暖阁中走来走去。片刻后向王承恩问道：

"你看完了？'亲征'之计可行么？"

王承恩颤声说道："陛下是千古英主，早应离京'亲征'，可惜如今已经晚了！"

"晚了？！"

"是的，请恕奴婢死罪，已经晚了！……"

崇祯面如土色，又一次浑身颤栗，瞪目望着王承恩停了片刻，忽然问道："难道你要朕坐守宫中，徒死于逆贼之手？"

王承恩接着说道："倘若在三四天前，敌人尚在居庸关外，陛下决意行此出京'亲征'之计，定可成功。眼下逆贼二十万大军将北京围得水泄不通，外城已破，只有飞鸟可以出城。陛下纵然是千古英主，无兵无将，如何能够出城'亲征'？事到如今，奴婢只好直言，请恕奴婢死罪！"

听了王承恩的话，崇祯的头脑开始清醒，同时也失去了一股奇妙的求生力量，浑身蓦然瘫软，颓然跌坐在龙椅上，说不出一句话来。在这刚刚恢复了理智的片刻中，他不但想着王承恩的话很有道理，同时重新想起今日午后太祖高皇帝在他的梦中"显圣"的事。太祖皇爷虽然嘱咐他应该逃出北京，可是当他向太祖爷询问如何逃出，连问两次，太祖爷颇有戚容，都未回答。他第三次哭着询问时，太祖爷的影像在他的面前消失了，连同那高高的宝座也化成了一团烟雾，但听见从他的头上前方，从一团缭绕飘忽的烟雾中传出来一声深沉的叹息……

王承恩悲伤地说道："皇爷，以奴婢估计，内城是守不住了。"

崇祯点点头，无可奈何地叹一口气，命王承恩将刚才放回到御案上的诏书稿子递给他。他把稿子撕得粉碎，投到地上，用平静的声调说道：

“国君死社稷，义之正也，朕决不再作他想，但恨群臣中无人从死耳！”

王承恩哽咽说：“奴婢愿意在地下服侍皇爷！”

崇祯定睛注视王承恩的饱含热泪的眼睛，点点头，禁不住伤心呜咽。

崇祯断定今夜或明日早晨，“贼兵”必破内城。他为要应付亡国巨变，所以晚膳虽然用得匆忙，却尽量吃饱，也命王承恩等大小内臣们各自饱餐一顿。他已明白只有自尽一条路走，决定了当敌兵进入内城时“以身殉国”。但是在用过晚膳以后，他坐在乾清宫的暖阁休息，忽然一股求生之欲又一次出现心头。他口谕王承恩，火速点齐三百名经过内操训练的太监来承天门外伺候。

王承恩猛然一惊，明白皇上的逃走之心未死。然而一出城必被“逆贼”活捉，受尽侮辱而死，绝无生路，不如在宫中自尽。他立刻在崇祯脚前跪下，哽咽说道：

“皇爷，如今飞走路绝，断不能走出城门。与其以肉喂虎，不如死在宫中！”

崇祯此时已经精神崩溃，不能够冷静地思考问题。听了王承恩的谏阻，他觉得也有道理，三百名习过武艺的内臣护驾出城，实在太少了。然而他要拼死逃走的心思并未消失，对王承恩说道：

“你速去点齐三百名内臣，一律骑马，刀剑弓箭齐备，到承天门等候，不可误事。去吧！”

他转身走到御案旁边，来不及在龙椅上坐下，弯身提起朱笔，字体潦草地在一张黄纸上写出来一道手诏：谕新乐侯刘文炳、驸马都尉巩永固，速带家丁前来护驾。此谕！写毕，命乾清宫掌事太监吴祥立即差一名长随，火速骑马将手诏送往新乐侯府，随即他颓然坐下，恨恨地自言自语地说了一句：

“朕志决矣！”

恰在这时，魏清慧前来给皇帝送茶。像送茶这样的事，本来不必她亲自前来，但是为要时刻知道皇上的动静，她决定亲自送茶。差不多一个时辰了，她没有离开过乾清宫的外间和窗外附近。刚才听见皇上命王承恩速点齐三百内臣护驾，准备逃出北京。虽然王承恩跪下谏阻，但皇上并未回心转意。她明白皇上的心思已乱，故有此糊涂决定，一出城门必被流贼活捉，或者顷刻被杀。皇上秉性脾气她最清楚，一旦坚执己见，就会一头碰到南墙上，无人能劝他回头。她赶快奔往乾清宫的后角门，打算去坤宁宫启奏皇后，请皇后来劝阻皇爷。但是在后角门停了一下，忽觉不妥。她想，如果此刻就启奏皇后，必会使皇后和宫眷们认为国家已亡，后宫局面大乱，合宫痛哭，纷纷自尽。于是她稍微冷静下来，决定托故为皇上送茶，再到皇上面前一趟，见机行事。

当魏清慧端着茶盘进入暖阁时，听了崇祯那一句"朕志决矣！"的自言自语，猛一震惊，茶盘一晃，盖碗中的热茶几乎溅出。她小心地将茶碗放在御案上，躬身说道：

"皇爷，请吃茶！"

她原希望崇祯会看她一眼，或者对她说一句什么话，她好猜测出皇上此刻的一点心思。但是皇上既没有说话，也没有看她一眼，好像根本没有注意到她的进来。她偷看皇上一眼，见皇上双眉深锁，眼睛呆呆地望着烛光，分明心中很乱。她不敢在皇上的身边停留，蹑手蹑脚地退出暖阁，退出正殿，在东暖阁的窗外边站立，继续偷听窗内动静。这时她已经知道有一个长随太监骑马去传旨召新乐侯刘文炳和驸马都尉巩永固即刻进宫。她明白，他们都是皇上的至亲，最受皇上宠信，只是限于祖宗家法，为杜绝前代外戚干政之弊，没有让他们在朝中担任官职，但是他们的地位，他们在皇上心中的分量，与王承恩完全不同。她不知道皇上叫这两位皇亲进宫来为了何事，但是在心中默默地说：

"苍天！千万叫他们劝皇上拿定主意，不要出城！"

崇祯此时还在考虑着如何打开城门，冲杀出去，或许可以成功。只要能逃出去，就不会亡国。但是他也想到，自己战死的可能十有八九，他必须另外想办法使太子能够不死，交亲信内臣保护，暂时藏在民间，以后逃出北京，辗转逃往南京，恢复大明江山。可是命谁来保护太子呢？他至今不知道王德化和曹化淳已经变心，在心慌意乱中，认为只有他们可以托此大事：一则他们深受皇恩，应该在此时感恩图报，二则他们在京城多年来倚仗皇家势力，树植党羽，盘根错节，要隐藏太子并不困难，尤其是曹化淳任东厂提督多年，在他的手下，三教九流中什么样的人都有，只要他的良心未泯，保护太子出京必有办法可想。想了一阵之后，他吩咐：

"你速差内臣，去城上传旨，叫王德化和曹化淳火速进宫！"

下了这道口谕以后，他走出乾清宫，在丹墀上徘徊很久，等候表兄刘文炳和妹夫巩永固带着家丁前来。如今他对于死已经不再害怕，所以反觉得心中平静，只是他并不甘心自尽身亡。他在暗想着如何率领三百名经过内操训练的年轻内臣和刘、巩两皇亲府中的心腹家丁，突然冲出城门，或者杀开一条血路逃走，或者死于乱军之中。纵然死也要在青史上留下千古英烈皇帝之名，决非一般懦弱的亡国之君。当他这样想着时候，他的精神突然振奋，大有"视死如归"的气概，对于以身殉国的事，只有无限痛心，不再有恐惧之感。他心中恨恨地说：

"是诸臣误朕，致有今日，朕岂是亡国之君！"

他停住脚步，仰观天色。天上仍有薄云，月色不明。他又一次想着这正是利于突围出走的夜色，出城的心意更为坚定。他又在丹墀上徘徊许久，猜想他等待的两位可以率家丁护驾的皇亲应该到了，于是他停止脚步，打算回寝宫准备一下，忽然看见王承恩从西侧走上丹墀，他马上问道：

"三百名练过武艺的内臣到了么？"

王承恩躬身回答："回皇爷，三百名内臣已经点齐，都遵旨在承天门外列队恭候。"

崇祯没说话，转身向乾清宫的东暖阁走去。当他跨进乾清宫正殿的门槛时，回头来对吴祥说道：

"命人去将朕的御马牵来一匹！"

吴祥问："皇爷，今夜骑哪匹御马？"

崇祯略一思忖，为求吉利，回答说："今夜骑吉良乘！"

他到暖阁中等候片刻，忽然吴祥亲自进来禀报：新乐侯刘文炳、驸马都尉巩永固奉诏进宫，在乾清门恭候召见。崇祯轻声说：

“叫他们进来吧！”

在这亡国之祸已经来到眼前的时刻，崇祯原来希望午门上响过钟声之后，住得较近的文武臣工会赶快来到宫中，没料到现在竟然连一个人也没有来。他平时就在心中痛恨“诸臣误国”，此刻看见自己兢兢业业经营天下十七载，并无失德，到头来竟然如此孤独无助。一听吴祥禀报刘文炳和巩永固来到，他立刻叫他们进来，同时在心中说道：

“朕如今只有这两个可靠的人了，他们必会率家丁保朕出城！”

站立在乾清宫外边的宫女和太监们的心情顿时紧张起来。他们都知道，皇上会不会冒死出城，就看这两位皇亲了。

吴祥亲自在丹墀上高呼：“刘文炳、巩永固速速进殿！”

刘文炳和巩永固是最受皇上宠爱的至亲，平日别的皇亲极少被皇上召见，倘若有机会见到皇上，都是提心吊胆，深怕因事获谴。在朝中独有他们两位，见到皇上的机会较多，在皇帝面前并不害怕。过去举行内操时，崇祯因为他二人年纪轻，习过骑射，往往命他们身带弓矢，戎装骑马，从东华门外向北，沿护城河外边进北上东门向北转，再进山左里门，到了煤山东北的观德殿前，然后下马，陪皇帝观看太监们练习骑射。有时崇祯的兴致来了，不但自己射箭，也命他们二人射箭。他们认为这是皇上的“殊恩”，在射箭后总要叩头谢恩。可是今晚不是平时。当听见太监传呼他们进殿以后，他们一边往里走，一边两腿打颤，脸色灰白。进入暖阁，在皇上面前叩了头，等候上谕。崇祯神色凄然，命他们平身，赐坐，然后说道：

“朕平日在诸皇亲中对你们二人最为器重，因限于祖宗制度，不许皇亲实授官职，以杜前代外戚干政之弊。今日国事不同平日，所以要破除旧制，召你们进宫来，委以重任。”

两位年轻皇亲因为从皇帝手谕中已经明白召他们进宫来所为何事，所以听了这话后就站起来说：

“请陛下明谕。”

崇祯接着说道：“逆贼进入外城的人数，想来还不会很多。朕打算出城

‘亲征’，与贼决一死战，如荷祖宗之灵，逢凶化吉，杀出重围，国家事尚有可为。二卿速将家丁纠合起来，今夜随朕出城巷战如何？”

新乐侯刘文炳重新跪下，哽咽说道：“皇上！我朝祖宗制度极严，皇亲国戚不许多蓄家奴，更不许蓄养家丁[①]。臣与驸马都尉两家，连男女老弱在内，合起来不过二三百个家奴，粗通武艺的更是寥寥无几……”

崇祯的心头一凉，两手轻轻颤抖，注视着新乐侯，等他将话说完。新乐侯继续说道：

“臣与驸马都尉两家，纵然挑选出四五十名年轻体壮奴仆，并未练过武艺，加上数百内臣，如何能够保护皇上出城？纵然这数百人全是武艺高强的精兵，也因人数太少，不能保护皇上在悍贼千军万马中杀开一条血路，破围出走。这些内臣和奴仆，从未经过阵仗，见过敌人。臣恐怕一出城门，他们必将惊慌四散，逃不及的便被杀或投降。”

崇祯出了一身冷汗，不知不觉地将右手攥紧又松开，听新乐侯接着说道：

“臣愿为陛下尽忠效命，不惧肝脑涂地，但恐陛下‘亲征’失利，臣死后将成为千古罪人。”

崇祯已经清醒，不觉长叹一声。他后悔自己一味想着破围出走，把天大的困难都不去想，甚至连“皇亲不许多蓄家奴”，更不许“豢养家丁”这两条“祖制”也忘了。他忽然明白自己这一大阵想入非非，实际就是张皇失措。他向驸马都尉悲声问道：

“巩永固，你有何意见？”

巩永固跪在地上哭着说道：“倘若皇上在半个月前离京，还不算迟。如今外城已破，内城陷于重围，四郊敌骑充斥，断难走出城门一步，望陛下三思！”

崇祯只是落泪，只是悔恨，没有做声。

刘文炳接着说道：“十天以前，逆贼尚在居庸关外很远。天津巡抚冯元飏特遣其子恺章来京呈递密奏，劝皇上驾幸天津，由海道前往南京。恺章是户部

---

①蓄养家丁——家丁也是奴仆，但与一般奴仆不同。这是从奴仆中挑选的青年男仆，训练武艺，组成保护主人的武装力量。

尚书冯元飙的亲侄儿，就住在他的家中，可是冯元飙不敢代递，内阁诸辅臣不敢代递，连四朝老臣、都察院左都御史李邦华也不敢代递。恺章于本月初三日来到北京，直到逆贼破了居庸关后才哭着离京，驰回天津。当时……"

崇祯说："此事，直到昨天，李邦华才对朕提到。南幸良机一失，无可挽回！"

"当时如皇上采纳天津巡抚之请，偕三宫与重臣离京，前往天津，何有今日！"

崇祯痛心地说："朕临朝十七载，日夜求治，不敢懈怠，不料亡国于君臣壅塞！"

刘文炳平时留心国事，喜与士人往来，对朝廷弊端本有许多意见，只是身为皇上至亲，谨遵祖制，不敢说一句干预朝政的话。如今亡国在即，不惟皇上要身殉社稷，他自己全家也都要死。在万分悲痛中他大胆说道：

"陛下，国家将亡，臣全家也将为皇上尽节。此是最后一次君臣相对，请容臣说出几句直言。只是这话，如今说出来已经晚了。"

"你不妨直说。"

刘文炳含泪说道："我朝自洪武以来，君位之尊，远迈汉、唐与两宋。此为三纲中'君为臣纲'不易之理，亦为百代必至之势。然而君威日隆，君臣间壅塞必生。魏征在唐太宗前敢犯颜直谏，面折廷争，遂有贞观之治。这种君臣毫无壅塞之情，近世少有。陛下虽有图治之心，然无纳谏之量，往往对臣下太严，十七年来大臣中因言论忤旨，遭受廷杖、贬斥、赐死之祸者屡屡。臣工上朝，一见皇上动问，颤栗失色。如此安能不上下壅塞？陛下以英明之主，自处于孤立之境，致有今日天崩地坼之祸！陛下啊……"

崇祯从来没听到皇亲中有人敢对他如此说话，很不顺耳，但此时即将亡国，身死，族灭，他没有动怒，等待他的表兄哭了几声之后将话说完。

刘文炳以袍袖拭泪，接着说："李邦华与李明睿都是江西同乡，他们原来都主张皇上迁往南京，以避贼锋，再谋恢复。当李自成尚在山西时，南迁实为明智之策。然因皇上讳言南迁，李邦华遂改为送太子去南京而皇上坐镇北京。此是亡国下策。李明睿在朝中资望甚浅，独主张皇上南迁，所以重臣们不敢响应。皇上一经言官反对，便不许再有南迁之议，遂使一盘活棋变成了死棋，遗恨千秋。李自成才过大同，离居庸关尚远，天津巡抚具密疏请皇上速幸天津，乘海船南下，并说他将身率一千精兵到通州迎驾。当时如采纳津抚冯元飏之议，国家必不会亡，皇上必不会身殉社稷。朝廷上下壅塞之祸，从来没人敢说，遂有今日！臣此刻所言，已经恨晚，无救于大局。古人云'鸟之将死，其鸣也哀'。请皇上恕臣哀鸣之罪！"

崇祯在此时已经完全头脑清醒，长叹一声，流着眼泪说道："自古天子蒙尘，离开京城，艰难复国，并不少见，唐代即有两次。今日朕虽欲蒙尘而不可得了！天之待朕，何以如此之酷？……"说着，他忍不住放声痛哭。

两位年轻皇亲也伏地痛哭，声闻殿外。

几个在乾清宫中较有头面的太监和乾清宫的宫女头儿魏清慧，因为国亡在即，不再遵守不许窃听之制，此刻屏息地散立在窗外窃听，暗暗流泪。

从西城和北城上陆续地传来炮声，但是炮声无力，没有惊起来宫中的宿鸦。这炮是守城的人们为着欺骗宫中，从城上向城外打的空炮，以表示他们认真对敌。

哭过一阵，崇祯叹息一声，向他们问道："倘若不是诸臣空谈误国，朕在半月前携宫眷前往南京，可以平安离京么？"

刘文炳说："倘若皇上在半月前离京，臣敢言万无一失。"

巩永固也说道："纵然皇上在五天前离京，贼兵尚在居庸关外，也会平安无事。"

崇祯问："五天前还来得及？"

刘文炳说："天津卫距京师只有二百余里，只要到天津，就不愁到南京了。"

崇祯又一次思想糊涂了，用责备的口气问道："当时朝廷上对南迁事议论不决，你们何以不言？"

刘文炳冷静地回答说："臣已说过，祖宗家法甚严，不许外戚干预朝政。臣等恪遵祖制，故不敢冒昧进言，那时臣等倘若违背祖制，建议南迁，皇上定然也不许臣等说话！"

崇祯悔恨地说："祖制！家法！没料到朕十七年敬天法祖，竟有今日亡国之祸！”

崇祯忍不住又呜咽起来。两位皇亲伏在地上流泪。过了片刻，崇祯忽然说道：

“朕志决矣！”

刘文炳问：“陛下如何决定？”

“朕决定在宫中自尽，身殉社稷，再也不作他想！”

刘文炳哽咽说：“皇上殉社稷，臣将阖家殉皇上，决不苟且偷生。”

崇祯想到了他的外祖母，心中一动，问：“瀛国夫人如何？”

提到祖母，刘文炳忍不住痛哭起来，然后边哭边说：“瀛国夫人今年整寿八十，不意遭此天崩地坼之变，许多话都不敢对她明说。自从孝纯皇太后进宫以后，瀛国夫人因思女心切，不能见面，常常哭泣。后来知道陛下诞生，瀛国夫人才稍展愁眉。不久惊闻孝纯皇太后突然归天，瀛国夫人悲痛万分，又担心大祸临头，日夜忧愁，不断痛哭，大病多日。如此过了十年，陛下封为信王……”刘文炳忽然后悔，想到此是何时，为什么要说此闲话？于是他突然而止，伏地痛哭。

崇祯哽咽说：“你说下去，说下去。瀛国夫人年已八十，遇此亡国惨变，可以不必为国自尽。”

刘文炳接着说：“臣已与家人决定，今夜将瀛国夫人托付可靠之人，照料她安度余年。臣母及全家男女老幼，都要在贼兵进城之时，登楼自焚。臣有一妹嫁到武清侯家，出嫁一年夫死，今日臣母已差人将她接回，以便母女相守而死。”

崇祯含泪点头，随即看着巩永固问道：“卿将如何厝置公主灵柩？”

巩永固说：“公主[①]灵柩尚停在大厅正间，未曾殡葬。臣已命奴仆辈在大厅前后堆积了柴草。一旦流贼入城，臣立即率全家人进入大厅，命仆人点着柴草，死在公主灵柩周围。”

崇祯凄然问道：“公主有五个儿女，年纪尚幼，如何能够使他们逃生？”

---

①公主——崇祯的同父异母妹，巩永固之妻。

巩永固淌着泪说："公主的子女都是大明天子的外甥，决不能令他们死于贼手。贼兵一旦进城，臣即将五个幼小子女绑在公主的灵柩旁边，然后命家奴点火，与臣同死于公主之旁。"

崇祯又一阵心中刺疼，不禁以袖掩面，呜咽出声。

刘文炳说道："事已至此，请皇上不必悲伤，还请速作焚毁宫殿准备，到时候皇上偕宫眷慷慨赴火，以殉社稷，使千秋后世知皇上为英烈之主。"

崇祯对于自己如何身殉社稷和宫眷们如何尽节，他心中已有主意，但现在不愿说出。他赞成两位有声望的皇亲全家自焚尽节，点点头说：

"好！不愧是皇家至亲！朕不负社稷，不负二祖列宗，卿等不负国恩，我君臣们将相见于地下……"

天上乌云更浓，月色更暗，不见星光。冷风吹过房檐，铁马丁冬。偶尔从城头上传来空炮声，表明内臣和兵民们仍在守城。

今夜，紫禁城中没人睡觉，都在等待着敌人破城，等待着皇上可能下旨在宫中放火，等待着死亡。曾经下了一阵零星微雨，此时又止住了。整个紫禁城笼罩着愁云惨雾。

刘文炳抬起头来说："皇上！事已至此，请恕臣直言，恕臣直言。"

崇祯猜想到他要说什么，说道："朕殉国之志已决，不再有出城之想，你有何话，赶快直说！"

"陛下！……万一，万一内城失守，皇上应当焚毁宗庙，焚毁三大殿，焚毁乾清宫。臣等望见宫中起火，知道皇上殉国，即跟着举家自焚，以报皇上厚恩。"

崇祯点点头说："卿等放心。朕非懦弱之主，决不会落入逆贼之手。已经二更了，城破在即，卿等快回去吧！快出宫吧！"

两位皇亲叩头离开以后，崇祯在乾清宫的暖阁中又坐了一阵，默默地想着心事。如今最后一次要逃出城去的念头已经破灭了，剩下的心事只有三件：一是他自己如何自尽殉国。二是宫眷们如何发落，不能使他们落入"逆贼"之手，有辱国体。关于第一件事，虽然二皇亲建议他在宫中举火自焚，也是一个可行的办法，既死得壮烈，也不使“贼人”戮辱他的尸首，然而他还有别的死法，而且主意已定，但因为做皇帝养成的习惯，此刻他不愿对任何人吐露真情。关于第二件事，三天来他不断在心中考虑，已经下了狠心，但不到最后时刻他不肯宣布他的决定。

还有第三个问题，是如何使他的三个儿子逃出宫中，尤其是应该使太子活下去，以后好恢复江山。他此刻已经既没有逃生的幻想，也不再对自尽怀着恐惧，可以比较冷静地进行思考，大有“视死如归”的心态。

忠心的吴祥，因在窗外听到二位皇亲向皇上建议在宫中举火自焚，皇上并没有说不同意。他想焚烧乾清宫和三大殿必须事先准备好许多干柴，到临时就来不及了。他走进暖阁，跪在崇祯面前，本来想问一问是否命内臣们立刻就准备柴火，但是不敢直问，胆怯地问道：

“皇爷，事急了，有何吩咐？”

崇祯问道：“王承恩现在何处？”

“他在乾清门伺候。”

“王德化和曹化淳来了么？”

“奴婢差内臣飞马去城上传旨，叫他们速速进宫。找了几个地方，没有找到他们，请皇爷恕奴婢死罪，看来他们都躲起来了。”

崇祯恨恨将脚一顿，骂道：“该死！”又说：“牵御马伺候！告诉王承恩准备出宫！”

吴祥骇了一跳：“如今出宫去要往何处？”但是不敢多问，立刻叩头退出，照皇上的吩咐传旨。他知道皇上已经死了逃出城去的一条心，决定自焚。他心中焦急的是，事前不准备好许多干柴，一旦要焚毁乾清宫和三大殿就来不及了！

崇祯走出乾清宫，对一个内臣吩咐：“将朕的三眼铳①装好弹药！”然后由一个小答应提着宫灯，绕过乾清宫的东山墙，向养德斋走去。

乾清宫的宫女们都知道李自成的人马已经破了外城，就要攻破内城，皇

①三眼铳——明代火器，较大的称为炮，较小的称为铳。三眼铳是一种很小的火器，有一个大约二尺长的柄，上端有三个铁的铳筒，都可以从前口装药和铁子，从后边点燃火线。

上不是自尽，便是被杀。想着她们自己一定将被奸淫或者杀戮，大祸就在眼前，分成几团，相对流泪和哭泣。只有魏清慧没有同她们在一起哭泣。她刚才跟着乾清宫两三个头面太监悄悄地站立在贴近东暖阁的窗外窃听。当二位皇亲从乾清宫退出时，她暂时躲进一处黑影里；后来吴祥进到暖阁中向皇上请旨，她又站到窗外，所以皇上在亡国前的动静，她较所有的宫女都清楚。当崇祯从暖阁中出来时，她赶快脚步轻轻地走回乾清宫的后边，先告诉别的宫女：“姐妹们，皇上要回养德斋，都不要再哭了。”然后她回到养德斋的门口，恭候圣驾。

崇祯的心绪慌乱，面色惨白，既想着自己的死，也想着许多宫眷、太子和二王的生死问题。他由魏清慧迎接，回到养德斋，颓然坐到龙椅上，略微喘气，向这个居住了十七年的地方打量一眼，不觉叹了一口气。魏清慧赶快跪到他的面前，用颤栗的低声说道：

“国家之有今日，不是皇上之过，都是群臣之罪。奴婢和乾清宫的众都人受皇爷深恩，决不等待受辱。皇爷一旦在乾清宫中举火，奴婢等都愿赴火而死，以报皇恩！”

崇祯的心中一动，想道：“莫非她窃听了朕与二位皇亲的密谈？”倘若在平时，他一定会进行追问，严加处分，但是此刻即将亡国，他无心理会窃听的事，对魏清慧说道：

“为朕换一双旧的靴子！”

魏清慧赶快找来了一双穿旧的靴子，跪下去替他换上。崇祯突然站起身来，又吩咐说：

“将朕的宝剑取来！”

魏清慧赶快取下挂在墙上的御用宝剑，用长袖拂去了剑鞘上的轻尘。她自己从来没有玩弄过刀剑，也不曾留意刀剑应挂在什么地方，在心慌意乱中她站到皇上的右边，将宝剑往丝绦上系，忽听皇上怒斥道：“左边！”她恍然明白，赶快转到皇帝的左侧，将宝剑牢牢地系在丝绦上。崇祯看了魏宫人一眼，看见她哭得红肿了的双眼和憔悴的面容，想着连宫眷们也跟着遭殃，不禁心中一酸，悲伤地小声说道：“朕还要回来的！”随即大踏步往乾清宫的前边走去。

王承恩在丹墀上恭候。他已经问过吴祥，知道皇上听从了两皇亲之劝，打消了出城之念。他原来决定伏地苦谏，这时也不提了。

吴祥猜到皇上只是想在亡国前看一看北京情况，为防备城中突然起变故，所以要多带内臣，以便平安回到宫中，举火自焚。他也挑选了乾清宫中参加过内操的年轻太监大约三十余人，各带刀剑，肃立在丹墀下边。他自己留在丹墀上，站在王承恩的身旁，崇祯向王承恩问道：

“人都准备好了？”

王承恩回答：“回皇爷，都遵旨在承天门外等候，连同奴婢手下的内臣，共约三百五十余人。又从御马监牵来了战马。”

吴祥接着说道：“启奏陛下，乾清宫中前年参加过内操的年轻太监也有三十余人，都在丹墀下边等候护驾！”

“乾清宫的内臣们留下，不要离宫。”

吴祥说：“皇上出宫，奴婢们理应扈从。”

崇祯点头示意吴祥趋前一步，小声说道：“朕还要回宫来的。乾清宫的内臣们一出去，宫女们不知情况，必然大乱；乾清宫一乱，各宫院都会跟着大乱。你留下，率领内臣们严守本宫，等朕回来。”

吴祥跪着说：“请恕奴婢死罪！要为乾清宫准备柴草么？”

崇祯迟疑片刻，在心中说道：“都是想着朕应该举火自焚，唉，只有魏清慧知道朕的噩梦！”他没有回答吴祥的话，对王承恩说道：

“我们走吧！”

崇祯的御马吉良乘早已被牵在乾清门外等候。一个小太监搬来朱漆马凳。崇祯上了七宝镂金雕鞍，一个长随太监替他牵马，绕过三大殿，又过了皇极门，在内金水河南边驻马，稍停片刻。他回头看了一阵，想着这一片祖宗留下的巍峨宫殿和雕栏玉砌，只有天上才有，转眼间将不再是他的了，心中猛然感到刺痛，眼泪也夺眶而出。要放火烧毁么？他的心中迟疑，下不了这样狠心，随即勒转马头，继续前行。

崇祯只有王承恩跟随，一个太监牵马，在十七年的皇帝生涯中从来没有如此走过夜路。他孤孤单单地走出午门，走过了两边朝房空荡荡和暗沉沉的院落，走出了端门，又到了大致同样的一进院落。这一进院落不同的是，在端门和承天门之间虽然也有东西排房，但中间断了，建了两座大门，东边的通往太庙，西边的通往社稷。崇祯在马上忍不住向左右望望，想着自己辛辛苦苦经营天下十七年，朝乾夕惕，从没有怠于政事，竟然落到今日下场：宗庙不保，社稷失守！他又一次滚出眼泪，在心中连声悲呼：

“苍天！苍天！”

崇祯满怀凄怆，骑马出了承天门，过了金水桥，停顿片刻，泪眼四顾。三四百内臣牵着马，等候吩咐。王承恩明白崇祯的心绪已经乱了，出宫来无处可去，大胆地向他问道：

“皇上，要往何处？”

崇祯叹息说：“往正阳门去！”

王承恩猛吃一惊，赶快谏道：“皇爷，正阳门决不能开，圣驾决不能出城一步！”

“朕不要出城。朕为一国之主，只想知道贼兵进入外城，如何放火，如何杀戮朕的子民。你们随朕上城头看看！”

王承恩命三四百名太监立即上马，前后左右护驾，簇拥着崇祯穿过千步廊，走出大明门，来到棋盘街。前边就是关闭着的正阳门，瓮城外就是敌人，再往何处？王承恩望望皇上，等待吩咐。正在这当儿，守城的太监们在昏暗的夜色中看见棋盘街灯笼零乱，人马拥挤，以为是宫中出了变故，大为惊慌，向下喝问何事。下边答话后，城上听不清楚。守城的太监中有人声音紧张地大叫：

“放箭！放箭！赶快放箭！皇城里有变了，赶快放箭！”

又有人喊：“快放火器！把炮口转过来，往下开炮！”

在棋盘街上有人向城上大喊：“不许放箭！不许放炮！是提督王老爷到此，不是别人！”

城上人问：“什么？什么？到底是谁？”

王承恩勒马向前，仰头望着城上，用威严的声音说道：

“是我！我是钦命京营提督，司礼监的王老爷。是圣驾来到，不必惊慌！”

城头上一听说是圣驾来到，登时寂静。没有人敢探头下望，没有人再敢做声，只有从远处传来的稀疏柝声。在城头上昏暗的夜色中但见一根高杆上悬着三只白灯笼，说明军情已到了万分紧急的时刻。

一天来，崇祯的精神状态是一会儿惊慌迷乱，一会儿视死如归，刚才他离开宫院和紫禁城，被深夜的冷风一吹，头脑已经清醒许多。此刻他立马在棋盘街上，因城上要向下射箭打炮，他心中猛然一惊，心态更加冷静了。停了片刻，他完全清醒过来，心中自问：“如此人心惊疑时候，朕为何要来这里？”他明白，他原是打算登上城头，看一眼外城情况。可是他忽然明白，已经到了此时，内城即将不守，自己的命且不保，社稷不保，他到城头上看看贼兵在外城杀人放火，已经无济于事了。

“唉！”他心中叹息说，“眼下有多少紧急大事待朕处理，一刻也不能耽误！不能耽误！……回宫，赶快回宫！”

此时，三四百人马拥挤在棋盘街，十分混乱。王承恩知道皇上急于回宫，到他的面前说：“请皇爷随奴婢来，从东边绕过去！事不宜迟！”崇祯随即跟着王承恩，在太监们的簇拥中由棋盘街向东转取道白家巷回宫。白家巷的南口连着东江米胡同的西口，有一座栅栏。在进入栅栏时，他忽然驻马，伤心地回头向正阳门城头望望，才望见城头上悬起来三只白灯笼。其实，这三只白灯笼早已悬挂在一根高杆上，只是崇祯和他周围的太监们刚才拥挤在棋盘街，站立的角度不对，所以都没看见，现在才看清了。

原来事前规定，当“贼兵”向外城进攻紧急时，挂出一只白灯笼；开始攻入外城，挂出两只白灯笼；已经有大批人马进入外城，到了前门外大街，接近瓮城，立刻挂出三只白灯笼。现在崇祯望见这三只白灯笼，突然瘫软在马鞍上，浑身冒出冷汗。他赶快用颤栗的左手抱紧马鞍，而三眼铳从他的右手落到地上。替他牵马的太监弯身从地上拾起三眼铳，双手捧呈给他，但他摇摇头，不再要了。

出了白家巷，来到东长安街的大街上，往西可以走进长安左门，进承天门回宫；往东向北转，可以去朝阳门。王承恩向他问道：

“陛下还去何处？”

崇祯的神志更加混乱，只想着敌人何时攻入内城，他应该如何殉国，宫眷们应该如何处置，太子和二王如何逃生……他神志混乱中还在幻想着吴三桂的救兵突然从东方来到，所以漫然回答说：

“往朝阳门！”

向朝阳门的方向走了一段路程，前面路北边出现了一座十分壮观的第宅，崇祯问道：

“这是何处？”

一个太监回答：“启禀皇爷，此系成国公府。”

崇祯说：“叫成国公出来！”

三四百人停止在成国公府门前的东西两座石牌坊之间，有一个太监下马，去叫成国公府的大门，里边有人问：

“是谁叫门？有何要事？”

太监回答：“是钦命京营提督，司礼监王老爷有事拜见国公。”

门内声音：“国公爷在金鱼胡同李侯爷府赴宴未回，请王老爷改日来吧！”

叫门的太监回来对王承恩说：“内相老爷，今晚不会有谁设宴请客。朱国公一定在府。只是朱府的人害怕您是为捐助军饷而来，所以托词回绝。我告诉他说是圣驾到此好么？”

崇祯轻声说：“见他也是无用，回宫去吧！”

在走往承天门的路上，崇祯对王承恩伤心地说道：“从朱勇封国公，至今世袭了两百三十多年，与国家休戚相共，今夜竟然连朕身边的秉笔太监也不肯见，实实令人痛恨！”

快走到长安左门的时候，崇祯经过这一阵对自己的折腾，头脑完全清醒了。如今已经三更以后，他需要赶快处置宫中的大事和准备身殉社稷了。

他在东长安街心暂时停下，告诉王承恩，传谕内臣们不必进宫，各自回家。当这三四百名年轻的太监们纷纷离开以后，崇祯的身边只剩下秉笔太监王承恩，另外还有一个是替他牵马的乾清宫的答应，一个是王承恩的亲随太监。寂静的十里长街，突然间只剩下这孤单单的君臣四人，使崇祯不由地胆颤心惊。他暂时立马的地方，南边的是左公生门，北边隔红墙就是太庙。他向西南望一望前门城头，三只白灯笼在冷风中微微飘动。他又看一看红墙里边，太庙院中的高大松柏黑森森的，偶尔有栖在树上的白鹤从梦中乍然被炮声惊醒，带着睡意地低叫几声。崇祯对王承恩说：

"朕要回宫，你也回家去吧。"

王承恩说："奴婢昨日已经辞别了母亲。陛下殉社稷，奴婢殉主，义之正也，奴婢决不会偷生人间！"

崇祯今天常常愤恨地思忖着一件事：前朝古代，帝王身殉社稷时候，常有许多从死之臣，可恨他在亡国时候，竟没有一个忠义之臣进宫来随他殉国！他平日知道王承恩十分忠贞，此时听了王承恩的话，使他的心中感动。他定睛看看王承恩，抑制着心中的汹涌感情，仍然不失他的皇帝身份，点点头说：

"很好，毕竟不忘朕豢养之恩，比许多读书出身的文臣强多了！"

王承恩遵照紫禁城中除皇帝外任何人不能骑马的"祖制"，到了长安左门外边的下马碑处，赶快下马，将马匹交给亲随的太监牵走，他步行跟在崇祯的马后进宫。他猜不透也不敢问，皇上到底是要在乾清宫举火自焚还是自缢。当走进皇极门的东角门（即宏政门）时，他看见皇极殿就在眼前，绕过三大殿就是乾清宫了，王承恩胆怯地问道：

"皇爷，时间不多，要不要命内臣们赶快向三大殿和乾清宫搬来干柴？"

崇祯又一次浑身一震，停住吉良乘，回头看看王承恩，跟着又一次下了决心，回答说：

"朕从昨天就有了主张，不必多问！"

王承恩不敢再问，只是心中十分焦急，只怕一旦贼兵进入内城，皇上要从容自尽就来不及了。他已经看出来王德化与曹化淳已经变心，同杜勋有了密议。到了约定时候，内城九门会同时打开，放进贼兵。他不仅担心皇上会来不及从容殉国，而且宫中还有皇后、皇贵妃、太子、永定二王、公主、众多宫眷……

第 57 章

到了乾清门外，崇祯下马，吩咐王承恩暂到司礼监值房休息，等候呼唤。他对于应该马上处理的几件事已经胸有成竹，踏着坚定的脚步走进乾清门。一个太监依照平日规矩，在乾清门内高声传呼："圣驾回宫！"立刻有吴祥等许多太监跪到甬路旁边接驾。魏清慧和一群宫女正在乾清宫的一角提心吊胆地等候消息，一听皇上回宫，慌忙从黑影中奔出，跪在丹墀的一边接驾。

崇祯没有马上进入乾清宫，想到皇后、袁妃、公主……马上都要死去，他在丹墀上彷徨顿脚，发出沉重的叹息。忽然一个太监来到他的面前跪下，声音哆嗦地说道：

"启奏皇爷，请皇爷不要忧愁，奴婢有一计策可保皇爷平安。"

崇祯一看，原来是一个名叫张殷的太监，在乾清宫中是个小答应，平常十分老实，做点粗活，从不敢在他的面前说话。此时听他一说，感到奇怪：这个老实奴才会有什么妙计？于是低下头来问道：

"张殷，别害怕，你有何妙计？"

张殷回答说："皇爷，倘若贼兵进了内城，只管投降便没有事了。"

崇祯的眼睛一瞪，将张殷狠踢一脚，踢得他仰坐地上，随即拔出宝剑，斜砍下去，劈死了张殷。这是崇祯平生第一次亲手杀人，杀过之后，气犹未消，浑身颤栗。众太监和宫女们第一次看到皇上在宫中杀人，都惊恐伏地。看见皇上依然盛怒，脚步沉重地走下丹墀，吴祥赶快追上去，跪在他面前问道：

"皇爷要往何处？"

"坤宁宫！"

大家听到皇上要去坤宁宫，一齐大惊，知道宫中的惨祸要开始了。吴祥赶快命一个太监奔往坤宁宫，启奏皇后准备接驾，同时取来了两只宫灯，随着皇上走出日精门，从东长街向北走去。魏清慧也赶快拉着一个宫女，点着两只宫灯，从乾清宫的后角门出去，追上皇帝。

周后正在哭泣，听说皇帝驾到，赶快到院中接驾。崇祯一路想着，要把宫眷中哪一些人召到坤宁宫，吩咐她们自尽，倘有不肯奉旨立刻自尽的，他就挥剑杀死，决不将她们留给贼人，失了皇家体统。因为考虑着他要亲自挥剑杀死宫眷，所以他不进坤宁宫正殿，匆匆走进了东边的偏殿。皇后紧紧地跟随着他。跪在院中接驾的太监们和宫女们都站起来，围立在偏殿门外伺候，颤栗屏息。

崇祯在偏殿正间的龙椅上坐下，命皇后也赶快坐下，对皇后说道：

“大势去了，国家亡在眼前。你是天下之母，应该死了。”

周后对于死，心中早已有了准备。皇上的话并没有出她的意料之外。她没有说话，只是点点头，表示明白。坤宁宫的宫女们知道皇后就要自尽，都跪到地上哭了起来。站在殿外的太监们因为宫女们一哭，有的流泪，有的呜咽。

近三天来，周后因知道国家要亡，心中怀着不能对任何人说出的一件恨事，如今忽然间又出现在心头。

一个月前，李自成尚在山西境内时，朝中有人建议皇上迁往南京，以避贼锋，再图恢复。朝廷上有人赞成，有人反对，使皇上拿不定主意。周后和懿安皇后通过各自的宫中太监，也都知道此事。懿安皇后是赞同迁都南京的，但她是天启的寡妇，不便流露自己的主张。有一天托故来找周后闲谈，屏退左右，悄悄请周后设法劝皇上迁都南京。后来，崇祯心绪烦闷地来到坤宁宫，偶然提到李自成率五十万人马已入山西，各州县望风投降的事，不觉长叹一声。周后趁机说道：

“皇上，我们南边还有一个家……”

崇祯当时把眼睛一瞪，吓得周后不敢再往下说了。从那次事情以后，在宫中只听说李自成的人马继续往北京来，局势一天比一天坏，亡国大祸一天近似一天。周后日夜忧愁，寝食难安，但又不敢向皇上询问一字。她常常瞎想，民间贫寒夫妻，有事还可以共同商量，偏在皇家，做皇后的对国家大事就不许说出一字！她痛心地反复暗想，她虽不如懿安皇后那样读书很多，但是她对历代兴亡历史也略有粗浅认识。她也听说，洪武爷那样喜欢杀人，有时还听从马皇后的谏言！她小心谨慎，总想做一个贤德皇后，对朝政从不打听，可是遇到国家存亡大事，她怎能不关心呢？她曾经忍不住说了半句话，受到皇上严厉的眼色责备，不许她把话说完。假若皇上能听她一句劝告，在一个月前逃往南京，今天不至于坐等贼来，国家灭亡，全家灭亡！

她有一万句话如今都不需要说了，只是想着儿子们都未长成，公主才十五岁，已经选定驸马，尚未下嫁，难道在她死之前不能同儿女们见一面么？她没有说话，等候儿女们来到，也等候皇上说话，眼泪像泉水般地在脸上奔流。

崇祯命太监们分头去叫太子和永王、定王速来，又对皇后说道：

“事不宜迟。你是六宫之主，要为妃嫔们做个榜样，速回你的寝宫自缢吧！”

周后说道：“皇上，你不要催我，我决不会辱你朱家国体。让我稍等片刻。公主们我不能见了，我临死要看一眼我的三个儿子！”

皇后说了这句话，忍不住以袖掩面，痛哭起来。

这时，魏清慧等和一部分皇后的贴身宫女如吴婉容等都已经进入偏殿，她们听到皇后说她临死前不能见到两个公主，但求见到太子与二王的话，每一个字都震击着她们的心灵。第一个不知谁哭出声来，跟着就全哭起来，而且不约而同地环跪在皇后面前，嚎啕大哭。站在门外的几十名宫女和太监都跟着呜咽哭泣。

周后本来还只是热泪奔流，竭力忍耐着不肯大哭，为的是不使皇上被哭得心乱，误了他处置大事。到了这时，她再也忍耐不住，放声痛哭。

崇祯也极悲痛，在一片哭声中，望着皇后，无话可说，不禁呜咽。他知道皇后不肯马上去死，不是贪生怕死，而是想等待看三个儿子一眼。呜咽一阵，他又一次用袍袖擦了眼泪，对皇后说道：

“内城将破，你赶快去死吧。朕马上也要自尽，身殉社稷，我们夫妻相从于地下。”

周后突然忍住痛哭，从心中喷发出一句话：“皇上，是的，只看儿子们一眼，我马上就去死。可是有一句话我要说出：我嫁你十七年，对国事不敢说一句话，倘若你听了我一句话，何至今日！”

崇祯明白她说的是逃往南京的事，呜咽说道：“原是诸臣误朕，如今悔恨已迟。你还是赶快死吧！你死我也死，我们夫妻很快就要在地下见面！”

周后并不马上站起身来去寝宫自尽，想到就要同太子和二王死别，又想到临死不能见两个亲生的公主，哭得更惨。崇祯见此情形，后悔不曾下决心逃往南京，不由地顿足痛哭。

坤宁宫正殿内外的几十个宫女和太监全都哭得很痛。有一个进入偏殿的宫女晕倒在地，被吴婉容用指甲掐了她的人中，从地上扶了起来。

崇祯哭了几声，立刻忍住，命一个宫女速速奔往慈庆宫，禀奏懿安皇后，请她自尽，并说：

“你启奏懿安皇后，皇帝和皇后都要自尽，身殉社稷。如今亡国大祸临头，皇上请她也悬梁自尽，莫坏了祖宗的体面！”

这时，太子、永王和定王，都被召到了坤宁宫偏殿。周后一手拉着十五岁的太子，一手拉着十一岁的定王，不忍离开他们，哭得更痛。永王十三岁，生母田皇贵妃于一年半以前病逝。周后是他的嫡母，待他“视如己出”。他现在站在皇后的身边痛哭。皇后用拉过定王的手又拉了永王，撕人心肝地放声大哭。崇祯催促皇后说：

“如今事已至此，哭也无用。你快自尽吧，不要再迟误了。”他又向一个宫女说：“速去传旨催袁娘娘自尽，催长平公主自尽，都快死吧，不要耽误到贼人进来，坏了祖宗的国体。”

此时，从玄武门上传来了报时的鼓声和报刻的云板声，知道四更过了一半，离五更不远了。坤宁宫后边便是御花园和钦安殿，再往后便是玄武门。玄武门左右，紧靠着紫禁城里边的排房，俗称廊下家，住着一部分地位较低的太监。这时，从廊下家传出来一声两声鸡啼，同云板声混在一起。

皇后一听见鸡啼声，在心中痛恨地说：“唉，两个女儿再也不能见到了！”她放开了太子和永王的手，毅然站起，向崇祯说道：

“皇上，妾先行一步，在阴间的路上等待圣驾！”

虽然她不再怕死，丝毫不再留恋做皇后的荣华富贵，但是她十分痛心竟然如此不幸，身逢亡国灭族惨祸。她临走时心犹不甘，用泪眼看一眼三个儿子，看一眼马上也要自尽殉国的皇上，同时又想到两个女儿，深深地叹了口气。她两天两夜来寝食俱废，十分困乏，又加上脚缠得太小，穿着弓鞋，刚走两步，忽然打个趔趄。幸而吴婉容已经从地上站起，赶快将她扶住。

崇祯望着皇后在一群宫女的簇拥中走出偏殿，又一次满心悲痛，声音凄怆地对太子和二王吩咐：

"母后要同你们永别了。你们恭送母后回到寝宫，速速回来，朕有话说！"

因为五更将到，崇祯知道自己的时间不多了。想到马上还要在宫中杀人，他深感已经精力不够，吩咐宫女们："拿酒来！快拿酒来！"宫女们马上把酒拿来，只是仓皇中来不及准备下酒小菜。崇祯不能等待，厉声吩咐：

"斟酒！"

一个宫女用金杯满满地斟了一杯，放在长方形银盘中端来，摆到他的面前。他端起酒杯一饮而尽，又说道：

"斟酒！"

宫中酿造的御酒"长春露"虽然酒力不大，但是他一连饮了十来杯（他平生从来不曾如此猛饮），已经有了三分醉意。当他连连喝酒的时候，神态慷慨沉着，似乎对生死已经忘怀。站在左右的宫女和太监们看到他的这种异乎寻常的神气，而且眼睛通红，都低下头去，不敢仰视，只怕他酒醉之后挥剑杀人，接着自刎。然而崇祯只是借酒浇愁，增加勇气，所以心中十分清楚。他停止再饮，向一个太监吩咐：

"传主儿来！"

宫中说的"主儿"就是太子。太子马上来到了偏殿，永王和定王也随着来到，跪在他的面前。太子哽咽说：

"回父皇，儿臣等已恭送母后回到寝宫了。"

"自尽了么？"

太子哭着回答："母后马上就要自尽，宫女们正在为她准备。"

"你母后还在哭么？"

"母后只是深深地叹气，不再哭了。"

"好，好。身为皇后，理应身殉社稷。"

他侧耳向坤宁宫正殿倾听，果然听不见皇后的哭声，接着说道：

“贼兵快攻进内城，越快越好。”

此时皇后确实已经镇定，等太子和二王哭着叩头离开，她叹了口气，命一个小太监在宫女们的帮助下，替她在寝宫（坤宁宫西暖阁）的画梁上绑一条白练，摆好踏脚的凳子。寝宫中以及窗子外和坤宁宫正殿，站立众多宫女，屏息无声，十分寂静。吴婉容挥走了小太监，跪到皇后面前，用颤抖的低声说道：

“启奏娘娘，白练已经绑好了。”

皇后没有马上起身，轻声吩咐：“快拿针线来，要白丝线！”

吴婉容不知皇后要针线何用，只好向跪在她身后的宫女吩咐。很快，宫女们将针线拿到了。吴婉容接住针线，手指轻轻打颤，仰面问道：

“娘娘，要针线何用？”

原来周后今年才三十三岁，想到自己生得出众的貌美，浑身皮肤光洁嫩白，堪称“玉体”，担心贼人进宫后尸身会遭污辱，所以在上吊前命一个平日熟练女红的年长宫女跪在地上用丝线将衣裙的开口缝牢。当这个宫女噙着眼泪，心慌意乱，匆忙地缝死衣裙的时候，周后不是想着她自己的死，而是牵挂着太子和二王的生死。她想知道皇上如何安排三个儿子逃出宫去，努力听偏殿中有何动静。但是皇上说话的声音不高，使她没法听清。她又叹口气，望着跪在地上的宫女，颤声说道：

“你的手不要颤抖，赶快缝吧！”

那个熟练针线的年长宫女，手颤抖得更加厉害，连着两次被针尖扎伤了手指。吴婉容看在眼里，接过来针线，一边流泪，一边飞针走线，很快将皇后的衣襟和裙子缝死。皇后对吴婉容说：“叫宫人们都来！”马上，三十多个宫女都跪在她的面前。她用袖头揩揩眼泪，说道：

“我是当今皇后，一国之母，理应随皇帝身殉社稷。你们无罪，可以不死。等到天明，你们就从玄武门逃出宫去。国家虽穷，这坤宁宫中的金银珠宝还是很多，你们可以随便携带珠宝出宫。吴婉容，你赶快扶我一把！”

吴婉容赶快扶着皇后从椅子上站起来，向上吊的地方走去。她竭力要保持镇定，无奈浑身微颤，两腿瘫软，不能不倚靠吴婉容用力搀扶，缓慢前行。她顷刻间就要离开人世，但是她的心还在牵挂着丈夫和儿子，一边向前走一边叹气，幽幽地自言自语：

“皇上啊！太子和永、定二王，再不送他们逃出宫去就晚啦！”

偏殿里，太子和永、定二王已经从地上站起来，立在父皇面前，等待面谕。崇祯忽然注意到三个儿子所穿的王袍和戴的王帽，吃了一惊，用责备的口气说：

“什么时候了，你们还是这副打扮！”随即他向站在偏殿内的一群宫女和太监看了一眼，说：“还不赶快找旧衣帽给主儿换上！给二王换上！”

众人匆忙间找来了三套小太监穿旧了的衣服，由两个宫女替太子更换，另有宫女们替二王更换。崇祯嫌宫女们的动作太慢，自己用颤抖的双手替太子系衣带，一边系一边哽咽着嘱咐说：

“儿啊！你今夜还是太子，天明以后就是庶民百姓了。逃出宫去，流落民间，你要隐姓埋名，万不可露出太子身份。见到年纪老的人，你要称呼爷爷；见到中年人，你要称呼伯伯、叔叔；见到年岁与你相仿的人，你要称呼哥哥……我的儿啊，你要明白！你一出宫就是庶民百姓，就是无家可归的人，比有家可归的庶民还要可怜！你要千万小心，保住你一条性命！你父皇即将以身殉社稷。你母后已经先我去了！……”

当崇祯亲自照料为太子换好衣帽时，永、定二王的衣帽也由宫女们换好了。在这生离死别的一刻，他拉着太子的手，还想嘱咐两句话，但是一阵悲痛，哽咽得说不出一个字，只有热泪奔流。

皇后由吴婉容搀扶着，走到从梁上挂下白练的地方。她最后用泪眼望一望在坤宁宫中忠心服侍她的宫女们，似乎有不胜悲痛的永别之情。除吴婉容外，所有的宫女都跪在地上为皇后送行，不敢仰视。周后由吴婉容搀扶，登上垫脚的红漆描金独凳，双手抓住了从画梁上垂下的白练，忽然想到临死不能够同两个公主（一个才六岁）再见一面，恨恨地长叹一声。吴婉容问道：

“娘娘，还有什么话对奴婢吩咐？”

周后将头探进白练环中，脸色惨白，她双手抓紧白练，声音异常平静地对吴说道：

“我要走了。你去启奏皇上，说本宫已经领旨在寝宫自缢，先到黄泉去迎接圣驾。”

周后说毕，将凳子一蹬，但未蹬动。吴婉容赶快将凳子移开，同时周后将两手一松，身体在空中摆动一下，不再动了。宫女们仰头一看，一齐放声痛哭，另外在窗外的太监们也发出了哭声。

崇祯听见从皇后的寝宫内外传来宫女们和太监们一阵哭声，知道皇后已经自缢身亡，不觉涌出热泪，连声说：

"死得好，死得好。不愧是大明朝一国之母！"

他正要吩咐太监们护送三个儿子出宫，吴婉容神色慌张地走进偏殿，跪在他的面前说道：

"皇爷，皇后命奴婢前来启奏陛下，她已经遵旨悬梁自尽，身殉社稷！"

崇祯睁大眼睛，望着吴婉容问道：

"皇后还说了什么话？"

"皇后说道，她先行一步，在黄泉路上迎接圣驾。"

崇祯忍不住掩面痛哭。站在他面前的三个儿子跟着他放声痛哭，没有人能抬起头来。

崇祯不敢多耽搁时间，他赶快停止痛哭，吩咐钟粹宫的掌事太监赶快将太子和定王送往他们的外祖父嘉定侯周奎的府中，又吩咐一个可靠的太监将永王送到田皇亲府中，传旨两家皇亲找地方使他的三个儿子暂时躲藏，以后出城南逃。吩咐了太监们以后，崇祯因为将恢复江山的希望寄托在太子身上，他又对太子说道：

"儿啊，汝父经营天下十七年，敬天法祖，勤政爱民，并无失德，不是亡国之君。皆朝中诸臣误我，误国……致有今日之祸。儿呀！你是太子，倘若不死，等你长大之后，你要恢复祖宗江山，为你的父母报仇。千言万语，只是一句话，我的儿啊！你要活下去！活下去！恢复江山！……"他痛哭两声，吩咐太监们带着太子和永、定二王赶快出宫。

他本来下旨：曾经被他召幸①过的女子，不管有了封号的和没有封号的，

①召幸——在崇祯朝，皇后和田、袁二妃的地位崇高，皇上可以到坤宁宫、承乾宫、翊坤宫中住宿，但别的妃嫔和被他看中的女子只能召到养德斋陪宿，天明时离开。这种办法称做召幸。皇帝同女子发生性行为，在封建时代叫做"幸"。

都集中在钱选侍的宫中，等候召进坤宁宫中处置，也就是吩咐她们立刻自尽，不肯自尽的就由他亲手杀死，绝不能留下来失身流贼。

然而现在已经将近五更，住在玄武门内左右廊下家的太监们喂养的公鸡开始纷纷地叫明了。崇祯不再叫等候在钱选侍宫中的宫眷们前来，他出了偏殿，转身往正殿走去。

吴婉容知道他要去看一眼皇后的尸首，赶快跑在前面，通知宫女们止哭，接驾。崇祯进了坤宁宫的西暖阁，看一看仍然悬在梁上的尸体，他用剑鞘将尸体推了一下，轻轻地点头说："已经死讫了，先走了，好，好！"他立即回身退出，一脚高一脚低地走出坤宁宫院的大门，向寿宁宫转去。一部分太监和宫女紧随在他的身后，有人在心中惊叫：

"天哪，是去逼公主自尽！"

听见廊下家的鸡叫声愈来愈稠，崇祯的心中很急，脚步踉跄地向寿宁宫走去。他虽然想保持镇静，在死前从容处理诸事，然而他的神志已经慌乱，只怕来不及了，越走越快，几乎使背后的宫女和太监们追赶不上。

住在寿宁宫的长平公主是崇祯的长女，自幼深得父皇的喜爱。当她小的时候，尽管崇祯日理万机，朝政揪心，还是经常抱她，逗她玩耍。她生得如花似玉，异常聪慧，很像皇后才入信邸时候。去年已经为她选定了驸马，本应今年春天"下嫁"，只因国事日坏，不能举行。此刻他要去看看他的爱女是否已经自尽，尸悬画梁……他的心中忽然万分酸痛，浑身颤栗，连腿也软了。他想大哭，但哭不出声，在心中叫道：

"天啊，亡国灭族……人间竟有如此惨事！"

住在寿宁宫的长平公主今年十六岁，刚才坤宁宫中的一个宫女奔来传旨，命她自尽。她不肯，宫女们也守着她不让她自尽。现在众宫女正围着她哭泣，忽然听说万岁驾到，她赶快带着众宫女奔到院中，跪下接驾。崇祯见公主仍然活着，又急又气，说道：

"女儿，你为何还没有死？"

公主牵着他的衣服哭着说："女儿……无罪！父皇啊……"

崇祯颤抖地说："不要再说啦！你不幸生在皇家，就是有罪！"

长平公主正要再说话，崇祯的右手颤抖着挥剑砍去。她将身子一躲，没有砍中她的脖颈，砍中了左臂。她在极度恐怖中尖叫一声，倒在地上，昏迷过去。崇祯见公主没有死，重新举起宝剑，但是他的手臂颤抖得更凶，没有力气，心也软了，勉强将宝剑举起之后，却看见费珍娥扑到公主身上，一边大哭一边叫道：

"皇爷，砍吧！砍吧！奴婢愿随公主同死！"

崇祯的手腕更软了，宝剑砍不下去，叹口气，转身走出寿宁宫，仓皇地走到了袁妃居住的翊坤宫。崇祯走后，寿宁宫中的宫女们和公主的奶母仍在围着公主哭泣。寿宁宫的掌事太监何新赶快从御药房找来止血的药，指挥年纪较长的两个宫女将公主抬放榻上，为公主上药和包扎伤口，却没有别的办法。公主仍在昏迷中，不省人事，既不呻吟，也不哭泣。由于皇后已死，皇帝正在宫中杀人，寿宁宫中事出非常，掌事太监何新和奶母陈嬷嬷对昏迷不醒的公主都不知如何处理。幸而恰在这时，被大家素日敬爱的吴婉容来到了。

原来吴婉容等皇上走出坤宁宫后，不让太监插手，同坤宁宫中几个比较懂事和胆大的宫女一齐动手，将皇后的尸体从梁上卸下，安放在御榻上，略整衣裙，替皇后将一只没有闭拢的眼睛闭上，又将绣着龙凤的黄缎被子盖好尸体。她知道皇上是往寿宁宫来，不知公主的死活，便跟在皇上之后奔来了。

吴婉容看见公主虽然被砍伤左臂，因皇上手软无力，并未砍断骨头，更没有伤到致命地方，醒来以后休养些日子就会康复。她将何新叫到寿宁宫的前庑下，避开众人，小声问道：

"何公公，你打算如何救公主逃出宫去？"

何新说："公主已经不省人事，倘若我送公主出宫，公主死在路上，我的罪万死莫赎。"

"不，何公公。据我看，公主的昏迷不醒是刚才极度惊惧所致，一定不会死去。你何不趁着天明以前，不要带任何人，独自背公主出玄武门，逃到周皇亲府中？"

何新的心中恍然明白，说道："就这么办，好主意！"

费珍娥已经出来，听见了他们救公主的办法，小声恳求说：“让我跟随去服侍公主行么？”

何新说：“不行！多一个人跟去就容易走漏消息！”

费宫人转求坤宁宫的管家婆：“婉容姐，我愿意舍命保公主，让我去么？”

婉容说：“你留在宫中吧。让何公公背着公主悄悄逃走，就是你对公主的忠心。”

“可是我决不受贼人之辱！”

“这我知道。还是前天我对你说的话，我们都要做清白的节烈女子，决不受辱。一旦逆贼破了内城，你来坤宁宫找我，我们都跟魏清慧一起尽节，报答帝后深恩。”

吴婉容因坤宁宫中的众宫人离不开她，匆匆而去。她同袁皇贵妃的感情较好，本想去看袁妃的尽节情况，但没有工夫去了，在心中悲痛地说：

“袁娘娘，你没有罪，不该死，可是这就叫做亡国啊！”

其实，此时袁妃并没有死。她身为皇贵妃，国亡，当然要随皇帝身殉江山，所以三天来她对于死完全有精神准备。当皇上在坤宁宫催周后自尽时候，她本来毫不犹豫地遵旨自尽，不料因为她平日待下人比较宽厚，宫女们故意在画梁上替她绑一根半朽的丝绦。结果她尚未绝气，丝绦忽然断了，将她跌落地上，慢慢地复苏了。虽然她吩咐宫女们重新替她绑好绳子，重新扶她上吊，但宫女们都跪在地上，围着她哭，谁也不肯听话。崇祯进来，知道她因绳子忽断，自缢未死，对她砍了一剑，伤了臂膀。因为他的手臂颤栗，加上翊坤宫一片哭声，他没有再砍，顿顿脚，说了句“你自己死吧！”，转身走了出去。

他奔到钱选侍的宫中。所有选侍、美人和尚没有名目的女子都遵旨集中在那里。这些平日同皇上没有机会见面的女子，都属于皇上的群妾，有的还是宫女身份，她们同皇上并没有感情，只是怀着一种被皇上冷落的“宫怨”和对前途捉摸不定的忧虑，等待着皇上处分。当崇祯匆匆来到时，她们吓得面如土色，浑身颤抖着跪下接驾。崇祯命她们赶快自尽，不得迟误。她们一齐叩头，颤声回答：

“奴婢遵旨！”

几个女子向外退出时，有一个神情倔强的宫女，名叫李翠莲，禁不住恨恨地叹一口气，小声说道：

“奴婢遵旨尽节，只是死不瞑目！”

崇祯喝问：“回来！为什么死不瞑目？”

倔强的李翠莲返身来重新跪下，大胆地回答说：“我承蒙陛下召幸，至今已有两年，不曾再见陛下，在陛下前尚不能自称‘臣妾’，仍是奴婢。因为未赐名分，父母也不能受恩。今日亡国，虽然理当殉节，但因为在宫中尚无名分，所以死不瞑目。”

崇祯受此顶撞，勃然大怒，只听刷拉一声，他将宝剑拔出半截，对跪在面前的宫女瞋目注视。这宫女却毫不畏惧，本来是俯伏地上，听到宝剑出鞘声，忽然将身子跪直，同时将脖颈伸直，低着头，屏住呼吸，只等头颅落地。崇祯是怎样回心转意，没人知晓，但见他将拔出来一半的宝剑又送回鞘中，伤心地轻声说道：

“你的命不好，十年前不幸选进末代宫中。如今大明亡国，你与别的宫女不同，因为曾经蒙朕‘召幸’，所以不可失身于贼。看你性子刚烈，朕不杀你，赐你自己尽节，自己快从容悬梁自缢，留个全尸。去吧，越快越好！”

李翠莲叩头说：“奴婢领旨！”

李翠莲走后，崇祯知道天已快明，不敢耽误，见有女子很不愿意尽节，他猛跺一脚，挥剑砍倒两个，不管她们死活，在一片哭声中离开，奔回乾清宫。在他身殉江山之前，还有一件最使他痛心而不能断然决定的事情，就是昭仁公主的问题。现在他下狠心了。

他有一个小女儿为皇后所生，今年虚岁六岁，长得十分好看，活泼可爱。他因为很喜爱这个小公主，叫奶母和几个宫女服侍小公主住在乾清宫的昭仁殿，在乾清宫正殿的左边，只相隔一条夹道。因为公主的年纪还小，没有封号，宫中都称她是昭仁公主。这小女孩既不懂亡国，也不懂自尽，怎么办呢？三天来他就在考虑着他自己身殉社稷之前在宫中必须处理的几件事，其中就包括小公主。现在该处理的几件事都已经处理完毕，只剩下昭仁公主了。

他匆匆回乾清宫去。过了交泰殿，快进乾清宫的日精门了，他一边走一边在心中说道：

“我的小女儿啊，不是父皇太残忍，是因为你是天生的金枝玉叶，不应该死于贼手，也不应该长大后流落民间！儿啊，你死到阴间休抱怨你父皇对你不慈！……”

崇祯进了日精门，不回乾清宫正殿，直接登上昭仁殿的丹墀。小公主的奶母和宫女们正在一起流泪，等待大难降临，忽听说皇上驾到，一齐拥着小公主出来跪下接驾。小公主已经在学习宫中礼仪，用十分可爱的稚嫩声音叫道：“父皇万岁！”她的话音刚落，崇祯一咬牙，手起剑落，小公主来不及哭喊一声，就倒在血泊中死了。

奶母和众宫女们一齐大哭。

崇祯回到乾清宫东暖阁，一般的太监和宫女都留在丹墀上，只有吴祥和魏清慧随崇祯进了暖阁。崇祯回头吩咐：

“快快拿酒！传王承恩进来！”忽然听见昭仁殿一片哭声，他又吩咐：“酒送到宏德殿，王承恩也到宏德殿等候！”

崇祯吩咐之后，拉出素缎暗龙黄袍的前襟，将玉白色袍里朝上，平摊御案，提起朱笔，颤抖着，潦草歪斜地写出了以下遗言：朕非庸暗之主，乃诸臣误国，致失江山。朕无面目见祖宗于地下，不敢终于正寝。贼来，宁毁朕尸，勿伤百姓！崇祯在衣襟上写毕遗诏，抛下朱笔，听见城头上炮声忽止，猜想必定是守城的太监和军民已经打开城门投降。他回头对魏清慧看了看，似乎想说什么话，但未说出。魏宫人已经看见了他在衣襟上写的遗诏，此时以为皇上也想要她自尽，赶快跪下，挺直身子，伸颈等待，慷慨呜咽说道：

“请皇爷赐奴婢一剑！”

崇祯摇摇头，说道：“朕马上身殉社稷，你同都人们出宫逃命去吧！”

宏德殿在乾清宫正殿的右边，同昭仁殿左右对称，形式相同。往日崇祯召见臣工，为避免繁文缛节的礼仪，都不在乾清宫正殿，通常在乾清宫的东西暖阁，也有时在宏德殿，即所谓乾清宫的偏殿。

当崇祯匆匆地离开乾清宫的东暖阁走进宏德殿时，王承恩已经在殿门外恭候，而一壶宫制琥珀色玉液春酒和一只金盏，四样下酒冷盘（来不及准备热菜）已经摆在临时搬来的方桌上。崇祯进来，往正中向南的椅子上猛然坐下，说道："斟酒！"跟随他进来的魏清慧立刻拿起嵌金丝双龙银壶替他斟满金杯。他将挂在腰间的沉甸甸的宝剑取下，铿然一声，放到桌上，端起金杯，一饮而尽，说道："再斟！"随即向殿门口问道：

"王承恩呢？"

王承恩赶快进来，跪下回答："奴婢在此伺候！刚才奴婢已在殿门口跪接圣驾了。"

崇祯对王承恩看了看，想起来王承恩确实在殿门口接驾，只是他在忙乱中没有看清是谁。由于他马上就要自尽，知道王承恩甘愿从死，使他安慰和感动。他向立在殿门口的太监们吩咐：

"替王承恩搬来一把椅子，拿个酒杯！"

恭立在殿门口的吴祥和几个太监吃了一惊，心中说："皇上的章法乱了！"但他们不敢耽误，立刻从偏殿的暖阁中搬出一把椅子，又找到一只宫中常用的粉彩草虫瓷酒杯。魏清慧立刻在瓷杯中斟满了酒。崇祯说道：

"王承恩，坐下！"

"奴婢不敢！"王承恩心中吃惊，叩头说。

"朕命你坐下，此系殊恩，用①酬你的忠心。时间不多了，你快坐下！"

"皇上，祖宗定制，内臣不管在宫中有何职位，永远是皇上的家奴，断无赐坐之理。"

"此非平时，坐下！"

王承恩惶恐地伏地叩头谢恩，然后站起，在崇祯对面的椅子上欠着身子坐下，不敢实坐。崇祯端起金杯，望着王承恩说：

"朕马上就要殉国，你要随朕前去。来，陪朕饮此一杯！"说毕，一饮而尽。

王承恩赶快跪在地上，双手微微打颤，捧着酒杯，说道：

---

①用——意义同"以"，古人习惯用法。

“谢圣上鸿恩！”

他将杯中酒饮了一半，另一半浇在地上，又说道：

“启奏皇爷，城头上几处炮声忽然停止，必是守城人开门迎降。皇上既决定身殉社稷，不可迟误。即命内臣们搬运来引火的干柴如何？”

崇祯的神情又变得十分冷静，沉默不答，面露苦笑，以目示意魏清慧再替他斟满金杯。魏宫人知道崇祯平日很少饮酒，以为他是要借酒壮胆，怕他喝醉，斟满金杯后小声说道：

“皇爷，贼兵已经进城，请皇爷少饮一杯，免得误了大事。”

崇祯到了此时，又变得十分镇静，神情慷慨而又从容。死亡临头，事成定局，他已经既不怕死，也没有愁了，所有的只是无穷的亡国遗恨。三天来他寝食均废，生活在不停止的惊涛骇浪之中，又经过一整夜的折腾，亲历了宫廷惨祸，他需要多饮几杯酒，一则借酒浇一浇他的胸中遗恨，二则增加一点力量，使他更容易从容殉国。他认为，北京城大，敌人进城之后，也不会很快就进入皇宫，所以他饮了第三杯酒以后，对魏宫人说：

“再为朕满斟一杯！”

当魏宫人又斟酒时，王承恩第二次催促说：“皇爷，奴婢估计，贼兵正在向紫禁城奔来，大庖厨①院中堆有许多干柴，该下旨准备在三大殿和乾清宫如何放火，再不下旨就来不及了！”

崇祯端起金杯不语，沉默片刻，深沉地叹一口气，将金杯放下。只有魏宫人知道皇上无意焚毁宫殿。她看见他一刻前坐在乾清宫东暖阁，在衣襟的里边写有遗诏。虽然她站在皇上背后相距三尺以外，看不见遗诏内容，但她知道皇上要穿着衣服自尽，断不会举火自焚。到底要吞金？服毒？自缢？自刎？还是投水……她不清楚。至于吴祥等几个在乾清宫中较有头面的太监，他们窃听到巩、刘二皇亲向皇上建议在宫中举火自焚并烧毁三大殿的话，并不知道皇上在衣襟上写遗诏的事，所以都认为皇上会放火焚烧三大殿和乾清宫。他们还将这一消息告诉了王承恩。王承恩也认为这样的办法最为合宜，不但

①大庖厨——在西华门内稍北，武英殿的西边，东临金水河，西靠紫禁城，与尚膳监在一起。

皇上为祖宗江山死得壮烈，死得干净，而且也不将巍峨的宫殿留给“逆贼”。王承恩担心敌兵马上来到，又忍不住向崇祯问道：

“陛下，可否命内臣们赶快搬运木柴？”

他摇摇头，没有说话，伤心地向魏清慧望了一眼。

魏宫人轻声问道：“皇爷，有何吩咐？”

崇祯叹口气，向魏宫人说：“朕将如何自尽，在昨日午觉中已经决定了。”

魏宫人含泪说：“昨日午后，皇爷做了一个凶梦，在梦中大哭，是奴婢将皇爷唤醒。可是皇爷梦见了什么事情，并没有告诉奴婢。”

此刻，崇祯的眼前又浮现出噩梦中看见的那幅图像：一个末代皇帝，皇冠落地，龙袍不整，披散头发，舌头微吐，一只眼睁，一只眼闭，上吊而亡。但是他没有对魏清慧说出他昨日梦见的可怕图像，一口将酒喝干，将金杯铿然放到桌上，大声说道：

“斟酒！再斟一杯！”

王承恩骇了一跳，说道：“皇上，奴婢侍候皇上多年，深知皇上励精图治，勤政爱民，不幸到了今日，深怀亡国遗恨。可是皇上，您听，玄武门已打五更，再耽误就来不及焚毁宫殿了！”

几天来崇祯常想着一些国事上的重大失误，致有今日亡国之祸。他有一套习惯思路，自信很强，认为许多重大失误，都是诸臣误国，他自己没有错误。近些日子，他眼看着将要亡国，每次回想亡国的各种缘故，有几件大事使他痛恨朝中群臣，无法忘怀。第一件，在几年前，满洲的兵力还不像今日强大，有意同朝廷言和。他同杨嗣昌都主张同满洲言和，求得同满洲息兵数年，使朝廷摆脱两面作战困境，专力对付“流贼”。不料消息泄漏，举朝哗然，群起攻击与满洲言和，杨嗣昌被迫离开朝廷，出外督师，死在湖广。继杨嗣昌主持中枢的是陈新甲，也知道国家当务之急是同满洲言和，以摆脱两面作战，内外交困之局。和议即将成功，不料消息再次泄漏，又是举朝大哗，比上一次攻击和议的言论更为猛烈，他迫不得已将陈新甲下狱，斩首。假如当时朝中文臣们稍有远见，避免门户之争，都肯从大局着想，使和议之策成功，朝廷暂缓东顾之忧，国力不致消耗净尽，何有今日！假如杨嗣昌和陈新甲有一个不死，留在朝廷，何有今日！尤其他近几天时时在心中痛恨的是，关于南迁的事，何等紧迫，满朝文臣们各存私心，大臣反对，小臣不敢坚持，致有今日！还有，关于调吴三桂来京勤王的事，又是何等紧迫，朝廷上好些天议论不决，贻误军机，坐等流贼日夜东来，致有今日！……

“斟酒！斟满！”他大声说，咬牙切齿。

魏清慧浑身打颤，赶快又斟满金杯。崇祯伸出右手中指，在金杯中蘸了一下，在案上写了一句话叫王承恩看，随即端起金杯一饮而尽。他在案上写的是：

“文臣每（们）个个可杀！”

看见了崇祯写的这句话，王承恩和魏清慧都感到莫名其妙。尤其是王承恩，他断定敌兵正在向皇城奔来，进了皇城后就是毫无防守能力的紫禁城，再不赶快为焚毁乾清宫和三大殿准备好引火之物，后悔就来不及了。他望着皇上说：

“陛下，乾清宫……”

崇祯心乱，没有听清，以为催他自尽，他冷静地说道：“不要担心，还来得及，来得及。”

正在此时，从西城外又传来了一阵炮声。崇祯浑身一震。

王承恩又催促说：“皇上，需要赶快准备……”

崇祯说：“朕早已反复思忖，拿定了主意。你等一等，随朕出宫。”他瞟了魏清慧一眼：“再斟一杯！替王承恩也斟一杯！……王承恩，饮过了这杯酒，你就随朕出宫！”

王承恩说：“可是皇爷，如今已无处可去，只有在宫中放火……”

“三大殿和乾清宫不用焚。”

“岂不是留以资敌！”

崇祯没心回答，饮下去最后一杯酒，命王承恩也饮下杯中酒，从椅子上站起来，准备动身。魏清慧赶快从桌上捧起宝剑，准备替皇上系在腰间。但崇祯心中明白这宝剑没有用了，轻轻一摆头，阻止了她。他对乾清宫的掌事太监吴祥和“管家婆”魏清慧说了一句话：“你们赶快逃生吧，不需要伺候了。”他对王承恩说了句:“出玄武门!”随即从宏德殿出来了。

从乾清宫的宫院去玄武门,应该出日精门或月华门向北转,可是崇祯一直往前走,出了乾清门。站在乾清门前,回过头来,伤心地看了片刻,落下了热泪,在心中说:“再也不会回来了!”他又向南看一眼建极殿(三大殿的后边一殿)的高大影子,叹了一声,心中说:“再也看不见了!”他忍耐着没有痛哭,因为已经没时间哭了。

到了此时,王承恩、吴祥等人才知道皇上无意焚毁乾清宫和三大殿,但是不明白什么原因,也不敢再问。吴祥和魏清慧率领乾清宫的全体太监和宫女送皇帝出乾清门。一个太监牵着太平在乾清门外等候,另一个太监搬了马凳,还有四个太监用朱漆龙头短棒打着四只羊角宫灯侍候。崇祯上了御马,接了杏黄丝缰,挥手使牵马的和打灯笼的太监都不要跟随,只要王承恩跟在马后。他从乾清门外向东,到内左门向北转,向东一长街(乾清宫和坤宁宫东边的一条永巷)方向走去。

太监和宫女们一直跟随到内左门,跪下去叩头,吴祥和魏清慧等同时哽咽说道:

“奴婢们为皇爷送驾!”

虽然天色已经麻麻亮,但永巷的两边都是很高的红墙,隔红墙尽是宫殿,加上天色阴沉,永巷中的夜色仍然很浓。崇祯骑马向玄武门走去的影子很快消失在永巷的阴影中,看不见了,但还能听见渐渐远去的马蹄声音。

平日皇上晚间出乾清宫,总是乘步辇,华贵的灯笼成阵,由太监和宫女簇拥而行。魏清慧第一次看见皇上是这样出乾清宫,忍不住望着皇上的马蹄声逐渐远去的方向伤心,呜咽出声。她一呜咽,许多宫女和太监都跟着哭了。

在黎明前靠近乾清宫、交泰殿和坤宁宫旁边的永巷(宫中称为东二长街)中,这时候特别幽暗,凄风冷雨,没有人管的路灯大部分已经熄灭。孤单的马蹄声向北走去,在接近玄武门的御花园方向消失,而乾清宫院中的太监和宫女们送别皇上的哭声还没有完全停止。

魏清慧很快从地上站起来,差两个宫女去坤宁宫请吴婉容速来商量要事,她自己回乾清宫后边的住房中料理临死前的一些事情。她的心中还在挂念着皇上的去向，忽然她产生了一种猜想。她希望皇上不是找一个地方自尽，而可能是皇上瞒着左右太监，另外吩咐别人，事先替他秘密做好安排，此刻只带着王承恩逃出宫去，到一个连王承恩也不知道的地方藏起来，然后再逃出北京。但这只是一个渺茫的希望，她没有说出口来。

天色更亮了。玄武门城楼上，报晓的鼓声停止，云板不响了。内城各门大开。大顺军开始从不同的地方整队入城，而李过和李岩等率领的清宫人马也从西长安街来了。

崇祯经过御花园时，一只黑色大鸟从古柏树上扑噜噜惊起，飞出紫禁城外。

守玄武门的太监已经逃散，只剩下两个人了。他们看见皇上来了，赶快将门打开，跪在路边，低头不敢仰视。

崇祯出了玄武门，又走出北上门，过了石桥，越过一条冷清的大路，便进入万岁门，来到煤山的大院中。那时煤山上和周围的树木比现代多，范围较大。崇祯来到院中，在西山脚下马，有一只夜间从鹿舍走出的梅花鹿从草中惊起，窜入密林。

崇祯下马以后，命王承恩在前带路，要顺小路上山顶看看。王承恩断定“流贼”正在向皇城前来，心中焦急，劝说道：“陛下，天色已经亮了，不敢多耽搁时间了。”崇祯没有说话，迈步前行。王承恩见他态度执拗地要去山上，只好走在前面带路。

扔下的御马没有人管，七宝雕鞍未卸，肚带未松，镶金嵌玉的辔头依然，黄丝缰绳搭在鞍上，在山脚下慢吞吞地吃草，等待它的主人从原路回来。

王承恩引着崇祯从西山脚下，手分树枝，顺着坎坷的小路上山。自从崇祯末年，国事日坏，皇帝和后妃们许多年不来煤山，所以上山的道路失修，不仅坎坷，而且道旁荒草和杂树不少。虽然用现代科学方法测量，煤山的垂直高度只有旧市尺十四丈，但是在明清两代，它的顶峰是北京城中最高的地方。所以，如今崇祯上山所走的崎岖小路，就显得很长。但见林木茂密，山路幽暗。煤山上的密林中栖有许多白鹤，刚刚从黎明的残梦中醒来，有几只听见上山的人声，从松柏枝头乍然睁眼，感到吃惊，片刻犹豫，展翅起飞，飞往北海琼岛，在长空中发出来几声嘹亮的悲鸣。

空中布满暗云，所以天色已明，却迟迟不肯大亮，仍然有零星微雨。凉风忽起，松涛汹涌。崇祯在慌乱中右脚被石头绊了一下，冷不防打个前栽，幸好抓住了在前边带路的王承恩，没有跌倒。经过这一踉跄前栽，他的今早不曾梳过的头发更散乱了，略微嫌松的右脚上的靴子失落了。继续走了几步，他感到脚底很疼痛，才明白临时换的一只旧靴子丢失了。但是他没有回头寻找，也没有告诉王承恩。他想，马上就要上吊殉国了，脚掌疼痛一阵算得什么！

煤山有五峰，峰各有亭①。他们上到了煤山的中间主峰，是煤山的最高处，在当时也是全北京城的最高处。这里有一个不到两丈见方的平坦地方，上建一亭，就是清代改建的寿皇亭的前身。倘若是一般庸庸碌碌的亡国之君，到此时一定是惊慌迷乱，或者痛哭流涕，或者妄想逃藏，或者赶快自尽，免得落入敌手。然而崇祯不同。他到此刻，反而能保持镇静，不再哭，也不很惊慌了。他先望一望紫禁城中的各处宫殿，想着这一大片从永乐年间建成，后经历代祖宗补建和重建的皇宫，真可谓琼楼玉宇，人间再无二处，从今日以后，再也不属于他的了。 他深感愧对祖宗，一阵心如刀割，流出两行眼泪。他又纵目遥望，遍观了西城、东城和外城，想象着“贼兵”此时已经开始在各处抢劫、奸淫、杀人，不禁心中辛酸，叹口气说：

“唉，朕无力治理江山，徒苦了满城百姓！”

王承恩说道：“皇爷真是圣君，此时还念着满城百姓！”

崇祯又说：“自古亡国，国君身殉社稷，必有臣民从死。我朝三百年养士，深恩厚泽，难道只有你一个人不忘君恩，为朕尽节？”

“皇爷，奴婢敢言，遇此天崩地坼之祸，京师内外臣工以及忠义士民，一旦得知龙驭上宾，定有许多人为皇上尽节而死，岂止奴婢一内臣而已！”

崇祯的心中稍觉安慰，忽然问道：“文丞相祠在什么地方？”

王承恩遥指东北方向，哽咽说：“在那个方向，离国子监不远。皇爷，像文天祥那样的甘愿杀身成仁的千秋忠臣，也莫能救宋朝之亡。自古国家兴亡，

①编者按：原文有误。

关乎气数，请皇上想开一点，还是赶快自尽为好，莫等贼兵来到身边！”

崇祯在想着颇有忠正之名的四朝老臣李邦华昨日曾告诉他说在贼兵入城时将在文丞相祠中自缢，此时也许已经自缢了。其实，李邦华昨日听说李自成的人马破了外城，就带着一个仆人移居文丞相祠中，准备随时自尽。这一夜他不断叹息，流泪，时时绕室彷徨。他越想越认为倘若皇上采纳他的“南迁”之议，大明必不会有今日亡国之祸。他身为左都御史，北京被围之前竟不能使皇上接纳他的“南迁”建议，北京被围之后，连上城察看防守情形也被城上太监们阻拦，想着这些情况，在摇晃的烛光下暗暗痛哭。

黎明时候，仆人向他禀报“流贼”已经进入内城的消息。他走到文天祥的塑像前，深深地作了三个揖，含泪说道：

“邦华死国难，请从先生于地下矣！”

随后，他向白石灰刷的粉墙望了一眼，又瞟一眼仆人在屋梁上为他绑好的麻绳，和绳子下边的一只独凳，马上放心地坐下去研墨膏笔，口中似乎在念诵着什么。忠心的仆人拿一张白纸摊在桌上，用颤抖的声音躬身说道：

“贼人已经进内城了，请老爷写好遗嘱，老奴一定会差一个妥当仆人送到吉水府中。”

李邦华心中说：“身为朝廷大臣，国已经亡了，还说什么吉水府中！”

他站立起来，卷起右手袍袖，在粉墙上题了三句绝命诗：

堂堂丈夫兮圣贤为徒，
忠孝大节兮誓死靡渝，
临危授命兮吾无愧吾！

李邦华不是诗人，也没有诗才，但是这三句绝命诗却反映了他的性格与死时心态。

崇祯临死前想到李邦华曾建议逃往南京的事，悔之已晚，深深地叹了一声。他没有将这件事告诉王承恩，转向东南方向望去，看到崇文门的巍峨箭楼，东边古观象台。忽然，他看见崇文门内偏东的地方冒出了火光，浑身猛然一颤，从喉咙里“啊”了一声，定睛向火光望去。片刻之间火光迅速变成烈焰腾腾，照得东南方一片云天通红。王承恩惊骇地望着火光，对崇祯说道：“皇爷，那着火地方正是新乐侯府！一定是贼兵进崇文门后抢劫焚烧的。”

崇祯仍在看远处的火光和浓烟，颤声说：“烧得好，烧得好，真是忠臣！”

王承恩不明白他的话是什么意思，说道：“皇上，愈在这时愈要镇静，方好从容殉国。说不定贼兵已经进承天门啦！”

但是，崇祯这时没有看见驸马府处的火光，心中暗想：“难道巩永固深受国恩，却不肯为朝廷自尽么？”

其实，刘文炳一家举火自焚片刻后，巩永固也命仆人点着了事先堆放在驸马府大厅四周的柴草，顿时浓烟笼罩了暂厝大厅中的安乐公主的灵柩，吞没了被丝带绑缚在灵柩四周的五个年纪尚幼的子女。性格刚强的巩永固不忍心再听五个孩子和院子里上百人的惨痛哭叫声，同时大火已燃着了他的袍子，他拔出宝剑，向着大火中的公主灵柩和孩子们，哭着说：“我不该……”自刎而死，倒在大火中。

崇祯看到了驸马府处的火光，脸上露出了一丝苦笑，想到这两家皇亲一定是等不到宫中举火，贼兵已经进了崇文门，不能耽误，他们先后举火全家自焚。使他最痛心的是外祖母年已八十，竟遇到亡国之祸。限于朝廷礼制森严，他跟外祖母有君臣之别，外祖母虽然受封为瀛国夫人，却没进过宫来，而他也没有去看过瀛国夫人，所以他一辈子没有同外祖母见过一面。如今，由于他的亡国，外祖母全家人举火自焚，外祖母纵然能够不死于大火之中，以后只剩下她一个年已八十的孤老婆子，将如何生活下去？……

王承恩在他的脚前跪下，焦急地恳求说：“皇上是英烈之主，慷慨殉国，事不宜迟。如要自缢，请即下旨，奴婢为皇爷准备。如今天已大亮，贼兵大概已进入紫禁城了！”

在崇祯的复杂多样的性格中本来有刚强和软弱两种素质，此时到即将慷慨自尽时候，他性格中的刚强一面特别突出，恐惧和软弱竟然没有了。他已经视死如归，明知贼兵可能已进入午门，反而表现得十分冷静和沉着，和王承恩的惊慌表情很不相同。他想着紫禁城内宫殿巍峨，宫院连云，千门万户，贼兵进入紫禁城中到处寻找他的踪迹，如入迷宫，断不会知道他在煤山上边。他这样想着，便愈加从容不迫，向王承恩小声说：

“不要惊慌，让朕再停留片刻。”

崇祯继续站在煤山主峰的亭子下边，手扶栏杆，向南凝望，似乎听见紫禁城中有新来的人声，但不清楚。他确实没有恐惧，心境很平静，暗中自我安慰说：“这没有什么，国君死社稷，义之正也。”他的心境由镇定到松弛，许多往事，纷纷地浮上心头。忽然记起来崇祯初年的一件旧事，好像就在眼前。那时天下尚未糜烂，他在重阳日偕皇后和田、袁二妃乘步辇来此地登高，观赏秋色，望全城，还在亭中饮酒。因事前就有重阳来此登高之意，所以太监们在登山的路边和向阳的山下院中栽种了许多菊花，供他和娘娘们欣赏。他曾想以后每逢重阳，必定偕宫眷们或来此地，或去琼岛，登高饮酒，欢度佳节。但后来国事一天坏过一天，他不但逢重阳再没有来过这儿，连琼岛也没有心思登临……

忽然，他从往事的回忆中猛然一惊，回到眼前的事。如今，田妃早死，皇后已经自尽，袁妃自尽，大公主被他砍伤，小公主被他砍死，贼兵已经在紫禁城中，他自己马上也要自尽，回想历历往事，恍如一梦！他不能再想下去，只觉心中酸痛，恨恨地叹一口气，望着天空说道：

“唉唉，天呀！祖宗三百年江山，竟然失于我手！失于我手！可叹我辛辛苦苦，宵衣旰食，励精图治，梦想中兴，无奈文臣贪赃，武将怕死，朝廷上只有门户之争，缺少为朕分忧之臣，到头来落一个亡国灭族的惨祸。一朝亡国，人事皆非，山河改色，天理何在！……唉，苍天！我不是亡国之君而偏遭亡国之祸，这是什么道理？你回答我！你回答我！回答我！”

“皇爷，苍天已聩，双目全闭，问也不应。贼兵已入大内，皇爷不可耽误！”

崇祯又一次感情爆发，用头碰着亭柱，咚咚发声，头发更加散乱。王承恩以为他要触柱而死，但他又看见他不像用大力触柱，怕他晕倒山上，敌兵来到，想自尽就来不及了。他拉住崇祯的衣襟，大声叫道：

“皇上！皇上！这样碰不死！不如自缢！”

崇祯冷冷一笑，说道："是的，朕要自缢殉国，在昨日午梦中已经决定。可恨的是，朕非亡国之君，偏有亡国之祸，死不瞑目！"他想一想，又接着说："你说的是，朕要自缢。可是朕要问一声苍天，问一声后土，为什么使朕亡国，这是什么天理？唉唉！这是什么天理？皇天后土，请回答我！回答我！"

王承恩劝解说："陛下！贼兵已经进了皇城，进了午门，大势已去，此时呼天不应，呼地不灵，不如及早殉国，免落逆贼之手。"

崇祯又镇静下来，面带冷笑，说道："你不要担心，朕决不会落入贼手！"

"奴婢担心万一……"

"你不用担心！紫禁城中，千门万户，贼兵进入紫禁城中，寻找不到朕躬，必然在宫中抢劫财物，奸污宫女，决不会很快就来到此地。朕来到这个地方，正是为从容殉国，但是有些话，朕不得不对皇天后土倾诉！"

"皇爷，事已至此，全是天意，请不要太难过了！"

崇祯忽然又以头碰柱，继而捶胸顿足，仰天痛哭数声，然后用嘶哑的声音问道：

"皇天在上，我难道是一个昏庸无道的亡国之君？我难道是一个荒淫酒色，不理朝政之主？我难道是一个软弱无能，愚昧痴呆，或者年幼无知，任凭奸臣乱政的国君么？难道我不是每日黎明即起，虔诚敬天，恪守祖训，总想着励精图治的英明之主？……天乎！天乎！你回答我，为何将我抛弃，使我有此下场？皇天在上，为何如此无情？你为何不讲道理！你说！你说！……我呼天不应，你难道是聋了么？真的是皇天聩聩！聩聩！"

一阵沉闷的雷声从头上滚过，又刮起一阵寒风。他听见林木中有什么怪声，以为谁进到院中，不觉打个寒战，赶快转身向北望去。大院中天色更加亮了。他看见大院中空空荡荡，并无一个人，正北方是寿皇殿，殿门关闭，窗内没有灯光，因殿前有几株松树，更显得阴森森的。他正在向寿皇殿注视，似乎从殿中发来什么响声，接着又似乎发出来奇怪的幽幽哭声。由于近来宫中经常闹鬼，他恍然明白：这就是鬼哭！这就是鬼哭！是为他的亡国而哭！是为他的身殉社稷而哭！

他转向南望，想看看贼兵如何在宫中抢劫和杀人。如在往日，此时已经是天色大亮，但今早因为低云沉沉，宫院内的长巷中仍然很暗。他忽然把眼光凝望着乾清宫的方向，只能看见暗云笼罩的宫殿影子，看不见什么人影。他在心中问道：

“内臣们自然都逃出宫了，那些宫女们可逃走了么？魏清慧可逃走了么？”一阵北风将冷雨吹进亭内，崇祯仰天长叹一声，忽然对王承恩哽咽说道：“啊啊，我明白了！怪道今天早晨的天色这么阴暗，冷风凄凄，又下了两阵小雨，原来是天地不忍看见我的亡国，惨然陨泣！”

王承恩从一些异常的人声中觉察出来李自成的部队已经有很多人进入紫禁城，并且觉察出许多人从玄武门仓皇逃出，向西奔去，也有的向东奔去。他焦急地站起身来，向崇祯说道：

“贼兵已经有很多人进入大内，皇爷不可再迟误了！”他已经明白皇上是决定自缢，又说道：“皇爷，倘若圣衷已决定自缢殉国，此亭在煤山主峰，为京师最高处，可否就在这个亭子中自缢？”

崇祯没有回答。他此刻从站立的最高处向正南望去，不是对着坤宁宫、乾清宫和三大殿，而是对着紫禁城内的奉先殿和紫禁城外太庙，这两个地方的巍峨殿宇和高大的树木影子都出现在他的眼前。他认为他失去了祖宗留下的江山，不应该对着祖宗的庙宇上吊。他已经选定了一个上吊的地方，但没有说出口来。他虽然已到了自尽时刻，对亡国十分痛心，但是他的神志不乱，在想着许多问题。他忽然想开了，好像有一点从苦海中解脱的感觉，想着十七年为国事辛苦备尝，到今天才得到休息，到阴间去再也不用操心了。但是这种从苦海中解脱的思想忽然又发生波动。他又回想他从十七岁开始承继的大明皇统，是一个国事崩坏的烂摊子，使他不管如何苦苦挣扎，只能使大明江山延长了17年，却不能看见中兴。当王承恩又一次催促他就在这座亭子中自缢的时候，他恰好想到他十几年中日夜梦想要成为大明的“中兴之主”，而今竟然失了江山，不觉叹口气说：

“十七年……一切落空！”

王承恩催促说：“皇上究竟在何处殉国，请速决定，莫再耽误！”

“好吧，不再耽误了。你跟随朕来，跟随朕来！”

从此时起，直到自缢，崇祯都表现得好像大梦初醒，态度异常从容。无用的愤懑控诉的话儿没有了，痛哭和呜咽没有了，叹息没有了，眼泪也没有了。

他带着王承恩离开了煤山主峰，往东下山。又过了两个亭子，又走了大约三丈远，下山的路径断了。在崇祯年间，只有崇祯和后妃们偶然在重阳节来此登高，所以登煤山的路径只有西边的一条，已经长久失修，而东边是没有路的，十分幽僻。崇祯命王承恩走在前边，替他用双手分开树枝，往东山脚下走去。半路上，他的黄缎便帽被树枝挂落，头发也被挂得更乱。山脚下，有一棵古槐树，一棵小槐树，相距不远，正在发芽。两棵槐树的周围，几尺以外，有许多杂树，还有去年的枯草混杂着今春的新草。分明，皇家的草木全不管国家兴亡和人间沧桑，到春天依然发芽，依然变绿。

在几年以前，国事还不到不可收拾。一年暮春时候，天气温和，崇祯一时高兴，偕后妃们来永寿殿前边看牡丹。看过以后，周后同袁妃坐在寿皇殿吃茶闲话，他带着田妃来到煤山脚下闲步，发现了这个地方，喜欢这地方十分幽静，对田妃说道：

“日后战乱平息，重见太平，朕将在此两株槐树中间建一个小亭，前边几丈外种几丛翠柳，万机之暇，偕汝来此亭下小憩，下棋弹琴，稍享太平无事乐趣！”

自从他同心爱的田皇贵妃闲步此处之后，这事情、这地方、这个心愿，一直牢记在他的心中，所以到今天选择此处殉国。来到了古槐树下边，他告诉王承恩可以在此处从容自尽，随即解下丝绦，叫王承恩替他绑在槐树枝上，王承恩正在寻找高低合适的横枝时候，崇祯忽然说：“向南的枝上就好！”崇祯只是因为向南的一个横枝比较粗壮，只有一人多高，自缢较为方便，并没有别的意思。但他同王承恩都同时想到了“南柯梦”这个典故。王承恩的心中一动，不敢说出。崇祯惨然一笑，叹口气说：

“今日亡国，出自天意，非朕之罪。十七年惨淡经营，总想中兴。可是大明气数已尽，处处事与愿违，无法挽回。十七年的中兴之愿只是南柯一梦！”

王承恩听了这话，对皇帝深为同情，心中十分悲痛，但未做声，赶快从荒草中找来几块砖头垫脚，替皇帝将黄丝绦绑在向南的槐树枝上，又解下自己的腰间青丝绦，在旁边的一棵小槐树枝上绑好另一个上吊的绳套。这时王承恩听见从玄武门城上和城下传来了嘈杂的人声，特别使他胆战心惊的是陕西口音在北上门外大声查问崇祯逃往何处。王承恩不好明白催皇上赶快上吊，他向皇帝躬身问道：

“皇爷还有何吩咐？”

崇祯摇摇头，又一次惨然微笑：“没有事了。皇后在等着，朕该走了。”

他此时确实对于死无所恐惧，也没有多余的话需要倾吐，而且他知道“贼兵”已经占领了紫禁城，有一部分为搜索他出了玄武门和北上门，再前进一步就会进入煤山院中，他万不能再耽误了。于是他神情镇静，一转身走到古槐树旁，手扶树身，登上了垫脚的砖堆。他拉一拉横枝上的杏黄丝绦，觉得很牢，正要上吊，王承恩叫道：

“皇爷，请等一等，让奴婢为皇爷整理一下头发！”

“算了，让头发遮在面上好啦。朕无面目见二祖列宗于地下！”

崇祯索性使更多的长发披散脸上，随即将头插进丝绦环中，双脚用力蹬倒砖堆，抓着丝绦的双手松开，落了下来，悬挂着的身体猛一晃动，再也不动了。

王承恩看见皇上已经断气，向死尸跪下去叩了三个头，说道：“皇爷，请圣驾稍等片刻，容奴婢随驾前去！”他又面朝东方，给他的母亲叩了三个头，然后起身，在旁边不远的小槐树枝上自缢。

微雨停了。北风停了。鸟不鸣，树枝不动。煤山的大院中一如平日，十分寂静。

……

后记

姚海天

1999年春父亲病逝，至今已20个冬春。父亲是一个视文学事业如生命的人，为写作《李自成》呕心沥血四十余载，到了耄耋之年还在顽强地“长征”，攀登艺术高峰。直至1997年初因劳累过度而倏然中风才辍笔，这时《李自成》第四、五卷尚未最后封笔，《姚雪垠文集》的编纂出版尚在计划之中，其他创作计划和诸多心愿也有待完成和落实，父亲是带着深深遗憾离开人世的。

既然《李自成》在读者中影响这么大，为什么还要出版其节选本《崇祯皇帝》呢?

这是源于父亲生前一个长久心愿，就是在完成《李自成》全书后在重新修订定稿的基础上，再把书中有关崇祯和宫廷方面的内容进行整理，使其独立成书。父亲说：书名取《李自成》是为叫着方便响亮，避免书名过长，但内容绝不只是写李自成，而是着力塑造李自成和崇祯两个主要对立面以及其他众多人物，反映明朝、义军、清朝政权和当时方方面面的社会生活，再现中国明末清初封建社会的面貌，也就是读者所赞誉的“这是一部中国封建社会的百科全书”。而突出反映崇祯与后妃大臣、朝廷内外错综复杂的矛盾斗争与缤纷多彩的宫廷生活，自然是《崇祯皇帝》的中心内容。

父亲常说，崇祯不是历史上一般的亡国之君，他登基后，面临内忧外患，危机四伏，险境丛生，正是他苦苦撑起危局，使朱明王朝的寿命延长了17年。也正是因为身处当时艰难险恶的历史环境才形成了他的复杂性格，既果断有为、宵衣旰食、勤于朝政、事必躬亲、节俭廉洁、不近酒色，但又多疑专断、优柔不决、刚愎自用、残暴无情、滥杀大臣。他希冀自己成为“中兴之主”“英明君王”，但最后却落下“明灭君亡”的悲惨下场。因此明亡以来有不少人对崇祯的不幸是同情的。父亲也不例外，全书不少章节用饱蘸感情的细腻之笔在严厉批判崇祯的同时，也处处隐含了恻隐之心。父亲说，崇祯亡国的责任不在他本人，而是由历史大趋势所决定。如果“崇祯皇帝”独立成书，笔墨可以更集中于揭示中国封建社会历史的发展规律，用小说艺术揭示明朝为什么会灭亡的命题，这对后人会有启示。

“崇祯皇帝”独立成书的建议，最早由著名旅法翻译家李治华提出。李治华旅法多年，因用了27年时间把中国古典文学名著《红楼梦》翻译成法文而著称于世。1984年李治华和他的法籍夫人雅歌合作，将父亲的自传体长篇小说《长夜》译成法文本，在法国引起很大反响。是年父亲应邀访法期间，李治华再次向父亲提出希望把《李自成》中有关崇祯和宫廷的内容抽出来，由他译成法文版，相信会引起法国读者的兴趣。因为法国读者有阅读反映国王、皇帝和宫廷方面小说的爱好和传统，何况《崇祯皇帝》又是来自中国的历史小说，关于帝后和宫廷生活的描写又是那么丰富多彩、引人入胜。李治华的这一提议父亲欣然接受，但当时《李自成》全书尚未完成，此计划也就搁置下来。

父亲辞世后，《李自成》的主要编辑江晓天（后任中国文联书记处书记）和王维玲同志也多次对我说，《李自成》有300多万字，规模宏大，今天人们的工作生活节奏快，很难抽出大量时间阅读《李自成》全书。但它是丰富的宝藏，如果从中挖掘整理出《崇祯皇帝》《李信与红娘子》《慧梅之死》等节选本，也很有意义，会受到读者的欢迎。阅读这些节选本，也有助于人们对《李自成》全书的了解和认识。

根据父亲的心愿和李治华、江晓天、王维玲等先生的提议，我于2005年即父亲去世6年后把此事提到了工作日程上。为保证质量，减少遗憾，我邀请王维玲先生和我合作选编《崇祯皇帝》。王维玲是《李自成》第二、三卷的责任编辑，中国青年出版社原副总编辑，当时他年已八旬，身患沉疴，但为实现姚老遗愿，他在谙熟《李自成》的基础上又通读全书，做了大量案头工作。就如何节选，如何取舍，如何把握主次，各章如何衔接等等问题，我们一起切磋，互为补充，始终处在缜密、融洽、愉快的合作气氛中。经过近两年时间的努力，最终脱稿成书。

这里需要特别指出，过去有两个版本的《李自成》，即原来的五卷本和后出的十卷本（也称书系本），因为种种原因，这两个版本都遗漏了《梦江南》《北京！北京！》两个单元中6万余字的重要内容，这次趁选编此书的机会将其逸作一并补入，不仅丰富了崇祯亡国之前的一些重要故事情节、心理活动与宫廷生活，而且大大增强了北京城破崇祯自缢身亡的悲剧氛围，读之令人感慨万端。

书稿完成后，请谁作序？我想到了田永清将军。田将军是军中的知名儒将，又是父亲的忘年交和《李自成》的热心读者。我想以他的身份和视角作序会别有新意。他应允了我的要求，放下手头事情，看完大部头书稿后饱含感情地撰就《序：未能中兴反亡国》。序写得通俗、准确、生动，深刻地剖析了崇祯“这个人”的形象和造成明亡的主客观原因，并且联系毛泽东在新中国建立之初就提出“我们决不当李自成”的著名论述，这对读者阅读本书会起到启迪作用。

本次出版的《崇祯皇帝》是我根据父亲手稿整理的最新版本。华文出版社对本书十分重视，经过编辑的精心编校和制作，书将很快面世，我想这一全新的版本会引起读者的关注。

在本书即将付梓之际，写了上面一些话，将本书的由来与整理情况向读者做个交代，也谨在此向关心、支持和参与本书整理和出版的诸位友人表示感谢。

作者系姚雪垠之子、中国青年出版社编审